Gonne Stecher

„Die beste Plattensammlung der Welt"
oder
warum fast alles gelogen ist

Gonne Stecher

„Die beste Plattensammlung der Welt"

oder
warum fast alles gelogen ist

Multi Media Service

hergestellt im WiedenVerlag Crivitz
2. unveränderte Auflage 2021
www.wieden-verlag.de
herausgegeben von: Multi Media Service
Layout: WiedenVerlag
Coverfoto: Multi Media Service

Preis: 13,90 €
ISBN 978-3-942946-83-4

Mein besonderer Dank gilt Katja Ohm,
durch sie ist das Buch ein anderes geworden, ein besseres.

„Today it appears that almost anyone who puts on a cowboy hat and / or has played an instrument for two or three years can be designated as a musician.

All of the people who have played on my albums are musicians who have dedicated the majority of their lives to music."

Shawn Phillips

„Music is a quality organized in sound."

Robert Fripp

Vorwort

Niemand liest Vorworte.

Ich sah einen Film von David Lynch, in dem ein alter Mann beschließt, seinen Bruder ein letztes Mal zu besuchen. Da er nichts anderes hat, fährt er mit einem Rasenmähtraktor los, mehrere hundert Kilometer.
„The Straight Story"
Das hat mir gefallen.
Ich habe versucht eine „Straight Story" zu schreiben.
Ansonsten habe ich hineingepackt, was ging.

Ein ähnlich beklagenswertes Schicksal wie Vorworte genießen Anhänge. Zum besseren Verständnis mancher Buchpassagen und ihrer Quellen sei allerdings ausdrücklich auf den Anhang hingewiesen, den ich als integralen Bestandteil des Buches ansehe.

Bonke

Seite A
196 Umdrehungen

Am vorhergehenden Tag

„Du," – Pause – „ich weiß, is' jetzt vielleicht nicht der Oberreinläufer, aber ich müsste mal ein paar Tage weg. Kannst du dich um den Laden kümmern?"
– Pause –
„Ich hab dir die Schlüssel in den Briefkasten geschmissen, du machst das schon." – Klick.
Ich spulte am Gerät zurück, hörte die Nachricht ein weiteres Mal ab und ein drittes Mal. Ich konnte es kaum fassen. – „Nicht der Oberreinläufer"!

Stephan war von kleiner Statur, hatte mittellange, ins rötliche gehende Haare und hatte nicht nur auf meinem AB eine leicht näselnde Stimme. Deshalb nannten ihn Gott und die Welt und manchmal versehentlich sogar seine Eltern Snorre. Ich versuchte vergeblich, ihn zurückzurufen. Auch niemand von den üblichen Verdächtigen hatte ihn gesehen oder von ihm gehört. Kein Snorre, nirgends.
Genauso gut hätte er selbst – statt seines berühmten Namenspatrons – mit Wickie und den anderen starken Männern auf großer Fahrt sein können, so erreichbar war er für mich.

1.

Erster Tag

Ich schloss die Tür zum Laden um 9.57 Uhr auf. Abgestandene Luft, vermischt mit kaltem Rauch, schlug mir entgegen. Da war am Samstag ordentlich gequarzt worden. Alles, was der Kräutergarten hergab, vermutete ich, und schließlich hatte man das Lüften vergessen. Ich selbst rauche nur gelegentlich, denn eigentlich stört mich der Geruch. Ich ließ die Ladentür offen stehen und bahnte mir einen Weg zur Küchenecke hin, vorbei an dem Verkaufstresen, der mit nicht wieder einsortierten CDs, Zetteln, Kaffeebechern, ein paar kleineren Kartons und einem vollen Aschenbecher übersät war. Die Küchenecke war für die Kunden unsichtbar, da sie rückwärtig hinter hohen CD-Regalen lag. In der Spüle türmte sich das restliche – dreckige – Geschirr, darüber befand sich ein kleines Fenster mit Sicht in den Innenhof, sodass man bei offener Ladentür Durchzug machen konnte. Normalerweise sollte nur hier oder vor der Tür geraucht werden.
Ich öffnete das Fenster sperrangelweit und ein paar der Zettel flogen durch die Gegend, es wehte ein frischer Wind. Ich hob die Papiere auf, wusste nicht, wohin damit, und verfrachtete sie zurück auf den Tresen. Wie sah es hier nur aus! Ich betrachtete meinen unfreiwilligen Aufenthalts- und wahrscheinlich Arbeitsort der nächsten Tage genauer.
Die achtunddreißig Quadratmeter große Verkaufsfläche war rundherum mit CDs vollgestellt, während in der Mitte des Raumes mehrere hundert Vinylscheiben zum Durchblättern in einem Ständer Platz gefunden hatten. Zwei Stühle hatten schon bessere Zeiten gesehen und die waren lange her. Sie sahen wacklig aus und standen bei einem Tischchen – darauf zwei CD-Player mit angeschlossenen Kopfhörern. Bei dem einen war die Ohrmuschel vom Halter abgebrochen. Soweit ich mit einem oberflächlichen Rundumblick feststellen konnte, gab es keinen Ort ohne Staub. In dem Chaos wollte ich keine Stunden sitzen, geschweige denn, so dachte ich zu diesem Zeitpunkt, ein paar Tage.
Der historische Philosoph und Militärstratege aus China, Sunzi, sagt: „Wenn Du deinen Feind kennst, und dich selbst kennst, brauchst du das

Ergebnis von hundert Schlachten nicht zu fürchten." Mein Masterplan gegen den Drecksfeind hatte erst grobe Züge angenommen, da kam der Postbote.
„Hallo. So früh auf den Beinen?"
„Es ist Viertel nach zehn", sagte ich.
„Na, sonst geb' ich die Post meistens montagmorgens beim Blumenladen nebenan ab, weil hier keiner einer ist", entgegnete er, ganz der betriebsame Poet.
Ich erzählte ihm, ich sei die Urlaubsvertretung für meinen Kumpel Snorre.
„Urlaub?", fragte der Postbote mit großen Augen und leicht gerunzelter Stirn bereits im Hinausgehen.
Vage Befürchtungen stellten sich bei mir ein.
Neil Young spielte am 19. April diesen Jahres ein Konzert in England im Madison Square Garden. Bei Konzertbeginn kündigte man ihn als Bob Dylan an. Mindestens einer war im falschen Film.

Zweiter Tag

Nachdem ich gestern wie ein wild gewordener Handfeger geputzt hatte, sah der Laden schon wesentlich freundlicher aus.
Ich hatte einiges weg-, anderes aufgeräumt, ziemlich exakt zwei Tonnen Müll entsorgt und alles komplett gesaugt. Alleine das Saugen hatte Stunden gedauert, wenngleich ich zum Tunen der Leistung des Staubsaugers sämtliche Motorschutz- und Atemluftfilter mit spitzen und flinken Fingern sofort entfernte – weshalb wir wohl beide bald sterben müssen –, und dessen Beutel dreimal leerte. Ich musste feststellen, dass man den „Dirt Diabolo 2000s" anscheinend nur konstruiert hatte, um dem Begriff Saugkraftverlust ein ansprechendes Äußeres zu verleihen. Ein ästhetisch gesehen mißlungener Versuch. Und „Bodenmassagegerät 1.0" wäre eine treffendere Bezeichnung für das Ding.
Endlich war es so weit, man konnte den Fußboden wieder problemlos betreten und ihn auch als solchen durch die Fenster erkennen, da ich zwei Drittel der zum Teil uralten Plakate abgerissen und die Schaufenster mühsam geputzt hatte, um wenigstens etwas Tageslicht in die vormals

tiefe Gruft hereinzulassen. Außerdem hatte ich beim Aufräumen eine Rolle Isolierband gefunden und damit den kaputten Kopfhörer notdürftig verarztet.
Weil ich so beschäftigt gewesen war, fiel es mir erst bei der abendlichen Abrechnung auf, wie wenig Kunden mich den Tag über bei der Arbeit gestört hatten. Ich schob es darauf, dass Montage wahrscheinlich keine guten Verkaufstage für CDs waren. Heute, so hoffte ich, würde ich mehr verkaufen. Ansonsten plante ich einen Überraschungsangriff gegen den Wildwuchs auf dem Verkaufstresen.
Dort machten unterschiedlich hohe Türme aus Papier, Skyscrapern aus LPs und CDs in Sachen Instabilität Konkurrenz. Eine insgesamt hässliche Skyline, die ich bis aufs Fundament niederzureißen gedachte. Ich überdachte die Idee, Napalm zur Desinfektion einzusetzen, verwarf sie aber wegen dessen Mangel an Durchschlagskraft. Wenn ich diese herkulische Aufgabe bewältigt hätte, würde ich als Nächstes einige neue CDs und LPs in den Warenbestand des Rechners eingeben.
Bereits früher hatte ich Snorre an einzelnen Tagen und vor allem in der Zeit der Eröffnung vor drei Jahren geholfen. Ich wusste genau, zum Teil besser als Snorre, wie die Prozesse im Laden laufen sollten. Schließlich hatte ich sie mir perfekt vorzustellen versucht, als ich mit einem Freund von Snorre, der programmieren konnte, das Warenwirtschaftssystem des Ladens entwickelte. Inzwischen war diese Software der heimliche Star des Ladens, andere kleine Plattenläden verfügten selten über Ähnliches. Selbst Snorre schätzte langsam die Vorteile des Programms mit den dazugehörigen Abläufen, die natürlich nur so lange funktionierten, wie man ihre Regeln einhielt, und das war fürwahr nicht sein Ding. Leichter brachte man einem alten, gemütlichen Hauskater den Stepptanz bei.

Dritter Tag

Als ich um 9.45 Uhr die Ladentür aufschloss, wartete bereits Kundschaft auf mich: eine Frau, Ende zwanzig, blond, die sich, gemessen an ihrer Parfümdosis, auf einen langen Tag eingestellt hatte. Sie sagte halb entschuldigend zu mir: „Ich hab nur morgens Zeit, CDs zu kaufen" ... – Ich wollte eigentlich ein vielsagendes „Aha" einstreuen, sogar ein mit-

fühlendes, halb ironisches „das tut mir Leid!“ war denkbar, aber sie sprach ohnehin weiter, daher blieb mir nur ein fragender Blick.
„Ich war schon letzte Woche zweimal hier, am Dienstag und am, ich glaub’ am Mittwoch? ... Nein, der Donnerstag war’s da bring ich die Kleine immer zum Ballett. Aber beide Male war der Laden zu. Da kam dein Kollege wohl später“ …
Ich versuchte es gar nicht erst. Erstaunter Blick meinerseits.
„Kannst du mir eine Kinder-CD verkaufen?“ – Nicken.
„Habt ihr die Vogelhochzeit?“ – Kopf wiegen. Mimik: Könnte sein, könnte nicht sein.
„Ich brauche die als Geschenk für einen Kindergeburtstag am Samstagnachmittag da hat doch die Merle Geburtstag die beste Freundin meiner Kleinen und wenn die kein Geschenk bekommt also da fließen dann die Tränen uferlos das können Sie aber glauben“ … Das uferlos fand ich übertrieben, es sprengte meine Vorstellungskraft und ich wollte es nicht glauben. Körpersprachlich schwenkte ich zu einem aufmunternd gemeinten Kopfnicken um, währenddessen ich mir Gedanken über den Sprachstil der Frau machte. Sie konnte ohne Punkt und Komma sprechen, wobei sie in Salven feuerte. Die Kundin war in Fahrt und offensichtlich daran gewöhnt, lästige Kommentare im Keim zu ersticken. Für sie also soweit ein ganz normales Gespräch. Im Bestand war „Rolfs Vogelhochzeit“ von Rolf Zuckowski unauffindbar. Trotz der schlechten Sicht durch den nebligen Schleier ihrer Parfümwolke über meiner Computertastatur und der damit einhergehenden olfaktorischen Kampfansage bestellte ich die CD für die Kundin.
„Und die ist wirklich am Samstag da?“ Ich nickte mit dem Kopf wie der Teufel, aber es half nichts.
„Sicher bis elf Uhr?“ Nun starrte sie mir auf den Mund, vielleicht wollte sie es nun doch hören oder sie wollte nur wissen, ob ich überhaupt sprechen konnte. Da mein Sprechverbot damit aufgehoben schien, musste ich ihr im Anschluss gleich fünfmal versichern, dass es bestimmt bis Samstag, elf Uhr, mit der Lieferung klappen würde.

In der Hauptsache versuchte Snorre, mit „Musicpoint“ als Secondhandplatten- und CD-Laden Geld zu verdienen, denn bei Secondhandware

war die Gewinnspanne besser: Man kaufte im Durchschnitt für 4 Mark pro CD ein, um sie dann vielleicht für 8 bis 10 Mark zu verkaufen; bei den Toptiteln der Neuware hingegen stellte man sich für 25 Mark oder mehr im Einkauf etwas in den Laden, um letztendlich vielleicht 3 bis 4 Mark draufschlagen zu können. Falls die Ware nun aber keinen Einkäufer fand, kaufte man sich damit schleichend in den Ruin ein. Es gab einige berühmte Leichen im Keller, auf Kundenwunsch bestellte CDs, die im Einkauf teuer gewesen waren und die niemand abgeholt hatte. Als schlicht unverkäuflich galten eine CD von Angelika Milster und das inzwischen vorletzte Werk von Vicky Leandros, nachvollziehbar, da die typischen Fans der beiden wahrscheinlich nicht in einem Laden wie „Musicpoint“ einkauften. Vielleicht bestellten sie nur aus Boshaftigkeit bei Freaks wie Snorre, um scheinbar subversive Musikdealer aus dem Verkehr zu ziehen.
Andere CDs wie die „Garage Inc.“ von Metallica hatten sich irgendwie eingefunden. Snorre behauptete, ebenfalls auf Kundenwunsch. Ich vermutete, Snorres Hardrock-Neigung war mit ihm durchgegangen und er hatte sie voreilig bestellt. Metallica ist ja an und für sich keine schlechte Band, aber das nur aus (schlechten) Covern bestehende „Garage Inc.“-Album von 1998 wollte kein Mensch und auf keinen Fall für die zweiunddreißig Mark, die Snorre sehen musste.

Das Geschäft „Musicpoint“ lag in der Mitte einer Ladenpassage, die an einer Seite von einem Bahnsteig begrenzt wurde. Snorre hatte sich von dieser Lage regen Publikumsverkehr versprochen, doch wenn man die tatsächlichen Verkäufe daraufhin betrachtete, musste man annehmen, in der Bahn herrsche Tonträgertransportverbot. Trotzdem verirrten sich manchmal Jugendliche auf ihrem Nachhauseweg von der Schule ins Geschäft. Gegen Mittag passierte so etwas, eine jugendliche Horde Hip-Hop-Heinis betrat den Laden. Alle trugen Basketballstiefel und -caps, einige davon stilsicher verkehrt herum. Auch die Hosenbünde befanden sich, dem Dress-Code folgend, auf absturzgefährdetem Niveau. Der Schnitt der Jeans hätte es dessen Trägern problemlos gestattet, darunter Windeln zu tragen, überlegte ich. Aber das war unwahrscheinlich, die Jungs waren eher stolz darauf, sie gerade los zu sein. Die Horde stand

kurz möglichst breitbeinig vor dem – zugegebenermaßen überschaubaren – Angebot von Hip-Hop-CDs und befand unisono, dies sei alles viel zu „old school". Berücksichtigt man, wie langsam diese Jugendlichen sonst vom Fleck kommen, weil sie den ausladenden, federnden Gang der Gangsta-Rapper zu kopieren versuchen, grenzte ihr Abgang aus dem Laden an Flucht. Ich dachte über meine Jugend nach und die war noch nicht so lange her, aber so war ich nie gewesen. Jedenfalls nicht so viel. Ich kam mir plötzlich sehr alt vor. Und ein bisschen weise.
Am frühen Nachmittag schaute Pete, Kassierer an der Tankstelle in der Nähe, vor seiner Mittelschicht auf einen Sprung und einen Kaffee rein.
„Hi, Bonke! Snorre nich' da?"
„Hi. Nö."
„Hm. Hm."

Petes Familie war vor vielen Jahren aus Portugal nach Deutschland eingewandert. Als der neue Mitschüler dann neben Snorre gesetzt wurde, rauchte dem der Kopf wegen der Masse an Vokalen in Goncalo-Pedro Oliveiras Namen. Unaussprechlich. Er nannte ihn der Einfachheit halber Pete. Der mochte den neuen Namen auf Anhieb, erinnerte ihn dieser doch an den coolen, stahlharten, Schauspieler Pete Lancaster, während ihn der Name Goncalo-Pedro an nichts und niemand erinnerte. Als Pete irgendwann auffiel, dass Pete Lancaster in Wirklichkeit Burt hieß, war es bereits zu spät gewesen.

Nur wenige kannten diese Story, da Pete selten von sich sprach. Stattdessen erzählte er gerne Geschichten, die im gelben Salon – so nannte er „seine" Tanke oft –, passiert waren. Teilweise waren seine Geschichten hanebüchen, doch er behauptete immer, dass sich alles akkurat so zugetragen hätte. Er meinte, das Arbeiten an einer Tanke ermögliche beste sozio- und psychologische Studien, „besser als an jeder Uni!" Wer mag sich da noch auf sein Psychologiestudium konzentrieren? Pete jedenfalls nicht, er arbeitete im Moment allenfalls an der Tanke, ansonsten feierte er lieber. Die Aushilfen zum Kassieren im gelben Salon waren alles Studenten. Die Rentner hatten sich als nicht stressresistent genug erwiesen, was oft genug zu horrenden Kassenverlusten führte. Der Chef

musste zwar zwei, drei Mark mehr Stundenlohn für die Studenten berappen als bei Tanken sonst üblich, aber diese Investition lohnte sich letztendlich.
Da der Kassierer der jeweiligen Schicht seine eigene Musik zum Hören mitbringen durfte und einer der Studenten die Musikanlage mit Selbstbaulautsprecherboxen, Marke Brüllwürfel, auf partytaugliches Niveau gebracht hatte, behauptete Pete, der gelbe Salon sei bestimmt die Tanke mit der besten Musik in ganz Hamburg. Es schien zumindest die lauteste zu sein, und trotzdem sich einige der älteren Kunden deshalb schon bei Petes Chef beschwert hatten, verfügte der offensichtlich über ein gelassenes Gemüt – leiser war es jedenfalls nicht geworden.
Nachdem Pete sich für seine Schicht ein paar CDs zum Probehören ausgeliehen hatte, brach er auf.
Am Nachmittag holte ich mir ein Stück Kuchen am Bäckerstand im Supermarkt gegenüber. Als die Verkäuferin mir das Kleingeld herausgab, erwähnte ich beiläufig, das Kleingeld könne ich gut zum Wechseln gebrauchen, ich sei aus dem Laden gegenüber und würde Snorre vertreten. Da packte sie ein weiteres Kuchenstück zum ersten hinzu und kommentierte, das könne ich doch bestimmt noch locker verknusen, so dünn wie ich sei.
Ich war beim Kaffeetrinken, als mich Torsten, genannt Toddy, mit einem „Hey, meine Süße“ beim Eintreten begrüßte.
„Hi, etwas mehr Respekt vor dem Alter, wenn ich bitten darf.“ Toddy war drei Jahre jünger als ich. Ein wenig zu klein für mittelgroß und ein wenig zu dicklich für schlank – was ihn allerdings insgesamt nur wenig störte. Er hatte ein offenes, freundliches Gesicht, in dem man lesen konnte wie in einem Buch mit großen Buchstaben. Toddy war mehr Auto- als Musikfreak. Er fuhr einen verbastelteten, roten, zwanzig Jahre alten VW Polo, Typ 1, der von außen wie die letzte Hämorridenschaukel aussah, aber es zählten innere Werte: donnernde Bässe von der Auto Hifi Anlage und der – höchst selbst – getunte Motor, der das Geschleuder mit Brachialvortrieb versorgte. Zum Durch-die-Kurven-Radieren hörte Toddy ausschließlich Hard-Rock-Mucke, keine Ahnung, ob die Karre sonst nicht fuhr. Wenn es also um AC-DC, Metallica und Ähnliches ging, lief er zur Hochform auf. Er hatte mir einst mit Verve einen

Vortrag über Doro gehalten und wie total unterschätzt die leider sei. Als ich Bernd, das wandelnde Musiklexikon, einmal darauf ansprach, kommentierte der: „Ja stimmt, die singt eindeutig besser als Florence Foster Jenkins, aber ansonsten hat Toddy die Meinung zusammen mit Doro und deren Manager exklusiv."[1]

Toddy hatte Snorre gelegentlich im Laden ausgeholfen und mir war unklar, ob das auch für mich galt. Doch nachdem ich ihm die Frage nach Snorre beantwortet hatte: „Nichts Neues", schlug er sogleich als Nächstes vor, er könne das Kassieren übernehmen, falls ich mal aufs Klo müsste oder sonst irgendwas wäre.
„Snorre nich' da?", war auch gleich das Erste, was Bernd von uns wissen wollte, als er reinkam. Woraufhin ich ihm erklärte, Snorre sei ein paar Tage weg, was Bernd dann wiederum „ominös" vorkam.
Als ich vom Klo wiederkam, diskutierten Toddy und Bernd das Fehlen der Plakate auf den Fenstern. Bernd fand es „voll Scheiße", dass die schönen Plakate weg waren, sie wären schließlich die exklusive Patina eines solchen Ladens. Toddy meinte, jetzt käme mehr Licht rein. Ich blieb erst mal lieber stumm und tat auf unbeteiligt, als seien die Plakate von allein runtergefallen und dann, von Altersmüdigkeit gequält, im Sterben in das Hospiz „Papierkorb" gewandert. Ehe Bernd dann weiter insistieren konnte, etwa mit dem Vorschlag, dass man speziell das vorsätzliche Zerstören von Plakaten endlich unter drakonische Strafe stellen müsste, fragte ich ihn nach dem frischen Pflaster auf seiner Stirn. Das sei nichts weiter, er habe auf einer seiner Baustellen mit dem Kopf durch die Wand gewollt. War aber chancenlos gewesen. Doch es sei der Versuch, der zähle.

[1] Fußnote: Später versuchte ich, irgendetwas zu Florence Foster Jenkins zu finden. Ich suchte in verschiedensten Lexika und war schon kurz vorm Aufgeben, da fand sich doch noch einen Eintrag über sie, und zwar in meiner alten Ausgabe des „Guiness Buch der Rekorde" von 1984. Auf Seite 123f, heißt es: „Als schlechteste Sängerin aller Zeiten … gilt allgemein Florence Foster Jenkins (1868 – 1944) … Die Aufzeichnungen (eines Konzertes in der ausverkauften Carnegie Hall) von Madame Jenkins Clavelitos … wurden 30 Jahre unter Verschluss gehalten, bis sie Anfang der 70er Jahre als Langspielplatte in den Handel kamen. Aus Pietät zögerte man, sie früher zu veröffentlichen."

Bernd war ein Meter fünfundachtzig groß, schlank und dabei recht muskulös, auch hatte er freundliche braune Augen in einem sympathischen Gesicht, in das sich aber erste Falten eingemeißelt hatten, die ihn älter wirken ließen als seine gerade mal sechsunddreißig Jahre. An seinen mittellangen Haaren hätte ein Frisör seine wahre Freude gehabt, wäre er je an sie herangekommen. Bernd trug Motorradstiefel, eine ausgeleierte Jeans und eine ausgebeulte Lederjacke, auf dem Kopf dazu ein Ledercap. Insgesamt ein Outfit, das besser einem Rocker angestanden hätte als einem Hippie, der er laut Snorre eher war. Ein Äußeres, das nicht wirklich viel hermachte. Hüten musste man sich im Umgang mit Bernd vor seinen ironischen Sprüchen, die bei ihm zur kompletten Verwirrung aller in der Ironie der Ironie gipfeln konnten.
Er beeindruckte wenn, dann durch sein sicheres Auftreten, verbunden mit der Gemütlichkeit einer schönen, warmen Tasse Tee an einem kalten Winterabend. Dazu passend seine Stimme: tief, männlich, wie man sie aus Tier-Dokus oder aus den Radionachrichten kennt und die einem einfach durch ihre Beschaffenheit glaubhaft machen könnte, „Regenwürmer sind die besonders regen Würmer". Die Stimmführung brachte den Rest. Wenn Bernd sich Mühe geben würde, könnte er einem die Diagnose, man habe höchstens noch drei Monate zu leben, so schmackhaft in die Gehörgänge schmeicheln, dass man vielleicht prompt erwiderte, man habe sich Schlimmeres vorgestellt. Habe ich übertrieben?
Nur geringfügig.
Bernd behauptete, Musik sei Ambrosia zur Arterhaltung, zumindest für ihn. Er mochte musikalisch die Abwechslung und suchte ständig nach neuem Input. Außer beim typischen Chart-Pop diente Bernd Snorre als Musikuniversallexikon. Ich habe selbst erlebt, wie Snorre in einem Streitfall – spielte Ginger Baker bei Blind Faith die Drums und hat er auch mal bei King Crimson mitgespielt? – Bernd angerufen hat. Die Antwort: „Ja, Nein. Du störst." Stimmt, manchmal konnte Snorre ziemlich penetrant sein. Doch eigentlich verstanden er und Bernd sich recht gut. Snorre hatte von Abenden bei Bernd erzählt, an denen sie dann stundenlang in Bernds Platten und CD-Sammlung von ein paar Tausend Stück herumwühlten, die schönen, großen Vinylcover bestaunten und sich gegenseitig Musik vorspielten. Bernd berichtete bei solchen Anläs-

sen manchmal von seiner Hippiezeit, was Snorre wiederum so erzählte, als habe Bernd damals Jimi Hendrix zum Konzert auf Fehmarn geschippert, den Beatles nach deren Starclub-Gigs die Nebenstraßen der Reeperbahn gezeigt und Elvis mit Priscilla verkuppelt, als dieser in Deutschland stationiert war.
Bevor Bernd aus dem Laden ging, fragte er mich, ob ich wisse, wann Snorre wiederkäme, er hätte was Geschäftliches mit ihm zu bereden.
„Leider keine Ahnung", musste ich sagen.
Nachdem Bernd gegangen war, wollte Toddy wissen, was Patina ist. Dann ging er ebenfalls.

2.

Am Sonntagabend nach meiner ersten Arbeitswoche rief mich endlich Snorre an. Die Telefonverbindung war schlecht, ich hörte ihn nur leise und manchmal knackten die Störgeräusche so laut, dass ich mehr erriet, was er mir offenbaren wollte. Er hätte zwar sehr kurzfristig, deshalb aber sensationell günstig einen Flug in die USA bekommen können. Ich wüsste doch, dass sein Halbbruder in den States leben würde? Er sei doch bisher nie bei seinem Bruder, Michael, also Mike, gewesen, und dieser wirklich sehr günstige Flug, das würde ich doch verstehen, und wenn man sowieso in Amerika, also den States, sei, dann müsse man das ausnützen. Alles andere wäre doch bescheuert. Er würde in drei, aller-, allerspätestens in vier Wochen zurückkommen. Ganz sicher. Der Laden liefe bestimmt mit mir besser als mit ihm, er mache sich da gar keine Sorgen. Ich konnte nur kurz einwenden, dass diese freundlichen Worte mein Herz erwärmen würden, aber – bei aller Liebe – die Semesterferien nicht ewig dauern würden. Dann fragte ich noch, was ich mit der Post vom Finanzamt anfangen sollte, worauf er erwiderte, erst mal nichts, die widerliche Bagalutenbande würde ihn schon genug nerven, und mit dem Hinweis auf die hohen Telefonkosten legte er auf. Trotzdem ich ihn und seine Spontaneinfälle seit exakt neun Jahren kannte, fühlte ich mich diesmal ernsthaft überfahren.

Ich traf Snorre das erste Mal im Übungskeller einer aufstrebenden Techno-Band.

In den Anfängen der 1990er Jahre waren die Computer immer billiger geworden und wurden verstärkt eingesetzt, um mithilfe von Sequenzerprogrammen Synthies, Soundmodule oder sonstige Hardware zu steuern. Als alter Fan sogenannter „elektronischer Musik“, des Vorläufers des Techno, also von Bands wie Kraftwerk, Tangerine Dream oder auch Michael Garrison interessierte mich die Musikhardware, die in dem Keller stand und – Minimum – zehn Riesen gekostet hatte.

Ich kannte einen der Besitzer der Instrumente, einen Technojünger der ersten Stunde, und Snorre war im Keller, um einen seiner Kumpels zu besuchen, dem ein herumstehender Sampler gehörte.

Snorre und ich waren beide fasziniert von den Soundmöglichkeiten des Equipments, allerdings meinte Snorre, es gehe doch nichts über eine feine E-Gitarre. Dies nahm der Technojünger zum gebührenden Anlass, uns eine Gardinenpredigt zum Thema „Untergang der Gitarrenmusik“ zu halten. Techno sei die Zukunft, das sei klar. Keiner würde in zehn, zwanzig Jahren noch Gitarre spielen wollen und hören wolle man die heute schon nicht mehr.
Snorre war offensichtlich anderer Meinung, schwieg aber, vielleicht aus Höflichkeit dem Gastgeber gegenüber. Ich glaubte ebenso wenig an den so proklamierten Untergang des Gitarrenlandes. Neben all den Unterschieden zwischen Snorre und mir hatten wir unser erstes verbindendes Element gefunden: die Liebe zur Gitarre.
Was mich jedoch regelmäßig zur Weißglut trieb, waren Snorres Unpünktlichkeit und Unzuverlässigkeit, er warf mir dafür bei jeder Gelegenheit vor, ich sei ein Bürokrat.
Snorre hatte einen für ihn nahezu unbezwingbaren Drang, alle möglichen Regeln und Verbote auf ihre Durchsetzbarkeit zu prüfen. Ein „Rasen betreten“ Verbotsschild lud ihn zum Campen ein, man fiel mit ihm peinlich auf, wenn er in der S-Bahn rauchte oder er hatte – man muss fairerweise dazu sagen, im Alkoholrausch – versucht, beim Discobesuch die Damentoilette zu benutzen, und hatte erst nach lautem Geschrei und Protest der Damen den Rückzug angetreten.
In solchen Momenten versuchte man natürlich den Anschein zu erwecken, als wäre man nur zufällig da oder sei schlicht inexistent, doch imponierte mir das Beharren von Snorre auf seine eigenen Regeln durchaus. Er war charismatisch und überzeugend genug, um einen in eine vollkommene Gaga-Situation zu bringen, was ihn mit Pete, dem Tanke-Mann, auf das Herzlichste verband.
Beide zusammen waren ein explosiv-dadaistisches Gemisch, welches schon mal die Herausforderung eines Dreitagerennens auf einem selbst gebauten Tretroller in der Schweiz annahm. Davon kehrten sie, voller Stolz über einen respektablen fünften Platz und der Erkenntnis, es gäbe ein ganzes Starterfeld herrlich Durchgeknallter in Europa, zurück.
Nun hatte Snorre meine bisherige Semesterferienplanung gehörig ins Wanken gebracht. Ich hatte in den ersten zwei Monaten jobben wollen,

um genügend Geld für zwei, drei Wochen Urlaub zu haben. In dieser Zeit musste ich mir spätestens überlegen, ob ich weiterstudieren wollte. Ich stand am Ende des Vorstudiums zum Volkswirt und musste mich zum Hauptstudium einschreiben, wenn es weitergehen sollte. Ich hatte zwar ohne Ehrenrunden ein ganz ordentliches Abitur gemacht, hatte den Zivildienst im Altenheim hinter mir und war nach Snorres Ansicht teilweise pedantisch; was aber einige meiner Kommilitonen im WiWi-Bunker[2] so an Geradlinig- und Strebsamkeit nebst einer gehörigen Portion Opportunismus ablieferten, war selbst mir langsam zu viel. Ich konnte ihre Kleidernorm ablehnen, die sie zwang, im Anzug mit Schlips und Aktenkoffer durch die Gegend zu laufen, doch erhöhten einige beharrlich das Leistungsniveau, indem sie stets die gesamte Literaturliste komplett gelesen hatten und ihren Geist nicht mit der Frage eines „Warum" beschwerten, wenn es galt, die Einsichten der Ökonomen repetieren zu können. Mir graute vor dem Hauptstudium, ich würde mehr Einsatz zeigen müssen, um kein Fischfutter im Haifischbecken der Anzugträger zu werden. Ein guter Plan, ähnlich gut wie der des Krills, bevor der Wal kam.

Im CD-Laden wurde ich routinierter. Einem Kundenansturm wäre ich jetzt leicht gewachsen gewesen, aber es wehte kaum ein laues Lüftchen. Die Verkäufe waren leider erschreckend übersichtlich. Überraschenderweise bestellten Mütter die meisten CDs, die als Geschenke für Kindergeburtstage dienen sollten. Außerdem gab es ein paar DJs, die ab und zu etwas bestellten, und aus der Auslage verkaufte man an guten Tagen zehn weitere CDs, was zusammen einen Tagesumsatz von schlappen dreihundert Mark ausmachte. Ich fragte mich, wie Snorre davon leben konnte.

[2] WiWi-Bunker: Bezeichnung der Studenten für den nahezu fensterlosen Klotz, der den Wirtschaftswissenschaftlern der Hamburger Universität als Hauptgebäude dient.

Da also am Tag oft keine zwanzig Leute hereinkamen und außer Toddy und Pete die meisten schnell wieder gingen, verbrachte ich viel Zeit alleine im Laden. Ich hatte mir deshalb ein Mammutprojekt vorgenommen: So gut es ging, würde ich eine Inventur des ganzen Warenbestands machen. Außerdem war das Verkaufsprogram in der Lage, „Renner-Penner-Listen“ zu erstellen, man konnte also erkennen, welche CD oder Platte schon ewig das Schicksal von Angelika Milster und Vicky Leandros teilte und ob Benjamin Blümchen und Konsorten das Heil der darbenden Plattenläden sein könnten. Törööö.

Eine Viertelstunde vor Ladenschluss, ich stand vor dem Regal mit den Various-Artists-Mix-CDs – vergangene Charterfolge, die für die ausgezeichneten Preise schwerer verkäuflich waren als schimmelige Tomaten …

Im CD-Player drehte eine CD von Cesaria Evora; sie beschwor – natürlich auf Kreol – gerade Sabino, von ihr zu lassen, da Cacoi gleich käme. Na, und wenn der von beiden erführe…, da wäre das Meer ihr Schicksal! Ich hatte diese Musik von den Kapverden ziemlich wahllos herausgepickt, aber sie schockte. Bernd kam herein und nahm die ungewöhnlichen Klänge gelassen hin. Charly, Bernds Hund, stürmte gleich auf mich zu, um sich von mir streicheln zu lassen. Als ich mich hinter den Verkaufstresen setzte, folgte mir der Hund, um weiteres Areal zu erkunden und hoffentlich gleich weitergestreichelt zu werden.

„Ganz schön dreist, dein Hund.“

„Anscheinend mag er dich“, sagte Bernd, „In aller Regel hat Charly ein gutes Gespür für Menschen, wir mögen die gleichen Leute.“ Und nach einer kleinen Pause: „Oder nicht.“

Ich mag Hunde gern und Charly hatte ich gleich in mein Herz geschlossen, trotzdem konnte ich mir ein „Na, da habe ich wohl Glück gehabt“ nicht verkneifen. Worauf Bernd ein wenig sybillinisch entgegnete: „Man wird sehen.“

Auf die Frage, ob ich von Snorre gehört hätte, erwiderte ich, dieser sei in Amerika, um seinen Bruder zu besuchen, und er käme so in drei bis vier Wochen wieder.

„Machst du denn jetzt den Ankauf?“ Ich bejahte.

„Na dann hast du vielleicht Lust, mal abends bei mir rumzukommen, ich hätte ein paar Scheiben, die ich nicht mehr brauche, sagte Bernd ein wenig nonchalant.
Wir verabredeten uns für Freitagabend. „Und sag mal, das ist doch Cesaria Evora oder?"

Dass Bernd sich von „ein paar Scheiben" trennen wollte, kam einer Revolution gleich. Bernd verhökerte höchst selten Scheiben, ab und zu tauschte er ein paar Stücke und Snorre hatte er bisher nie Platten verkauft. Bernd kaufte nur sorgfältig ausgewählte Teile und stand im Ruf, zwar reichlich, jedoch mitnichten Schrottmusik stehen zu haben. Wenn man sich geehrt fühlen kann, als Plattenverkäufer Scheiben anzukaufen, so gebe ich zu: Ich fühlte mich geehrt, einen entsprechenden Termin bei Bernd zu haben.

Am Donnerstagmittag stand ich vor der Ladentür und rauchte ein Kippchen. Ein schätzungsweise siebzehn-jähriger Typ gesellte sich dazu, steckte sich ebenfalls eine an und stellte sich als Andi vor. Er erzählte von dem Buch, das er als letztes gelesen hatte. „Das handelt von einem Plattenladentyp in England, der mächtig melancholische Anwandlungen hat."
„Du meinst High Fidelity? Gutes Buch, schlechter Musikgeschmack."
„Wegen Madonna, nich'?", vermutete Andi.
„Treffer – versenkt." Der Protagonist des Buches legt als DJ bei einer Party als Knaller Madonna auf; die Frau mit den musikalischen Fähigkeiten eines zerbeulten, aus dem letzten Loch pfeifenden Teekessels und exakt dem gleichen Sexappeal – schlimm. Unverzeihlich hingegen fand ich einen der Lieblingssongs des Plattenladenheinis – Love Hurts. Love Hurts von Nazareth. Ein Titel, der aufgrund seiner Schwülstigkeit zum Flachlegen eingesetzt wurde. Diese gefährliche Droge hatte allerdings vielfältige Nebenwirkungen, bei einigen führte sie zur spontanen oralen Magenentleerung, bei vielen anderen zur akuten Verschleimung der Gehörgänge mit der Gefahr der Chronifizierung. Das Medikament wurde daraufhin weitestgehend vom Markt genommen. Ich vermutete, Andi sei zu jung, um den Namen dieses umstrittenen Mittels zu kennen, und

nahm ihn nicht unnütz in den Mund. Ich ergänzte lieber harmlos: „Und Bruce Springsteen ist ebenfalls nicht gerade mein Boss“, eine der weiteren Vorlieben im Buch. Damit hatte ich Andi sein Stichwort gegeben, er suchte quasi einen neuen Boss, um ein Schulpraktikum zu machen. Das Buch hätte ihn auf die Idee gebracht, doch mal bei „Musicpoint“ anzufragen. Darauf sagte ich ihm, ich sei leider nicht ausbildungsberechtigt. Worauf er antwortete, das spiele keine Rolle, da die Schule mit einem regelmäßigen Bericht und einer Anwesenheitsbestätigung zufrieden sei. Ich wollte Andi ein bisschen zappeln lassen und fragte ihn, was er denn so an Mucke hören würde. Da zählte er auf:
„Deutschpunk, Ärzte, die Toten Hosen und so, aber mich interessiert alles Mögliche.“ „Und was ist mit den Onkelz?“, wollte ich wissen. Eine etwas hinterhältige Frage, standen die Bösen Onkelz doch im Ruf, für die Fans der extremen Rechten zu spielen und wurden deshalb bei Snorre strikt boykottiert. Andi versicherte mir empört, die seien nicht sein Ding, und so waren wir im Geschäft. Ab der nächsten Woche hatte der Plattenladen seinen ersten Praktikanten, also beinah seinen ersten Angestellten.

3.

Am Freitagabend machte ich frühzeitig die Tagesabrechnung. Dann verfrachtete ich Kaffeebecher in die Spüle, stellte ein paar CDs in die Regale zurück und pünktlich um 20.00 Uhr schloss ich die Ladentür ab.
Ich wollte nach Hasloh, wo Bernd auf einem Resthof wohnte. In Eidelstedt musste ich in die AKN umsteigen. …Bahnverkehr war einst stolzer Ausdruck modernerster Technologie gewesen, des Fortschritts an sich. Diese war zwar eine authentische Bimmelbahn, aber eine schrottreife aus den Anfängen des Schienenverkehrs. Wahrscheinlich die erste mit elektrischem statt Dampfantrieb und auf diesem Teilstück noch eingleisig für beide Richtungen. Ich glaube, in dieser Bahn wird viel gebetet. Ohne mit einem verfrüht entgegenkommenden Zug kollidiert zu sein, stieg ich in Hasloh an einem Bahnhof aus, der sich prima als Kulisse für einen weiteren Teil von „Atomic Train – Zugfahrt ins Jenseits" eignen würde. Hier könnte man den Transportzug mit giftigen Atommüll schadlos entgleisen lassen. Es fehlte für meinen Geschmack nur eine Horde finsterer Gestalten, die sich um eine brennende Ghettotonne versammelt hatten.
Auf dem Weg zu Bernd musste ich Richtung Friedhof ortsauswärts gehen. An einer kleinen Weggabelung ging ich nach links, von der rechten Seite kamen zwei Reiterinnen auf ihren Pferden, eines braun, eines schwarz, auf mich zu. Sie holten mich nach kurzer Zeit ein. Als die wirklich hübschen Frauen an mir vorbeiritten, nickte mir die eine, die auf dem braunen Pferd vorausritt, mit einem freundlichen Lächeln zu. Ich wusste gar nicht, wie mir geschah, und lächelte zurück. Ich grinste immer noch, als die Reiterinnen längst hinter einer Wegbiegung zum Wäldchen, in dem der Friedhof lag, verschwunden waren.
An einem der letzten Häuser fand ich die richtige Hausnummer. Ich wollte zur Gebäuderückseite und bog hinter dem Haus links ab, an ein paar ehemaligen Stallungen vorbei, die halb im Zerfall, in einem jämmerlichen Zustand waren. Offensichtlich hatte hier ein Architekt mit Dyskalkulie das Konzept „Vierseithof" komplett neuartig und frei interpretiert – ich musste ein weiteres Mal ums Eck, ehe ich an eine Außentür gelangte. In Ermangelung einer Klingel klopfte ich an die Tür

und hoffte, hier richtig zu sein. Deshalb war ich froh, als ich Charly von drinnen bellen hörte, einen Moment später öffnete Bernd.
Ohne sein Ledercap und die Lederjacke, die selbst er zuhause offensichtlich ablegte, sah er verwandelt aus. Das Pflaster auf Bernds Stirn war verschwunden, dafür lag der Blick jetzt frei auf einer verschorften Fläche, die inmitten eines ins Grünliche gehenden blauen Flecks lag, ungefähr dort, wo ein Inder sein Tilaka trägt.
„Moin, Bernd. Das hat wohl doch ordentlich gerumst, was?“
„Moin Moin. Ja ziemlich, und die Wand hat keinen Kratzer! Wenn ich Pech habe, bleibt ‘ne Narbe zurück, sagt der Arzt.“
Als ich eintrat, donnerte und gewitterte es gerade aus Bernds Lautsprecherboxen, eine Gitarre setzte ein, dann der Gesang, Ozzy.
„Black Sabbath, oder?“
„Yes, ein Meisterwerk des Hardrock, für manche die Geburtsstunde des Heavy Metal. Erst von vierzehn Plattenfirmen abgelehnt, dann in nur acht Stunden eingespielt, Kosten sechshundert Pfund.“
„Gut angelegtes Geld. Ich mag ihren düsteren Sound.“
„Teilweise einer Schneidemaschine für Metallbleche zu verdanken.“
Ich guckte Bernd verständnislos an, er sprach weiter: „Tony Iommi, der Gitarrist, verlor bei der Arbeit an so einer Maschine die Fingerkuppen des Ring- und Mittelfingers seiner Greifhand. Um danach überhaupt noch spielen zu können, stimmte er seine Gitarre tiefer.“
Wir saßen mittlerweile in Sesseln in Bernds riesigem Wohnzimmer.
„Du wohnst hier wirklich ländlich.“
„War schon mal ländlicher.“
Bernd beschrieb mir Hasloh, als er vor fünf Jahren hier hingezogen war. „Da standen am Ortseingang, von der Bundesstraße aus gesehen, fünf Bauernhöfe, fast alle bewirtschaftet, echte Mehrgenerationenhäuser. Nun sind die alle weg, abgerissen. Stattdessen schicke Doppelhäuser, aufs i -Tüpfelchen so schick wie die anderen Doppelhäuser überall.“
„Hast du was gegen Doppelhäuser?“
„Ich verabscheue schon alleine den Begriff, der hört sich so an, als habe da ein Haus gestanden und dann habe man es verdoppelt. Und das ist doch gelogen, tatsächlich sind das eher Halbhäuser“, sagte Bernd.
„Ist ja nur ‘n Begriff, es geht darum, dass da zwei Familien wohnen kön-

nen“, wandte ich ein. Worauf er konterte: „Hier wohnen drei, manchmal vier Mietparteien und man nennt es nach wie vor Bauernhof oder Resthof.“ Ich ersparte ihm den nahe liegenden Vorschlag, man könnte seine Wohnverhältnisse auch Mehrfamilienhaus, Wohngemeinschaft oder gar Kommune nennen, da ich nicht zu privat werden wollte. Ich kannte Bernd bisher kaum und bei Althippies war einiges vorstellbar. Zwar sahen weder die Umgebung noch Bernd für mich nach Massenorgien und freier Liebe aus, allerdings hatte ich ja keine Ahnung, wie so etwas oder jemand *genau* aussah oder ich mir solches *tatsächlich* vorzustellen hätte.
Also fragte ich lieber etwas Unverfängliches: „Snorre meinte mal, du hast hier alles selbst ausgebaut?“
„Ja, das hier war mal ein Schweinestall, ungefähr einhundertvierzig qm groß“, antwortete Bernd und fragte: „Was trinken? Ein Bier, Glas Saft oder Wasser?“
„Ein Glas Saft, wenn's keine Umstände macht.“
Bernd ging kurz aus dem Raum, den ich nun näher betrachtete.
Die Grundfläche war quadratisch, an der einen Wandseite ließen drei Doppelfenster schummriges Dämmerlicht herein, an der gegenüberliegenden Wand stand ein langes Bücherregal neben der Eingangstür. Ein kurzer Blick auf die Bücher zeigte eine enorme Anzahl psychologischer und philosophischer Titel, keine Krimis, kaum Romane – beängstigend.
Die dritte Seite war bis auf den Durchgang zu einem kleinen Flur mit einem Schallplatten- und CD-Regal komplett verdeckt, in dem außerdem ein kleiner, altersschwacher Fernseher stand, bei dem ich mir unsicher war, ob er funktionierte.
Einen halben Meter vor diesem Regal hatte Bernd seine Hifi-Anlage in einem etwas aus der Mode gekommenen Hi-Fi-Turm mit Rauchglastür und die Lautsprecherboxen positioniert. An der vierten Wandseite standen die Sitzmöbel unter akustischen Gesichtspunkten im wünschenswerten gleichseitigen Dreieck zu den Lautsprecherboxen von Canton, „Quinto 540“, und ziemlich mittig thronte ein Poolbillardtisch.
Bernd kam zurück. Er stellte ein Glas Apfelsaft und einen Frühstücksteller mit drei Scheiben Marmorkuchen vor mich auf den Tisch. Natürlich war die Teatime lange durch, doch wer wollte sich mit solchen kleingeistigen Betrachtungen vom Genuss eines guten, vermutlich selbst

gebackenen Stücks Kuchen abhalten lassen? Ich gehörte nicht dazu und aß – ratzfatz – ein Stück auf.
„Lecker!"
„Ja, lecker, iss ruhig, ist genug da."
Und ehe ich fragen konnte, wer den Kuchen denn gebacken habe, deutete Bernd mit dem Kopf zum Tisch hin: „Magst du Pool? Wenn du willst, können wir nachher eine Partie spielen."
„Gern, aber ich bin wahrscheinlich kein Gegner für dich."
„Keine Angst, ich spiele ziemlich lausig. Der Tisch steht hier erst seit Kurzem, zu dem bin ich gekommen wie die Jungfrau zum Kind. Mein Vermieter fand nämlich, ich hätte hier doch einigen ungenutzten Raum, und fragte an, ob ich Bock auf einen Billardtisch hätte. Der hat ´ne neue Flamme und die ist gleich zusammen mit ihren fünf Gören eingezogen, da hatte er keinen Platz mehr für den Tisch", erzählte Bernd. „Aber wenn du einverstanden bist, klären wir erst mal das Geschäftliche." Auf mein Kopfnicken hin sprach Bernd weiter: „Ich möchte Snorre oder dir, also dem Laden, ein bisschen Vinyl und ein paar CDs verticken."
„Okay, gerne, an wie viel Stück hattest du denn so gedacht?", wollte ich wissen. „Vielleicht erst mal so tausend?", fragte Bernd.
„Klar, wenn du mit, sagen wir, zwanzig Pfennig je Stück zufrieden bist. Im Moment hat der Laden viel zu wenig Kohle, um in so großem Stil einzukaufen", gab ich zu bedenken. Wir einigten uns schließlich auf einen Kommissionsdeal: Bernd gab dem Laden in zweihunderter-Paketen die CDs und LPs auf Kommission zum Verkauf, vom Erlös gingen sechzig Prozent an Bernd und vierzig Prozent an den Laden. Bernd hatte auf mehr gehofft, doch nachdem ich ihm erklärt hatte, dass der Laden allein sechzehn Prozent Mehrwertsteuer auf jedes verkaufte Stück abführen müsse und er als Privatmann uns keine entsprechende Rechnung schreiben könne, die uns den Großteil der Umsatzsteuer wiederbrachte, wie es bei Geschäften mit Neuware möglich war, war er einverstanden. Er behauptete jedoch, Snorre hätte ihm bestimmt einen besseren Deal angeboten, da der sich nicht so pedantisch um die Steuern scheren würde. Im Gedanken gab ich Bernd Recht und musste an das Schreiben vom Finanzamt denken, welches ungeöffnet an der Pinnwand in der Küchenecke hing.

„Ich werde die CDs und LPs von dir in den Computer als Kommissionsware eingeben und dann bekommst du später eine detaillierte Auflistung über alles, was wir für dich verkauft haben“, erklärte ich ihm voller Stolz auf das mitentwickelte Warenwirtschaftssystem.
Im Stillen fragte ich mich, ob sich Bernd überhaupt für Computer interessierte, denn soweit ich seine Wohnung bisher gesehen hatte, gab es keinen Computer bei ihm. Aber, wie ich später öfter erleben sollte, ich hatte seinen Horizont bei Weitem unterschätzt, denn nach einer Gedankenpause seinerseits sagte er, vielleicht weil ich zu stolz geklungen hatte:
„Weißt du, Bonke, um herauszufinden, ob eine CD im Plattenladen vorrätig ist, dafür ist ein Computer super und für Abrechnungen. Man kann mit ihm riesige Datenmengen verwalten und berechnen, die einen ansonsten erschlagen würden.“
„Aber?“
„Einfach gesagt, der Rechner kann Quantitäten berechnen, aber keine Qualitäten erkennen. Durch die Begeisterung, mit ungeahnten Quantitäten umgehen zu können, wird nun alles Mögliche gezählt: Hauptsache, ich erhalte Mengen, das Einzelne verschwindet. Die Quantität wird uns als besondere Qualität verkauft, dabei sind diese weder gleich noch fallen sie oft zusammen.“
Die Pythia des Orakels von Delphi hatte gesprochen. Wie berauscht sie war, vermochte ich nicht zu beurteilen. Ich ließ der Weissagung etwas Zeit zum Verhallen, dann fragte ich: „Das ist mir doch etwas zu abstrakt, hast du vielleicht ein Beispiel?“
„Die Bedeutung eines Malers hängt angeblich von den Preisen ab, die für seine Bilder gezahlt werden; ob er aber tausend andere Maler inspiriert hat, spielt keine Rolle. Eine Band in einem vollen Stadion ist geiler als eine, die in einem kleinen, schwofigen Club spielt, wo man die Mucker von Angesicht zu Angesicht schwitzen sieht. Jetzt gibt es Leute, die bei Fußballspielern die Kilometerlaufleistung pro Spiel berechnen, dabei hat ein Spieler die anderen vielleicht so zusammengebrüllt, dass die wie die Weltmeister gelaufen sind und nur deshalb dann am Ende gewonnen haben“, sagte Bernd.
Er legte eine neue Scheibe auf und kommentierte: „Das ist Jade Warriors „Last Autumn’s Dream“, eine wunderschöne Platte mit netter Percus-

sion, Querflöte und so, leider ziemlich unbekannt und schwer zu bekommen."
Er gab mir das Plattencover. Als ich es aufklappte, sah ich mehrere fantasyartige Köpfe und Geschöpfe, einen Zauberer, alle in einem versponnenen Comicgemälde verwoben. „Schickes Ding, echt spacig", sagte ich.
„Ja, so ist die Musik auch. Und hippiemäßig, na hör's dir an", entgegnete Bernd, um hinzuzufügen, „Die habe ich damals in einer Grabbelkiste mit Cut-offs und so gefunden. Manchmal findet man Qualität, wo man sie am wenigsten erwartet."
„Da spricht der Philosoph."
Bernd lachte, „Eher ein klitschnasser Clown."
„Und schon steht man als Besserwisser da."
„Ja, manchmal sollte ich besser an mich halten." Ein Grinsen flog über sein Gesicht, er erinnerte sich: „Wie damals im Philosophieunterricht in der Schule, als wir Robert Spaemann behandelt haben. Ich glaube, gleich auf der ersten Seite seines Buchs war's. „Wer sich freut, der freut sich. Und da lohnt es sich nicht zu fragen, warum." Oder so ähnlich.
„Das ist das Dämlichste, was ich je von einem Philosophen gelesen habe", platzte es damals aus mir heraus. „Ist ja interessant, warum?", wollte meine Philosophielehrerin wissen. „Weil es Unsinn ist", habe ich gesagt, „weil dann Schluss mit der Philosophie beim Thema Freude wäre, da alles gesagt wäre, und offensichtlich ist das Buch dicker. Und weiterhin, was ist denn mit „Wer sich ärgert, der ärgert sich? Wer sich langweilt, der langweilt sich?" Wer traurig ist, ist traurig, fragt man da auch nicht warum? Hallo, du siehst heute aber scheiße aus, ich frag aber nicht warum? Ist doch Quatsch! Ich weiß nicht, ob das so gut war für meine Zensuren", resümierte Bernd. Ich erinnerte mich an dieses Bild: Typen, die in der Schule in der letzten Reihe gesessen hatten, mit einem Tisch für sich alleine. Von den Losern abgesehen, die es gleichfalls manchmal nach hinten verschlug, betrachteten sich manche voller Stolz als Einzelkämpfer. Diese Rebellen der letzten Reihe besaßen prinzipiell keine Schultaschen und in ihren Plastiktüten fehlten oft die Bücher, die man ihnen dann leihen musste, oder die Hausaufgaben, die sie stattdessen von einem kurz vor der Stunde abschrieben. Dafür kamen häufig kuriose, manchmal witzige, fantasievolle und teilweise schlaue Wortbei-

träge im Unterricht von hinten. Im räumlichen Sinn richtig, wäre die Beschreibung Hinterbänkler nie unzutreffender, als für diese Stars und Sternschnuppen der Schülerschaft, die zumindest jeder kannte, obgleich nicht jeder sie mochte. Diese schrägen Vögel konnten sogar sehr unbeliebt sein. Viele dieser Typen hatten keinen großen Freundeskreis, sondern nur ein, zwei eingeschworene Seelenverwandte gehabt.
War Bernd einer dieser Typen gewesen? Anstatt Bernd zu fragen, ob er in der Schule alleine gesessen hatte und wenn ja, warum, kam ich lieber auf den Qualitätsbegriff zurück: „Was ist denn an der Qualität so toll?"
„Jeder ist einzigartig, aber im Hinblick auf die Lebensgestaltung soll für alle das Gleiche erstrebenswert sein: ein dickes Auto, eine fette Villa, am besten zwei Frauen, eine fürs Haus, eine fürs Bett, und für uns alle die Mucke aus den Charts. Als ich jung war, waren solche Spießerträume für uns undenkbar. Man versuchte mehr im Moment zu leben, wie die Buddhisten das draufhaben, alternative Lebensentwürfe und so. Eins ist jedenfalls ziemlich schnell klar, wenn du dich ehrlich fragst, was dir das Leben bringen soll: Es geht um Qualität und nicht um Quantität. Ein tolles Buch zu dem Thema ist übrigens „Zen und die Kunst ein Motorrad zu warten" von Robert M. Pirsig; wenn ich das finde, kann ich dir das leihen." Bernd ging zu seinem Bücherregal und suchte nach dem Buch.
Ich dachte einen Moment nach und wollte dann wissen: „ Also soll sich jeder einen qualitativ hochwertigen Schrank vom Tischler bauen lassen, anstatt ein Massenprodukt bei IKEA zu kaufen?"
„Von mir aus sollen die kaufen, was sie wollen. Qualitativ betrachtet, fällt mir zu Möbeln nur spontan ein, dass ein Käufer vor einhundert Jahren von einem Schrank erwartet hätte, dass der später vererbt wird und – bei guter Pflege – locker hundert Jahre hält. Das kannste ja mal mit 'nem IKEA-Schrank probieren."
Ich spann den Gedanken weiter: „In hundert Jahren hat man in Museen gut erhaltene Exponate des Rokoko, des Biedermeier, nur von der IKEA-Zeit gibt es nichts – alles Schrott."
„Könnte sein, aber bei der Masse bleibt wahrscheinlich was Heiles übrig. Manchmal lohnt sogar die Pflege. Ein Kumpel von mir behauptet, eine klanglich echt gute Gitarre zu besitzen. Zwar ein Massenprodukt, aber

so meint er, bei tausenden von Gitarren wäre eben auch mal eine besser als die anderen. Mal klappt es mit der Holzauswahl, dem Verleimen usw. eben sehr gut – wie bei seiner – aber oft nur durchschnittlich, manchmal gar nicht. Jedenfalls, mein Kumpel freut sich: hohe Qualität für kleines Geld“, schloss Bernd und blickte mich erwartungsvoll an. Das Konzept leuchtete mir zwar theoretisch ein, allerdings hatte ich bisher von keiner Stradivari gehört, die bei Karstadt aufgetaucht wäre. Um nicht als Vollhonk dazustehen und zu zeigen, dass ich den Hook verstanden hatte, ergänzte ich: „So wie mit der Jade-Warrior-Scheibe.“
Diese war mittlerweile durchgedüdelt und Bernd machte sich auf zum Plattenregal. Er fischte eine Platte, auf der Pferd und Reiter abgebildet waren, heraus. Pferd stehend, Reiter vor dem Pferd auf dem Boden sitzend, Titel: Warhorse.
Bernd hielt das Cover in meine Richtung.
„Mir völlig unbekannt“, sagte ich.
„Da spielt ein Ex-Deep-Purple mit seinen Mannen ganz ordentlichen Hardrock, was damals, 1970, so Hardrock war, mit ein bisschen Prog-Rock-Einschlag, Keyboards und so“, kommentierte Bernd zu der einsetzenden Musik.
Wir spielten dann ein paar Partien Poolbillard, die ich alle verlor, und hörten Musik. Schließlich musste ich los, um die letzte Bahn zu bekommen. Bernd drückte mir noch das Buch von Pirsig in die Hand.
„Lass dir ruhig Zeit mit dem Buch“, sagte Bernd zu mir.
„Aber ich brauch nicht lang, ich lese recht schnell.“ Darauf haute Bernd den denkwürdigen Satz raus: „Hm? Du weißt, ein Buch langsam zu lesen ist, wie Musik laut zu hören – man hat mehr davon.“
„Ja okay, mach’ ich. Tschüss, Bernd.
„Tschüss, und gehab dich wohl!“

In Eidelstedt, dem Umsteigebahnhof, stand ich geschlagene vierzig Minuten herum, ehe mein Anschlusszug kam. Es wehte ein eisiger Wind ungehindert über den erhöht gelegenen Bahnsteig. Er fegte so energisch Müllfetzen und Dreck vom Pflaster, wie es lange niemand mehr getan hatte. Mich fröstelte. Die Umgebung changierte im Schummerlicht zwischen trostlosem Grau, peppigem Anthrazit und zeitlos modernem

Schwarz. Selbst die wenigen völlig inspirationslosen Graffiti waren durch Ruß und verstrichene Zeit farblos geworden. Nur ein Strahler über einem Werbeplakat erhellte einen Schnappschuss des bunten Lebens. Er versprach Weite, Freiheit und Abenteuer, aber nur den Rauchern. Komplett unlogisch. Egal. Trotzdem hätte ich mir spontan gerne eine angesteckt, doch meine Kippen waren alle. Außer mir wartete nur eine ältere Frau mit Kopftuch auf dem Bahnsteig. Eine Tasche stand neben ihr. Ich vermutete, sie käme von einem Putzjob und wollte nach Hause, weiterputzen. Ich kann mich natürlich irren, aber ein Modeljob war's jedenfalls nicht. Sie lehnte an einer Wand und würdigte mich keines Blickes, starrte stattdessen unverwandt ein Loch in die Erde, oder grub es bereits tiefer und tiefer. Gedanken schwirrten mir durch den Kopf. Das Warten hier war dämlich. Na ja, alles in allem war es ein ganz gelungener Abend gewesen. Ich hatte einen ziemlich ungewöhnlichen Typen kennengelernt. Der interessantes Zeug erzählen konnte, größtenteils unterhaltsam, oft sogar richtig witzig. Vielleicht hatte er Probleme damit, von manchen vorschnell als Besserwisser abgetan zu werden?
Könnte sein.
Ziemlich sicher war Bernd ein Freak. Ein Hippie, der seinen Anschlussflug nach Gomera oder ins Spießertum beizeiten verpasst hatte?
Vielleicht.
Da kam mein Zug. Ich stieg ein.

4.

In den nächsten Wochen gaben sich Clementine und der Weiße Riese bei „Musicpoint" die Klinke in die Hand, die beide mit Vornamen Andi hießen. Der hatte sein Praktikum im Laden begonnen, doch es gab nur wenige Kunden zu bedienen. Deshalb hatte er, um seine Langeweile zu vertreiben, freiwillig angefangen, alles Mögliche, den Verkaufstresen, CD-Regale, sogar einzelne CD-Hüllen, zu putzen. Zwischendurch wusch er sich auffällig oft die Hände. Hing das eine mit dem anderen zusammen? Ich fragte ihn, warum er sich, verglichen mit mir, so oft die Hände wusch. Ihn würden die Weichmacher stören. Ich fragte nach, „Weichmacher?"
„Na, die sind überall drin, in jedem Plastik. Sonst wäre es viel zu spröde."
„Und die sind schädlich?"
„Und wie! Die nimmt man bei Kontakt durch die Haut auf", habe seine Mutter gesagt, die zwar in Ökodingen oft etwas übertreibe, allerdings im Grunde meistens richtig liege. So sei im ganzen, elterlichen Haus auf eine geringe Schadstoffbelastung Wert gelegt worden, viel Okö, wenig Plastik. Ich versuchte mir ein Bild von Andis wohlbehütetem Elternhaus zu machen, war aber unsicher, wie entenschuhmäßig seine Eltern wohl wären. Als ich ihnen tatsächlich einmal begegnete, waren sie mir auf Anhieb sympathisch und sie sahen vollkommen normal aus, auch die Schuhe.

Ich wasche mir seit dem Gespräch öfter mal die Hände. Einfach so. Man weiß ja nie.
Ich hatte Andis Arbeitseifer unterschätzt. Die neuen CDs und LPs – hauptsächlich aus Bernds Sammlung, was aber vorerst niemand wissen sollte – gaben wir in Windeseile in den Pentium-166-Compi ein. Ich zeigte Andi, wie das Programm zum Erfassen und Verkaufen der Artikel, im wesentlichen CDs und Vinyl, ein paar Zubehörartikel wie Innenhüllen für Vinyl oder Leerkassetten, funktionierte. Wenn also weder Toddy noch Pete oder sonst wer zum Quatschen vorbeikam, warteten wir auf Kundschaft. Wir hatten außerdem inzwischen eine 1a-Inventur des Ladens gemacht und dabei einige bemerkenswerte Erkenntnisse aus den Renner-Penner-Listen gezogen.

Die erfolgreichste Scheibe des letzten Jahres war der Soundtrack zu Titanic mit vierzehn verkauften Stück gewesen, zwölf Stück davon Neuware, also mit einer kleinen Gewinnspanne, aber zwei Stück hatte Snorre gebraucht angekauft. Die eine hatte er für fünf Mark an- und später für dreizehn Mark verkauft, ein gewöhnliches Geschäft. Vermutlich war er von den Titanic Besessenen irgendwann dann aber so genervt gewesen, dass er im Einkauf nur eine einzige schnöde Mark anbot. Ob es ein missratenes Geschenk war oder ein Hard-Rock-Fan, der die CD seiner Angebeteten verkaufte, damit er das Geleier zu Hause nicht mehr ertragen musste – keine Ahnung. Jedenfalls irgendwer verkaufte Snorre einen Titanic-Soundtrack für nur eine Mark. Diesen zeichnete der Gnadenlose auf boshafte zweiundzwanzig Mark aus. Methode: „Geschmacksverirrungen kosten extra". Und eben dieses Exemplar hatte er verkauft. Mit einem zugleich angenehmen, aber auch verheerenden Effekt: Es kam so zu einem neuen Gewinnspannenrekord. Und Snorre hatte erkennen müssen, womit und auf welche Art sich Geld mit CDs verdienen ließ.
Ansonsten waren einige CDs der „Bravo Hits" verkauft worden, das übrige Geschäft hingegen hatte größtenteils aus Einzeltiteln bestanden.
Obwohl Snorre meist nur auf Kundenwunsch Neuware eingekauft hatte, war dieser Bereich trotzdem defizitär: Der Rohertrag auf alle verkauften Stück war nicht groß genug, um den Verlust durch unverkaufte Ware auszugleichen. Manchmal mussten CDs weit unter Einkaufspreis verkauft werden, da die großen Elektromärkte bei einzelnen CDs mit Kampfpreisen arbeiteten. Die Plattenindustrie gab Großeinkäufern Einkaufspreise, von denen kleine Händler nur träumen konnten. Eine „Bravo-Hits" kostete einen kleinen Laden knapp dreißig Mark im Einkauf und es gab Elektromärkte, die sie im Sonderangebot für zwanzig Mark verkauften. Strategisch war das Verhalten der Plattenindustrie natürlich völliger Unsinn: Da einzelne Großabnehmer bestimmte CDs, mit denen dann breit angelegt geworben wurde, unter den Einkaufspreisen kleiner Läden verkaufen konnten, suggerierten sie dem Kunden ein generell billiges Preisniveau, das diese auch von kleineren Läden einforderten, welches diese aber ruinierte. Das Angebot an Einzeltiteln bei den Ketten war vergleichsweise kümmerlich. Es gab kleine Läden, die mehr einzelne Titel führten als die CD Abteilung eines Elektrogroß-

marktes, der nur die profitabelsten Interpreten verkaufen wollte. Die Plattenindustrie sägte also durch die Konditionen für Großhändler nicht nur an dem Ast, auf dem sie saß, sondern gleich am ganzen Baum. Die Industrie musste völlig verblödet oder komplett verzweifelt sein, diese auf kurzfristige Gewinne abzielende Verkaufspolitik zu fahren.
Im Secondhandbereich erwirtschaftete „Musicpoint" zwar Gewinne, doch ein großer Teil davon schien im Warenbestand zu schlummern. Dieser war allein bei den CDs im letzten Jahr um 970 Stück auf 5238 Stück gewachsen. Ich hatte versucht herauszufinden, wie viele CDs der Laden durchschnittlich am Tag verkaufen musste, um zu überleben. Die Höhe mancher Kosten war mir unbekannt, darum schätze ich sie. Ich kam auf ungefähr dreißig Secondhandscheiben pro Tag, die verkauft werden mussten. Wir setzten an den besseren Tagen fünfundzwanzig Stück um.

Als Pete den „Little Shop Of Horrors" betrat, grüßte ich nur griesgrämig zurück, da mir die wirtschaftlichen Daten die Stimmung verhagelt hatten. Aber Pete zeigte sich hiervon wenig beeindruckt. Er ging häufig mit seiner fröhlichen, direkten Art, über die Launen seiner Mitmenschen hinweg, und hierbei blieb unklar, ob er diese gar nicht wahrnahm, bevor er sich über sie hinwegsetzte. Wenn Pete erst mal in Fahrt war, dann ungebremst.
Der Gute-Laune-Bulldozer kaufte die Smashing Pumpkins „Adore" von den CDs, die er Probe gehört hatte, und war froh, sie als Secondhandware günstig abzustauben. Mit der „Adore" hatten sich die Smashing Pumpkins zu höherer Popularität aufschwingen können; wie ich fand, völlig zu Recht.
„Wie angenehm, die Scheibe! Vielleicht sollte ich mir die restlichen Pumpkins auch mal zulegen", begeisterte sich Pete.
„Solltest du. Das alte Zeug von denen ist genauso fett. Ich finde die „Gish" und die „Mellon Collie and Infinitive Sadness" kommen leicht mit der „Adore" mit. Die anderen von denen kenn´ ich bisher nicht", zählte ich anscheinend ins Leere auf; Pete war in Gedanken bereits woanders.
„Weißt du, wer mal wieder in der Tanke war?" fragte Pete rhetorisch,

um sich sofort selbst die Antwort zu geben: „Der Kinderschänder, und diesmal ist sogar seine Mutter mit aus'm Auto ausgestiegen, weil die aufs Kundenklo wollte."
„Du hast doch keine Ahnung, ob der tatsächlich ein Kinderschänder ist", wandte ich ein.
„Zumindest sieht der aus, wie ich mir einen vorstelle. Weißt du, der sieht aus wie im Film, mit seinen zurückgekämmten öligen Haaren, seiner Allerweltsgröße, leicht untersetzt. Jemand, der sich in seinem Mittelmaß perfekt verstecken kann. Aber wenn du ihn dir gründlicher anschaust, wie der in der Tanke die Auslage inspiziert, von Regal zu Regal den Laden abschreitet – nein, stolziert – mit hinter dem Rücken gefalteten Händen – und scheinbar zu sich selbst kommentiert: „Schön, schön". Pete schritt, *stolzierte* durch den Laden. „Und nicht zu vergessen, wie er sich die Haare mit einer hektischen Handbewegung und einem vogelartigen Schleudern des Kopfes nach hinten streicht." Pete strich, schleuderte und stolzierte. „Dabei sind die Haare doch wie am Kopf fest zementiert mit der ekelhaften Pomade, die der da reinhaut. Jedenfalls ist dieses Zurückstreichen seiner Haare reine Übersprunghandlung, wenn du mich fragst", ereiferte sich Pete, ruckartig streichend, nachdrücklich schleudernd. Bei dem jetzigen Anblick, den Pete bot, war ich froh, dass so selten Kunden hereinkamen. Es klebte Gott sei Dank auch keine Menschentraube außen an dem Schaufenster, die sich fragte, ob giftige Gase aus dem Ladenfußboden ausdünsteten. Eigentlich war seit Stunden niemand mehr draußen zu sehen gewesen, als wäre der Laden – wenn schon nicht auf giftigem – zumindest auf verminten Gebiet gebaut worden.
„Und woher weißt du, dass das seine Mutter war, die bei euch aufs Klo wollte?", fragte ich.
„Das passte vom Alter her, er so dreißig bis fünfunddreißig, sie auf jeden Fall sechzig Jahre alt und die wirkten vollkommen vertraut", entgegnete Pete.
„Schon mal darüber nachgedacht, ob das nicht seine Freundin war und der Typ eher ein Omischänder ist?", wollte ich wissen.
„Manchmal gibt deine Fantasie derartige Ekelhaftigkeiten preis, das es meine bei weitem übersteigt, und weißt du was, ich bin froh darüber.

Pete zog eine Grimasse, als habe er versehentlich herzhaft in einen schimmeligen Apfel gebissen und während des Kauens festgestellt, wie der in Verbindung mit darin enthaltenen Würmern schmeckte.
„Ich stell mir Schwerkriminelle anders vor“, sagte ich. „Vor ein paar Tagen, der war schräg“; ich suchte eine Visitenkarte, fand sie und gab sie Pete. Er nahm sie und guckte mich fragend an, daraufhin erzählte ich: „Also zuerst parkte eine ziemlich dicke Karre auf der Bushalte, könnte ein Bentley gewesen sein“; ich schaute kurz zur Bushaltestation, die knapp fünfzig Meter in Sichtweite des Ladens lag und von der gerade ein Bus losfuhr. „Aus dem Schlitten stieg dann eine Frau in unserem Alter in voller Kampfmontur, also High Heels, Kleidchen mit Einsichtbonus und Drei-Wetter-Taft-gestähltem Haar. Die schritt hier herein, als liefe sie auf'm Catwalk, obwohl nur ein weiterer Kunde und ich da waren. *Ganz großer Auftritt*, als wenn alle nur auf solche Kunden warten würden. Die wollte einen Sampler mit Sixties-Chart-Hits als Kassette, fürs Auto. Ich wendete ein, bespielte Kassetten würden praktisch nur noch für Kinder hergestellt werden, sie könne doch eine CD kaufen und die fürs Auto aufnehmen. Da schaute sie mich mit großen, wehklagenden Augen an, nun das waidwunde Rehkitz, brachial vom Unbill der modernen Welt getroffen – ich traute ihr zu, dass meine Erklärung ihr technisches Verständnis hoffnungslos überfordert oder sie einen Sugar Daddy hatte, der sie, wenn sie ohne eine neue Kassette zurückkam, misshandelte. Das Gesamtpaket betrachtet, hat sie mich schließlich weichgeklopft. Ich verkaufte ihr ein Privat-Mix-Tape von mir mit Sixties Klassikern für zwanzig Mark. Im Nachhinein habe ich gedacht, sie hätte sogar weit mehr bezahlt. Jedenfalls dauerte es geschlagene zwanzig Minuten, ich dachte schon, der Bentley ist kaputt, so lange wie die da rumstanden, da steigt ihr Typ – bestimmt fuffzig Jahre alt – aus dem Auto und kommt in den Laden. Als der hier drin war, dachte ich, ich müsste die Heizung anstellen, so was von eiskalter Ausstrahlung. Gegen den ist der Terminator ein herzlicher Gesangesbruder. Also, the real Terminator erzählt mir dann, er wäre beeindruckt von meinem Engagement bei der Sixties-Mucke gewesen, und er fände es gut, wenn man seinen Job wichtig nähme und richtig machen würde. Er würde schon lange nach guten Aufnahmen von Ray Conniff suchen. Ich habe ihm versucht zu erklären,

dass unser Schwerpunkt musikalisch etwas moderner ist. Ob wir nicht eine Art Musikantiquariat wären, hat der mich mit einem Ausdruck in den Augen gefragt, dass ich mich genötigt fühlte zu sagen, natürlich würden wir uns bemühen, jeden Kundenwunsch zu erfüllen. Wir würden die Ohren offen halten, und falls was reinkäme, könnten wir ihn sofort anrufen, wenn er seine Telefonnummer hierlassen würde. Darauf gab er, Baron Vonstätt, mir seine Karte."

„Und das war ihr Typ?", wollte Pete wissen.

„Oder ihr Zuhälter, was weiß ich", entgegnete ich. „Der hatte eine Rolex mit Klunkern am Handgelenk."

„Nicht jeder, der eine Klunker-Rolex hat, ist schwerkriminell", dozierte Pete.

„Aber eher als dein Kinderschänder", behauptete ich. Das wollte ich jetzt aber nicht ausdiskutieren und wechselte das Thema: „Übrigens, wir haben die „One Step Ahead of the Spider" von MC 900 FT JESUS als Gebrauchte reinbekommen."

„Zeig her!"

Pete war die CD bisher zu teuer gewesen, aber ich wusste, dass er sie haben wollte. Wir fachsimpelten dann eine Weile, ob die „One Step Ahead of the Spider" genauso gut sei wie der Vorgänger „Welcome to my Dream". Ich fand schon, während Pete die Neuere zu jazzig war. Wir fragten uns, warum Mark Griffin, der Mastermind von MC 900 FT JESUS, keine neue Scheibe machte? Die „One Step" war jetzt auch schon fünf Jahre alt.

„Was kann es Geileres geben, als mit Musikmachen Geld zu verdienen?" fragte ich Pete.

Der meinte nach kurzem Überlegen: „Vielleicht fliegen?"

Bevor Pete ging, kaufte er die „One Step", aber erst nachdem er einen Sonderpreis von acht Mark herausgehandelt hatte.

5.

In den ersten Tagen und Wochen war die Zeit im Plattenladen gerannt, da so viel Neues geschah, nun verflog sie, weil sich mehr und mehr Routinen und Rituale – das Gegenteil von Rock and Roll – einschlichen. Morgens im Laden angekommen, frühstückte ich genau drei Brötchen. Bald danach brachte der Postbote die neuen, vorbestellten CDs. Ich hatte bei Bestellungen der Kunden Vorkasse eingeführt, um das Risiko auf den CDs sitzen zu bleiben, zu minimieren. Nachdem ich die Neuware in den Computer eingegeben hatte, rief ich die Besteller an und teilte ihnen mit, dass die Ware eingetroffen sei. Ein Service, den ich eingeführt hatte, und den die meisten Kunden gut fanden. Mit dem zusätzlichen Vorteil, dass die Ware schneller als vorher abgeholt wurde. Gegen Nachmittag ging ich zum Bäckereistand im Supermarkt, wo ich mittlerweile regelmäßig ein Stückchen Kuchen von einer der Bedienungen geschenkt bekam, wenn sie Schicht hatte, „das könne ich doch locker verknusen“. Da ich mir meistens abends höchstens eine Pizza bestellte, waren wir jetzt mindestens zu zweit, die sich langsam Sorgen über meine Ernährungssituation machten, aber ich fühlte mich zu schlapp, um etwas dagegen zu unternehmen. Ich wollte jedoch *aller*spätestens, wenn Snorre wieder da war, gehörig umsteuern. Versprochen! – Falls *Sie* sich auch schon Sorgen machen.

Andi kannte sich im Laden inzwischen bestens aus und selbst die Kasse hatte ich ihm schon öfter anvertraut. Es war lustig für mich zu sehen, wie er voller Stolz hinter dem Verkaufstresen saß, wenn ich etwa von einem Besuch bei der Bank wieder in den Laden kam.
Das Bankkonto schrammte durch die ganzen Abbuchungen, des Vermieters, von Versicherungen und durch die der Großhändler für CDs zuverlässig an der Unterdeckung. Ich musste beinahe täglich zur Bank gehen, um das Konto auszugleichen. Da war es eigentlich eine spannende Frage, wie Snorre mir jemals die zwanzigtausend Mark zurückzahlen wollte, die ich ihm geliehen hatte. Vor drei Jahren hatte Snorre beschlossen, endlich seinen eigenen Plattenladen aufzumachen. Er hatte schon zehn Jahre vorher mit Einführung der Compact Disc, ein Ge-

schäft eröffnen wollen, doch niemand hatte einem neunzehnjährigen, langhaarigen Grünschnabel die einhunderttausend Mark leihen wollen, die Snorre damals für seine Geschäftsgründung gebraucht hätte.
Aber Snorre hatte nicht verzagt und zehn Jahre später eine gebrauchte Ladeneinrichtung besorgt und über zweitausend CDs und fünfhundert LPs auf Flohmärkten und aus Privatsammlungen zusammengekauft. Dann hatte er in einem völlig unszenigen Viertel einen leer stehenden Laden gefunden, von dem er aber begeistert war, da ein Supermarkt und eine Apotheke, ein Geldautomat, die S-Bahn Station und eine Bushaltestation in direkter Nähe waren. Snorre hatte mir absolut überzeugend erklärt, warum die Anwohner gerade hier einen Plattenladen brauchten. Deshalb lieh ich ihm die zwanzigtausend Mark aus der Erbschaft einer verstorbenen Tante und sagte Snorre außerdem tatkräftige Unterstützung zu. Als ich vor Eröffnung des Ladens nächtelang den zukünftigen Warenbestand in das Warenwirtschaftsprogramm eingab, verfluchte ich mich dafür inständig.
Ich kannte den Laden also seit der Stunde null, war jedoch weder Mit- noch stiller Teilhaber bei „Musicpoint“, was sich jedoch bald ändern sollte.
Es waren vier Wochen vergangen, seitdem ich mit Snorre telefoniert hatte, somit erwartete ich ihn täglich aus den „*States*“ zurück. Doch anstatt endlich selbst wiederaufzutauchen, brachte der Briefträger nur einen Airmailbrief von ihm. Der hatte es dafür in sich. Ich musste ihn zweimal lesen, um die Tragweite des Inhaltes zu erkennen.

Hey Dude,
how's life? Ich wollte ja in einer Woche zurück in Deutschland sein, aber hier geht ´ne Menge, you know. Weißt Du, mein Bruder Mike besitzt ´nen eigenen Diner. Nix Großes. Aber er hat mich gefragt, ob ich hier schuften will. Normalerweise geht das natürlich gar nicht. Kann mir was Besseres vorstellen als eine Karriere als Burgerbräterbubi!
Gegenargument: Jackie.
Ausgesprochen süß, Kellnerin da. Die hat an einem Wikinger wie mir einen echten Narren gefressen. Klingt komisch. Is' aber so.
Vielleicht sollte ich erwähnen, dass die Fuck-Freaks vom Finanzamt in

Deutschland mich ganz dringend sehen möchten? Guter Grund hierzubleiben. Fuck-Umsatzsteuer!!! You know. Aber ich klär' das. Werde 'ne beschissene Ratenzahlung vereinbaren, oder so. All right.
Was anderes. Naja, fast. Ich mach' Dir mal folgenden Vorschlag:
Willst Du „Musicpoint" übernehmen/haben?
Ich verkaufe Dir the whole shit für eine Mark. Guter Preis?
Die Geschichte mit dem Finanzamt für das letzte Jahr klär' ich noch ab. Danach bist Du dran. Dann musst Du entscheiden, ob's weiter geht. In einem halben Jahr läuft der Mietvertrag nämlich aus. Wenn Du nich' verlängerst, kannst Du bis dahin deine 20 Riesen bestimmt locker wieder reinbekommen mit Sellout und so.
Well, überleg' Dir mein Angebot,
Snorre

PS. Hab schon mal einen Kaufvertrag beigelegt.

Ich war platter als eine Briefmarke, die beim Sex mit einer Strassenwalze unten gelegen hat. Und ich hatte geglaubt, Snorre gut zu kennen.
Seine finanziellen Probleme schienen größer zu sein, als ich gedacht hatte. Die plötzliche Liebe zu den Amerikanern schien mir mithin vorgeschützt zu sein, früher hatte er sich über deren Oberflächlichkeit beklagt und die Burgerketten waren ein Kernbestandteil seiner Gesellschaftskritik gewesen. Er hatte die McDonaldisierung unserer Gesellschaft beklagt und darüber hinaus behauptet, selbst bereits Vegetarier zu sein, was ihm allerdings niemand abgenommen hatte. Um den Verdacht zu vermeiden, er wäre in erzfeindlichem Gebiet gewesen, hätte Snorre früher nie zugegeben, eine Burgerbudenkellnerin kennengelernt zu haben. Alles zusammen genommen, erschien mir die Geschichte mehr als mysteriös.
Von der Überraschung über Snorres Siedlungspläne in God's own country geblendet, brauchte ich einen Moment, bis meine Konsternation in Ärger umschlug. Anstatt mir von seinen Problemen offen zu erzählen und mich in seine Absichten einzuweihen, hatte mich Snorre für schön dumm verkauft. Dieser sensationell billige Flug war Snorres Abflug weg von seinen Problemen gewesen, die nun ich lösen sollte.

Als ich mir den Satz mit den, sagen wir, „Freunden vom Finanzamt" ein weiteres Mal durchlas, befürchtete ich, dass Snorre den Laden gar nicht würde führen können, selbst wenn er nach Deutschland zurückkäme, weil die FF's vom F. – die sichere Bank im großen Monopoly – gegen ihn gleich die Ab-ins-Gefängnis-ohne-über-Los-zu-gehen-Karte zücken würden. Snorre hatte es anscheinend mit seiner Lässigkeit dem Finanzamt gegenüber übertrieben; nach meiner Kenntnis der Umsätze von „Musicpoint" war die Not vielleicht dazu gekommen.
Bisher war ich ein Plattenladenchef in Vertretung und auf Zeit gewesen, ab jetzt würde ich zwangsläufig der echte Chef eines Plattenladens sein – auf unbestimmte Zeit.

Am Abend dieses für mich denkwürdigen Tages besuchte ich Bernd. Charly sprang freudig erregt auf mich zu und wollte gestreichelt werden.
Inzwischen wusste ich, dass er ein Hovawart-Mischling war, beinahe so groß wie ein Schäferhund, aber mit flauschigerem Fell und stehenden Ohren, deren Spitzen nach vorne abknickten.
Bernd hatte mir erzählt, dass Charly es in Kneipen, wo Hunde erlaubt waren, schaffte, von hinten kommend herumsitzende, nichts ahnende, Kneipengänger mit seiner schwarzen Plüschtiernase an einer zufällig herabhängenden Hand so anzustupsen, dass sie ihn meist unwillkürlich streichelten. Falls der so Überrumpelte dann nach geraumer Zeit einmal mit dem Streicheln innehielt, wurde mit dem sprichwörtlichstem aller Hundeblicke und einem bisweilen energischeren Stupsen Nachschlag gefordert. Falls diese Bemühungen fruchtlos blieben, suchte er sich ein neues Opfer. Bei einem längeren Kneipenbesuch hatte Charly häufig alle anderen Kneipenbesucher gut kennengelernt, soweit er sie riechen mochte, und viele hatten ihn gestreichelt auch wenn sie normalerweise keine Hundeliebhaber waren.
Nachdem ich also in Charlys Meute aufgenommen worden war, spielten Bernd und ich ein bisschen Poolbillard.
Bernd hatte die Seven-Mary-Three-CD „Rock Crown" angestellt. Snorre hatte vor ein paar Monaten einen Sonderposten von seinem Großhändler erstanden, dreihundert CDs für fünfhundert Mark, größtenteils echte

Ramschware, doch Bernd, der selten neuere Musik kaufte, hatte – offenbar zielsicher – die Seven Mary Three von 1997 rausgepickt.
Als ich die Scheibe jetzt über Bernds feiste Anlage hörte, wusste ich warum. Das erste Stück „Lucky“ war gleich ein Hammer und obwohl Seven Mary Three grundsätzlich den Bluesrock nicht neu erfanden, ging die CD munter weiter.
Ich musste Bernd natürlich von Snorres Erweckungserlebnis in der Systemgastronomie berichten. Bernd versuchte meinen Spott für Snorre zu relativieren: „Ich glaube wirklich nicht, dass Snorre dich reinreißen wollte, Bonke. Snorre ist ein feiner Kerl, doch in letzter Zeit war er ganz schön gefrustet, nicht nur wegen der Kohle. Er braucht ein familiäres Umfeld, das ihn stützten soll. Weißt du, ich vermute, an diesem Freak- oder Hippietum oder wie du das denn nennen willst, hat Snorre die Idee, des Zusammenhalts, der menschlichen Nähe gefallen. In den 70ern war das fast Mainstream, in den 80ern fand man immer noch seinesgleichen, doch in den 90ern ist das Anachronismus. Außer der Wende, die uns den Sieg des Kapitalismus und das Ende eines pervertierten Sozialismusversuches gebracht hat, ist niemand zusammengerückt. Obwohl da eine Grenze friedlich gefallen ist, sieht man erst dadurch die Begrenztheit vieler in ihren Köpfen.
„Du meinst Snorre ist abgehauen, weil seine Kumpels ihn nicht genug geknuddelt haben?“ fragte ich erbost.
„Nein, du hast ihn bestimmt genug geknuddelt“, sagte Bernd mit einem Grinsen, „Snorre braucht ein Umfeld, das ihm Orientierung vermittelt, in dem gleiche Werte gelebt werden.“
„Bei McDonald“, warf ich ein.
„Ja, er muss schon ganz schön verzweifelt sein“, meinte Bernd. „Und außerdem: Vielleicht hat Snorre seinen Bruder wirklich gern, bisher hat er sich, soweit ich weiß, mit niemandem aus seiner Familie je verstanden“, fügte er hinzu.
Der Ärger über Snorre brutzelte zwar inzwischen auf kleinerer Flamme, köchelte aber solide weiter vor sich hin. Bernd hielt beim Pool einen Moment inne und musterte mich, dann sagte er: „Es gibt Menschen die sind intrinsisch motiviert, sie legen den Anschnallgurt im Auto an, um ihr Leben zu schützen. Extrinsisch motivierte Menschen legen den Gurt

an, weil das alle machen und es sich so gehört. Ich vermute Snorre ist ein extrinsisch motivierter Mensch."
Ich ließ mir das Konzept durch den Kopf gehen und vermutete insgeheim, Bernd sei bestimmt intrinsisch motiviert.
Die Seven-Mary-Three-CD endete mit von Streichern gespielten Noten; Charly hatte sich in die Ecke von Sofa und Wand gekuschelt und schlief. Bernd suchte eine auffällige, aber mir unbekannte, Platte mit einem großen roten L auf weißen Grund aus. Mit Bedacht legte er die Scheibe auf den Plattenteller des Thorens-TD-126-MK-III-Electronic-Plattenspielers. Zu den wenigen Sachen, die ein Hippie von seinem Spießervater gerne erben würde, gehörten sicher diese klobigen Holzkasten-Plattendreher. Thorens-Jünger sprachen gerne von zeitlosem Design, Plattenfans rühmten seinen bestechenden Klang. Oder gab es doch Markenfetischismus im linken konsumkritischen Milieu? Ich habe bei Freaks, die kaum Kohle hatten, neben Thorens zum Plattenhören auch Nakamichi-Tape-Decks und etliche Zippo-Feuerzeuge gesehen, die natürlich samt und sämtlich irgendwo irgendwie billig abgeschossen worden waren. Besonders bizarr der Benz. Dem Erstbesitzer war der Stern auf der Kühlerhaube des „Strich Acht" als Symbol des Bonzentums abgebrochen worden. Viele Jugendliche banden sich die Dinger um den Hals, um sich später als erwachsene Viert- oder Fünftverwerter und stolze Besitzer über den Verlust auf der Haube zu ärgern.
Das erste Stück der Platte war zu Ende.
„Wie angenehm! Hört sich 'n bisschen zappamäßig an", sagte ich.
„Das sind Godley & Creme, die waren früher mal bei Ten CC, „Dreadlock Holiday" und so. Solo machen die aber ganz andere Mucke. Muss man vielleicht ein paar Mal hören, ich fand die zuerst auch total seltsam", erklärte Bernd.
Ich betrachtete Charly beim Schlafen und fragte dann: „Ein Haustier beim Schlafen strahlt so viel Ruhe aus, ein Inbegriff der Gemütlichkeit. Was meinst du, träumen die wie wir?"
„Ich glaub' schon: meiner Meinung nach gibt's kaum Unterschiede zwischen der Tierwelt und dem Menschen."
„Aber der Mensch ist doch die Krone der Schöpfung", sagte ich mit einem ironischen Unterton.

„Ja der Mensch ist die Krönung, er vermehrt sich explosionsartig, schlachtet sich in Kriegen gegenseitig ab und behauptet vernunftgesteuert zu sein. Die Tierwelt wird nach Bedarf aufgegessen und ausgerottet, kurz vor dem Aussterben einer Art wird sie im Zoo aufgehoben und angestaunt, als ob sie dort etwas verloren hätte."
„Hast du was gegen Zoos?"
„Nö, außer dass die falschen Tiere drin sind. Man sollte den Homo sapiens darin einsperren, bis er Einschläge merkt. Der Mensch behauptet, er sei eine neue Stufe der Evolution, ein qualitativer Sprung, das ist Quatsch. Meines Erachtens ist der Mensch in vielen Belangen minderwertig, langsamer als ein Löwe, blinder als ein Adler, tauber als ein Hund und so weiter. Es gibt anpassungsfähigere Arten wie die Ratten, ökonomisch besser organisierte wie ein schlichter Ameisenhaufen, und abgesehen davon, dass vermeintlich schlichte Brieftauben fliegen können, haben die ein GPS auf Basis des Magnetfeldes der Erde im Schnabel eingebaut, deren genaue Funktionsweise wir Menschen übrigens wahrscheinlich nie verstehen werden. Die angeblich uniquen, gelobten Fähigkeiten des Denkens und Fühlens des Homo sapiens sapiens sind ebenso nur graduell unterschiedlich zum restlichen Tierreich", dozierte Bernd.
„Und deshalb beharren so viele Menschen darauf, dass Tiere gar nichts fühlen?"
„Ja, weil es sie moralisch entlastet, der Mensch hat sich in der Evolution Narrenfreiheit genommen", antwortete Bernd. „Da er sonst über den Blödsinn nachdenken müsste, den er verzapft, *fühlt* er sich einfach den Tieren überlegen.
Ansonsten hilft die Fleischindustrie: „Fleisch, ein gutes Stück Natur, nicht das Tier, sein Fleisch."
„Ist das jetzt dein Plädoyer, dafür dass wir uns alle von Gänseblümchen ernähren sollen, um die Welt zu retten?" wollte ich wissen.
„Dann sterben nur die Gänseblümchen aus und der Welt ist trotzdem wenig geholfen. Ich meine, man könnte die Perspektive ändern. Wusstest du, dass 10 000 v. Chr. nur ein paar Millionen Menschen auf der Erde lebten? Wahrscheinlich meinen die Legenden der Bibel diese Zeiten, wenn sie vom Paradies sprechen. Reichlich Wild, Obst ohne Ende, keine

nervigen Nachbarn. Und dann in nur 12 000 Jahren oder nur vierhundert Generationen sind wir jetzt bei etwa sechs Milliarden."
„Wieso denn *nur* vierhundert? Wie meinst du das jetzt, genau?"
„Na, hätte nur eine deiner Urururomas ein Kind weniger bekommen, wärst du wahrscheinlich – rechnerisch – eine Null. Vielleicht tröstet es dich, mich hätt's wohl auch erwischt."
Vierhundert Leutchen. Eine florierende Diskothek hat an einem Abend am Wochenende mehr Besucher. 400. Im Grunde gibt es bei jedem Ball der freiwilligen Feuerwehr in einem winzigen Dörfchen morgens mehr Alkoholleichen.
Bernd sprach weiter: „Nur aus Eigennutz versucht die Kirche uns einzubläuen, die Menschen wären aus dem Paradies vertrieben worden, nachdem sie vom Baum der Erkenntnis genascht hatten. Tatsächlich ist das gelogen, denn die Menschen wurden nie daraus vertrieben; wenn, dann versuchen sie es kaputtzuvögeln. „Seid fruchtbar und mehret euch!" Stattdessen sollte die Kirche lieber Verhüterli ausgeben. Wenn wir fünfhundert Millionen bis maximal eine Milliarde Menschen wären, dann könnten alle problemlos Auto fahren ohne Stau, Fleisch essen ohne Massentierhaltung und so weiter – das Schlaraffenland."
„Und wie soll das gehen?"
„Um das zu erreichen, müsste es eine sichere Rente für Kinderlose vom Staat geben und ich würde eine Art Rente für die Dritte Welt, bezahlt von der ersten, vorschlagen, damit die Menschen ein Stück weit auf humane Art aussterben könnten. Es ist unpopulär, aber ich behaupte, Kinder machen die Welt kaputt, es gibt zu viele. Relativ betrachtet, übrigens vor allem in der ersten Welt. Wir sind die größten Schmutzer."
Ich prüfte Bernds Mimik, um festzustellen, ob er mich gerade hochnahm oder das Gesagte ernst meinte. Er hatte ein verschmitztes Lächeln aufgesetzt und ich war mir unsicher.
Ich hatte im Laden einmal erlebt, wie ein Kunde hereinkam und Snorre nach Roy-Black-CDs fragte. Snorre meinte, es gebe bei ihm keinen Roy Black. Daraufhin fing Bernd mit bierernster Stimme an, Snorre darzulegen, Roy Black habe doch unvergessene Hits gehabt, er würde nur mal so an „Ganz in Weiß" erinnern. Unbestreitbar habe Roy Black zum exquisiten Stammpersonal der deutschen Hitparade gehört und es sei keine

lässliche Lücke, sondern ein genantes Scheunentor großes Loch in Snorres Angebot, so einen – hier sei der ansonsten inflationär verwendete Begriff absolut angebracht – *Giganten* der Showunterhaltung nicht umfassend und prominent im Sortiment vorzuhalten. „Mir", schloss Bernd, „beliebt es andauernd dem leider viel zu früh dahingeschiedenen Meister seines Fachs zu lauschen." Snorre tat nun so, als wäre er sich seiner Schuld bewusst. Tatsächlich wusste er um Bernds Verachtung für Roy Black, der aus Karrieregründen Schlager gesungen hatte – sich für etwas lieben ließ, das er im Grunde verachtete. Der Kunde wunderte sich zwar etwas über die Dramatik und Eloquenz von Bernds Anklage, doch war er nur zu gerne bereit, an die Allgegenwart von gleichgesinnten Roy-Black-Fans zu glauben und brachte ein empörtes: „Ja, also wirklich!" heraus.

Snorre heuchelte Einsicht. Er stammelte etwas wie: „Diese schlimme Lücke", mit Blick auf Bernd, „Nein, das *unentschuldbare* Loch im Angebot sei ihm leider entgangen. Durchgerutscht. Das könne passieren. Sei nur menschlich. Aber jetzt, wo er um die Treue und Liebe der Fans zu Roy Black wisse, würde er seinen Fehler erkennen."

Nachdem ich unverdächtig war Roy-Black-Fan zu sein und keinen anderen Grund fand, warum Bernd mich verarschen sollte, entschied ich mich ihn zu fragen:

„Du hast keine Kinder?"

„Ob ich Vater bin? Nein, insofern werde ich meiner Lehre gerecht." Nach einer rhetorischen Pause fügte er grinsend hinzu: „Was nicht unbedingt bei vielen Theorien von mir der Fall ist."

Charly war inzwischen wach geworden und wurde zunehmend unruhiger. Bernd erklärte mir, er habe mit Charly heute bisher keinen größeren Spaziergang gemacht und fragte mich, ob ich Lust hätte ein Stück mitzugehen. Als ich einwilligte, beugte sich Bernd ein wenig zu Charly hin und fragte ihn im Flüsterton: „Na Charly, wollen wir *raus?*"

Der Hund spitzte die Ohren, beim Wort „raus" legte er den Kopf schief („Raus ist doch immer gut – meinst du die Frage ernst?"). Auf die Wiederholung: „Raus?", reagierte der Hund mit Bellen („Seid ihr Menschen wirklich so blöd? Nu' ma' los!") und mehrmaligem Niesen – die Aufregung. Dann lief er zur Tür, schaute zurück zum Herrchen, lief ein

wenig auf ihn zu und hin und her. Damit stellte er endgültig und unmissverständlich klar, dass es jetzt loszugehen hatte.
Wir gingen Richtung Friedhof zum angrenzenden Wäldchen.
Charly streunte begeistert mal neben uns, mal vor uns her und erkundete inbrünstig die olfaktorischen Neuigkeiten. Der nahe Wald begann, sein betörendes Bouquet zu verströmen, und steigerte Molekül für Molekül Charlys Enthusiasmus. Bernd kommentierte die Situation mit einer seltsamen Liedzeile aus einem Song der Nina-Hagen-Band: „Hä, und dass du dir jetzt einen Wald suchst, um dir im Moos ein Bett zu bauen." Ich konnte zwar die ganze erste Scheibe mitsingen, wenn ich sie hörte, doch besonders bei diesem Song, wäre mir das Zitieren schwergefallen.
„Der Spinner, einer meiner Lieblingssongs auf der Scheibe, allerdings ist der Text echt schräg."
„Seh' ich genauso."
„Die erste Scheibe war echt kultig."
„Und nahm im Grunde bereits viel der Neuen Deutschen Welle vorweg, bis auf den unsäglichen Ska-Verschnitt, zum Glück."
Wir sprachen über Bands der Anfangszeit wie Ideal, Extrabreit und die Deutsch Amerikanische Freundschaft, kurz DAF, die wir beide mochten. Bei unserem Spaziergang befanden wir uns inzwischen auf dem Rückweg. „Dann kamen Trio oder", zählte Bernd auf, „Bands wie „Nichts", die man sich merken kann, weil sie auf ihren anständig rockig-punkigen Scheiben, die historisch wertvolle Aufgabe übernommen haben, auf dem ersten Album als letzten Song „Nichts" mit nichts drauf außer Stille aufzunehmen, um ihm dann, auf dem zweiten Album zwei Minuten „Nichts Live" folgen zu lassen. Machwerke, die jeder Buddhist kennen sollte, doch dann spülte es, statt weiterer frischer und erfrischender Musiker Dilettanten nach oben wie Frl. Menke und Markus, die mit Titeln wie „Hohe Berge" und „Ich will Spaß", herrlich-verrückt mit elendig-blöde verwechselten."
Erzählte ich Bernd von Partyabenden, bei denen ich diese Lieder – zu meiner Entschuldigung – sturzbesoffen mitgegrölt hatte?
Ich ließ es unter den Tisch fallen und sagte nur: „Für viele sind das rückblickend die Hits der NDW."
„Das sind die Totengräber gewesen", entgegnete er. „Im Geier Sturzflug

vom Sternenhimmel zusammen mit den anderen fehlgezündeten 99 Luftballons, so übel, dass jahrzehntelang niemand außer Udo Lindenberg deutsch sang oder nuschelte, von der unbelehrbaren Fraktion der Volksmusik- und Schlagersänger mal abgesehen."
„Na ja, als Ausnahme gab's Leute wie Marius Müller-Westernhagen und Grönemeyer", wandte ich ein.
„Grönemeyer? Ich wusste gar nicht, dass der deutsch singt", sagte Bernd.
„Alles deutsch, hab das Textblatt einer CD gelesen", antwortete ich, ehe ich bemerkte, dass Bernd mich jetzt vielleicht für einen Grönemeyer Fan hielt, obwohl ich keiner bin. Zu spät:
„Textblatt gelesen, aha", frotzelte Bernd.
Ich ließ die Bemerkung cool im Raum stehen und ertrug die Implikation wie ein ganzer Mann. Soweit man cool und ein ganzer Mann sein kann, trotzdem man Grönemeyer-Texte liest (zum Beispiel den wenig hilfreichen von „Männer", der auch nicht weiter weiß: … „Wann ist ein Mann, ein Mann?").
Durch den Spaziergang mit Bernd und Charly war es spät geworden, wir verabschiedeten uns und ich ging zum Bahnhof. Dann fuhr ich mit der AKN-Bahn- „Emma" Richtung Schlummerland.

6.

Nach nur einem Monat bei „Musicpoint" als stellvertretender Geschäftsführer, war ich nun unverhofft zum Chef und Besitzer geworden. Ein Glücksempfinden angesichts dieses Karrieresprungs, das sich spontan nicht hatte einstellen wollen, konnte ich in der Folgezeit ebenso erfolgreich unterdrücken.

Bisher hatte ich mir die prekäre wirtschaftliche Lage des Ladens schöngeredet: Wahrscheinlich hatte ich einen umsatzschwachen Monat erwischt und Snorre wisse bestimmt was in Zukunft zu tun sei, damit sich die Umsätze verbesserten. Doch nun musste ich entscheiden, wie und ob, es weitergehen sollte. Urlaub für mich war bis auf Weiteres gestrichen und ein Weiterführen des Studiums schien unter diesen Umständen erst mal unmöglich. Ich musste Zeit gewinnen. Ich beantragte bei der Uni ein Urlaubssemester. Nachdem ich mir den Mietvertrag des Ladens durchgelesen hatte, rief ich den Vermieter an. Ich handelte einen Aufschub heraus: Ich musste erst in gut zwei Monaten, also drei Monate vor Ablauf kündigen, ansonsten würde sich der Vertrag automatisch um weitere fünf Jahre verlängern. Ich hatte also gut zwei Monate Zeit, die wirtschaftliche Lage besser einzuschätzen und die Zukunft des Plattenladens zu bestimmen.

Ich suchte die Abrechnungen der vergangenen Jahre heraus, soweit Snorre sie in der Büroecke des Ladens in Aktenordnern abgeheftet hatte und fertigte ein Diagramm an, welches die Tagesumsätze in einer Linie über der Zeitachse anzeigte.

Nach dem Eröffnungsjahr hatte Snorre im darauf folgenden Jahr seine Umsätze verbessern können. Das dritte Jahr war gleichermaßen etwas erfolgreicher als das zweite verlaufen, seitdem sanken die Umsätze kontinuierlich. Inzwischen waren die Tagesumsätze ähnlich schwach wie im allerersten Jahr.

Kamen zu wenig Kunden in den Laden, oder fanden sie keine CDs, die sie kaufen wollten? Vielleicht sparten die Menschen ihr Geld lieber, anstatt CDs zu kaufen, wie Hans Eichel der Finanzminister der rot-grünen Koalition, der ein ganzes Sparpaket angekündigt hatte. Viele Deutsche fingen zudem an, die Ausgaben für Tonträger auf anderem Wege zu sparen: Es gab in Deutschland mittlerweile 10 Millionen Menschen, die wie Boris Becker im Werbespot fröhlich verkündeten, sie seien drin im World Wide Web. Man begann Musik *downzuloaden* und lernte nebenbei eine neue Sprache: Computerdenglish. Der Umsatz an Brennern für CDs, die man nun für fünfhundert Mark pro Stück kaufen konnte, stieg rasant an.

Eine vermeintliche Kundin, ich nenne sie mal Kassandra, die aber nichts kaufte und höchstwahrscheinlich nur herein gekommen war, um mich vollzuquatschen, erzählte mir, sie finde inzwischen all ihre Musik im Netz. Sie hätte mittlerweile eine um hundert Mark höhere Stromrechnung, weil ihr Rechner mit Brenner rund um die Uhr liefe. Sie müsse bereits für den ganzen Familien- und Bekanntenkreis Spiele und Musik CDs brennen, da käme man kaum hinterher. Selbst wenn man konstatierte, dass meistens unbeschleunigt, also in Echtzeit, gebrannt wurde, um zu hohen Ausschuss an CD Rohlingen durch Kopierfehler zu vermeiden, waren diese Kopien jedoch von ganz anderer Qualität als die verrauschten und höhenarmen Kassettenaufnahmen. Deshalb hatte sich schnell eine Lösung für Kassandras steigende Stromkosten gefunden: Sie verkaufte Kopien.

Andis Praktikum war in seiner letzten Woche. Ich hatte mich in den wöchentlichen Zwischenberichten an die Schule sehr lobend über ihn geäußert. Er hatte schnell begriffen, wie ein Plattenladen funktionierte und außerdem war Andi freundlich und vorurteilsfrei im Umgang mit Kunden. Bei so manchen schrägen Vögeln, die bei uns aufschlugen, eine Herausforderung.

Nebenbei hatte ich mich mit ihm angefreundet. Das war weder mir noch einer 16 Jährigen namens Iris schwergefallen, die inzwischen auffällig oft den Laden besuchte, wenn Andi da war. Andi war zwar ein Meter neunzig groß und wahrscheinlich über einhundert Kilo schwer, wirkte aber im Umgang wie ein zu groß gewordenes Monchichi. Als ich ihn fragte, ob er sich vorstellen könnte, weiterhin täglich für eine Stunde als Aushilfe im Laden zu helfen, war er sofort begeistert. Ich versuchte seinen Elan etwas zu dämpfen, und sprach die schlechte Bezahlung – zehn Mark in der Stunde – an. Ich erklärte ihm, mehr könne ich nicht zahlen, da der Laden in keiner guten wirtschaftlichen Verfassung sei und ich ihn deshalb vielleicht sogar in einem halben Jahr schließen müsse. Daraufhin erwiderte er zu meiner Verblüffung: „Ach das mit der Kohle ist nicht so wichtig, für dich würde ich hier auch umsonst arbeiten." Das war keine billige vorgeschobene Loyalität, dazu war Andi viel zu treuherzig. Man sah, dass er es ernst und freundschaftlich meinte und so war ich emotional fast zu angeschlagen, um ihm herzlich danken zu können. Gleichzeitig beschloss ich, dass Andi der Letzte sein sollte, dem ich jemals etwas schuldig blieb.

Pete hatte mir einmal erläutert, wie das Geschäft einer Tankstelle funktionierte: Der Pächter verkaufe den Sprit nur in Kommission für den Mineralölkonzern, deshalb wäre der Verdienst minimal. Der Pächter hätte nur ein Auskommen, wenn der Kunde beim Spritbezahlen, zusätzlich etwas von dem überflüssigen, durchweg figurfeindlichem Schnickschnack aus dem Shop für teures Geld kaufen würde. Der gelbe Salon in dem Pete arbeitete, war darin ziemlich erfolgreich, er gehörte quasi zu den Königshäusern des Schnickschnackverkaufs. Geadelt durch die Rangliste der umsatzstärksten Shops des Mineralölkonzerns, in der doppelt so große Tanken weniger Umsatz erwirtschafteten. Des Weiteren hatte er erklärt, es lasse sich so gut wie jede Ware losschlagen, spätestens dann wenn man sie verbilligte. Die allerhartnäckigsten Ladenhüter mussten zudem *zentral* auf dem Verkaufstresen platziert werden, dann verkaufte man auch die. Keinesfalls sollten Dinge links vom Kunden als Impulskauf angeboten werden, das wäre nahezu sinnlos, weil alle Rechtshändler da praktisch blind seien. Diese Klassiker eines erfolgreichen Verkäufers beherzigend, kam ich auf die Idee, die größten Flops aus dem Sortiment herauszusuchen, um zwei Wühltische mit CDs für jeweils eine Mark oder drei Mark zu befüllen. Die Wühltische passten, nachdem Andi und ich die Regale ein bisschen verschoben hatten, ganz gut in die Mitte des Ladens. Von den Caught in the Act etwa hatten sich als gebrauchte CDs inzwischen vier Stück angesammelt, ohne dass im letzten Jahr nur eine einzige für fünf Mark verkauft worden wäre. Auch New Kids on the Block, ereilte das eine-Mark-Wühltisch-Schicksal – schlechte Zeiten für Boybands. Es gab einen Bestand an Volksmusik, den Snorre bei irgendwelchen Plattensammlungsauflösungen hatte mitkaufen müssen, der jetzt komplett zu Ramsch deklariert wurde. Die meisten Various-Artists-CDs und vieles aus dem äußerst schnelllebigen Hip-Hop- und Techno-Bereich hatten auch kaum mehr den Gegenwert eines Heiermanns[3] oder einer Schachtel Kippen aus dem Automaten. Die CDs brauchten neue Etiketten und der Verkaufspreis musste im Verkaufsprogramm des Rechners entsprechend geändert werden, da ansonsten die Kasse nicht stimmen würde. Doch trotz der vielen Arbeit, reduzierten Andi und ich recht schnell fünfhundert Stück. Damit hofften wir, zumindest den ältesten Leichen, mit dem penetrantesten Verwesungsgeruch, neues Leben zu einem kleineren Preis einzuhauchen. Es war sinnvoll, den nahezu unverkäuflichen Schrott, lieber zu verramschen. Die Kelly-Family hatte inzwischen mehr Abschreckungs- als Verkaufspotenzial, zumindest in diesem Laden. So bedeutete ein hoffentlich, alsbaldiger Verkauf einen Zugewinn an Übersichtlichkeit und an gutem Geschmack.

Derart geläutert hatte der Laden jetzt zwar zwei Wühltische mehr, aber 2783 Mark an Warenbestand abgeschrieben.

Ich hatte im Studium einiges über Grenzpreise, also das Maximum, was ein Kunde für ein Gut bezahlen würde, gelernt. Ich konnte hierzu sogar lustige, irgendetwas veranschaulichende, Diagramme entwerfen, doch galt hierbei stets *ceteris paribus* – alle außer den betrachteten Faktoren sind konstant!

Konstant erschien mir bei „Musicpoint“ nur der Mangel an Kundschaft und wenn ich alle Preise so weit senkte, bis mir die Kunden die Bude einrennen würden, musste ich das Zeug wahrscheinlich verschenken. Und bei den Boybands, so überlegte ich, half wahrscheinlich nicht mal das. Bei denen musste man, zumindest theoretisch, *wissenschaftlich betrachtet*, über *negative* Preise nachdenken – also beim „Verkauf“ dazuzahlen. Ob Werbung dagegen oder allgemein helfen würde, war zweifelhaft, unzweifelhaft war sie erst einmal teuer.

[3] Heiermann: Umgangssprachlich für das 5,- DM-Geldstück

Ich fragte mich inzwischen, ob mir mein Studium irgendetwas Nützliches für diesen vermeintlich einfachen Job des Einzelhändlers gebracht hatte. Es gab viel zu tun, wenn der Laden eine Zukunft haben sollte. Ich würde an vielen Stellschrauben drehen müssen und so würde es eben keine Konstanten für wissenschaftlich exakte Kalkulationen geben.

Am Donnerstag ließ Pete sich das erste Mal in dieser Woche im Laden blicken. „Hi Bonke, na alles senkrecht? Neues von Snorre, dem alten Fahnenflüchtigen?"

„Zweimal ja".

„Wie, der furchtlose Entdecker des neuen Kontinents und ihrer kulinarischen Verlockungen, sprach zu dir, dem Unwürdigen?" fragte Pete. Ich merkte auf. Ein Sprachstil, dessen sich sonst nur Bernd gelegentlich befleißigte.

„Er geruhte eine Schriftrolle von tapferen Kriegern durch die Lüfte tragen zu lassen", sagte ich und spielte ebenso den devoten Heloten.

„Kein singender Draht, eine Schriftrolle! Der Teufelsbraten! Welch atemberaubender Geniestreich und in seiner Durchführung an Kühnheit kaum zu überbieten! Doch nun sprich geschwind, wie lautet die Ordre du Mufti?"

Pete war von Snorre schwer enttäuscht, weil dieser seinen Plan, nach Amerika zu fliegen, auch vor ihm geheim gehalten hatte. „Das geht gar nicht", fand er und außerdem sei deftig, dass Snorre mich mit dem Laden allein gelassen hatte. Als alter Kumpel von Snorre interessierte er sich aber trotzdem dafür, wie es ihm ging. Ich erzählte Pete von den finanziellen Problemen, die Snorre mit dem Finanzamt hatte. Dann unterhielten wir uns über meine neue Rolle als Chef des Plattenladens. Schließlich kam Pete auf eines seiner Lieblingsthemen, – Korrektur: sein Lieblingsthema – Frauen, zu sprechen: „Und am Wochenende, was gelaufen?"

Pete wusste, dass ich schon ewig solo war, um genau zu sein, vierzehn Monate lang. Im Gegensatz zu Pete lernte ich selten Frauen kennen, die meisten fand ich zu uninteressant (laut Pete ein großer Fehler: „Du musst auch mal in der zweiten Reihe schauen", hatte er mir geraten). Und wenn mich eine Frau interessierte, fiel es mir schwer sie anzusprechen („Ein zweiter möglicher Fehler"). Wenn es mich erwischte, dann

allerdings heftig („Der dritte Fehler, oft der größte“).
Ich hatte Sympathie für einen Kumpel, der ähnlich wenig wusste, wie's richtig geht und mir einmal beichtete, er habe sich frisch verliebt. Auf meine Frage, wo er sie kennengelernt habe, erläuterte er mir, das Mädchen sei ihm in Wirklichkeit unbekannt, er habe sich in ihre „*Erscheinung*“, in ein Foto, verliebt. Die Aufnahme von ihr hatte er auf einer Cornflakes-Packung entdeckt. Ich sah auf dem klitzekleinen, unscharfen Schwarz-Weiß-Foto zwar nur ein unscheinbares Allerweltsmädchen, doch mein Kumpel schleppte das Foto noch wochenlang mit sich rum. Bisher habe ich mich nur in lebendige Frauen verliebt, ausnahmslos, aber mit dem Hang es mit dem Kennenlernen nicht weit genug und mit der Anbetung zu weit zu treiben, bin ich wohl mindestens so nah dran an der Neurose wie mein Kumpel. Schlimm.
So richtig schlimm wird es, wenn ich ein williges Opfer für meinen Götzenkult gefunden habe, oder exakter: ich, Opfer, einen neuen Götzen gefunden habe. Gemeinhin bekannt, genießt man das Gefühl des Verliebtseins, gleichzeitig ist es oft die Vorstufe zum endgültigen Wahnsinn, der sich häufig erst nach Beendigung der Beziehung in vollem Umfang zeigt. Anders gesagt: anfangs gestört, weil er eine Frau begehrt, dann unbrauchbar, weil er mit 'ner Frau zusammen ist und am Ende wrack, weil's aus ist. Warum spricht der Mann von seiner Frau als *besserer Hälfte?* Weil die andere kaputt ist.
Die Heilung setzt dann erst nach Monaten ein, allein schon deshalb, weil ich mich zunächst richtig über die Trennung ärgern muss. In meinem jetzigen, Pete meint besonders schwerwiegenden Fall, könnte man glatt von einem neurotischen Trauerjahr sprechen. Für Pete unhaltbare Zustände, er tendiert eher zur Zweitfreundin, anstatt die Zeit solo zu verplempern. Neurose hin oder her.
Samstagnacht war ich mit Toddy auf dem Kiez gewesen. Nun war ich einen Moment lang unsicher, ob ich Pete die Geschichte mit der Frau im „Molotov“ erzählen sollte. Aber der wartete zunehmend ungeduldig auf eine Antwort von mir und ich wollte ihm zeigen, dass ich mich immerhin um Besserung bemühte: „Ich war mit Toddy auf dem Kiez, der hatte ausnahmsweise mal Freigang von seiner Freundin bekommen.“ (Pete wusste um die Eifersucht von Toddys langjähriger Freundin, die

war Legende.) „Erst waren wir im „Lehmitz“ ein bisschen Vorglühen und dann sind wir rüber ins „Molotov“. Als ich so eine halbe Stunde an der Tanzfläche rumstehe, fällt mir eine Perle auf. Sehr angenehm. Sie stand auf der gegenüberliegenden Seite. Ursprünglich dachte ich, die wäre zu scharf für mich und dementsprechend glotze ich weiter in der Gegend rum, hole mir ein Bier. Als ich wieder an meinem alten Platz mein Bier trinke, steht die Perle plötzlich neben mir. Keine Freundin oder dazugehöriger Typ weit und breit zu sehen. Da blitzte bei mir der Gedanke auf, die steht vielleicht absichtlich neben dir und ich quatsche sie an. Wir reden also fröhlich irgendeinen Blödsinn, da kommt Toddy angetrottet und fängt an rumzudröhnen wie öde die Musik in dem Laden sei: „Das geht ja gar nicht!“ – Wir könnten doch mal im „Grünspan“ die Lage abchecken. Deshalb frage ich die Frau, ob sie mitkommen will. Sie antwortet, dazu hätte sie jetzt keine Lust, vielleicht später. Toddy wollte aber unbedingt sofort los, wir stiefeln also zum Eingang, da trifft Toddy einen Kollegen und labert sich fest. Ein Gespräch darüber, welche Vergasertypen auf welchen Motoren die besten Tuningergebnisse liefern – für mich als Zuhörer echt spannend, elektrisierend. Ehe ich also einschlafe, hole mir alsbald ein neues Bier. Und wen muss ich in einer Ecke neben dem Tresen mit einem Typen knutschen sehen? Die Perle.“

„Mann!“ Pete war betroffen.

„Das hätte mein erster One-Night-Stand werden können“, barmte ich.

„Ich weiß, ich weiß“, erwiderte Pete in großväterlichem Ton, um dazuzusetzen: „Du ahnst nicht, was mir Samstag passiert ist.“ Ich guckte erwartungsvoll. Setzte er gerade zu einer seiner krassen Pete-Stories an?

„Am Samstag hatte ich Spätschicht im gelben Salon und Dirk war auch da, um Regale aufzufüllen. Na, und schwuppdiewupp waren zwei Flaschen Sekt platt, dann kam Bea, da fiel die dritte. Bea kennst du?“

„Die Dickliche, mit rot gefärbten Haaren?“

„Genau die!“

„Nicht meine Baustelle.“

„Du sagst es. Sie ist aber echt nett. Jedenfalls mag die mich.“ Pete redete sich in Schwung. „Nach der Schicht sind wir alle drei auf eine Kneipentour, im „Gestern und Heute“ sind aber nur Bea und ich angekommen.

Dirk haben wir irgendwo verloren, oder er uns, was weiß ich. Wir hatten inzwischen in zig Kneipen etliche Bier getrunken, meistens mit Kurzem dabei, und wir waren inzwischen ganz schön stramm. Ob wir auch im „Gestern und Heute" noch was getrunken haben, erinnere ich schon nicht mehr. Das Erste, dessen ich mich entsinne, ist wie ich Sonntag früh um sieben an der Bushaltestation in der Nähe von Beas Wohnung stehe und nur einen Socken anhabe."
„Wie, nur einen Socken?"
„Alles sonst normal, Klamotten mäßig, aber nur einen Socken und keine Ahnung, was nach der Kneipe war. Ich glaube, wir wollten zu Bea rauf und Wein trinken. Ich hab´ keinen Schimmer. Meinst du, man kann sich jede Frau schöntrinken?" Pete schaute mich mit bedröppeltem Blick an.
„Woher soll ich das wissen, vielleicht eher dein Ressort", konnte ich mir nicht verkneifen zu sagen.
Pete war schon lange gegangen, da fiel mir auf, dass er wieder einmal die bessere Story erzählt hatte.

7.

Es gibt Dinge, die kann jeder tun, spionieren zum Beispiel.
Man braucht dazu nicht einmal einen Auftrag wie der Nachbar, der bespitzelt, ohne einen zu haben.
Ich hingegen besaß einen von mir zur Wirtschaftsspionage, denn heutzutage werden die Schlachten in der Wirtschaft geschlagen. 007, Bond, der Superagent mit der Lizenz zum Töten ist da nur noch altbackene Fiktion. Diese einfache Erkenntnis beherzigend, begab ich mich in den nächsten Tagen auf Wirtschaftsspionagetour: 2,7182818...*(sprich Eeuler)*, der Geheimagent mit dem Willen zu analysieren kundschaftet die Konkurrenzläden aus.

Die Elektrogroßmärkte reduzierten ihr breites Angebot an CDs, und konzentrierten sich auf die Chartware, die in Stapeln zu zwanzig bis dreißig Stück pro Titel herumlagen. Statt Musik-CDs boten die Märkte jetzt vermehrt Film- oder Musik-DVDs an. In einem kleinen Weltmusikladen in Winterhude fragte ich mich, ob der Besitzer mit seinem Geschäft nicht eher ein teures Hobby pflegte – der Finanzbeamte spricht hier von „Liebhaberei“, unbeachtend, dass viele kleine Ladenbesitzer, ihr defizitäres Geschäft wohl kaum richtig lieb haben. Einige Plattenläden hatten die Segel gleich ganz gestrichen. Ihre Gewerbeflächen waren für die üblichen Modeketten, die sich ansonsten überall breitmachten, zu klein oder zu unattraktiv. Daher bot nun ein türkischer Händler Obst und Gemüse an, ein Bäckereikettenableger Aufgebackenes und ein anderer Shop Handy- und Telefonverträge. Der Türke war nett und schenkte mir einen Apfel, vom grellen Licht beim *Auf*bäcker wurde ich blind und im Handyladen war ich nicht drin. Pete hatte sich übrigens vor kurzem ein Handy zugelegt – natürlich von Nokia. Kann sein, dass er das in dem Laden gekauft hat. Egal. Leute, die Handys mit sich rumschleppten, sah man zwar *nicht immer, aber immer öfter* und die konnten damit mehr nerven als Werbung für alkoholfreies Bier. Auch auf den Gewerbefahrzeugen standen inzwischen häufig als Funk- oder Handy gekennzeichnete Telefonnummern. Mir fiel auf, dass Bernd und ich anscheinend langsam zu den Letzten gehörten, die man nur übers Festnetz erreichte.

Zurück zu Euler, zum Analysieren. Einer der ehemals größten Gebraucht- und Neuware-CD-Händler nutzte seine strategisch gute Lage in der Fußgängerzone für einen Nebenerwerb und bot jetzt in einem Teil seiner Erdgeschossfläche Espresso und Latte macchiato an. Außerdem verkauften sie gebrauchte Bücher, die allerdings wahrscheinlich mehr der Atmosphäre des Ladens als dem Geldbeutel des Besitzers zu Gute kamen.
Außer den zwei kleinen Läden an der Schanze hatten offenbar keine neuen Plattenläden in Hamburg aufgemacht. Der Tonträgerhandel hatte durch die Einführung der CD einige fette Jahre gehabt, doch nun war der Zenit der Verkaufszahlen eindeutig überschritten.
In den Läden verglich ich die Preise für die CDs mit denen in Snorres ehemaligem und meinem neuen Geschäft und stellte erstaunt fest, wie zutreffend Snorres Behauptung „Ich habe den Laden mit den billigsten CDs in ganz Hamburg, leider weiß das nur keiner" gewesen war.
Welche Schlüsse sollte ich aus meiner kleinen Marktübersicht ziehen? Musste ich unter das Schicksal von „Musicpoint" einen Schlussstrich ziehen oder gegen den Markttrend das Heil im Angriff nach vorne suchen? Ich war mir uneins, vielleicht würde eine zweite Meinung helfen? Ich nahm mir vor, das Thema bei Bernd anzuschneiden.

Da ich kein eigenes Auto besaß, fuhr ich normalerweise mit den Öffis vom HVV durch die Gegend. Am Montagabend aber hatte ich mir einen blauen Honda Accord, 1,6 l Hubraum, zwölf Jahre alt, für den Besuch bei Bernd geliehen.
Wir hatten abgemacht, ich würde bei der Gelegenheit einen weiteren Stapel an CDs und Vinylscheiben zum Verkauf mitnehmen.
Da die Hofflächen des Resthofs, auf dem Bernd wohnte, bis auf kleine Grünstreifen sämtlich betoniert waren, konnte ich mit dem Auto bis an Bernds Wohnungstür heranfahren. Der Vorbesitzer des Anwesens hatte in mehreren Schüben von Bauwahn alles zubetoniert und so lange neue Stallungen für wechselnde Tierarten gebaut, bis ihn seine Großmannssucht in den Ruin getrieben hatte. (Die Wirtschaftswissenschaften sprechen allen Ernstes von *Schweinezyklus*: Schweinepreise hoch – Ställe werden gebaut. Ställe fertig – Schweine Überangebot. Es werden keine

Ställe mehr gebaut. Die Schweinepreise steigen wieder … Im vorliegenden Fall hatte der Bauer laut Bernd im Vertrauen auf zukünftig hohe Preise den Betrieb dreimal komplett umgestellt.) Bernds Vermieter hatte das Anwesen nach mehreren Jahren Leerstand billig kaufen können. Nur in dem zugehörenden kleinen Altenteilhaus wohnten noch die Eltern des bauwahnsinnigen Sohnes. Der Opa strolchte zwar mit seinem Krückstock ab und zu über das Gelände und trieb damit Charly zum Wahnsinn, aber an sich war er harmlos und hielt sich aus allem raus. Bernd war nach Hasloh gekommen, weil er mit seinem Vermieter einen fairen Deal machen konnte, den sie per Handschlag besiegelten: Bernd baute einen ehemaligen Schweinestall mit dem Baumaterial des Vermieters aus, dafür zahlte er eine billige Miete. Außer dem Wohnraum hatte Bernd sich eine weitere Stallung als Werkstatt ausgebaut.
Bernd verdiente sein Geld durch Handwerkerdienstleistungen, meistens renovierte er Wohnungen. All das wusste ich bereits von Snorre oder Bernd selbst hatte es mir erzählt.
Ich hatte die Autotür gerade aufgemacht, da blickte ich schon in das freudestrahlende Gesicht von Charly. Er hatte erst das Auto angebellt, aber sobald er mich und meine Stimme erkannte, wollte er schon in den Arm genommen werden. Bernd kam in Hauslatschen hinter dem Hund her geschlurft und begrüßte mich: „ Moin Bonke, wie geht's?"
„Moin Moin! Gut."
„Was ich mich schon länger frage: Wieso heißt du eigentlich Bonke?"
„Irgendeinen Namen brauch ich ja", frotzelte ich.
„Nee, mal im Ernst."
Wir gingen in Bernds Wohnung. „Meine Eltern haben früher gern Urlaub in St. Peter-Ording gemacht und da haben die den Namen irgendwo aufgeschnappt."
„St. Peter-Ording kenn ich sogar. Da gab es früher 'ne Disco, da habe ich mal aufgelegt", erwiderte Bernd.
„Wusste ich gar nicht, dass du Discjockey warst."
„Früher habe ich viel in Discos abgehangen und hier und da habe ich auch mal aufgelegt. In einer Disco wie der in St. Peter-Ording aufzulegen, war eine ganz schöne Herausforderung."
„Warum jetzt genau?"

„Das gemischte Publikum. Wenn in einem Laden so gemischtes Publikum ist, vom Touristen bis zum Bauernbengel, vom Popper bis zum Punker, dann muss man als guter Discjockey alle Register ziehen. Also am Anfang so von 20 bis 24 Uhr, hat man natürlich die Schweinemuckecharts rauf und runter gespielt. Ab 12 hat man dann angefangen mit Level 42, James Brown und eh man sich versah, hat man Rare Earth, Colosseum und Deep Purple gespielt. Es ist keine Kunst einen Abend lang nur Techno oder Schlager zu spielen. Interessant ist die Aufgabe, innerhalb von einer Stunde Motörhead, Urban Dance Squad und die Eurythmics sinnvoll hintereinanderzubringen. Man braucht gute Übergangsstücke, ein Feeling was man kombinieren kann. Ich hasse Brüche. Ein DJ, der einen Abrocker nach einer Ballade bringt, hat normalerweise den Einschlag nicht gehört. Es ist besser, langsam Dampf reinzugeben. Das muss sich steigern. Und dann mit dem Tempo spielen.
Ich erzähl dir mal 'ne Story, die ein von mir sehr geschätzter damaliger DJ erzählt hat und die stimmen könnte: An einem Abend ist die Stimmung schon früh zum Schneiden gereizt. Meinem Bekannten am DJ-Pult ist schleierhaft, warum das so ist. Dann erzählt ihm ein Mädchen von zwei verfeindeten Cliquen, die nur gekommen wären, um sich miteinander zu prügeln. Bereits eine Woche zuvor hatte es Zoff zwischen den Parteien gegeben und nun sollte der Streit ausgefochten werden. Der DJ testet also die Geschmäcker ab und spielt für die einen Streithähne Hardrocknummern von AC/DC, Queen und Deep Purple. Für die anderen streut er mehr Indie-Zeug wie The Cure, Joy Division und so ein. Und immer ein Auge darauf, dass flugs eine schwofige Nummer läuft, wenn die Jungs ein Bier brauchen, damit die Mädels was zum Tanzen und die Jungs wiederum was zum Glotzen haben. Jedenfalls war auch diese stressige DJ-Nacht irgendwann rum und geprügelt hat sich keiner. Ich schätze, hätte der DJ den ganzen Abend über Charts aufgelegt, wär's vielleicht anders gelaufen."
„Kennst du das Buch „High Fidelity" von Nick Hornby? Neulich habe ich mich mit Andi, meinem Ex-Praktikanten, darüber unterhalten."
„Ex-Praktikant?"
„Karrieresprung zur Aushilfe."
„Hui! Ja, das habe ich irgendwann mal gelesen, las sich ganz gut, wenn

ich mich richtig erinnere, aber seltsame Musikauswahl."
„Genau, da beschreibt der Protagonist, welche Kunst die Aufnahme eines guten Mixtape für die Angebetete sein kann, so ähnlich wie auflegen."
„Stimmt, aber der Typ im Buch flutet seine Freundin dann mit schleimigen Soulnummern. Man nimmt doch für seine Angebetete keine Kassette nur voller Schmachtschnulzen auf. Angenommen, die hört sie durch, die wird entweder größenwahnsinnig oder depressiv", spöttelte Bernd. Er legte eine CD von The Fall auf. Der Sänger grantelte los und begann all seine Probleme und Einsichten vorzutragen. Ich wusste um Bernds Faible für The Fall, er besaß mehr als zwanzig Scheiben von ihnen, und so gab ich Mark E. Smith eine Chance, wobei sein Gesang hörbar gewöhnungsbedürftig war.
Ich beschrieb Bernd meine Spionagetour durch Hamburgs Tonträgerhandel. Auf meine Frage „Was meinst du, sollte ich den Laden lieber dichtmachen?", antwortete er: „Das kannst nur du wissen, ob du wirklich den Plattenonkel machen willst, und ich kenn' die Zahlen nicht. Sicherlich wäre es einfacher, wenn der Laden in einem szenigeren Viertel läge. Aber andererseits, ich fände es schade, wenn du ihn dichtmachen würdest, Plattenläden sind ein Kulturgut. Sie helfen gute Musik von schlechter zu trennen. Da bekommst du die richtigen Tipps, wenn sie erst mal deinen Musikgeschmack kennen. Ich habe einige Scheiben gekauft, weil ein Plattenverkäufer mir die empfohlen hat. Mann, wie viele hundert Stunden ich beim Stöbern in Plattenläden zugebracht habe! Es ist doch zu geil, Plattencover anzugucken, die Texte zu lesen. Eine Platte ist was Haptisches, was ganz anderes als sich im Internet eine Datei runterzuladen. Und selbst wenn man alles im Internet runterladen könnte, braucht man doch trotzdem oder gerade deshalb gute Hinweise, um Qualität zu finden."
„Ich werde eher selten nach Tipps gefragt, die Kunden wollen meistens eine bestimmte CD haben und sonst keine", wandte ich ein.
„Vielleicht ist es heutzutage ja tatsächlich uncool, offenen Ohres durch die Gegend zu gehen. Man muss ein *eigenes* Ding am Start haben. Es macht wohl mehr Eindruck – man ist stylisher –, wenn man nur Techno, nur Hip Hop oder Drum'n'Bass hört und alles andere ablehnt", sagte Bernd.

„Die Jugendlichen haben außerdem kaum noch Zeit zum Musikhören so wie früher, die müssen jetzt Computerspiele daddeln und im Netz surfen", spekulierte ich.
„Könnte sein", meinte Bernd, „Viele Discos, die ein gemischteres Programm gefahren haben und zu denen wir früher stundenlang unterwegs waren, gibt es nicht mehr. „Der Trichter" in Flensburg, das „Baumgarten" in Eckernförde, das „Dornbusch" bei Husum, das „Moby Dick" in Hochdonn oder das „Schlucklum" in Lucklum, die waren alle dem alten „Grünspan" ähnlich."
„Althippie-Discos", warf ich ein.
„Nicht nur, aber wenn du so willst … Jedenfalls Discos, in denen wenig typische Chartmucke gespielt wurde. Im „Baumgarten" habe ich obendrein ein paar ganz nette Konzerte gesehen. Pink Turns Blue zum Beispiel, echt geil!" Bernd redete sich warm. „Und für meinen Geschmack hatten viele DJs in solchen Discos mehr drauf als die Spacken, die sich jetzt abfeiern lassen. Ein DJ-Tape von damals war voll von abwechslungsreicher Mucke und einen Teil kannte man vielleicht vorher gar nicht, heute wäre so'n Tape nur ein Best-of-Hardrock-Charts oder Dancefloor bis zum Abwinken."
Meistens lief es inzwischen tatsächlich so, weshalb man bei einer ordentlichen Tour durch die Nacht in mehreren Discos aufschlug, um etwas musikalische Abwechslung zu haben. Die Kreativität einiger DJs hatte mich schon oft zum Verzweifeln gebracht, wenn sie sich zum Beispiel darin erschöpfte, zwischendurch unvermittelt irische Sauflieder einzustreuen.
Allerdings gab es Lichtblicke, wenn man zur richtigen Zeit am richtigen Ort war; daher versuchte ich eine Ehrenrettung, wenngleich ohne Verve: „Die DJs scratchen heute aber, machen mit Samplern rum, die machen eigene Musik".
„Wenn du das Musik nennen möchtest", kam von Bernd prompt zurück.
Die Lust weiter für die Turntable-Kings in die Bresche zu springen, verließ mich komplett. Ich würde LTJ Bukem und DJ Cam heute Nacht reuevoll ins Gebet aufnehmen, doch sie jetzt gegen Bernd zu verteidigen, erschien mir hoffnungslos.

Ich versuchte, auf anderem Wege eine Lanze für meine Generation zu brechen, und argumentierte: „Die Zugkraft von der Love Parade ist doch enorm, das musst du zugeben. Da kommen mehrere hunderttausend Leute zum Abfeiern zusammen, zum Teil fahren die extra deshalb hunderte Kilometer."
„Meine Befürchtung ist, die fahren einige hundert Kilometer, um sich abfeiern zu lassen", unkte Bernd. „Die fahren weit, um Spaß zu *haben*, die Frage ist, ob sie dann glücklich *sind*. Du kennst sicher den Klassiker von Erich Fromm „Haben oder Sein", auf den ich anspiele?"
Ich wollte mir keine Blöße geben und konterte mit dem einzigen Wissen über Erich Fromm, das ich besaß: „Sind wir jetzt bei der Kunst des Liebens angelangt, Pflichtlektüre Kommune 1?", fragte ich.
„Nicht das theoretische Liebeskamasutra, die Konsumkritik!" Bernd blieb unbeirrt. „Und wenn du schon von Pflichtlektüre sprichst: „Haben oder Sein" sollte Pflichtlektüre an den Schulen werden, damit die Kinder mal was Anständiges lernen." Bernd dachte kurz nach, um dann grinsend zu empfehlen: „Man könnte es zumindest zwangsweise jedem verkauften Porsche als eine Art Beipackzettel wie bei Medikamenten beilegen."
Über den Einfall musste ich schmunzeln, aber er hatte Schwächen: „Das wäre genauso sinnvoll und lästig wie die Antirauchsprüche auf Kippenschachteln."
„Ja stimmt wahrscheinlich. Aber dieses ewige Konsumdenken geht mir schon mächtig auf den Zeiger. Auch die Indoktrination durch Werbung. Alles fürs Markenbewusstsein. Heute könntest du zu jemandem sagen: „Ey du bist ja 'ne Marke", und der denkt, das is' rein positiv gemeint.
„Aber den Leuten scheint ihr Lebenswandel zu gefallen."
„Na ja, oder man hört nichts anderes. Ist dir auch aufgefallen, dass alle sogenannten Konsumkritiker als Waldschrate dargestellt werden, als wären sie Geschwister von Catweazle?"
Catweazle kannte ich, er war eine kauzige Figur im Kinderfernsehen gewesen, die ich eigentlich bis zu diesem Moment vergessen hatte.
„Preisfrage: Wie hieß die Kröte von Catweazle?", fragte ich Bernd.
„Kühlwalda, wo ist mein Preis?" grinste Bernd mich an. Er machte sich auf den Weg zur Musikanlage. Mark E. Smith hatte ausgesungen; ich

gewöhnte mich langsam an den Gesang, aber für mich kein Grund ihm beim nächsten Konzert rote Rosen zu reichen. Der Sound von The Fall jedoch, vor allem der Bass, hatte mir ganz gut gefallen.
„Gute Riffs, coole Beats“, sagte ich zu Bernd und dem Plattencover hin.
„Ja, leider kennt die in Deutschland fast keiner, in England hingegen haben The Fall es sogar ein paar Mal in die Charts geschafft.“
„Ich dachte, du hasst Chartmucke?“ Die Vorlage war zu schön gewesen, um sie ungenutzt verstreichen zu lassen.
„Die Charts sind kein typischer Hort für die Elite an Qualität und Können, allerdings finde ich es völlig okay, wenn die Ausnahmen der Regel sich auch mal eine Mark reinschieben“, erwiderte Bernd. Er hatte inzwischen eine Schallplatte von Miles Davis aufgelegt und kommentierte dazu: „Kind of Blue, ich dachte, zur Abwechslung mal netten Jazz. Hörst du überhaupt Jazz?“
„Äh, nur gelegentlich. Mach ruhig an. Na gibst du mir eine weitere Lehrstunde im Pool?“ Bisher hatte mich Bernd in allen Partien bis auf eine geschlagen. In dieser einen hatte er scheinbar unkonzentriert gespielt und ich hatte Glück beim Versenken der schwarzen Kugel gehabt, kürzer gesagt: Bernd hatte mich eindeutig gewinnen lassen.
Bernd ging zum Pooltisch und griff sich seinen Queue. Charly blickte kurz von seinem Lieblingsplatz aus auf, aber als er sah, dass nur eine der üblichen Exekutionen anstand und es nirgends hingehen würde, schloss er die Augen für eine weitere Mütze Schlaf. Bernd zog den vorderen Teil des zweiteiligen „Buffalo Premium“-Queue mit einem speziellen Schmirgeltuch fein ab; er würde wie geschmiert über die Mulde im Daumengelenk flutschen. Alles war für meine strategische Vernichtung mithilfe kluger Berechnung von Ein- und Ausfallwinkel, exakt dosierten Aufprallgeschwindigkeiten, richtiger Anwendung des Effets bei korrekter Führung des Spielgeräts am Tisch, angerichtet. Das Getute von Miles Davis ersetzte einstweilen Ennio Morricones „Spiel mir das Lied vom Tod“.
Erwartungsgemäß ging ich bei den Spielen unter. Mit einem fröhlichen Masochismus, der mir ansonsten eher abgeht, stellte ich allerdings befriedigt fest, dass sich die Meuchelmorde an mir dieses Mal mehr in die Länge zogen. Meine Gegenwehr war tapfer, wobei sich meine Zeugen

auf Miles, der weiter unverdrossen, aber inzwischen sehr hörenswert sein Lied spielte, und einen Hund, der schlief, beschränkten.
Der Trompeter hielt sich allgemein im Hintergrund, das gesamte Spiel der Band wirkte dezent, unaufdringlich, trotzdem schienen die Jungs ihr Handwerk zu verstehen: Sie agierten so perfekt und selbstverständlich miteinander, dass es eine Freude war ihnen zuzuhören. Beim Billard zu verlieren war zwar unerquicklich, aber mit dieser musikalischen Untermalung in dieser heimeligen Atmosphäre hatte mein Untergang etwas Lyrisches. Kein Italowestern, eher ein kleiner Independent-Kunst-Streifen in Schwarz-Weiß. Einer, in dem wenig passiert.

Als Miles Davis sein Spiel beendet hatte, legten Bernd und ich eine Bierpause ein. Dead Can Dance („Spleen and Ideal", 1985) eroberten den CD-Player und musizierten auf teilweise uralten Instrumenten mittelalterlich anmutende Weisen in modernem Gewand. Perkussive Parts wurden mit göttergleichem Frauengesang kombiniert, alles in allem eine abenteuerliche, aber gekonnt vorgetragene Mischung mit Alleinstellungsmerkmal. Bernd berichtete von einem Konzert im Audimax der Universität Hamburg von Dead Can Dance. Sie hatten ihn damals mächtig beeindruckt und deshalb hatte er sich umgehend alle ihre Platten besorgt. Wir kamen überein, dass es nichts Gutes über Hamburgs Konzertbühnen aussagte, wenn Konzerte im Audimax stattfanden.
„Wenn die Politiker die wahre Wichtigkeit der Musik erkennen würden, gäbe es schnellstens mindestens drei zusätzliche anständige Konzertbühnen, aber das schnallen ja nicht mal die Kulturpolitiker."
„Und außerdem könnte man damit wahrscheinlich gutes Geld verdienen", spekulierte ich.
„Es ist wie so oft: Da ist die Musik anscheinend allgegenwärtig, ständig um uns rum, aber kaum einen interessiert sie wirklich."
„Wie jetzt, genau?"
„Joachim-Ernst Berendt würde sagen: „Die Welt ist Klang". Hat ein Buch darüber geschrieben, das so heißt, leih ich dir. Musst du lesen. Und das andere auch. Der Titel fällt mir gerade nich' ein. Jedenfalls, die Natur, die Welt, selbst der Kosmos, alles besteht, oder ist aus Schwingungen. Klang. Demnach denke ich: Den Menschen könnt' man womöglich als

eine mehr oder weniger gelungene Serenade der Natur beschreiben."
„Oder manchmal als Krach ... Meinst du das hängt eventuell zusammen – doofe Menschen hören doofe Musik, schlaue Menschen schlauere?"
„Müsst' man zuerst einmal definieren, was denn ein „Krach" Typ und was schlaue Musik ist, vielleicht komplexere? Aber ich vermute mal, dumme Musik macht schlaue Leute nicht dümmer, doch schlaue Musik dumme vielleicht schlauer."
„Und Musiker, sind das denn auch *bessere* Menschen?" wollte ich wissen.
„Gegenfrage: Kennst du einen Tyrannen, der ein Instrument gespielt hat?"
„Ich kenn mich da nicht aus. Ich kenne keinen, ich glaub, Despoten spielen in keinem Orchester."
„Ja, Despoten und Tyrannen spielen in keinem Orchester."

Bernd öffnete sein viertes Bier. Weil ich mit dem Auto da war, hielt ich mich zurück und nippte in homöopathischen Dosen an meinem zweiten Bier herum. Bernd besah sich das Genuckel und bot mir daraufhin an, bei ihm zu übernachten. Das freundliche Angebot vermerkte ich insgeheim als kleinen Freundschaftsbeweis, da ich annahm, dass Bernd es nicht jedem machte, schlug es aber auf's allerhöflichste aus mit dem Argument, ich wolle morgens noch ein paar Dinge aus der Wohnung in den Laden verfrachten. Eine fadenscheinige Begründung, die uncoole Wahrheit ist: Bei anderen Menschen schlafe ich nicht gut. Nie. Ohne mein eigenes Kopfkissen bin ich aufgeschmissen, eine Schildkröte ohne Panzer. Bernd ließ von dem Thema ab, doch ich bin mir zu 99 Prozent sicher – er ahnte, dass ich zur Linus-van-Pelt-Fraktion gehöre.
Bernd erzählte dann von einer Wohnungsrenovierung, die er bald machen müsse. Wenn ich Lust hätte, könne ich ihm helfen, um ein bisschen Geld dazuzuverdienen. Er würde mich Freitag und Samstag direkt nach Ladenschluss im Plattenladen abholen. Falls nötig, würden wir außerdem Sonntag arbeiten müssen. „Die ganze Wohnung soll weiß werden, alle Wände und Decken mit Binderfarbe und alle Türen mindestens einmal mit Lack", erklärte Bernd.
Der Finanzminister in mir war spontan von dem Vorschlag begeistert,

aber die ewig mäkelnde Opposition ergriff schnell das Wort: „Du meinst, ich könnte dir eine Hilfe sein? Ich hab bis jetzt kaum gemalert.“

„Dat zeich ich dir schon, du. Lass’ dat mal meine Sorge sein, du“, erwiderte Bernd in breitestem Hamburger Dialekt, bei dem zum Beispiel das r in *Sorge* zugunsten eines a-Lautes wegfiel. Wir waren also verabredet, die Wohnung zu renovieren. Später half mir Bernd, die CDs und LPs, die als Nächstes im Laden verkauft werden sollten, im Kofferraum des Autos zu verstauen. Er legte das Buch von Behrendt dazu, und das *andere*, es hieß „Das dritte Ohr“. Bernd wollte eine letzte Runde mit Charly gehen. Ich fuhr zum Plattenladen.

Beim Laden angekommen, trug ich die neue Ware schnell hinter den Verkaufstresen, dann fuhr ich zu *der* Tanke. Ich wollte zumindest den verfahrenen Sprit wieder auftanken, ehe ich den Wagen zurückgab.

Als ich, an der Zapfsäule angekommen, in den gelben Salon blickte, sah ich ein verstörendes Bild. Im Dunkel der Nacht bot die Glasfront einen perfekten Einblick in den hell ausgeleuchteten Shop. Ein belichteter Schaukasten, einem Aquarium mit exotischen Fischen gleich, dem die Exotik fehlt. Nicht so in dieser Nacht: Zwei, drei männliche Gestalten, unter denen sich Pete befand, hatten sich ihrer T-Shirts entledigt und standen mit nacktem Oberkörper da. Als ich Pete später darauf ansprach, erklärte er mir, einer der Halbnackten habe versucht eine Sektflasche zu öffnen und sein Gegenüber dabei leider mit dem überschäumenden Sekt das T-Shirt nass gespritzt. Daraufhin hatte es eine kleine Sektdusche für jedermann gegeben. Als ich den Laden zum Zahlen betrat, kam ich gerade rechtzeitig, um zu sehen, wie sie sich gegenseitig mit dem Firmenstempel der Tankstelle bestempelten; der Sinn dieser Aktion blieb mir verborgen, schien aber Spaß zu machen. Zwei Mädels, die vor dem Getränkekühlregal standen, lachten sich darüber scheckig und hinter dem Tresen an der Kasse saß der sogenannte Frascati-Mann wie Buddha, stoisch lächelnd.

Er war ein Stammkunde der Tanke, der regelmäßig abends mit seinem beigen Alfa Romeo Spider zur nahe gelegenen Tiefgarage fuhr, wenig später in den Shop kam und filterlose Kippen und eine Flasche Frascati kaufte, um dann in seine Bude im Hochhaus nebenan zu verschwinden. Jeder der Kassierer kannte ihn und bei kurzen Gesprächen hatte sich herausgestellt, dass der Frascati-Mann ganz nett war, trotz seines Protz-Cabrios. Ich sah ihn nun das erste Mal; er erinnerte mich sofort an Herrn Rossi aus dem Comic „Herr Rossi sucht das Glück". Es fehlte zwar der Hut, aber er hatte dessen rundes Gesicht, den gleichen dunklen Haarkranz und wirkte genauso sympathisch. In seiner offensichtlich ungewohnten Tätigkeit bediente mich der Frascati-Mann voller Freude, aber leider komplett planlos. Pete versuchte ihm über die Disco-laute Musik „Garbage, Version 2.0" Anweisungen zuzugrölen, welche Tasten er an der Kasse zu drücken habe. „Zapfsäule reinholen! Die blinkende 2 drücken! Sternchen … Sternchentaste drücken! 6230 für Prince Denmark! Sternchen!" und so weiter – vielleicht war es offiziell Petes Schicht. Mir wurde Sekt, M Chandon dry angeboten, der in Plastikbechern gereicht wurde und schon von allen Seiten regen Zuspruch gefunden hatte, wie drei leere Flaschen auf dem Fußboden neben dem Papierkorb bezeugten.

Ich lehnte dankend ab, da ich das Auto noch abstellen musste und schon ein wenig an den neuen Morgen dachte, an dem ich nicht verkatert sein wollte. Oh Mann, hatte ich mich bereits so weit von dem einst lustigen und unbeschwerten Studentenleben entfernt?

8.

Andi und ich waren in den folgenden Tagen vollauf beschäftigt. Wir hatten die neuen Platten und CDs von Bernd in das System einzugeben, normal. Aber wir hatten zusätzlich mit einer neuartigen Aufgabe zu kämpfen – Kundenandrang, unnormal.
Vor allem das Alter der neuen Kundschaft erforderte ein Maximum an Nervenstärke. Kinder, die meisten im Alter zwischen acht und zwölf Jahren, hatten spitzbekommen, dass es CDs für eine Mark im Laden zu kaufen gab. Ein Preis, den sie sich von ihrem Taschengeld theoretisch leisten konnten; so belagerten sie die beiden CD-Player zum Anhören und gaben vor, CDs kaufen zu wollen, was dann aber äußerst selten passierte. Wir hofften, die Kinder würden sich bald langweilen, befanden aber schließlich, es wäre schlicht besser, lästige Viertelstarke im Laden zu haben als gar keine Menschen.
Die Mutter von einer der Kurzen, die das neue, inoffizielle Jugendzentrum wahrscheinlich nur betreten hatte, um nach dem Rechten zu schauen, erzählte mir etwas, was mir zwei Tage später nutzen sollte.
Neulich, auf einem Ball der freiwilligen Feuerwehr, also da hätte eine Band gespielt – wahre Stimmungskanonen! Musik zum Feiern! Sie hätte deshalb sogar einen Musiker angesprochen und dabei erfahren, dass die Band ihre CDs selbst promoten musste. Dabei wolle sie nun ein wenig mithelfen. Ob wir die Band „Die Melker“ bereits im Programm hätten?
Ich schaute sie entgeistert an.
„Sicherlich“, so sagte sie, „sind die eher unbekannt, aber was die an Gaudi machen, Wahnsinn!“ Nach kurzem Überlegen, ob dies auch auf ihre geistige Verfassung zutraf – dagegen sprach ihr normales, gepflegtes Äußeres – erwiderte ich, mir sei die Partytauglichkeit der Melker bisher völlig entgangen, ja die ganze Band sei für mich leider ein unbeschriebenes Blatt, man könne natürlich nicht alles kennen und für diesen Tipp sei ich ihr überaus dankbar.
Sie war beharrlich und überreichte mir die Telefonnummer der Band, wobei ich versprechen musste, diese alsbald anzurufen. Die würden mir dann auf Kommissionsbasis CDs von sich zum Verkauf im Laden geben.

Zwei Tage später, abends, war ein Treffen der Gewerbetreibenden des Stadtteils, in dem der CD-Laden lag. Man besprach ein bald anstehendes kleines Stadteilfest, das unter maßgeblicher Beteiligung der Gewerbetreibenden stattfinden sollte. Ich wurde gefragt, ob ich zum Flohmarkt eine Musikbeschallung beisteuern könnte. Ich versuchte abzuwiegeln und ließ mich nur auf eine vage Zusage „von ein, zwei Stunden Partymucke mit einer kleinen Musikanlage" ein. Da hatte ich einen Einfall. Eventuell könne man jedoch sogar eine Liveband buchen, die koste allerdings etwas. Für diese Idee zur Livemusik gab es großen Zuspruch, aber keinen zum Geld.

Die Melker-Fan-Frau hatte angekündigt, eine CD von ihnen zu kaufen, sobald wir diese im Angebot hätten. Ganz um jeden Kunden bemühter Chef eines Plattenladens rief ich also bei den Melkern an. Das Telefongespräch entpuppte sich als unterhaltsamer und unkomplizierter als ich gedacht hatte. In dem halbstündigen Telefonat kündigte der Melker seinen Besuch im Laden an, um ein paar CDs vorbei zu bringen. Wenige Tage später stand ich ihm von Angesicht zu Angesicht gegenüber, er hatte die versprochenen CDs dabei und ich lernte ihn oberflächlich kennen. Wir waren uns auf Anhieb sympathisch, zumindest er mir. „Mit der Musik, dass ist nur aus Spass an der Sache, Musik machen, nur ein Nebenerwerb", erzählte der Melker. Sie seien Amateuere: er selbst arbeite sonst als Drucker in seiner eigenen kleinen Druckerei. Der Höhepunkt der bisherigen Melker-Show-Karriere wäre ein vier-minütiger Fernsehauftritt gewesen.
Ich überlegte: Spaß an der Sache – passte, Nebenerwerb – weniger, Fernsehauftritt – sprach dagegen. Ich kalkulierte insgeheim, die Jungs würden bestimmt einen Tausender für einen Gig aufrufen können. Wahrlich kein guter Ausgangspunkt um von dem nahenden Stadtteilfest zu berichten, bei dem alle gerne Livemusik hätten, aber nicht auf eigene Kosten. Ich machte es trotzdem und erklärte ihm darüber hinaus die finanzielle Lage des Ladens. Die sei angespannt, gar prekär, ich hätte ihn erst kürzlich übernommen und würde ihn vielleicht ähnlich schnell schließen müssen, sodass auch ich keine Gage zahlen könne.
Der Melker fragte, wann denn das Fest sei, und sagte, er würde mit sei-

nen Kumpels mal darüber reden. Vielleicht hätten sie an dem Tag morgens ein Stündchen Zeit. Ich glaubte der Mann wäre nur zu höflich, mir eine direkte Absage zu geben, doch wiederum ein paar Tage später kam er in den Laden und hatte ein paar Plakate mit der Aufschrift „Die Melker kommen zu „Musicpoint“ dabei.
Die Jungs waren glasklar nett mit einer ausgeprägten sozialen Ader. Und über die Formulierung auf den Plakaten freute ich mich besonders – mehr als willkommene Werbung! Nicht nur Andi, Pete, Bernd und ich, sondern alle, die in den nächsten Tagen und Wochen die quietschgelben Plakate mit einem Trecker und den drei Leuten Besatzung darauf sahen, waren auf ihre Ankunft gespannt.
Am Freitag hielt Bernds Bus exakt um 20.00 Uhr an der Bushaltestation. Ich hatte an seinem Handgelenk bisher zwar nie eine Armbanduhr gesehen und in seiner Bude, überlegte ich, war mir ebenfalls keine Uhr aufgefallen – möglicherweise war die Uhr in seinem Bus, die einzige, die er besaß – trotzdem schaffte er es irgendwie, pünktlich zu sein.
Als ich in den vierzehn Jahre alten weißen VW-Kasten-Bus, T3 einstieg, bummerte mir Tools „Undertow“ entgegen. Gerade so laut, wie man es bringen konnte, wenn ein Hund auf der Beifahrerbank sitzt. Ich quetschte mich daneben – dafür, dass Charly mir ein bisschen Platz abgab, musste ich ihn streicheln. Seltsamerweise war der Deal okay für mich. Meistens, so hatte Bernd mir erzählt, konnte er ihn zu seinen Arbeiten mitnehmen, ansonsten wartete der Hund lieber im Bulli auf sein Herrchen als in Bernds Wohnung. Charly konnte mit seinen Vorderpfoten genauso problemlos Türgriffe benutzen wie jeder Mensch. In schwierigeren Konstellationen, bei verschlossenen Türen, wenn er allein in Bernds Wohnung bleiben sollte, benutzte Charly zusätzlich seine Schnauze, um sich durch die Tür hindurchzufressen. Der Hund schien aus seiner Zeit im Tierheim eine traumatische Angst vor dem Alleinsein übrig behalten zu haben, umso mehr genoss er es, wenn man ihn betüdelte. Während wir nach Norderstedt zur Wohnungsrenovierung fuhren, streichelte ich also entweder den Hund oder er hatte seinen Kopf in Bernds Schoß gelegt, für den das anscheinend gewöhnlich war.
In der Wohnung angekommen, wunderte ich mich darüber, dass hier gestrichen werden sollte: Sie war weißer als weiß und sicher mehr als meine.

„Der Typ für den ich die Bude streichen soll, scheint so 'n Oberkorrekter zu sein; also ich find auch nich', dass hier gestrichen werden muss, zumal er die Wohnung abgibt, auszieht, aber was soll 's, der bezahlt ganz ordentlich", pflichtete mir Bernd bei. Charly hatte diesbezüglich keine Meinung, er lag für ein Nickerchen zusammengerollt in einer Ecke.
„Okay, wenn du einverstanden bist, könntest du mit feinem Schleifpapier die Türen, Zargen und Fußleisten leicht anschleifen", wies Bernd mich ein. Er interpretierte meinen Blick. „100er Papier, ich fang schon mal an, die Decken mit Binder zu streichen. Ach, und übrigens, wir können hier rumsauen wie wir wollen, der Teppichboden wird später rausgerissen und weggeschmissen."
In dem Haus befanden sich außer der Wohnung in der wir malern sollten, nur Büros, in denen keiner mehr arbeitete. Bernd hatte einige Kunden, die etwas mehr bezahlten, damit abends, außerhalb der normalen Geschäftszeiten renoviert wurde. Wir waren also die einzigen Menschen im ganzen Haus und konnten dementsprechend ungestört laut Musik aus dem Ghettoblaster hören und uns, soweit die Arbeit es zuließ, unterhalten.
Die Musik gefiel mir ausnehmend gut, sie hatte gerade den richtigen Schwung zum Schleifen und ich fing an, mich einzunebeln.
„Na, übertreib' mal nicht, nur die Oberfläche anrauen." Bernd grinste mich schief an.
„Wer is'n das? Wie angenehm!" wollte ich wissen.
„John Cale, 1984 live in der Grugahalle, Rockpalast. Höchstselbst aus 'm Radio aufgenommen, geil was?"
„Da war ich erst 15, muss ich wohl verpasst haben, aber die Konzerte später habe ich mir auch angeglotzt."
„Ja, das waren schon feine Zeiten, unvorstellbar inzwischen, eine Nacht lang beste Livemusik bei den Öffentlich-Rechtlichen", schwärmte Bernd.
„Mit dem coolen Engländer, wie hieß der gleich?"
„Alan Bangs".
„Ja genau. Weißt du, warum sie die Sendung abgeschafft haben?"
„Keine Ahnung – Ignoranz, Borniertheit, Sittenverfall", bot Bernd an.
„Stattdessen werden wir permanent zur besten Sendezeit mit Volks-

musik gequält. Sag mal, *der* John Cale von Velvet Underground?"
„Yes, wobei ich den solo fast besser finde; die Velvet-Sachen sind natürlich Meilensteine, aber solo hat der einige Hammeralben rausgehauen, „Honi Soit", „Paris 1919". Ich mag obendrein „Artificial Intelligence" gerne, obwohl die komischerweise eher schlechte Kritiken bekommen hat. So richtig schlecht ist keine Cale-Scheibe, obwohl die zum Teil krass unterschiedlich sind. „Songs for Drella" mit Lou Reed zusammen zum Beispiel, ohne Schlagzeug, echt ulkig, muss ich dir mal vorspielen", verkündete Bernd.
John Cale spielte „The Hunt" und Bernd strich weiter Decken, ich arbeitete mich an den Fußleisten ab, wir versuchten, in etwa ein 140er-Beats-per-minute-Tempo einzuhalten. Dann begrüßte uns Herr Cale mit einem „Hello Europa" und es konnte weitergehen; „Fear Is Man's Best Friend" – das hatte zwar vordergründig nichts mit Fußleisten zu tun, passte aber trotzdem irgendwie und man konnte sofort mitsingen.
Als John Cale im Begriff war, zu behaupten, er sei Claudius und Augustus möge endlich seinen Kaffee trinken, machten Bernd und ich eine kleine Kippenpause. Dann begann John Cale ein anderes Lied, er habe seine Rifle gesäubert und sei „ready for war". Wie wir ihn so singen hörten, kamen wir auf unsere Gutmenschenregierung zu sprechen.
Es gab mit den grünen Friedensaktivisten jetzt einige echte Pazifisten an der Macht, die sich nun der Realpolitik stellen mussten. Nach einer Abschaffung der Bundeswehr sah es indessen wahrlich nicht aus, brauchte man sie doch jetzt im Kosovo. Tückische Realität.
Bernd meinte, er habe die Grünen zwar gewählt, sei aber mittlerweile enttäuscht von ihrer Politik. „Die haben doch bisher nur rumgestümpert, keine klaren Ansagen, unfähig in der Gesetzgebung, hoffentlich kriegen die das wenigstens mit dem Atomausstieg hin", zeigte er sich genervt. Ihn verwundere kaum, wenn der Boss der Genossen, der Aufsteiger, jetzt gern in Brioni gewandet war. Der sehe sich als Genossen unter Bossen und denke, er sei jetzt Gleicher unter Gleichen. Warum aber der Taxifahrer, der Steine gegen diese Leute geschmissen habe, nun von Turnschuhen auf handgenähtes Schuhwerk nebst Schlips und Kragen umgestiegen sei, das konnte Bernd nur als sich anbiedernden Opportunismus ansehen. Bernd mochte niemanden, der sich anbiederte. Anbie-

derung war für ihn die Vorstufe zur kompletten fremd formbaren Willenlosigkeit. Wer sich nicht für seine Meinung einsetze, der habe keine, war seine Auffassung. Im Speziellen störte Bernd an den Grünen, dass, solange die Grünen in der Opposition gewesen waren, sie sich für die Freigabe von Marihuana und Hasch eingesetzt hatten, in den Koalitionsvereinbarungen zur Regierungsbildung davon jedoch keine Rede mehr gewesen war. Sinnvollere Verhältnisse wie zum Beispiel in Holland waren in weite Ferne gerückt.

„Weißt du, die Deutschen sind unfähig mit Grauzonen umzugehen. Alles muss chronisch unlocker, klar geregelt sein – das ist die Hauptsache. Alles schön schwarz-weiß, bitte. Na vielen Dank! Alkohol ist in Deutschland erlaubt, obwohl jedermann weiß, dass er gefährlich ist. Der vergleichsweise harmlosere Hanf hingegen und alles was damit zu tun hat, ist verboten. In Holland ist Hanf zwar verboten, der Konsum wird aber toleriert und der Benutzer nicht unnötig kriminalisiert – die können grau! Eine Sicht der Dinge, die unseren Auftraggeber hier", Bernd guckte sich um, „eindeutig überfordern würde."

„Vielleicht könnten wir als Versuch, wenn schon nicht grau, wenigstens eine Klitzekleinigkeit in Grün streichen", schlug ich vor.

„Grün ist ebenso aus."

Gegen halb zwölf nachts, hatten wir emsigen Bienchen ungefähr ein Viertel unseres Auftrages abgearbeitet. Die Decken der Wohnung und das Badezimmer waren einmal komplett mit weißer Dispersionfarbe abgerollt worden, sämtliche zu lackierenden Flächen waren leicht angeschliffen – wir waren mit dem Ergebnis so weit zufrieden. Bernd und Charly setzten mich bei meiner Bude ab, wo ich nach einer ausgiebigen Dusche, einem schnellen Brot und Bier wie ein Stein in mein Bett und augenblicklichen komatösen Schlaf fiel.

Am Samstag betrat kaum jemand das Geschäft. Es kamen: ein Pärchen, beide ungefähr so alt wie ich und sehr sympathisch, sie wahrscheinlich aus den „neuen Bundesländern" sprich Meck-Pomm – und Krankenschwester, er Student, im Gegensatz zu ihr fast einsilbig, Musikfreak mit einem Hang zu Indie-Rock, außerdem der Postbote, unser regelmäßigster Besucher, und drei, vier ältere Freaks, die sich – ohne es zu ahnen –

auf der verschärften Suche nach Platten befanden, welche ehemals Bernd gehört hatten. Ab Mittag war ich allein im Geschäft, räumte Kaffeebecher weg und staubsaugte den Boden. In einem zähen Ringen konnte ich sogar ein Spinnennetz aufsaugen; die Spinne selbst verkrümelte sich feige in eine Nische. Ich war so stolz auf jeden Krümel, den das *Ding* inhalierte.
Pünktlich um 14.00 Uhr kam Bernd und holte Sisyphus ab, der hatte sich jetzt quasi für stupide Tätigkeiten warm gemacht.
Nachdem Bernd die Wohnungstür aufgeschlossen hatte, schickte er Charly zum Warten in eine Ecke, bis sich wieder jemand um ihn kümmern könnte. Auf Warten hatte der jetzt keine Lust und versuchte daher, darüber eine Diskussion vom Zaun zu brechen. Vielleicht unfair, aber nun wurde er auch noch zum Schweigen verdonnert. Bernd bestückte den Ghettoblaster mit einem speziellen Schätzchen aus seiner Kassettensammlung, es konnte losgehen. Ich bekam mit den Worten „Deine Freundin, die Fußleiste ruft schon nach dir“ von Bernd einen breiten Pinsel und cremeweiße Lackfarbe, RAL Nummer 9001, in die Hand gedrückt. Aus dem Ghettoblaster ertönte mittlerweile ein Sound, als habe sich eine Band vorgenommen, eine rabiatere Version von Led Zeppelin mit King Crimson zu kreuzen, Wishbone Ash mit Iggy Pop & the Stooges zu vermählen und aus ihrer Vorliebe für Arthur Brown und Canned Heat keinen Hehl zu machen. Die Musik war eine kurzweilige Mischung aus Prog- Rock-Elementen, Hard- und Bluesrock. Soweit ich es beurteilen konnte, beherrschten die Musiker ihre Instrumente ganz ordentlich, eher war der Sänger etwas schwach auf der Brust, aber da der Gesang größtenteils nicht dominant war, ging auch der in Ordnung. Nach einer Dreiviertelstunde las ich beim Umdrehen auf der Kassette: A-Seite: Hairy Chapter, „Eyes“, „Can't Get Through“. B-Seite: „Can't Get Through“, CCR: „Cosmo's Factory“. Als der letzte Song von Hairy Chapter spielte, schaute Bernd kurz, was ich so trieb.
„Na, gefällt dir die Mucke?“
„Geht gut durch.“
„Bemerkenswert ist, die Scheiben sind uralt, von 70 und 71 …“
„So?“
„Und die Band stammt aus Bonn.“

Wie auf Zuruf endete deren letzter Song. Musik von Creedence Clearwater Revival setzte ein.
„Endlich mal was, das ich auch kenne!“ Ich grinste Bernd an.
„Da bemüht man sich um den geschmacklichen und kulturellen Sachverstand seiner Mitbürger und man erntet nur Hohn und Spott!“, dramatisierte Bernd und legte gleichzeitig einen theaterreifen Abgang hin. Ich machte weiter Pinselstrich um Pinselstrich und verlor Zug um Zug mein Bewusstsein durch dieses Maleryoga. Selbst die beginnende Blasenbildung auf dem rechten Mittelfingerglenk, dort wo der Pinsel auflag, konnte mich nicht ablenken. John Fogerty, als Spielführer von CCR, hatte irgendwann das Staffelholz an Eddie Vedder von Pearl Jam übergeben – wahrscheinlich als Geheimaktion durch Bernd eingefädelt – ich bekam davon nichts mit.
Es stank inzwischen reichlich nach Lackfarbe. Bernd tauchte wieder auf und rief fröhlich: „Fofftein!“ Das hieß sofortige Pause für alle auf dem Bau. Ich sah zu meiner Überraschung, dass Bernd Stullen für uns geschmiert hatte, Kaffee stand in einer Thermoskanne bereit. Mein Magen hatte vorhin ein wenig gegrummelt und ich konnte mein Glück nicht fassen; die Stullen hatten Bauarbeiterdimensionen und ich griff beherzt zu.
Später gab es sogar einen kleinen Nachtisch, Bernd verteilte mehrere Stücke Blechkuchen: Zitronenbiskuitboden mit einer Zuckerglasur darauf. Lecker! Ich hatte solch einen Kuchen das letzte Mal als kleines Kind bei meiner Oma gegessen und befürchtet, das Rezept sei mit ihr verstorben. Wenn ich jemals später irgendwo solchen Kuchen gegessen hatte, schmeckte er – Minimum – anders. Vielleicht, so überlegte ich verwegen, hatten sich meine und Bernds Oma gekannt und Rezepte getauscht? Aber wer hatte diesen Kuchen überhaupt gebacken?
„Super, der Kuchen.“
„Altes Hausrezept von meiner Oma.“
„Hat sie gut gemacht, deine Oma.“
Bernd wirkte als wolle er antworten, schwieg dann aber. Er schaute einen Moment lang unbestimmt in die Ferne und etwas wie Trauer huschte über sein Gesicht. Für mich schwer zu deuten; ich hätte Bernd danach befragt, aber in der lösungsmittelgeschwängerten Luft während einer

Arbeitspause auf einer Baustelle – es gab besseres Timing: nach der Arbeit, in entspannter Atmosphäre bei einem Bierchen.
Alternativ erzählte ich Bernd also von dem Pärchen aus dem Plattenladen. Ob ihm die vielen eingewanderten Mädels aus dem Osten aufgefallen seien? Bernd schmunzelte: „In manchen Hamburger Kneipen, könnte man meinen, stünden die ohne die Wende ohne Personal da."
Als ich von ein paar Gesprächen mit Kunden aus dem Laden berichtete, in denen mir aufgefallen war, wie weit die politische Gesinnung von Jugendlichen anscheinend nach rechts gewandert war, erzählte Bernd mir von seiner Jugend, in der es höheres Auflehnungspotenzial hatte, wenn man links war. „Heutzutage ist das anders: Wenn deine Alten links sind, dann musst du halt rechts sein, um seditiös zu sein."
Ich verstand, was Bernd mir verklickern wollte (und *seditiös* schlug ich später nach: veraltet für „aufständisch, aufrührerisch"). Bemerkenswert fand ich, mit welcher Selbstverständlichkeit er davon ausging, dass sich Jugendliche überhaupt auflehnten, ja auflehnen *mussten.* Ich verfolgte den Gedanken weiter: Vielleicht erklärte das, warum trotz des geringen Altersunterschieds zwischen Bernd und mir, seine Jugend so ganz anders verlaufen zu sein schien als meine.
Im Gegensatz zu mir stellte ich mir Bernd als einen Jugendlichen vor, der sich mit Gott und der Welt angelegt hatte. Seine Jugendzeit war für ihn eine Vorstufe des Erwachsenseins gewesen. Ein Interregnum. Ich erlebte diesen Zeitraum eher als eine Verlängerung der Kindheit, als wahre Adoleszenz, in der ich mich höchstens öfter als vorher über meinen Vater aufregte. Und meine Mutter mehr über mich. Sonstige Rebellionen fielen mir ad hoc nicht ein. Ich habe sie wohl mir und meiner Umwelt erspart. Musste es sie notwendigerweise geben?
Jedenfalls glaubte ich, Bernd hatte sich keinen Stress erspart.
Um den Faden wieder aufzunehmen, sagte ich: „Du denkst, vielen der Jugendlichen fehlt eine echte Motivation?"
„Ja, interessant wird sein, ob und für was, sie sich tatsächlich einsetzen. Über diese Thematik gibt es übrigens zwei Lieder von Konstantin Wecker, die man unbedingt kennen sollte: „Vaterland" und „Willy". Nebenbei gute Beispiele dafür, wie Liedermacher in Deutschland unterschätzt werden. Das ist höchstes Kulturgut und kaum jemand

kennt und schätzt sie, im Gegensatz zum französischem Chanson.“ Chansons übten auf mich bisher den gleichen Reiz aus wie Leibspeisen der Inuit, etwa Leber roh, auf die Wecker-Songs jedoch hatte Bernd mich heißgemacht: „Kannst sie mir ja mal vorspielen, wenn ich dich das nächste Mal besuchen komm’.“

„Klar, mach ich, sonst erinnere mich mal dran. Hast du auch schon mal gedacht, dass es für jede Situation den richtigen Song gibt, man muss ihn bloß kennen?“ Die Frage war wohl rhetorisch gemeint, Bernd stand auf, griff sich den Farbroller und begann weiterzustreichen.

Ich rutschte Meter für Meter auf dem Boden vor meiner geliebten Fußleiste und gestaltete so für sie mit dem Pinsel und ein wenig Farbe Zug um Zug einen neuen, frischen Look. Das Make-up meiner Freundin nahm vollständigere Züge an, ich glaubte mich bald mit ihr – vor Bernd – sehen lassen zu können.

Meine Gedanken schweiften ab, zu seiner Meinung: *Die Jugend muss sich auflehnen.* Meine Eltern hätten, ohne zu zögern, über mich die Auskunft gegeben, ich wäre ein unproblematisches Kind gewesen. Wenn ich einmal vom Pfad der Tugend abgewichen war, hatte ich mich glücklicherweise nicht erwischen lassen. Ich strich weitere fünf Meter Leiste, ohne dass mir das kleinste Beispiel für damaliges revolutionäres Potenzial eingefallen wäre ... Die dämliche Blase an der Hand war aufgeplatzt. … Sicherlich, wenn mir zum Beispiel ein elender Türsteher den Zutritt in eine Diskothek verweigert hatte, regte man sich später vielleicht ein wenig künstlich auf, aber es lag mir komplett fern mich mit so einer Pfeife zu prügeln. Das wäre auch keine Revolution gewesen. Und politisch? Ich war nicht der Che in Schlumpfhausen gewesen; zwar hatte ich ein paar Haudegen gekannt und Blessuren gesehen, die sie von Prügeleien mit Bullen auf Anti-Atomkraft-Demos hatten, doch ich selbst war nie einer davon gewesen. Hm. Die Stationierung der Pershings in Deutschland. Die hatte ich verkehrt gefunden. Konnte ich nicht verhindern. Wusst’ ich vorher, hab es deshalb gar nicht erst versucht. Außerdem hätte mir zugegebenermaßen der Mut gefehlt, der damals nicht mal hinreichte, einen Schlumpf rot anzumalen. Mein wohl einziger Protest blieb, Musik von Bands zu hören, die der kalte Krieg zu melancholischen, depressiven Sounds inspirierte, angefangen bei Bauhaus über

The Cure bis zu Fischer Z, – New Wave, und diese Musik hatte ich gemocht – doch das war's.

„Hey, Bernd guckst du mal, ob du das so in Ordnung findest oder ob ich irgendwo einen Fehler gemacht habe?“, rief ich.
Bernd kam aus dem anderen Zimmer angelaufen und inspizierte mit mir den neuen Anstrich. An einer Stelle musste ich nacharbeiten, dort hatte Charly sich ein paar cremeweiße Strähnchen für seinen ansonsten fast schwarzen, buschigen Schwanz besorgt.
Mit einem in Terpentin getränkten Lappen wischte ich die restlichen Charly-Haare von der Fußleiste. Den Malerpinsel hatte ich Bernd in die Hand gedrückt.
Er sah mir zu und nutzte den Moment für einen kurzen, philosophischen Volkshochschulkurs zum Thema Fehler: „Übrigens, ich freu' mich über jeden Fehler, den ich bei mir entdecke ... Wie heißt's so schön: Nur aus Fehlern kann man lernen, gewinnt man Erfahrungen! Alles andere bleiben gute Ratschläge, Empfehlungen.“ Ich konnte Bernd zwar nicht ansehen, da die schlanke, schöne, bald vollständige Weiße meine Argusaugen beanspruchte; doch als Zeichen, das ich ihm gebührend an den Lippen hing, nickte ich ihm zu. „Leute, die auch mal von ihren Mißerfolgen berichten, sind in aller Regel übrigens integrer“, sinnierte Bernd. „Das Dumme an unserer Gesellschaft ist nur, dass man Menschen als gescheitert ansieht, weil sie Fehler gemacht haben – gescheitert ist man erst, wenn man aus den Fehlern nicht lernt.“ Jetzt schaute ich Bernd sogar kurz an, er gönnte mir ein fulminantes Finale. „Man sollte die Fehler lieben – sie sind natürlich, nicht die Perfektion. Das wäre Evolution ohne Mutation! Das Perfekte ist eine Illusion – eine Fantasie und Fata Morgana! Der Fehler ist Zeichen des Lebendigen, die Perfektion der Tod!“
„Du meinst, ich sollte aufhören?“ Ich guckte mit meinem treuesten Blick wieder zu Bernd hoch, der vor mir stand. „Sonst bring ich meine Freundin gleich um, wenn ich weiterstreiche, denn die perfekte Freundin ist tot?“ Ich feuerte den Lappen in Richtung Mülltüte.
„Ich bin erfreut zu sehen, auf welch' gut vorbereiteten und gedüngten Boden meine Saat der Erkenntnis gefallen ist. So nehmet denn hin den

Pinsel als Zeichen und Zepter, der heroischen, männlichen Entschlossenheit, Gefahrensmann!“ *(Mit Betonung des „Ge“).* „Und schwingt euch auf zur Tat, der mordlüsternen Handwerkskunst!“ Dann neigte er den Oberkörper und fuchtelte kurz mit dem rechten Arm in der Luft in Anlehnung an frühere höfische Gesten, um mir darauf endlich den Pinsel hinzureichen.

„Sich Ihro Galanterien zu entziehen, entsagte jeglicher Kultur!“ Ich griff das Ding.

Wir malerten dann mehrere Kassettenseiten lang: Days of the New, Patti Smith, Ben Harper. Ich fragte mich, was Bernd wohl an sich selbst kritisierte (und ob er mit der Auswahl an Kassetten versucht hatte, meinen Musikgeschmack zu treffen – es war ihm gelungen). Irgendwann zwischendurch holte ich mir ein Pflaster für den Mittelfinger aus dem Erste-Hilfe-Kasten des Bullis und Bernd ging eine kurze Runde mit Charly. Schließlich hatten wir unser Tagesziel erreicht, überall war mindestens einmal Farbe drauf geglitscht. Morgen, Sonntag, würden wir alles bei hellerem Licht kontrollieren und nötigenfalls ein weiteres Mal streichen. Zum Abschied fragte ich Bernd, was ihn an sich selbst stören würde. Er überlegte kurz. „Als Beispiel?: Vielleicht bin ich für wahre Freundschaft zu misstrauisch.“

Am nächsten Tag stellten wir fest, dass wir nur eine Decke noch mal malern mussten, da sie nach Bernds Urteil scheckig war. Ich behielt meine Meinung lieber für mich und fragte mich, ob es in Florians und meiner WG-Bude überhaupt eine Decke gab, die jemals so weiß gewesen war; die gingen eher ins Gräuliche. Solange ich dort wohnte, hatte keiner einen Pinsel geschwungen – waren unsere Decken inzwischen abartig? Wann hatte man eine Decke zu streichen und warum strich man sie nicht gleich grau?

An dieser Stelle überflüssige Überlegungen, der Auftraggeber wollte es anders. Und wir waren nah dran: Beim Streichen der Decke musste ich höllisch aufpassen, systematisch Bahn um Bahn abzurollen, wie Bernd es mir gezeigt hatte. Ein Unterschied zwischen neuem und altem Anstrich war kaum zu erkennen. Fehler, die ausgelassenen Stellen, würden erst im getrockneten Zustand richtig auffallen. An einer Wand gab es einen hartnäckigen Wasserfleck, gegen dessen braune Ränder Bernd

mehrere Lagen aus Tiefgrund und Vorstreichfarbe aufgebracht hatte, ehe er sie bändigte. Er strich ihn nun zum guten Abschluss ein weiteres Mal, diesmal mit Wandfarbe.
Wir waren fast fertig und ließen es ruhig angehen, die Allman Brothers Band live „At Fillmore East" machte dazu entspannten Southern Rock und schuf eine relaxte Sonntagnachmittagatmosphäre. Wir alberten nebenbei ein wenig herum. Wir kamen auf Bücher zu sprechen und warum es so viele gibt, in denen es sich ums Schreiben dreht. Bernd meinte, er warte auf das Buch, welches von einem Schriftsteller handelt, der an Schreibblockade leidet, eine Seite bedruckt, hundert Seiten leer. Ich erzählte daraufhin von meinem Deutschlehrer, der zu dem Thema gesagt hatte: „Ein Schriftsteller schreibt ein Buch, weil er es schreiben muss."
Darauf Bernd: „Wohlan, dies dünkt mich ein guter Grund zu sein." Und mit einem für mich zu diesem Zeitpunkt unerklärlichen, schelmischen Grinsen: „Allein, ich glaub, ich könnt' das nicht."
Wir räumten unsere Farbeimer, Pinsel und Farbroller, die Reste an Lackfarbe und den Müll zusammen und verstauten alles hinten im Bus. Bernd hatte die Haustür abgeschlossen und wir standen für einen Moment am Bulli. Ein kleiner sommerlicher Niesel hatte eingesetzt und wir suchten den Himmel nach einem Regenbogen ab. Sahen aber keinen.
„Oh, it looks like rain
and it feels like rain,
here comes the rain."
Bernd hatte es leise gesungen, nun lächelte er mich verschmitzt an. Ich hatte keine Ahnung, von wem der Song sein könnte.
„Grateful Dead, „Looks Like Rain", sagte Bernd, ehe er sich weiter lächelnd auf den Fahrersitz setzte.
Charly war über die bevorstehende Autofahrt begeistert und schnell vorne in den Bus gesprungen. Er thronte auf der Beifahrerbank, für mich war der verschwindend kleine Platz daneben, zu den üblichen Konditionen. Bei aller Liebe, das ging zu weit. Bernd betrachtete unseren kleinen Händel, bis wir uns sortiert hatten, und seufzte ein kleines „Es ist angespannt" ins Nichts, bevor er die 50 eingebauten Pferdchen antraben ließ. Wir fuhren zum Hamburger Berg, einen alten Freund von Bernd besuchen. Auf der Fahrt lief ein Song von Jefferson Airplane,

„House At Pooneil Corners“, klassischer psychodelischer Rock mit cooler Gitarre und fetten Soloparts.
Wir quatschten über dies und das, ehe ich das kürzeste Gespräch unter Männern über Frauen mit ihm führte, das ich jemals hatte.
„Und was läuft so mit den Frauen bei dir?“ fragte Bernd.
„Momentan solo. Pete sagt, ich sollte auch mal in der zweiten Reihe fischen.“ Ich guckte rüber.
„Gleichfalls solo.“ Ein 3er-BMW-Fahrer vor uns fing an zu nerven, da der seine Fähigkeit, geradeaus zu fahren und gleichzeitig zu telefonieren, grandios überschätzte.
„Ich bin kein Kerl, der sich verbiegt, damit er denn und wenn an die Keksdose darf“, ergänzte Bernd.
Genervt von dem BMW, der weiter vor uns über die Fahrspuren eierte, hätte er vielleicht sonst mehr erzählt; jetzt versuchte er zu überholen. Aber wer einmal als Fahrer eines T3-Diesel-Busses das Vergnügen hatte, zu beschleunigen, weiß, dass sich dieser und weitere Überholversuche leider als sinnlos erweisen mussten. Genauso gut könnte man einer Schnecke die Sporen geben, heraus kam nur die Beschleunigung einer Galeere bei Streik im Trockendock. Eine der zahllosen Ampeln sprang vor dem BMW auf Gelb um. Nun verfügt Hamburg – weltweit bekannt – über die längsten Gelbampelzeiten Deutschlands, der Fahrer vor uns beschleunigte kurz. Auch Bernd ließ seinen Fuß auf dem Gaspedal. Beim BMW leuchteten plötzlich die Bremslichter auf, fraglich, ob er überhaupt vor der Haltelinie würde stoppen können. Bernd schwenkte auf Vollbremsung um, hinten, auf der Ladefläche, wurden Werkzeuge zu Fluggeschossen, die an die Trennwand schlugen. Die Anschnallgurte verhinderten, dass Bernd und ich in die Frontscheibe segelten; er kalkulierte, bremste und lenkte gleichzeitig in Richtung des Gegenverkehrs. Ich hingegen versuchte, Charly zu umschlingen. 30 Kilogramm Hund-Lebendgewicht waren im Begriff, sich blitzartig zu beschleunigen, und ich versuchte genau das zu unterbinden. Selbst eine vorhergehende Diät Charlys hätte kaum verhindern können, dass ich überfordert war. Glücklicherweise ballerte nur sein Hinterteil gegen das stählerne Armaturenblech, ohne dass Schäden entstanden. Unser Bulli kam schräg versetzt, Zentimeter von dem BMW und der Gegenspur entfernt, zum Stehen. Wir sammelten uns – alles okay – und zig Stadtpläne

und Landkarten ein, die auf den Boden geflogen waren. Wir schoben sie zurück unter die Sitze zu dem Haufen, der nicht abgehoben hatte. Unmengen Pläne. Ich brauchte Bernd nur mit großen, fragenden Augen anschauen.
„Geerbtes Wissen, hab ich zusammen mit dem Bulli gekauft."
Ich schüttelte nur den Kopf – genügend Karten für ein geographisches Institut.
Dann fügte er hinzu: „Is', glaub' ich, auch 'n Stadtplan von Schilda dabei."
Als Bernd den VW-Bus geparkt hatte, musste Charly darin warten, da Nobbi, Bernds Freund, eine ambitionierte Kampfkatze hatte, die Hunde verspeiste oder es zumindest mit Macht, Maul und Krallen versuchte. Wir mussten die Straße ein Stück in Richtung Reeperbahn hochgehen, der Niesel Norderstedts war jetzt Hamburger Regen. Bernd intonierte wiederum leise die Zeilen eines anderen Liedes mit einer hübschen Melodie:

… „I've been waiting for the sun to come up
Waiting for the showers to stop
Waiting for the penny to drop
One time" …

(Monate später entdeckte ich, es war aus King Crimsons' „One Time" zitiert gewesen.)
Hinter einer Holztür ging es durch eine schmale Gasse zwischen zwei Häusern in einen Hinterhof zur Haustür. Bernd klingelte, der elektrische Türöffner brummte und nach einem energischen Drücken gab die Tür nach. Wir erklommen eine schmale, steile und ausgetretene Holztreppe in den zweiten Stock, die jeden Tritt mit ungesunden Geräuschen quittierte. An Nobbis Toilette auf dem Außenflur vorbei, wobei ich nur bei ihrer Außenansicht unwillkürlich beschloss, sie keinesfalls zu benutzen, kamen wir zu einer angelehnten Wohnungstür. Bernd ging voraus, ich trottete hinterher in einen vollgestellten Durchgangsraum. An einer Wand stapelten sich Abfalltüten und sonstiger Krempel mannshoch. Entweder der Weg zu den Mülltonnen war unzumutbar weit, wobei ich sie, glaube ich, im Hinterhof gesehen hatte, oder hier hatte die Müllabfuhr seit Monaten gestreikt, wovon ich aber nichts mitbekommen

hatte, oder – Gott bewahre! – das Zeug wurde noch gebraucht; allerdings hatte ich keine Ahnung, was man mit 25 Pizzakartons anfangen sollte, aber ich hatte bisher ja auch nur maximal einen zur selben Zeit besessen. An der anderen längeren Wand stand eine Art Küchenzeile – ich würde hier auch keinen Kaffee trinken –, geradeaus ging es ins Wohnzimmer. Dort saßen vier jüngere Männer sowie ein älterer: Das musste Nobbi sein! Der Raum war mittelgroß, dominant in seiner Mitte stand eine großzügige Couchgarnitur, die sich wenig später als Rückenfeindin und feste Freundin aller Orthopäden entpuppte. Dazu gab es einen massiven Tisch, zusätzlich vier Stühle, einen Hi-Fi-Schrank und ein ausladendes Bücherregal, gefüllt mit tonnenschweren Computer Zeitschriften. Weitere Stapel lagen auf zweien der Stühle, der dritte diente als Monitorständer und auf dem vierten saß einer der Typen; er tippte mit schnellem Anschlag auf einer Computertastatur herum und starrte in Hypnose auf einen weiteren Monitor voll mit kryptischen Zeichen. In verschiedenen Ecken standen Rechner, zum Teil mit Gehäusen, andere ohne, sie schienen miteinander verkabelt zu sein: Überall lagen irgendwelche Strippen, Verlängerungen und Mehrfachsteckdosen mit Direktversorgung vom AKW in Brunsbüttel. Ein Vorhang trennte eine Schlafnische vom Wohnzimmer ab. Die Gardinen waren zugezogen, sie hatten einen bräunlichen Farbton angenommen. Ich spekulierte über den Ursprungsfarbton, die Annahme, es könne weiß gewesen sein, erschien mir zuerst verwegen, dann belehrte mich die bläulich-gräuliche Luft – unter maßgeblicher Betrachtung der verstrichenen Zeit – eines Besseren. Alles in allem war das um mich herum eine 1-a-Computernerdbude.
Ich wurde als Bonke, der Typ, der Snorres Laden übernommen hatte, vorgestellt und fand einen leeren Platz auf dem Sofa neben Carlos, der damit beschäftigt war, einen Joint zu bauen.
Es wurde viel gefachsimpelt, wann man einen Proxyserver brauchen würde (für mich ein Aktenfall xy ungelöst), Erfahrungsberichte zu Computerspielen abgegeben und Anekdotisches erzählt. Ein Typ hatte am Wochenende in einer Nacht und Nebel Aktion ein komplettes Netzwerk für ein Callcenter neu einrichten müssen, weil irgendein Idiot es „total zerschossen“ hatte. Zu solchen Gesprächen konnte ich kaum etwas beitragen und so hörte ich mehr Tony Joe White zu, dessen Mucke

im Hintergrund lief. Ein frischgebackener Plattenladenbesitzer saugt alle neuen Musikinformationen auf, ob er will oder nicht: Ich griff mir das Plattencover „Black and White". Nobbi erklärte mir, Tony Joe White sei der Erfinder des Swamp-Blues.
Das Gesprächsklima war überaus entspannt, manchmal lustig, obgleich sich in den zwei Stunden, die wir bei Nobbi verbrachten, unsere Besetzung ein paar Mal veränderte. Es herrschte reger Verkehr. Gewisse Kalamitäten in Bezug auf Drogenbestände mussten behoben werden und Nobbi hatte sich der Lösung des Problems offensichtlich angenommen. So weit jedoch keine schlüssige Begründung für Bernds kleine Anmerkung über Nobbi vor dem Besuch, die sich für mich wie eine Warnung angehört hatte – Nobbi versuche manchmal zu krass seinen Arsch an die Wand zu bekommen. Die Bemerkung war tatsächlich anders gemünzt gewesen, aber das sollte ich erst Wochen später bei einer anderen Begegnung erleben.

Von dem Besuch bei Nobbi blieb mir ein Gespräch, mehr ein Ausbruch, vor allem von Carlos, in Erinnerung. Wie in größeren, zufällig entstandenen Gesprächsrunden oft der Fall, hatte es eine kleine Pause in der Unterhaltung gegeben, in die durch eine harmlose, spontane kleine Äußerung hinein, das neue Gesprächsthema gefunden wurde. Sie kam von einem Nino-de-Angelo-Klon mit Goldkettchen, der brauner als Fritten – aber genauso ölig wie das Original versuchte, einen auf Frauenschwarm zu machen, und der in der Umgebung leicht deplaziert wirkte; er meinte, er habe „voll Bock auf den Euro, weil man dann auf Malle nicht mehr umrechnen muss". Das Rechnen für den Typen Stress bedeutete, glaubte ihm hier jeder sofort. Die Malle-Erwähnung quittierte der Hypnosetyp, der den gesunden Teint eines Hochsicherheitsgefangenen nach 20 Jahren hatte, tatsächlich mit einem kurzen, abschätzenden Blick und einer hochgezogenen Augenbraue, aber ohne sein Getippe zu unterbrechen. Ansonsten entging der Gesprächsrunde die Brisanz der Thematik, ehe Carlos anfing, die Gegenposition einzunehmen.
„Durch die gemeinsame Währung bekommen wir auch eine gemeinsame Vergesellschaftung der Probleme", warf er ein.
„Das müssen die da oben über die Verträge in den Griff kriegen", schlug

jemand vor. Man befand allgemein, die Vorteile der neuen Währung würden, wenn man sich erst mal an sie gewöhnt hätte, die Nachteile überwiegen. So das war's. Carlos hatte genug gehört. Da war eine kostenlose Ohrwäsche ohne Schongang für alle Zuhörer so was von fällig: „Der Euro eine gute Sache und so? Ich glaub' ich wird' blond! Der ist der Untergang Europas …!“ Carlos hatte dafür sogar ein Fremdwort parat: „Ein Menetekel! Ohne Not die D-Mark herzugeben, nicht zu fusseln. Selbst die Südländer stellen sich ohne Euro besser! Notfalls können die ihre Währungen abwerten, wenn sie müssen. Ohne politische Union in Europa ist eine gemeinsame Währung idiotisch, das kann auf Dauer gar nicht funzen! Das muss man sich nur mal historisch ansehen! Da hat sich der Kohl wegen der Wiedervereinigung und so über den Tisch ziehen lassen und uns wird das als super Sache verkauft …“ Carlos unterbrach sich – der Joint erreichte ihn auf seiner Runde, er zog zweimal kräftig daran, blies den Rauch aus und unterdrückte ein Husten. Kam da noch was? Man schaute erwartungsvoll. Jetzt beschloss Carlos seine Rede, etwas besänftigt: „Ich geb' dem Euro keine zehn Jahre.“

Ein großes Wort, gelassen ausgesprochen. Ich war überrascht einen so dezidierten Eurogegner in dieser illustren Runde zu finden, und nahm mir vor, ihn in einer Dekade auf seine Propheterie hin zu prüfen.

Im Plattenladen, wenn ich ihn denn weiterführen wollte, musste ich auch auf den Euro umstellen, eine Problematik mit der ich mich bisher nicht beschäftigt hatte.

Eine andere Herausforderung stellte vorher möglicherweise die Jahrtausendumstellung am Computer dar. Alle Welt sprach über den Millenium-Bug. So in der Höhle des Löwen bzw. Nerds, warf ich die Frage in den Raum.

„Wie alt? Der Rechner“, wollte Nobbi wissen.

„Zwei Jahre.“

„Kein Problem.“

Das Telefon klingelte, Nobbi versuchte kurz eine Telefondiagnose eines Computerproblems, um schließlich das Gespräch abzuwürgen: „Und wenn das nicht hilft, abklemmen, untern Arm und herbringen, so, Tschü.“ Ein Spruch, den ich selbst später öfter hören sollte.

9.

Wie ein König der Landstraße saß ich in der letzten Zeit hartnäckig einen Sitz breit. Jedoch statt des Ausblicks auf eine sich endlos dahinschlängelnde Landstraße glotzte ich von meinen Schreibtischstuhl wahlweise auf einen Computermonitor, den Verkaufsbereich oder durch das Schaufenster und die offenstehende Ladentür auf den Ausschnitt eines Bürgersteigs. Momentan blickte ich mit mehr oder weniger glasigem Blick zum Bürgersteig, ich war im Gedanken. Ein Fernfahrer ballert in solchen Momenten schon mal in die Leitplanke – gut, wenn's eine gibt. Draußen kämpfte die Sonne mit ein paar harmlosen Schönwetterwolken einen ungleichen Kampf.
Außen war's echt warm, hier drinnen durch die Abwärme alles Elektrischen heiß, was ich jedoch kaum wahrnahm. Eine modisch, sommerlich gekleidete Frau ging vorbei. Sie war bereits eine Weile außer Sichtweite; irgendetwas an ihr war seltsam gewesen. Ich versuchte das Bild zu memorieren: Stiefel! Sie hatte halbhohe, hellbraune Wildlederschnürstiefel getragen (Schnürsenkel offen?). Hatte ich das in letzter Zeit nicht schon öfters gesehen? Eine neue Mode? Stiefel, wahrscheinlich die einer speziellen Marke, im Sommer? Seitdem ein Teil der Damenwelt in den letzten Jahren mit klotzartigen Turnschuhen à la Spice Girls durch die Gegend gehumpelt war, hielt ich in Sachen Schuhmode bei Frauen alles für möglich.
Trotz längeren Nachsinnens fiel mir kein aktuelles modisches Äquivalent dazu bei Männern ein, Wie einfallslos und bar jeglicher orthopädischer Herausforderung schreitet der moderne Mann doch durch die Welt! Okay, manche latschen, viele schlurfen und einige sind froh, wenn sie überhaupt noch irgendwo ankommen. Na ja, jedenfalls das Einzige, was mir als Neuerung bei Typen, vor allem den Technobengels, aufgefallen war: Cargohosen, auch kurz – mit so vielen Taschen, dass man einen Lageplan und Inhaltsverzeichnisse brauchte, um den Überblick zu behalten. Das war's. Vielleicht war ich aber modisch auch gar nicht mehr auf Höhe.
Wahrscheinlich.
Bestimmt.

Ich war länger schon in keinem Klamottenladen mehr gewesen, ich hatte, spätestens seit ich selbst wochen- und monatelang in einem Laden abhing, generell keine Lust mehr zu shoppen.
Hier im Laden schwoll die Kommissionsware um die 200 CDs und LPs von Bernd im Computersystem an. Es wären nun insgesamt 600 Stück gewesen, aber einen Teil davon hatten wir bereits verkauft. An manchen Tagen war die Hälfte des Umsatzes Bernds Scheiben geschuldet. Er hatte moderate Preise, selbst für seltene Ersterscheinungen und Originalpressungen, vorgeschlagen. Für einzelne Platten hätte man vielleicht sogar den doppelten Preis bekommen, doch das konnte dann lange dauern, was Bernd nicht wollte.
Die Tagesumsätze des Ladens konnten sich zurzeit also durchaus sehen lassen; blieben sie beständig, wäre der Laden sogar nach Abzug einer angemessenen Entlohnung für den grandiosen Chef und seine hoch motivierte Aushilfe profitabel: allerdings beruhten die Umsätze auf einem Glücksfall im Einkauf. Der Einkauf von lukrativen CDs und LPs war schon zu Snorres Zeiten problematisch gewesen und war mit den Jahren schwieriger geworden. Es wurden nunmehr kaum ganze Sammlungen angeboten, und wenn es zu einem Ankauf kam, musste man meistens zu viel Schrott mit ankaufen. Die Verkäufer, die mit wenigen Stücken in den Laden kamen, hatten meist krasse Fehlkäufe im Angebot und vollkommen abstruse Preisvorstellungen.
Ich war dazu übergegangen, rigoroser als Snorre es je getan hatte, nur Ankäufe zu einem vernünftigen Preis und bei erfolgversprechender Ware zu tätigen.
Praktisch ergab sich daraus ein sinkender Bestand trotz des Kommissionsgeschäftes mit Bernd, da einige der im Preis reduzierten Waren endlich Käufer gefunden hatten. Falls ich jedoch beschließen würde, den Laden weiterzuführen, dann sägte ich auf überaus angenehme Art, da endlich Geld in den Shop kam, an dem Ast, auf dem ich saß.
Der Besuch bei Nobbi hatte mich angeregt, über Einkaufs- und Vertriebsmöglichkeiten übers Internet nachzudenken. Den Einkauf darüber abzuwickeln würde sich vermutlich schwierig gestalten, vor allem die Portokosten wären ein Problem. Tonträger übers Netz zu verkaufen, müsste dagegen besser funktionieren. Tonträgerversandhandel hatte es

schließlich auf ähnliche Art mit Katalogen bereits ewig gegeben. Gab es eine Zukunft für den Plattenladen, wenn ich CDs zusätzlich über das Netz verkaufen würde? Der Laden brauchte schleunigst eine eigene Website. Ich war völlig in diese Gedanken vertieft und versuchte gleichzeitig die neue Ware von Bernd einzugeben.
„Buh!" Plötzlich stand Pete vor mir und freute sich, wie ich mich erschreckte.
„Herzlichen Dank! Hast du nichts Sinnvolleres zu tun, als mich von der Arbeit abzulenken?"
„Ach, da nich' für. Gerne wieder! Da kommt man auf einen Sprung einen Freund besuchen und dann so ein Empfang!"
„Beschwer dich noch! Hallo, überhaupt."
„Ja, hi. Sag mal, ist die Schlipsträgerfraktion unter den Kunden bei „Musicpoint" ebenfalls unfreundlicher als die Normalos?"
„Bei der geringen Kundendichte? Schlipsis? Also, ich glaub', wir haben da einen eklatanten *Mangel in der Stichprobengröße*."
„Ein echtes Problem", erkannte Pete.
„Yes." Ich nickte. Ich schaute auf den Monitor und die einzugebenden CDs, gab aber erst mal auf. Pete erzählte unterdessen unbeirrt weiter von seiner *empirischen Sozialforschung mit teilnehmendem Beobachter*. „Es ist wirklich auffällig, wie oft die wahrscheinlich besser Gebildeten, die mit den dicken Autos und den schicken Anzügen, grußlos in die Tanke kommen. Und die sagen nie „Eine Schachtel John Player, *bitte*". Das höre ich bei Marlboro öfter. Meine Kollegen haben die gleiche Erfahrung gemacht. In meiner letzten Schicht kam ein schicker Anzug mit seinem kleinen Jungen rein. Ohne zu grüßen. Wollte das Getankte bezahlen, Kippen und 'ne Glühbirne, die ich extra raussuchen musste. Kein Bitte, kein Danke – kein einziges Mal. Ich hatte gerade vorher 'ne Tüte Gummibärchen aufgemacht und frage den Alten dann ganz unverfänglich nach'm Kassieren, ob ich seinem Sohn welche schenken dürfte? … Der Junge bekommt eine kleine Handvoll und mampft los. Und was sagt da der Alte zu ihm?"
„Wie heißt das?" Ich tue Pete den Gefallen.
„Ja, Scheiß Rangordnungsdenken und die merken's nicht einmal." Als liefe die Szene vor seinem inneren Auge ein weiteres Mal ab, schüttelte

Pete den Kopf. Dann wechselte er das Thema und fing an, von seiner alten On-off-Beziehung Sybille zu schwärmen. Mit Bille laufe es seit ein paar Monaten ziemlich optimal, so gut wie *eigentlich* nie bisher. Nun seien sie bereits *fast ein halbes Jahr* fest zusammen – man hörte die Ewigkeit und todbringende Langeweile in Petes Tonfall deutlich heraus –, und wie der Zufall so wolle, habe er im gelben Salon neulich nachts eine Perle angesprochen. Oder sie ihn. Er sei ja ein wenig betrunken gewesen – eine mehr als euphemistische Beschreibung für annähernd willenlos, wie ich fand, handelte es sich doch offensichtlich um die Nacht, in der sie sich halbnackt gegenseitig bestempelt hatten.
Als also alle Partygäste glücklich berauscht, die Tanke in Richtung der magischen Anziehung ihrer Betten verlassen hatten – manche mit hübschen Souvenirs, die sie erst beim Blick in den Spiegel morgens nach dem Rausch vollends würdigen würden – versuchte Pete auf dem Barhocker vor der Nachtschalterschublade mehr hängend als sitzend, die Nachtschicht herumzubekommen. Er hoffte auf wenig Kunden. Eine Benommenheit nach dem Vollrausch stellte sich ein, doch diese verflog schlagartig, als „eine 10 in der Bo-Derek-Skala“ erst tankte und dann auf den Nachtschalter zuging, um bei Pete das getankte Benzin zu bezahlen. Vielleicht der üppigen Menge Restalkohol geschuldet, hatte er sofort angegriffen.
Bo-Derek-Skala? Ich erinnerte mich nur dunkel an eine Bo Derek – manche merken sich Krötennamen, andere, also Pete, den einer Aktrice, die in einem komplett belanglosen Film gut ausgesehen hatte. Ich erinnerte eine Amazone mit blonder (geflochtener?) Wallemähne, die pausenlos in knappen Badeanzügen am Strand abhing. Aber ich kann mich täuschen, die Erinnerung spielt einem manchen Streich.

„Jedenfalls, ich weiß gar nicht mehr genau, wir haben kurz ‘n büschn rumgeflirtet und ich dachte schon, das war’s, weil sie dann wegfuhr, nur mit einem lahmen Tschüss. Aber, was soll ich sagen, ‘ne halbe Stunde später kommt sie zurück und legt ‘n Zettel mit ihrer Telefonnummer auf den Nachtschalter. ‘N Reinläufer!“ Wenn man durch breites Grinsen Fliegen könnte, dann hob Pete gleich ab.
„Und?“

„Wir haben uns vorgestern beim Portugiesen getroffen“ …
„Aha, Heimspielkarte gezückt!“, warf ich ein.
„Und später zu ihr.“
„Is’ ja ‘n Ding“. Wenn Pete jetzt nicht mit dem Grinsen aufhörte, musste ich ihn festbinden.
„Die Frau is’n Knaller, eine Granate, die Wuchtbrumme.“ Pete suchte nach Worten.
Erstaunlich, welche antiquierten Ausdrücke er heute raushaute: „Wuchtbrumme“. War sie mollig? Ehe ich fragen konnte, sprach Pete bereits weiter.
„Natürlich denkt sie, ich sei Single, so wie ich angegriffen habe. Scheiße!“
„Scheiße?“ Ich gab Pete nur Stichworte, das reichte, es musste anscheinend aus ihm raus.
„Sie erzählte, sie wäre voll eifersüchtig, hat wohl schlechte Erfahrungen gemacht.“
Petes Mimik hatte jetzt deutlich an Bodenhaftung gewonnen.
„Tja, *wer treu ist, kennt nur die triviale Seite der Liebe.*“ Ich fragte mich selbst, von wem das stammte, ich musste es irgendwo mal gelesen haben. Pete schaute mich verständnislos an.
Pete hatte die Gabe, Menschen für sich zu gewinnen, weil man ihm glaubte, dass er einen mochte. Eine Eigenschaft, die ihm beim Aufreißen von Frauen besonders hilfreich war. Im umgekehrten Fall, wenn Pete etwas missfiel, war er genauso durchschaubar. Somit war er auch wirklich schlecht in der Vorspiegelung falscher Tatsachen, dem Lügen. Jedes Mal wenn Pete log, flog er auf. Mit Pete Poker zu spielen war wie einer Oma die Handtasche zu stehlen. Jetzt verstand ich sein Problem: am liebsten wäre er mit beiden Frauen gleichzeitig zusammen, aber das war unmöglich, also musste er sich für eine entscheiden.
„Und wenn du Bille abschießt, die kennt das doch schon“, schlug ich vor.
„Das wäre das letzte Mal, endgültig, damit hat sie mir gedroht“, greinte Pete.
„Wie bösartig, du bist wirklich mit allen Übeln der Welt geschlagen“, foppte ich.
„Du bist kein wahrer Freund! … Was hören wir denn da die ganze Zeit?“

In Petes Gesicht wich die Verzagtheit einem verschmitzten Lauern.
„Young Disciples, „Road To Freedom“, ganz fett was?“
„Kostet?“
„Zwölf“
„Für einen armen, leidenden, total leidenden Geschlechtsgenossen! Gib deinem Herzen einen Ruck. 10.“
„Wenn du mich für heute mit deinem Gejammer verschonst, deine neue Glückszahl: 10, zahlbar sofort.“
Pete gab mir einen Schein. Im Hinausgehen hob er die Hand für einen letzten Gruß, sagte „T“ (womit er mehr Buchstaben sparte als Nobbi) und entschwand in seine düstere Zukunft, in der er Unmenschliches vollbringen musste: die Wahl zwischen zwei Frauen treffen! In manchen Momenten war ich sicher, es musste einen Gott geben, einen fiesen alten Sack, der zynische Spielchen mit mir spielte; wer sonst dachte sich solche Ungerechtigkeiten aus: Pete fielen die Traumfrauen im Suff zu und ich darbte seit Monaten.
Kurz vor Ladenschluss klingelte das Telefon und ich war verwundert, Snorre am anderen Ende der Leitung zu hören. Die Verbindung funktionierte diesmal besser, es war als riefe er mich aus Altona an.
„Hi, Bonke, altes Haus, wie läuft's?“
„Ein glücklicher Hirte bin ich, vom verlorenen Schaf zu hören! Und selbst?“
„Ja, danke der Nachfrage. Geht mir auch gut. Was gibt's Neues von den anderen Schäflein?“
„Pete hat gleich zwei Frauen am Start und kann sich für keine entscheiden. Von Toddy hab' ich ewig nichts gehört. Und Bernd seh ich in letzter Zeit öfter.“ Möglichst lässig setzte ich hinzu: „Ich verkauf seine Plattensammlung.“
Nee. Is' nich' wahr! Bernd verhökert seine Scheiben. Shit, und ich bin nich' da! Da hätt' ich mir doch auch gern das eine oder andere coole Schätzchen abgegriffen, aber hallo. Und warum? Ist Bernd neuerdings spielsüchtig, oder was?“
„Keine Ahnung, der geheimnist merkwürdig rum, kriege ich aber raus.“
„Well. Hey Dude, was ich dir noch sagen wollte, … es tut mir echt leid, wie ich dich da reingehängt habe. So krass, das war keine Absicht, aber

als das Finanzamt gedroht hat ... Die wollten mich suchen lassen. Da hab ich mich lieber vom Acker gemacht. Mein Onkel, weißt du, der Steuerberater, der regelt das jetzt. War ‘ne heikle Sache, yes. Aber ich soll jetzt Raten ans Finanzamt abdrücken – that’s it!“
Snorre schien wirklich ein wenig zu bereuen und daher ließ ich die Vergangenheit ruhen: „Und wie läuft’s in Usa?“
„Oh yeah, so weit drin der Fisch. Alle tierisch nett hier. Ich musste mir allerdings für den Job die Haare schneiden lassen. Echt jetzt. Mit Haarnetz auf Dauer, das ging gar nich’. Sind jetzt raspelkurz. Weißt du, mein Bruder hat öfter’s mal einen Stand auf so Straßenfesten, das heißt hier anders, aber whatever, jedenfalls macht der einen auf *typical german*, Sauerkraut und Bier und so. Da flippen immer alle Kunden aus, wenn ich die auf Deutsch bediene. Finden die *exciting*.“
„Und wie steht’s mit deiner Angebeteten?“
„Jackie, is’n Hammer, ich bleibe jedenfalls erst mal ‘ne Weile hier. Was macht der Laden, machste dicht oder weiter?“
„Ich überleg noch, vielleicht geht ja was im Internet.“
„Yeah, ich hör’ schon, bei dir läuft’s, find’ ich gut. Du, ich muss jetzt mal Schluss machen, ich meld’ mich wieder.“

Als ich abends beim Zähneputzen in den Badezimmerspiegel blickte, fragte ich mich verdutzt: „Wer ist dieser Typ?“
Allein rein optisch hatte ich mich verändert. Was Snorre mit seinen nun raspelkurzen Haaren an Länge eingebüßt hatte, fand ich an meinen problemlos wieder: Aus meinem Drei-Tage-Bart-Style war ein veritabler Vollbart-Clochard-Look geworden. Klar, ich könnte es weiter wuchern lassen und mir eine schwarze undurchsichtige Sonnenbrille besorgen, trotzdem brauchte ich mir keine Hoffnung zu machen, jemals so cool wie einer der harten Säcke von ZZ Top auszusehen. So was fällt einem zu. Außerdem musste ich dringend zum Friseur.
Am nächsten Morgen war ich frisch rasiert, hatte gefrühstückt, saß hinter dem Verkaufstresen und war guter Dinge, als der perfekt organisierte deutsche Staat zurückschlug: (Public Enemy:) „The Empire strikes back“.
Mein Erstschlag war die Anmeldung meines Gewerbes auf dem Ord-

nungsamt gewesen, wobei ich dachte, es sei meine Pflicht gewesen, den Betrieb von Snorre auf mich umzumelden.
Der Rückschlag kam in Form eines Vertreters, der mich an meine dringende Sorgfaltspflicht im Brandfalle gemahnte. Einen regelmäßig geprüften Feuerlöscher vorzuhalten, sei für jeden Ladenbesitzer Pflicht. Mit den Worten, „Dies' ist mir so klar wie irgendwas" präsentierte ich kurz das uralte rote Ding, das Snorre vor Urzeiten irgendwo aus einem Flur geklaut hatte. Ich behauptete, das Teil sei *brandneu* und freute mich über das kleine Wortspiel. Fürs Erste schien der Feind abgewehrt, doch die Obrigkeit sammelte sich schnell und wollte sich nicht so einfach geschlagen geben. Sie führte eine ihrer schärfsten Waffen ins Feld. Unscheinbar im Auftritt, aber ihrer Sache so sicher wie Clint Eastwood als Django, betrat sie den Laden. High Noon.
„Ob der Chef, zu sprechen sei?" – Ich *sei* der Chef. Aha. Wie schön mich *in persona* anzutreffen. Er sei „der Herr von der GEMA". – Also Thors Hammer, dachte ich. – Mir sei bekannt, dass ich als Betreiber eines Geschäftes mit Publikumsverkehr eine Gebühr an die GEMA abzuführen hätte?
Ich war verdutzt, ich hatte Gerüchte gehört, dass bei öffentlichen Musikveranstaltungen GEMA Gebühren anfallen konnten, kannte aber keinen, der welche zahlte. Warum sollte ich? Meinen Einwand, ich betriebe mit der Musik doch nur Werbung, um sie zu verkaufen, und davon würden schließlich die GEMA und damit die Künstler und Komponisten profitieren, – ohne Plattenläden wären diese Einnahmen perdu – ließ Django als lästiges Gejammer an sich abtropfen. Mit Stahlblick, denn er wusste Justitia, die Domina, an seiner Seite, versicherte er mir, die Höhe der Gebühr sei vollkommen angemessen; er fragte die präzise Größe des Ladens ab, verglich sie mit seinen Unterlagen und zog weiter in seiner gerechten Mission.
Wie er fand.
Ich war überzeugt vom Gegenteil. Mein Zorn brannte lichterloh. Dieses Geschmeiß! Wegelagerer meiner jungen, leidgeprüften Selbstständigkeit! Djangos Logik erschloss sich mir nicht und ich wollte sie auch nicht begreifen. Anstatt dass sich die Künstler über möglichst viele Plattenläden freuten, ließen sie sich das Abspielen der Musik in den Läden bezahlen.

Als wenn ich sie nur zu meinem Privatgenuss abdudelte. Sollte ich CDs, Musik verkaufen, ohne dass man sie sich anhören durfte? Da griffen die Künstler über die GEMA kurzsichtig Gewinne ab und zerstörten damit langfristig die Vertriebskanäle. In meinem Fall betrug die Jahresgebühr über hundert Mark, ungefähr einen Tagesgewinn, den man zum Überleben brauchte. Mein Enthusiasmus das Plattengeschäft weiterzuführen, hatte eine herbe Rechts/Links Kombination einstecken müssen, der Fighter taumelte ...

Nach wie vor war ich am Nachmittag erzürnt ob dieser Ungerechtigkeiten in der Welt, und es war das Erste, was ich Andi erzählte als er in den Laden kam – von einem unfairen Kampf; einem *Tiefschlag* durch einen Gegner, der eigentlich in einer ganz anderen Gewichtsklasse boxen sollte. Iris hatte Andi begleitet und sich von ihm mit Küsschen verabschiedet. Nun hatte er Mühe, solidarische Betroffenheit mit mir zu demonstrieren, ein glückseliges Frohlocken im Gesicht wollte nicht verschwinden.

„Dir geht's gut, was? Alles schubi mit Iris? Ihr scheint euch ja richtig gut zu verstehen“, pikste ich Andi an.

Sein Blick ging verträumt nach oben, dann säuselte er: „Ja, Iris ist toll. Wir waren am Wochenende zusammen los.“ Damit ließ er es bewenden. Ich auch. Bei Pete hätte ich jetzt noch auf ein paar folgende, kleine schmutzige Details gehofft. Andi stand neben sich, ihn hatte es schwer erwischt, so viel war klar. Er versuchte jetzt bereits zum dritten Mal einen CD-Silberling richtig wegzustellen. Damit bewegte er sich an der Grenze zur Arbeitsunfähigkeit, aber niedlich anzusehen.

Die CD-Hüllen im Verkaufsbereich waren leer, um Diebstahl zu verhindern. Die Lagernummer auf der CD-Hülle oder das Computerprogramm sagten einem, an welcher Stelle in welchem Regal hinter dem Verkaufstresen der Silberling zu der Hülle stehen sollte. Wenn das System eingehalten wurde, konnte man schnell herausfinden, ob eine CD- oder LP überhaupt vorrätig war und wo sie sich befand.

„Wird's denn gehen?“ Ich schmunzelte ihn über den Verkaufstresen hinweg an.

Er fühlte sich ertappt und lachte los. Ich begann Thors Hammer zu vergessen, und der Rest des Tages wurde nach schlechtem Beginn doch noch ganz spaßig, Andis gute Laune war einfach zu ansteckend gewesen.

Die folgenden Tage vergingen schnell, tagsüber war ich im Laden und abends besuchte ich entweder Nobbi, der mir half eine Website für den Laden zu bauen, oder ich sah mir Musiksammlungen von Leuten an, die ich auf ihre Inserate in der Avis hin angerufen hatte. Die Ankäufe rechtfertigten im Nachhinein kaum den Zeitaufwand und die Benzinkosten, die die Fahrten mit sich brachten. Ich hatte das Auto von meinem WG-Kumpel Floh vierzehn Tage zur freien Verfügung, da dieser urlaubte. Eines Morgens fuhr ich noch vor Ladenöffnung zu einem Stift, um eventuell eine kleine Musiksammlung anzukaufen. Ein Besuch, der mich nachhaltig betroffen machen sollte.
In dem Telefonat hatte sich die Frau, mit der ich mich verabredet hatte, als eine Art Nachlassverwalterin bezeichnet. Auf mein Klingeln hin öffnete sie die Tür. Sie stellte sich als die Schwesternvorsteherin vor. Sie erläuterte mir, dass eine Patientin, die an AIDS verstorben sei und keine Angehörigen gehabt habe, ihren Nachlass der Station gestiftet habe. Es habe sich nur um ein paar Kleinigkeiten gehandelt. Die CDs und Kassetten seien übrig geblieben. Ich bot ihr für die circa zwanzig CDs fünfzig Mark, da mir viele der Interpreten unbekannt waren und sich ein paar nahezu unverkäufliche Compilations darunter befanden. Die Frau war sofort einverstanden. Ob ich die Kassetten ebenfalls gebrauchen könnte, fragte sie. Eher nein, selbstbespielte Kassetten im Laden zu verkaufen wäre wegen des Urheberschutzes illegal, erklärte ich ihr. Woraufhin sie sagte, in dem Falle würde sie die Kassetten wegwerfen müssen. „Das wäre doch zu schade“, entgegnete ich, gab vor, mir die Musik gerne anhören zu wollen, und bot weitere zwanzig Mark für die vierzig Kassetten.
Tatsächlich habe ich sie mir inzwischen alle angehört und bei jedem In-die-Hand-Nehmen einer der Kassetten spürte ich eine Ahnung, ein letztes kleines Vermächtnis einer Person, die ich nie erlebt hatte. Die Hüllen und viele Kassetten selbst waren individuell und bunt gestaltet. Häufig waren Fotos oder Ausschnitte aus Zeitschriften collagenartig aufgeklebt und alle hatten gründliche Titelangaben in stilisierten Schrifttypen. Hier hatte jemand mühevoll mit Hang zur Punk-und-Pop-Art-Ästhetik kleine

Gebrauchskunstgegenstände geschaffen. Der Musikgeschmack der Toten war bunt gemischt gewesen: Punk, Ska, Independent, an Mainstream wenig, Peter Gabriel zum Beispiel. Eine außergewöhnliche und interessante Auswahl. Nicht unbedingt alles nach meinem Geschmack, aber es gab auch einen Volltreffer: Girls Against Boys, „House of GVSB", 1996. Indie-Rock vom Feinsten, mit Anleihen bei EBM und Psychedelic – rockt gut ab, saucool. Der mittenlastige Sound der Band war zwar im ersten Moment gewöhnungsbedürftig, nach mehrmaligem Hören tat es mir die Band allerdings schwer an, und umso mehr bedauerte ich, die leider nun tote Vorbesitzerin nie kennengelernt zu haben, sie war mal wirklich sehr lebendig gewesen.
Am Freitag schlug ich um 20.30 Uhr bei Bernd auf. Er unterhielt sich mit einer jungen Frau, vor seiner Wohnungstür stehend, als ich parkte. Ich ging auf beide zu und sie beendeten ihr Gespräch. Die brünette sehr schlanke Frau kam mir lächelnd entgegen, grüßte mich mit einem „Hallo", das ich erwiderte, und entschwand.
„Moin, welch' ansehnliche Person", kommentierte ich in Bernds Richtung den Abgang.
„Moin Moin, die Frau meines Vermieters, beziehungsweise Ex-Frau, sie leben jetzt in Scheidung.
„Ziemlich jung?"
„So alt wie du, glaube ich."
Wir gingen in Bernds Wohnung. Charly sprang begeistert auf mich zu. Man musste die Sprache der Canniden nur rudimentär sprechen, um zu verstehen: Er wollte erst einmal gebührend begrüßt werden. Wir wechselten die üblichen, aber hier durchaus ernst gemeinten Floskeln „Na, mein Bester, bist ein ganz Feiner" nebst Streicheleinheit, worauf mir Charly mit Schwanzgewedele und dem Versuch, mein Gesicht abzuschlecken antwortete; Charly bellte nur selten, und wenn, dann meistens, weil er echt sauer war. Bernd bemerkte dazu, der Hund habe ein *ex-zel-lentes* (Bernd kostete betont fast jede Silbe aus) Personengedächtnis; käme ich häufiger vorbei, würde er mich sogar schon am Geräusch meines Autos frühzeitig erkennen. Ich fühlte mich also auf das Herzlichste in das Rudel aufgenommen und so konnten einige Partien Pool in Angriff genommen werden.

Im ersten Spiel hatte Bernd bereits fünf seiner Kugeln elegant versenkt, ich erst eine und mein Gefuhrwerke erinnerte eher an Boccia mit Stock. Ich hoffte, wenigstens zufällig die zweite einzulochen. Nebenher begann ich von Petes kleiner Studie zu den Umgangsformen der Gestopften zu berichten. Was uns zu der Frage nach dem Wesen des Bonzen an sich führte.

„Der Bonze ist üblicherweise männlich, überdurchschnittlich gebildet und mindestens dreißig Jahre alt", befand ich.

„Der Bonze stammt von einem Bonzen ab und ist nur für Chancengleichheit, wenn er sie selbst braucht, weil *er* keine hat", sagte Bernd.

„Du meinst, in Deutschland gibt es keine Chancengleichheit?"

„Man könnte annehmen, in einer Demokratie gäbe es Chancengleichheit und ein Bestreben nach Wohlstand für alle; tatsächlich wird Deutschland so organisiert, dass es einigen *richtig gut* und allen anderen *nicht zu schlecht* gehen soll."

„Aber bei uns gibt es doch einen breiten Mittelstand", wandte ich ein.

„Weil es nach dem Krieg erst mal bis auf wenige Ausnahmen allen schlecht ging. Da es fast keine Bonzen gab, die sich alles abgriffen, konnte man es mit Fleiß und klugen Ideen zu etwas bringen."

„Und heute?"

„Gibt's nach wie vor arme Irre, die es mit Arbeit zu Wohlstand bringen wollen. Aber die Politik ist untätig, etwas dagegen zu tun, dass die Schere zwischen Arm und Reich auseinanderklafft. Warum muss ein Kind aus einem armen Haushalt heute wieder einen Kredit aufnehmen, um zu studieren? War mal anders. Das ist weit entfernt von echter Chancengleichheit. Die Politik spielt ihre Spielchen nach ihren eigenen Regeln, gewählt werden, wieder gewählt werden, Pfründe sichern, Kompetenz ausstrahlen bei vollständiger Ahnungslosigkeit et cetera. Bloß keine Veränderungen, die würden ihre Machtbasis nur gefährden, deshalb lieben sie bei Lichte besehen sogar die Stagnation. Die heimliche Liebe aller Stockkonservativen in der Politik, den Kirchen, der Justiz und auch der Wirtschaft – Stagnation."

„Aber wir haben doch die Gewerkschaften, die streiten für den kleinen Mann." Ich spielte den Advocatus Diaboli, obwohl mir dabei unwohl war.

„Die Gewerkschaften", schallte es denn auch von Bernd zurück, „die Gewerkschaften, offensichtlich ebenfalls bonzengesteuert, mit ihrem asozialen, verschrobenen Menschenbild, das sich in ihren idiotischen Prozentforderungen verbirgt. Wenn die für alle das Gleiche wollten, würden sie konkrete Beträge fordern, 250 Mark mehr für alle. Das wäre gerecht und gleich und die Einkommen würden außerdem über die Inflation langfristig angeglichen. Was fordern die Bonzen mit ihren dämlichen Gewerkschaftern? Vier Prozent mehr oder so. Es profitierten die höheren Einkommen – die Bonzen, überproportional: bei fünftausend Mille monatlich 200 mehr, bei einhundert Mille monatlich 4000 mehr. Über eine Gehaltserhöhung von 250 Mark lachen sich Bonzen doch tot. Falls man etwas gegen die sich ausweitende Einkommensschere tun wollte, könnte man es mit Mathematik versuchen."

„Alle Tiere sind gleich, aber manche sind gleicher."

„Ja, könnte man sagen."

„Hat George Orwell gesagt, Farm der Tiere."

„Wie der Mann, der mehrmals geschworen hatte, allen Schaden vom deutschen Volke abzuwenden, natürlich mit religiöser Beteuerung „So wahr mir Gott helfe", um sich danach nicht daran zu halten, weil ihm sein persönliches *Ehrenwort* wichtiger ist. Ich habe diese Verkohlung so satt."

Bernd war sauer und unkonzentrierter beim Billard als sonst. Ich hatte aufholen können, nur die die schwarze Kugel lag noch neben der weißen auf dem Tisch. Ich versuchte mich an einem Eckloch und gab der schwarzen einen Effet, dass sie an der Bande entlang zum Loch rollen sollte. Sie prallte jedoch an der Bande etwas ab, schlug gegen beide Kanten des Ecklochs und sprang zurück. Sie blieb fast genau dort liegen, wo üblicherweise angestoßen wird.

„Wir tun so als wären wir eine Demokratie, wählen aber stets die gleichen Pfeifen. Wir glauben, wir leben in einem Sozialstaat, dabei ist er längst ein asozialer Placebo-Staat?" Ich blickte Bernd fragend an. Der zielte auf die entgegengesetzte Ecktasche, dort war seine letzte Kugel hineingerollt.

„Ein RSWK-Staat. Rette-sich-wer-kann-Staat. Jeder, Jacke wie Hose, ob Politiker, Wirtschaftsmagnat oder Pressetycoon versucht seine Macht

auszubauen: Man bringt seine Freunde und die Familie in einflussreiche Positionen, netzwerkt, wie es heute so schön heißt und versucht andere in ihren Aufstiegsmöglichkeiten zu behindern. *The wisdom behind your smile is cash.* Private Eliteschulen, Studiengebühren, Studentenverbindung."
Bernd hatte die schwarze Kugel versenkt und dabei die weiße so unterschnitten, dass sie den halben Tisch zurückrollte. Ich verstand es als kleinen Wink, mir nur minimale Hoffnungen auf den Gewinn einer Partie gegen ihn zu machen.
Ich baute die Kugeln für ein neues Spiel auf. Bernd suchte andere Musik heraus, wir hatten von Plan 9 „Sea Hunt" gehört und Bernd machte mich mit den Worten „Steve Winwood at his Best, will sagen, er singt kaum auf der Scheibe" heiß auf Traffic „On the Road".
Ihm fiel noch etwas zu unserem vorhergehenden Thema ein: „Es gibt übrigens wissenschaftliche Untersuchungen, die zeigen, dass der Mensch nicht glücklich ist, wenn er viel hat, sondern wenn er mehr hat als jemand anderes. Neid und Missgunst treiben ihn an."
Zumindest Traffic schienen anderweitig angetrieben zu sein und jammten ungeheuer groovy miteinander ab.
Das nahm ich mir zum Vorbild und versuchte, die Eleganz meines Spiels zu erhöhen, indem ich die Kugeln weniger wahllos den Löchern entgegenbolzte. Dazu passte ich neben der Aufprallkraft auf die angespielte Kugel den Effet an, besser keinen als übertreiben. Bernd war es gewohnt, die weiße Kugel nach dem Aufprall meistens in dem von ihm kalkulierten Raum aufzufinden; er verfolgte einen Spielplan, mit dem er den Tisch abräumte, auch in diesen strategischen Aspekten eiferte ich ihm nach und es half: Ich schaffte es manchmal, zwei, drei Kugeln nacheinander zu versenken.
Die Zeit verging wie im Fluge, der Soundtrack unserer „Farbe des Geldes" wurde von der erlesenen und raren einzigen LP der „Light of Darkness"-Band angereichert.[4]

[4] „Die Farbe des Geldes" ist ein sehr erfolgreicher amerikanischer Film von Martin Scorsese, 1986 erschienen. Tom Cruise verkörpert darin einen jungen angehenden Profibillardspieler und Paul Newman einen alten ehemaligen, die beschließen, gemeinsame Sache zu machen, womit das Drama beginnt. Der Film handelt vom Billardspielen, der Kunst des Bluffens und vom Wert der Freundschaft.

Bernd referierte dazu, es handele sich um drei Schotten und einen Deutschen, die dieses meisterliche Werk 1971 eingespielt hätten. Das Lied „Soul Francisco“, ein Cover meines neuen swampigen Freundes Tony Joe White, entpuppte sich für mich tatsächlich gleich als Monstertrack. Die Band war kein Pächter des Bluesrock, sondern Besitzer.
Am Ende des Abends, kamen uns mit Brainbox, einer weiteren Pretiose aus Bernds Sammlung, unter anderem Kaz Lux, Gesang, und Jan Akkerman, Gitarre, als Bandmitglieder zu Gehör und vervollständigten damit den Soundtrack. Bernd hatte die Rechnung für die Renovierungsarbeiten ausgezahlt bekommen und gab mir meinen Anteil. Ich hatte die Freude, mir die Farben von dreihundertfünfzig Mark anzuschauen. Brainbox spielten Gershwins „Summertime“ und für einen Moment war mein Livin’ auch easy.

10.

Von dem letzten Besuch bei Bernd hatte ich einen größeren Batzen Scheiben mitgenommen: vierhundert Stück – wahrscheinlich alleine mehr, als viele stolze Musikfans ihr Eigen nennen. Ich hatte versucht, Bernd den wahren Grund für die Verkäufe zu entlocken, aber er hatte mich mit einem ziemlich lahmen „Ich muss mal ein bisschen ausmisten“ abgespeist. Bernd schien finanziell nicht auf dem letzten Loch zu pfeifen, doch trennte er sich nun von Scheiben, die er vorher jahrelang gesucht hatte, etwa den beiden ersten Ultimate-Spinach-LPs. Von einigen Bands oder Künstlern hatte Bernd alle regulären Veröffentlichungen besessen, manchmal sogar zusätzlich Bootlegs. Bei The Fall, den Rolling Stones, Eric Clapton (inklusive Yardbirds, Derek & the Dominoes usw.), den Doors, Neil Young, Led Zeppelin, The Cure, John McLaughlin, Magma, um ein paar Bands zu nennen, hatte es größere Löcher in Bernds Sammlung gerissen. Einige der Scheiben, zum Beispiel White Noise („An Electric Storm“, 1969), Achim Reichels „Die Grüne Reise“ oder Stomu Yamashtas „Go – live“ waren verehrungswürdige Kultplatten – mit *Ausmisten* hatte das so viel zu tun wie ich mit Raketentechnik. Bei Scheiben wie Ash Ra Tempels „Starring Rosie“ glaubte ich Bernd zwar, dass sie ihn nicht unbedingt durchgängig musikalisch umhaute, allerdings war sie ziemlich selten, weshalb in Sammlerkreisen dafür hohe Summen bezahlt wurden – niemand verkaufte so was ohne Not für kleines Geld.

Am Sonntag war ich auf der Suche nach Ankäufen auf zwei verschiedenen Flohmärkten in Hamburg herumgestreift. Mit viel Mühe und zähem Verhandeln hatte ich knapp 30 Stück erstanden, zu wenig, um die Lücke an guter Second-Hand-Ware, Bernds Sammlung außen vor gelassen, zu schließen.

Meine Bemühungen, Ware über das Internet zu verkaufen, waren ins Stocken geraten; zur Abwicklung im Netz musste es ein Warenkorbsystem geben und die Abrechnungsmodalitäten für die verkaufte Ware mussten geklärt werden. Es würde Geld kosten, die Probleme von Profis lösen zu lassen. War es wirklich sinnvoll so in die Zukunft zu investieren? Oder warf ich dann gutes Geld dem Schlechtem hinterher?

Als Andi mich im Laden ablöste – ich musste Geld zur Bank bringen –

konnten ihn die düsteren Wolken am Horizont von „Musicpoint“ schwerlich betrüben, denn er war komfortabel gebettet auf seiner Wolke 7 unterwegs.
Schwungvoll hatte er den Laden betreten und verkündet, die CD „Der Schatz im Silbensee“ von Willy Astor, die er am Vortag im Billigständer mit CDs für drei Mark gefunden hatte, sei überaus lustig und ein Volltreffer für die Kohle. Ich legte ihm daraufhin die CD U-Bahn Kontrollöre in tiefgefrorenen Frauenkleidern „rabimmelrabammelrabumm!“ ans Herz. Ich erlaubte ihm, das Stück „Pinkpourri“ gebührend laut zu hören, ein A-capella-Pink-Floyd-Medley, dann machte ich mich auf zur Bank.
Der Kontostand des Plattenladens war in den letzten Jahren selten im Plus gewesen, doch nun war der Turn-around geschafft: Die Filialleiterin grüßte mich freundlich, als sie mich im Vorbeigehen zufällig sah.
Wochen zuvor hatten wir uns in ihrem Büro einmal zu einem *persönlichen Gespräch* getroffen. Ich sei nun der neue Besitzer von „Musicpoint“, teilte ich ihr mit, und hätte mit dem Laden das entsprechende Konto von Snorre übernommen. Daraufhin hatte sie sich *wirklich ehrlich* um meine Zukunft besorgt gezeigt, aber eilig alles umgetragen.

Ich verließ die Bank und dachte darüber nach, wie viele Kontostände eine Filialleiterin verfolgte und ob sie verheiratet war. Sie bewohnte mit ihren Einstellungen vermutlich einen ganz anderen Stern, und war sicherlich einige Jahre älter als ich, aber ihr Aussehen regte meine Fantasie an. Und Raumfahrt ist möglich.
Als ich in den Plattenladen zurückkehrte, beschworen die U-Bahn Kontrollöre die Biene Maja und ein Kunde seine Cannibal-Corpse-CD, die wir teuer ankaufen sollten, weil das Cover indiziert und sie daher rar sei. Andi hatte keine Ahnung, wie er mit diesem Fall umgehen sollte, guckte wie Biene Willi und war auf Hilfe angewiesen.
Ich senkte den Kopf, wie um über eine imaginäre Lesebrille zu blicken, und schaute einen kurzen Moment lang mit großen Augen und tiefem Blick auf den Kunden: „Wir sollen deine CD teuer ankaufen, *weil es uns verboten ist, die zu verkaufen?“*
Er wurde nachdenklich, es malte sich ein Fragezeichen in sein Gesicht.

Trotzdem verkniff er sich kein Jaaa(?), das zwar unsicher klang, aber er wollte das Nein(!) unbedingt hören:
„Ach, weißt du, versuch dein Glück lieber woanders, wir haben hier eh keine Fans von Cannibal Corpse."
Der Typ zog bedröppelt ab. Seine CD schleifte zwar nicht hinter ihm her wie die Decke von Charlie Browns Kumpel Linus, aber er begann mir leid zu tun – hatte der Typ gehofft, sich für das Geld endlich wieder etwas zu essen zu kaufen?
Scheiße, dann sollte er nicht mit Zitronen handeln!
Auch nicht mit der letzten!
Liebsten?
Jetzt fühlte ich mich schlecht; Andi predigte ich irgendwas von Konsequenz oder Stringenz, verlor aber selbst den Überblick. Daher begann ich lieber, die Ankäufe in das Computerprogramm einzugeben. Bei sämtlichen Ankäufen vom Flohmarkt und bei ein paar CDs von Bernd tauschte ich außerdem die CD-Hüllen aus, weil sie für den Verkauf zu verschlissen aussahen. Andi musste bald darauf los, er sollte seinen Eltern beim Bäumchenpflanzen im Garten helfen. Ein Personalschlüssel, der jedem Altenheim zur Ehre gereichen würde, überlegte ich, behielt den Gedanken aber besser für mich, befürchtete ich doch, für heute meine Arschlochpunkte bereits beisammen zu haben. Ich hörte ziemlich laut The Cures „concert", nach Bernds Meinung eine *ex-zel-lente* Cure-Scheibe. Pete kam zur Ladentür, angesichts der Lautstärke völlig übertrieben schlich er auf Zehenspitzen in den Laden, wahrscheinlich um mich neuerlich zu erschrecken. Vergebens, ich bemerkte ihn zufällig und ließ ihn auflaufen.
Er sah mir eine Weile bei der Arbeit zu und berichtete, er habe sich für die Neue entschieden und Bille endgültig den Laufpass gegeben oder geben wollen. Denn das sei ganz merkwürdig gelaufen: Er habe ihr gesagt, es sei aus, und Bille habe nur gemeint, das sei doch praktisch, sie treffe eh bereits ab und zu einen Typen und die Sache sei doch ernster, als sie zuerst angenommen habe.
Pete wirkte verstört. Er war sich uneins, ob er Bille abnehmen sollte, er sei nicht ihr einziger Freund gewesen. Deshalb schwankte er zwischen „das Luder" und „die Lügnerin", bis ihm auffiel, dass Bille auf jeden

Fall gelogen hatte; entweder als sie behauptete er, Pete, sei ihr einziger Freund gewesen oder wenn sie jetzt so tat als wenn sie längst einen weiteren Liebhaber habe.

„Die Entweder-oder-Lügnerin, wie verludert ist das denn?", rief er empört über die Musik im Laden hinweg. Jetzt hatte er es erfasst: Bille hatte Petes Gehirn gordisch verknotet, ihr Motiv dafür hätte mich interessiert. Offensichtlich hielt sie Pete einen Spiegel vors Gesicht – nur um sich zu rächen, ihm einen mitzugeben oder in der Hoffnung, Pete zu ändern? Pete lamentierte weiter über sein Schicksal, „Weißt du, was heute Zitat des Tages in der MOPO war? Von einem Fußballer, Bobby Robson: „Wir haben unsere Gegner nicht unterschätzt. Sie waren nur besser, als wir dachten." Dann suchte er sich CDs von Galliano, „in pursuit of the13th note" und „A Joyful Noise Unto The Creator", von Mother Earth „Stoned Woman" und „The People Tree" aus und bezahlte ohne Murren vierzig Mark. Anscheinend war er selbst zum Feilschen zu geschwächt. Interessant fand ich die neue ausgeprägte Leidenschaft für Acid Jazz. Vermutlich hing die mit einer gewissen 10 (in der nicht nach oben hin offenen Bo-Derek-Skala) zusammen.

Um 19.10 Uhr – der Ladenschluss war für mich in Reichweite – kam Franz in den Laden, um ein paar CDs Probe zu hören. Franz hieß real natürlich anders. Ich hab seinen Namen lieber geändert, weil er sonst vielleicht sauer über meine Beschreibung wäre: Franz war geschätzte dreiundfünfzig Jahre alt und kommt damit noch gut weg. Als der EDV-Onkel in einem Medizinunternehmen verdiente er sicher beträchtlich Schotter, wovon er den meisten in seine Feierabendbiere investierte, den Rest in die anderen Güter des täglichen Bedarfs. Keinen ins Aussehen. Den ganzen Kram ließ er sich sämtlich in seine Wohnung liefern. Das Ganze funktionierte „einwandfrei". *Einwandfrei* war ein Urteil, das er selten, aber gerne vergab. Ansonsten hatte Franz Einwände und die musste man sich zumindest mal anhören, fand Franz.

Das mit dem Liefern, hatte er mir erklärt, das sei für ihn ökonomischer. Er war bequem, so bequem, dass man ihm seine Bequemlichkeit ansah. Franz vermied jegliche Hektik und erschlurfte sich langsam seine eigene Dimension! Er verschwand beinahe in seiner Umgebung – ihn würde eine fleißige Hausfrau unterwegs sicher gehörig abstauben, wenn man

Leute wie Franz nur leichter bemerken würde. Franz sah wie ein Schluffi aus. Die Klamotten hingen schlabbrig an ihm herum, vielleicht stammten sie aus einer Zeit, wo er fünfzehn Kilo mehr gewogen hatte und seine inzwischen Ex regelmäßig Essen gekocht hatte, wenn es denn jemals eine gegeben hatte; vielleicht fand er den Schlabberlook auch einfach bequemer. Er hatte eine Halbglatze mit einem Kranz halblanger Haare, die in der Gegend herumstanden, dies gab ihm etwas Zauselhaftes. Er versuchte, den Eindruck mit einer Lesebrille, also einer nur halbhohen Brille, die auf der Nasenspitze saß und über die er meist hinwegblickte, ins Intellektuelle hinein zu entschärfen, was misslang. Abgesehen von seiner Überzeugung, er sei praktisch allwissend – dies belegte er gern mit Anekdoten aus seinem reichhaltigen Berufsleben, das er nach seiner Einschätzung unter unbegabten Deppen führen musste –, war er ansonsten harmlos und pflegeleicht.

Nach mehrjähriger Nachbarschaft zum Plattenladen kaufte er hier neuerdings. Was ihn dazu geritten hatte, blieb unklar, wahrscheinlich Langeweile. Er bestellte meistens neue CDs. Die Musik entdeckte er im Radio; er stand auf Sachen wie Radiohead, Foo Fighters und die Red Hot Chili Peppers.

Nachdem Franz in verschiedene CDs reingehört hatte und ich von seinem Wissen, wie eine EDV-Abteilung geführt zu werden hätte, ausreichend profitiert – er schob einem wirklich gerne eine Kassette ins Ohr – und ihm dreimal erklärt hatte, ich müsse pünktlich den Laden zumachen, um die Bahn zu bekommen (wegen solcher Typen sollte niemand seine Bahn verpassen), entschied er sich endlich, nach Hause zu gehen, um im Radio weiter nach guter Musik zu forschen – da gäbe es so einen Moderator, der habe hundertprozentig seine Wellenlänge, einwandfrei.

In einem selbstverständlichen Reigen spulte sich die Woche ab, aber das Business as usual fand am Samstag sein Ende. Die gelben Plakate, die hier und da hingen, hatten es seit Längerem gewusst und verkündet: „Die Melker kommen!"

An diesem von der Sonne verwöhnten Sommertag war schon früh morgens viel Volk auf den Beinen. Tapeziertische wurden aufgebaut, Decken entrollt, Verkaufsstände nahmen Gestalt an und allenthalben wurde wohlfeile Ware präsentiert. Die gesamte Fußgängerzone vor den Läden war belebt. Ein Gemurmel legte sich über die Szenerie, das mit der Zeit lauter wurde. Mit den Flohmarktverkäufern kamen nach und nach auch die potenziellen Käufer. In Storchenmanier stelzte man mit geneigten Köpfen, um das Angebot zu betrachten, zwischen den eng an eng liegenden Ständen hindurch, auf eine passende Beute lauernd.

Nachdem ich um 9.00 Uhr den Laden aufgeschlossen hatte, blieb mir kaum die übliche Zeit, um nebenher zu frühstücken: Es befanden sich ständig mindestens ein, häufig mehrere Kunden im Geschäft.
Ich war froh, als Andi eine Dreiviertelstunde später im Laden aufschlug, um mir zu helfen: normalerweise hatte er samstags frei. Die Melker trafen wenig später ein. Nach einem kurzen Hallo wurden die wenigen Instrumente und Verstärker aufgebaut, Verlängerungskabel lieferten Strom aus dem Plattenladen und die Show begann. Die Jungs wussten mit dem Publikum umzugehen, sie spielten Pop- und Rocksongs in überarbeiteter Version und kombinierten dadurch Bekanntheitsgrad der Musik mit Knuffigkeit und Humor bei ihren deutschen Texten. Der Sänger ulkte zwischen den Liedern mit dem Publikum herum und bekam ob der seriösen Leistung und guten Stimmung allseits die ersten Biere dargereicht. Nach einer guten Stunde Livemusik – die Melker hatten zwei Zugaben geben müssen – endete ihr für alle kostenloser Auftritt.
Durch das kleine Stadteilfest waren viel mehr Menschen als gewöhnlich in den Plattenladen gekommen, erst am späten Nachmittag wurde der Laden leerer. Um 18.00 Uhr, als ich schloss, hatten Andi und ich doppelt so viel Umsatz wie an einem normalen Werktag gemacht.
Am Sonntag saß ich am Mittagstisch bei meinen Eltern. Ich hatte mich in der letzten Zeit rar gemacht und musste mich mal wieder blicken lassen. Am Anfang wiederholte meine Mutter ihren ewigen Befund, ich sei so dünn. Ich wäre ja immer schon ein Strich in der Landschaft gewesen, sie hatte kurz um Luft gerungen und dann, nachdem ihr keine bessere Steigerung einfiel, ergänzt, „Aber nun bist du nur noch ein dünner Strich in der Landschaft." Ich müsse regelmäßiger essen, was *ordentliches*. Dann schaltete sich mein Vater ein.
Früher hatte er Tiraden darüber abgelassen, wie wenig die Schulbildung

der Kinder heutzutage tauge, um dann wieder und wieder mit einem seiner fünf Geschichtsdaten aufzutrumpfen. Nun lagen die Dinge anders. Ich war genervt genug gewesen, mir seine fünf Daten der Weltgeschichte einzuprägen und begann, mir weitere Zahlen zu merken. Konfuzius, Kriege, Krönungen. Aristoteles, Albernes, Auffälliges. Ich las sogar inzwischen gerne Biografien, historische Romane und Abhandlungen, doch um nicht vollständig spießig rüberzukommen, wusste außer meinem Vater, dem ich nun beizeiten historische Daten um die Ohren schleuderte, niemand von diesem kleinen Geheimnis. Denn neben dem Ehrgeiz, meinem Vater eins auszuwischen, befürchtete ich darüber hinaus eine tiefere Motivation bei mir, eine Erblast meines Vaters – die Liebe zur Präzision beziehungsweise instinktive Abneigung gegenüber allem Ungefähren. Im Wortschatz meines Vaters kamen die Worte „ungefähr, circa, rund, beinahe" und so weiter nicht vor („reine Zeitverschwendung"). Sein Spleen der exakten Bestimmung ging so weit, dass er selbst diese bisweilen überprüfte. Er kippte nicht nur „zu Vergleichszwecken" den Packungsinhalt Mehl (500 Gramm?) auf Waagen – in aller Regel in Ordnung, im Einzelfall war sogar etwas mehr drin –, sondern er ermittelte auch pingelig genau das Abtropfgewicht bei einem Glas Sauerkirschen. Dort wurde man häufig betrogen, fand mein Vater. Die Sauerei in der Küche beim Nachmessen des Mehlpackungsinhalts wurde übrigens so groß, dass meine Mutter für den Wiederholungsfall ernstlich mit Scheidung drohte, schließlich sollte vermutlich später einmal auf ihrem Grabstein stehen, „Ihr Heim war immer gut geputzt". Er wurde dann zögerlicher, trotzdem habe ich ihn kurz darauf bei einer längeren Autofahrt dabei ertappt, wie er den Tageskilometerzähler auf dem Tacho zurücksetzte, um zu überprüfen, ob die Angabe auf einem Verkehrsschild stimmte: Hamburg 157 km.
Ich war also auf einiges gefasst, als mein alter Herr loslegte. Die Übernahme des Plattenladens von, wie würden wir den jungen Mann nennen? „Snorre". Von *Snorre*, das sei eine schöne Schnapsidee gewesen. Warum der Laden bei mir besser florieren sollte, wollte er von mir – natürlich nur rhetorisch – wissen. Meine kaufmännische Begabung sei doch praktisch begrenzter als die von Hanno Buddenbrook. Eine kleine Chance sähe er für mich noch im Theoretischen … Kurzum: Mein Studium sei

wieder aufzunehmen und mit Elan –*Tatkraft* – zu einem guten Ende zu bringen, das läge auf der Hand. Ungefähr diese Entwicklung des Gespräches hatte ich erwartet und versuchte stoisch, Ruhe zu bewahren: Die Spitzen mit Hanno und der Tatkraft, hätte er sich durchaus sparen können. Der Befund der Situation stimmte ansonsten wahrscheinlich, allerdings war ich mir über meine Zukunft unklarer als er. Nach dem Nachmittagskaffee und zwei Stück selbst gebackenem Kuchen schaffte ich den Absprung und ging heim zu meinem WG-Zimmer.

Abends besuchte mich Toddy, er kam auf einem – natürlich frisierten – Mofa angefahren. Sein ungewöhnliches mobiles Down-Sizing erklärte er so:

Sein Polo wäre bald wieder TÜV-fällig gewesen. Aber schon beim letzten Mal sei es eine Heidenarbeit gewesen, alle Tuningmaßnahmen gemäß dem Fahrzeugschein zurückzubauen. Danach habe er beim Auto natürlich die Pferdchen zurück in den Stall gebracht, sogar ein paar neue dazu. Nun sei es aber im Grunde unmöglich gewesen nochmals TÜV zu bekommen, er könne schließlich beim aufgebohrten Motor schlecht wieder was drankleben. Das hörte sich selbst für mich Laien plausibel an. Wie der Teufel so wolle, habe ihn ein Bullenwagen angehalten und der Bulle habe geschnallt, dass der Polo frisiert sei. Das Wiehern aus dem Stall war zu laut gewesen. Die Karre wurde stillgelegt und blieb es so lange, bis dafür eine neue TÜV-Bescheinigung vorlegt werden konnte. Also niemals. Toddy hatte den Wagen gezwungenermaßen abgemeldet und fuhr jetzt übergangsweise das Mofa seines kleinen Bruders, das er schnell mal auf 40 km/h getunt hatte. Er behauptete, mindestens 50 seien aber noch drin.

Ohne die Fragen, ob man als Beschleunigungjunkie gerne besonders schnell einen Ort verlassen oder schneller zu einem hingelangen wollte, oder ob es einfach um die Geschwindigkeit an sich ging, die ich mit Bernd wahrscheinlich erörtert hätte, wendeten Toddy und ich uns den wirklich wichtigen Dingen zu und daddelten gegeneinander Playstation. Nebenbei kopierte er ein paar Hard-Rock-Bretter auf Kassette.

Toddy besaß wahrscheinlich hunderte davon, vornehmlich hörte er sie im Auto, ansonsten gehörte er zu der unermüdlichen Fraktion von Walkmanträgern, dessen Kopfhörer auch jetzt an seinem Hals bau-

melte. Toddy war für mich einer der späten Vertreter der Walkman Generation, zu der ich gleichfalls gehörte. Davor gab es die Ghettoblastergeneration, zu der Bernd nach Jahren zählte, wobei ich ihn in die noch frühere Kassettenrekorderzeit einordnen würde. Weil ich gerade dabei bin: Davor waren der Plattenspieler, die Jukebox, das Grammofon. Freilich hat das System seine Schwächen, da einige unserer Mitbürger, mein Vater zum Beispiel – rein einstellungsmäßig – anscheinend aus der Ära der Buschtrommel überlebt haben. Zurück zu Toddy, der zwar wenige CDs kaufte, aber wenn, dann die Musik, die er zuvor bereits ewig auf Kassette gehört hatte. Toddy konnte man in Sachen Hardrock im Allgemeinen kaum etwas vormachen, in Sachen Schweinerock war er eine Koryphäe, doch seine Kenntnis von den Anfängen des Hardrock wies Lücken auf. Ein paar der Scheiben, die durch Bernd auf den Markt gekommen waren, interessierten ihn dementsprechend, eine Auswahl davon hatte ich mit nach Hause genommen. Wir hörten MC5 „Kick out the Jams" (aus Detroit (Motor City) und vielleicht die Ersten, die Punkmusik gespielt hatten, hatte mir Bernd zu der Band mit auf den Weg gegeben), dann von Iggy Pop & the Stooges („*zufällig* ebenfalls aus Detroit") „Raw Power" und „Fun House".
Es zeigte sich, dass ich in allen Computerspielen, in denen es auf Geschwindigkeit ankam, gegen Toddy keine Chance hatte. So genoss ich beim Autorennspiel denn eine ausführliche „Auspufflutsche", wie er es nannte, wenn ich den überhaupt zu sehen bekam. Nur in einem Geschicklichkeitsspiel, an dem Toddy schnell die Lust verlor („Das ist für kleine Kinder"), konnte ich gegen ihn gewinnen.
Am Montag begann ich meine Arbeitswoche mit der Beantwortung der Frage, die mein Vater bösartiger-, aber vielleicht auch richtigerweise aus der Hüfte auf mich abgeschossen hatte: „Was konnte ich besser machen als Snorre?"
Und überhaupt, wenn ich den Laden weiterführen wollte, warum?
Mit welcher wirtschaftlichen Perspektive?
Sah ich mich wirklich all die nächsten Jahre Tonträger verkaufen? … Berufsbezeichnung? Plattenladenheini!
Ich analysierte die wirtschaftliche Situation bis auf den letzten Groschen. Einnahmen, Ausgaben. Auf das Jahr, auf den Monat und den Tag pro

Quadratmeter Laden- und Verkaufsfläche. Excel-Torten, -Balken und -Verlaufsdiagramme. Mögliche Einsparpotenziale gegen Werbungskosten.
Nach einer Woche, in der ich alle möglichen und unmöglichen Zahlen ausgerechnet, Betrachtungen über die Solvenz des Plattenladens angestellt und alles gelernte Hochschulwissen anzuwenden versucht hatte, hätte ich jedem – rein wissenschaftlich – sowohl die Aussichtslosigkeit als auch die rosige Zukunft des Ladens glaubhaft darstellen können.
Ich besann mich auf eines der ersten Gespräche, das ich mit Bernd geführt hatte und erkannte, dass ich im Wesentlichen kein quantitatives, sondern ein qualitatives Problem hatte.
Es gab gute Argumente den Betrieb weiterzuführen: Im Moment schrieben wir schwarze Zahlen, im Internet gab es Verkaufspotenzial, der Laden hatte ein paar Stammkunden etc.
Doch es gab ebenso viele Gegenargumente:
Der Hype um CDs war lange vorbei und der mit Downloads aus dem Internet begann wahrscheinlich erst: Die Umsätze der Branche gingen zurück, die des Ladens, ohne Bernds Sammlung betrachtet, ebenso.
Der Laden lag ungünstig und die Miete war zu hoch.
Der Einkauf von lukrativen CDs und Langspielplatten wurde immer schwieriger.
Bei all dem schwirrte mir der Kopf.
Wenn ich annahm, der Laden könne mich im Unterhalt finanzieren, so konnte ich jedoch keinesfalls davon ausgehen, damit reich zu werden. Es blieb die Musik: Neues kennenzulernen brachte Spaß. Und so viel neue Sounds wie in der letzten Zeit hatte ich bisher nie zur Verfügung gehabt. Aber war ich Mucke-Freak genug, dass mir das reichte?
Ich musste eine Entscheidung fällen, der Vermieter wollte bald wissen, ob ich den Mietvertrag verlängern wollte.
Ich ging in mich. Die letzten Monate waren größtenteils spannend für mich gewesen. Ich hatte kein Mal an mein Studium gedacht, sondern es regelrecht genossen, praktisch Entscheidungen zu treffen und sie sofort umzusetzen. Ich hatte Verantwortung übernommen und manche Menschen hatten mir für mein Jungunternehmertum Respekt gezollt. Mit dem Ankauf von Bernds Plattensammlung hatte ich ein bisschen Glück

gehabt und mit dem Auftritt der Melker und mit Andi, der mehr als eine Aushilfe war. Außer ihm hatte ich noch ein paar wirklich nette Leute kennengelernt, wie Bernd – nüchtern betrachtet, hatte ich bisher schwer Glück gehabt. Ich sollte es nicht überstrapazieren.
Die Zeit war im Fluge für mich vergangen, zuerst war alles neu gewesen, nun gab es bereits Routinen. Wie ging das weiter? Bestand die Zukunft im Laden aus Stillstand und Monotonie? Eine Anleitung zum Unglücklichsein?

Am Donnerstag, am frühen Nachmittag, trug sich etwas zu, das ich danach, ohne es zu wollen, ständig mit meinen Überlegungen über das weitere Schicksal des Ladens und mein eigenes verknüpfte.
Ich war alleine im Laden, saß hinter dem Verkaufstresen und war in meine Arbeit vertieft. Unterlagen für die quartalsweise zu zahlende Umsatzsteuer mussten erstellt und geordnet werden. Die Yo-La-Tengo-CD „I Can Hear The Heart Beating As One", die ich nebenbei gehört hatte, war schon länger bis zum Ende durchgelaufen, es war mucksmäuschenstill bis auf die Hackgeräusche meiner zwei Finger auf der Computertastatur. Ein dumpfer Knall rechts neben der Ladentür an einem der bodentiefen Schaufenster schreckte mich auf. Solch ein Geräusch hatte ich nie zuvor in meinem Leben gehört. Trotzdem kam mir sofort ein Vogel in den Sinn, der möglicherweise gegen das Fenster geprallt sein könnte. Das Geräusch hatte so *dumpf* geklungen wie durch die Dämpfung eines Schlages durch einen Stoff oder durch ein Federkleid. Die Lautstärke des Aufpralls machte mir Sorgen, er war **laut** gewesen, zu **laut**.
Einen Moment lang wollte ich so tun, als wäre nichts passiert, als hätte es keinen Knall gegeben, wollte die Arbeit fortsetzen, aber das war Unsinn und die elende Neugier siegte. Ich ging zum Fenster. Der Vogel musste in vollem Flug gewesen sein, das Schaufenster für ihn unsichtbar; als ich einen Meter vor der Scheibe stand, sah ich ihn: klein, schwarz und hilflos, auf dem Bürgersteig liegend. Ich konnte allzu genau seine kleinen, runden schwarzen Augen sehen, in denen ein Lichtreflex spielte, und konnte mich nicht abwenden. Sie sahen mich mit einem Ausdruck des fassungslosen Erstaunens und eines zunehmenden Erkennens des

nahen Endes an. Mir war, als könnte ich ihn verstehen; der Vogel unternahm einen letzten Versuch fortzufliegen und wir wussten beide, dass er scheitern würde: Es blieb bei einem kurzen Zucken der Flügel, die Augen starrten mich an, ehe sie einen Teil des Glanzes, ihre Persönlichkeit, schnell verloren. Das Lebendige war aus dem Vogel entwichen. Ich hatte das Gefühl, ich könne ihn durchs Anschauen wiegen und er sei jetzt leichter; aus seinen Augen starrte er mich nunmehr an wie ein ausgestopftes Tier, mit glasigem, bedeutungslosem Blick, der unerträglich wurde. Ich wendete mich ab. Betroffen. Ich setzte mich, konnte aber nicht weiterarbeiten, denn unterschiedlichste Gedanken kreisten in meinem Kopf:

– Der pragmatische tauchte auf: Es wäre kein feiner Zug, die Vogelleiche auf dem Bürgersteig, direkt vor dem Ladeneingang, liegenzulassen. Doch allein die Vorstellung, dem Vogel wieder in die Augen schauen zu müssen, ließ mich sitzen bleiben.

– Der spirituelle, esoterische machte mir zu schaffen: Sollte der Tod des Vogels ein Wink des Schicksals für mich sein und wenn ja, was für einer?

– Und dann fragte ich mich: War ich, verdammt, in einem Kitschroman gelandet? Und würde ich Bernd davon erzählen? – Wohl kaum, ich kannte Bernds Einstellung zu esoterischen Anwandlungen und ich hatte keine Lust mich vor ihm lächerlich zu machen.

Ich war noch von der vergangenen Agonie beeindruckt; da betrat Andi den Laden. Ich versuchte, unbefangen zu klingen und möglichst leichthin zu sagen:

„Hast du den toten Vogel gesehen? Gerade eben gegen das Schaufenster geknallt.“

Andi hatte ihn liegen sehen und es machte ihm angeblich nicht viel aus, diesen in eine der großen Mülltonnen zu verfrachten.

Am Samstagnachmittag um 15.30 Uhr, eine halbe Stunde vor Ladenschluss, kam wie verabredet Bernd und brachte weitere vierhundert Alben aus seiner Sammlung mit. Wir verstauten alles hinter dem Verkaufstresen und besprachen, welche Teile teurer ausgezeichnet werden sollten, da sie seltener waren. Im Normalfall wollte Bernd sechs Mark pro Stück sehen, das ergab einen Verkaufspreis von zehn bis zwölf Mark, die selteneren

wurden bis auf ganz wenige Ausnahmen im Verkauf bis zu zwanzig Mark teuer. Für Insider trotzdem ein spektakulärer Preis, da diese Einzelstücke auf Plattenbörsen schnell mal zu einhundert Mark angeboten wurden. Zu den Raritäten gehörten eine Live-Vinyl-Scheibe von Bauhaus (Auflage limitiert auf 400 Stück), Ton Steine Scherben „Keine Macht für Niemand“ im seltenen Karton, den die Jungs damals selbst befüllt hatten, Rolling Stones „Sticky Fingers“, die mit dem Original Reißverschluss im Cover, oder von Elliott Randall „Randall's Island“ und die frühen Scheiben von Robin Trower, um nur ein paar zu nennen.
Wir fuhren dann zu Bernds Wohnung nach Hasloh und machten einen ausgiebigen Spaziergang mit Charly. Auf dem Wegstück durch den Wald wurde der Hund zu seinem Missvergnügen angeleint. Er hätte so gerne die Rehe gejagt oder zumindest einen Hasen gescheucht, tatsächlich erlegt hatte er bisher niemals etwas. Dem Förster war er jedoch auf diesen adoleszenten Spritztouren negativ aufgefallen. Der hatte Bernd dann deutlich zu erkennen gegeben, wie extrem unlustig er freilaufende Hunde in seinem Revier fand. In der Gefahrenzone, wo Charly Wild hätte wittern können und lautes Rufen nach ihm nur ein Abschiedsgruß gewesen wäre („Waidmannsheil“), musste er also wie ein x-beliebiger Waufi an der Leine gehen. Das war wirkte Minimum unsouverän, aber er bewies erstaunlich viel Haltung dabei. Wir sprachen über Unterschiede zwischen Stadt und Land: ob man auf dem Land näher dran sei, an dem *wahren* Leben? Bernd meinte, durch weniger Ablenkungen und mehr Natur, sogar Einsamkeit, sei man vielleicht zumindest näher an sich selbst dran. Das hörte sich plausibel an, wobei viele Menschen den Trubel aber brauchen. Persönlich hatte ich keinen echten Vergleich, daher sagte ich, dass die Einsamkeit auf dem Land immerhin was Poetisches haben kann, während es in der Stadt nur tragisch anmutet. Ich assoziierte plötzlich den Namen eines Malers. Was hatte der damit zu tun? Einen Moment lang knetete ich mein Gedächtnis nach Caspar David Friedrich durch. Hatte der nicht die menschenleeren Landschaften gemalt? In Gedanken versunken ging ich weiter. Irgendwann be merkte ich, dass man mit Bernd nicht nur gut sprechen, sondern auch schweigen konnte.
Nach einer Stunde gemütlichen Schlenderns bei perfektem Sommerwet-

ter saßen wir vornüber gebeugt über Bernds Schachbrett.
Im Gegensatz zu mir – ich spielte gelegentlich gegen meinen WG-Kumpel oder gegen den Computer Schach – hatte Bernd offensichtlich ewig nicht gespielt. Er hatte unter einem Stapel Bücher eine verstaubte Spielesammlung mit ramponiertem Karton zu Tage gefördert. Das Ding mochte aus Bernds Kindertagen stammen; ich hoffte, er hätte damals auch das letzte Mal gespielt, dann könnte ich wenigstens im Schach gegen ihn gewinnen.
Die Chancen standen nach den ersten Eröffnungszügen für mich tatsächlich gut. Ich hatte Weiß und mit c4 eröffnet. Bernd zog Bauer e5, ich Springer c3, Bernd Springer f6. Danach:
Weiß, Springer f3 und Schwarz, Springer c6.
Ich wusste nicht, ob es Bernd bekannt war, aber wir spielten die Sizilianische-Verteidigung-Eröffnung und hiervon eine Variante, die ich nach Möglichkeit gerne spielte und in der ich mich ein wenig auskannte.
Zu unserer vergnüglichen Beschallung lief „Virus Meadow" von And also the Trees. Bernd merkte zu der Band an, dass die sich in frühen Jahren einen Übungsraum mit The Cure geteilt hatte und seitdem zwar kommerziell wesentlich weniger erfolgreich als The Cure waren, aber in schöner Regelmäßigkeit klasse Alben eingespielt hatten.
Ich spielte mein e3, Bernd d5. Wir begannen nebenbei ein Gespräch über die Hamburger Uni. Bernd hatte ebenfalls ein wenig VWL studiert. Ansonsten hatte er sich Ethnologie, Soziologie, ein paar Vorlesungen Philosophie und Psychologie reingezogen.
„Irgendwann war ich aber zu genervt von dem ganzen Zeug, von irgendwelchen bereits lange widerlegten Theorien, unrealistischem Kram und Intellektuellenquatsch, das man auswendig lernen sollte, und da habe ich das Studium geschmissen. Hab gedacht, ‘n Schlaumeier kann ich locker auch so werden. Einen Abschluss hab ich nie gemacht." Er schien es zu bedauern.
Wir stellten fest, dass wir beide zu unterschiedlicher Zeit die Vorlesungen zu den „Methoden der empirischen Sozialforschung" bei Walter Kleining gehört hatten.
„Geiles Ding, warst du auch bei der Vorlesung über die Untersuchungen an Fabrikarbeitern, die den Zusammenhang zwischen Beleuchtungs-

stärke und Produktivität erforschen wollten? Die Arbeiter mussten bei den Versuchen schließlich bei einer Beleuchtungsstärke arbeiten, die Mondlicht entspricht."
„Kenn ich, historisch, 1929, Amerika glaube ich. Bei uns hat Kleining einmal von einer anderen krassen Studie, geleitet von der Frau mit dem Doppelnamen, über den Zusammenhang des Optimismus von Frauen und deren Rocklängen berichtet. Die wollten – vollen Ernstes – die Frage klären: Sind Frauen, wenn sie kurze Röcke tragen, optimistischer?", antwortete ich und haute seinen d-Bauern mit meinem c- Bauern weg. Bernd schlug den Bauern mit dem Springer. Ich zog den Läufer auf b5.
Bernd fiel eine Vorlesung von Professor Heineman, Organisationsoziologie, ein, die er auf einen Tipp eines Mitstudenten hin gehört hatte. „Besonders behalten habe ich den Spruch über Zeitschriften und Zeitungen, die Presse sei der Vorurteilsquirl ihrer Leser. Da Zeitungen sich nur gut verkaufen lassen, wenn sie das Spektrum ihrer Leser abbilden, verquirlen sie die Nachrichten so, dass sie zu den Vorurteilen ihrer Käufer passen. Eine besondere Form von Opportunismus, vorauseilend. Das Schema sollte man sich merken, begegnet einem öfter."
Bernd war unkonzentriert gewesen, er hatte a7 gespielt: ein schwacher Zug. Läufer schlägt Springer. Bernd schlug den Läufer mit dem b-Bauern. Schwarz hatte sich mit seinem isolierten a-Bauern und dem isolierten Doppelbauern auf c, Probleme eingefangen. Bernd wollte wie mein Vater von mir wissen, ob ich weiter studieren würde.
Ich gab mich entspannt: „Wird man sehen."
Falsche Antwort. Bernd war nicht einverstanden. „Pass auf, du haust Dinger raus, die holst du doch im Leben selber nicht mehr ein. Ich hab mir hier die Wände zwar mit keinen Diplomen voll gepappt, vielleicht weil es an der Uni selten Preise fürs Querdenken gab, allerdings so ganz ohne Abschluss ist auch scheiße." Er sei in seinem Leben stets neugierig gewesen und habe vielseitig gelernt. Spezialistenwissen, das sich gut im Jobmarkt verkaufen lasse, habe ihn nie interessiert. Er habe sich um eine umfassende praktische und allgemeine Bildung bemüht. „Die hat zwar mächtige Lücken, aber inzwischen habe ich ein gutes Gefühl dafür, wenn es stinkt." In manchen Disziplinen könne er es inzwischen sogar mit

Spezialisten aufnehmen, wenn man ihn denn ließe, und da sei das Problem. „Ohne Dokumentation, dass du ein ganz toller Hecht bist, darfst du in Deutschland nicht mal Schuhe putzen.“
Ich schaute ihn zweifelnd an, aber er meinte es ernst. Er ergänzte: „Zum einen Verstoß gegens Gewerberecht, brauchst wahrscheinlich 'ne Reisegewerbekarte. Dazu: keine Steueranmeldung – ganz schlecht – und du brauchst wahrscheinlich eine Strassen- und Wegerechtliche Sondernutzungserlaubnis gemäß Paragraph 19 Hamburgisches Wegegesetz. Nur mal so spontan angemerkt. Also ohne Existenzgründerberater, ein solides finanzielles Polster und einen heißen Draht ins Ordnungsamt würde ich mich da in Deutschland niemals drantrauen.“
Stimmte wohl, und Bernd hatte eine obligatorisch notwendige Haftschutzversicherung für beim Putzen ruinierte Schuhe und eine wünschenswerte Rechtsschutzversicherung wegen bereits vorher versautem Schuhwerk vergessen. Außerdem hatte man als Schuhputzer vielleicht ein Kofferradio, dann war bestimmt GEMA fällig, sonst kommt Thors Hammer. Auch Bernds grundlegender Ratschlag, man brauche in Deutschland Zeugnisse, um *was zu werden*, war richtig; dieser aus seinem Mund – das gab mir zu denken.
Ich ihm auch: Sein Doppelbauer ging platt. Wir spielten weitere fünf Züge, für Schwarz sah es düster aus: Ich war im Angriff am Damenflügel. Die Partie zog sich in die Länge und Joan Armatrading wurde zu Rate gezogen – sie bot musikalisch Kurzweiliges, verstand aber nichts von Schach.
Bernd mochte vor allem die ersten Sachen von ihr, solche, wie sie bei ihrem grandiosen Rockpalastauftritt gespielt hatte. Ich hatte reichlich Zeit ihrem Songwriter-Bluesrock zuzuhören, und sie war bei ihrem letzten Track „Tall in the Saddle“ angekommen, als Bernd die nächsten Züge spielte. Ich dachte, ich hätte Bernds Ehrgeiz geweckt, das Spiel doch noch zu gewinnen, aber nun fragte ich mich, worüber er die ganze Zeit gegrübelt hatte – es stand mir frei seinen Springer zu mopsen, der stand ungedeckt in der Buttnik herum. Ich war perplex. Ein Opfer, eine Falle? Ich sah sie nicht. Ich bedachte vier Züge im Voraus und sah keine Bedrohung! Ich war guter Dinge und schnabulierte den Springer vom Feld.

„Tall in the Saddle“ ein echt super Stück, war durchgelaufen. Bernd suchte neue Mucke aus. Pharoah Sanders' Platte „Village of the Pharoahs“ landete auf dem Plattenteller. „Ein Mann, der schon mit John Coltrane gespielt hat. Ein bisschen Free Jazz tut dir jetzt gut, glaube ich.“ Bernd lächelte mich breit an.
Ich hatte keine Ahnung, worauf Bernd anspielen wollte, und grinste etwas dümmlich zurück. Wir spielten die nächsten Züge und jetzt begriff ich es auch: Mein Turm hing. Wenn ich ihn zog, um ihn zu retten, bekam ich wahrscheinlich Schach von Bernds Dame geboten und das sah böse aus. Ich opferte den Turm und zog stattdessen meine Dame zur Verteidigung des Königs heran.
Mein Materialvorteil hatte sich in Luft aufgelöst. Hatte Bernd sechs, sieben Züge im Voraus berechnet? Shit! Er war im Angriff und meine Stellung zerbröselte, ich verlor drei weitere Bauern, einen Läufer und war im Dauerschach. Ich gab auf. Eine Revanche, die mir Bernd sogleich anbot, verschob ich auf ein anderes Mal und schlug stattdessen eine Partie Pool vor.
Wir unterhielten uns über die Zukunft von Plattenläden. Der Markt würde weiter schrumpfen, da waren wir uns einig. „Vielleicht werden Plattenläden so ähnlich wie Buchantiquariate – was für Sammler“, vermutete ich. Bernd ging einen Schritt weiter: „Die Leute werden sich ihre Mucke von Computern aus reinziehen oder aus dem Internet, ohne Platten, demzufolge keine Plattenläden, nur eine Frage der Zeit.“
Wir hörten inzwischen Savoy Browns „Blue Matter“, ich wusste ja, dass Bernd ein Faible für Bluesrock hatte, aber damit hatte er ganz was Feines ausgegraben.
„Wer klampft denn da?“, fragte ich Bernd.
„Kim Simmons – Gott. Immer cool, wenn er nicht mit seinen Boogie-Nummern nervt“, antwortete er wie aus der Pistole geschossen. Bernd kannte Mucker wie andere Fußballbundesligaspieler.
„Wie Karel Gott, die goldene Stimme aus Prag“, feixte ich.
„Nee, wie Eric Clapton – Guitar-God, Slowhand from England. Der Mann, der niemals quietscht.“
Ich schaute Bernd derart verständnislos an, dass er ergänzte: „Beim schnellen Lagenwechsel erzeugen die meisten Gitarrenspieler Quietsch-

töne", er überlegte eine Sekunde, grinste und bot mir ein Geschäft an – „Zehn Mark für jeden Quietscher, den du mir von Clapton vorspielst." Ohne bisher darauf geachtet zu haben – wer achtet schon auf etwas, was nicht da ist? – ich würde vermutlich anders reich werden müssen. Wir alberten über andere „Phlegmatiker" an der Gitarre wie John McLaughlin, Stevie Ray Vaughan herum und bedauerten das Schicksal von Ricky King, dem Charmeur, der völlig aus den Medien verschwunden war, als habe es ihn nie gegeben; der möglicherweise nicht mal mehr unter uns weilte, ohne dass man hiervon gebührend Notiz genommen hätte.

„Ja, der Ricky hat uns doch manchen Fernsehabend versüßt. Wenn er – grinsend wie Cheech und Chong – fremde Hits auf seiner Gitarre nachspielte, wunderbar." Dann kippte Bernds Stimme vollends ins Säuselnde, Schwelgerische: „Fast, ich betone, fast so herzerweichend wie der Lambert Franz mit seiner Heimorgel. Un-ver-gessliche Momente", verzückt setzte er noch einen drauf: „Ein Träumchen!"

„Du, meinst den Orgelonkel?" (– Für mich nicht mal ein Reservespieler.)

„Den Namen erinnerst du? Man muss manches auch mal vergessen, sonst kann das nachts in deinen Träumen zum Alp werden", unkte ich.

„Och, der Franz, der geht, hart wäre, im Traum völlig wehrlos als einer in den Fischer-Chören mitzusingen. Oder als Thomaner, in voller Montur im Konzert beim Katholikentag."

„Mitten im Stimmbruch", schlug ich vor.

„Da würde ich lieber die Boxen *auf lau* bei Motörhead aufbauen, als bei denen für Geld mitzusingen", behauptete Bernd.

„Ach, Lemmy gibt dir bestimmt zumindest ein Bier aus", mutmaßte ich.

„Yo, Lemmy is' cool, der weiß wie's ist. Musste ja selbst mal Boxen schleppen für Hendrix, ehe er bei Hawkwind eingestiegen ist."

„Sind das die mit dem Space-Rock-Sound und den ewig langen Stücken?"„Stimmt! Übrigens behauptet Lemmy, sich nicht mehr an die Zeit von Hawkwind erinnern zu können. Damals nahm er noch alle Drogen und die wild durcheinander statt seines jetzigen alleinigen Wegbegleiters, des Alkohols." Bernd versenkte eine seiner Kugeln, dann musterte er kurz den Tisch, daraufhin spielte und sprach er weiter:

„Bei Hawkwind-Konzerten damals waren viele auf dem Trip. Eine Konzertbesucherin zog sich sogar aus – tanzend vor der Bühne. Sie wurde nach oben geholt, damit alle was davon haben. Das war Stacia Blake. Eine Zeit lang war sie dann in gewohnter Manier bei allen Konzerten dabei, ein echtes Crew Mitglied.“ „Gute Idee, sollte man als Basisausstattung auf der Bühne haben“, befand ich etwas lahm; ich visierte eine meiner Kugeln an, die jedoch, nachdem die Weiße sie getroffen hatte, kurz vor dem Loch liegen blieb. „Ich kann dir ein Cover von Hawkwind zeigen, da ist sie hinten drauf“, schlug Bernd vor. „Nee, lass man. Ich bin grad gefrustet. Ich dachte bisher, wenn gar nichts mehr geht, lass ich mich fünfmal anschießen wegen der Street-Credibility, um dann, knapp dem Tode entronnen, als saucooler MC, behangen mit dicken Goldketten und umringt von nackten Frauen, auf der Bühne den Dicken zu geben.“

„Gab’s schon, zumindest mit einer Frau“, erwiderte Bernd mit einem mitfühlenden Blick des Bedauerns. „Aber was soll’s, die Hip-Hopper covern soundso alles.“

Die erste Partie war schnell verloren – ich wollte mich bei der nächsten besser konzentrieren und hatte den Anstoß. Charly lag in seiner Lieblingsecke, an das Sofa gekuschelt. Er schlief und träumte, seine Pfoten zuckten im Schlaf genauso wie die Augenlider, was man sah, wenn man ihn aus der Nähe betrachtete. Rapid-Eye-Movement. Vielleicht träumte Charly von den Eindrücken des letzten Spaziergangs.

Meine Philosophielehrerin in der Schule hat einmal behauptet, das Träumen sei dem Menschen eigen, worauf ich erbost dazwischenrief, jeder, der ein Haustier habe, könne ihr Gegenteiliges berichten. Keine Ahnung, woher die Lehrer den ganzen Quatsch im Abo beziehen. Bernd merkte dazu an, der Mensch wolle eben in allem der Geilste sein und wenn’s darum gehe, der tollste Träumer zu sein, wäre es zweifellos praktisch, wenn er es als Einziger könne. „Diese Einstellung könnte irgendwann ein Problem werden, wenn ein E.T. käme. Vielleicht wäre der aus grünem Schleim. Hochintelligent. Dem Menschen *weit* überlegen. Dann würde die übliche Kommunikation des Menschen mit anderen Spezies nicht funktionieren – Schleim kann man nicht abballern. Wobei, wahrscheinlich hat sich der ach so vernünftige Mensch bereits vorher selbst ausgerottet, ehe E.T. ankommt. Dann läuft es vielleicht wie in einem

Lied von Ludwig Hirsch, in dem ein E.T. auf der unwirtlichen, menschenleeren Erde einen Mickey-Mouse-Comic findet. E.T. guckt ihn sich an und als er nach Hause fliegt, denkt er: „Sie sind zwar ausgestorben, aber sie waren ein lustiges Volk, die Menschen.“
„Nicht blöd’, der Hirsch“, dachte ich, doch etwas anderes, das Bernd gesagt hatte, interessierte mich mehr – der Schleim.
„Warum grün? Der Schleim“, wollte ich wissen.
„Für die Fotosynthese am günstigsten, eine von E.T.s Energiequellen“, dozierte Bernd.
„Ich glaube, neulich hatte ich was davon in der Nase, wusste gar nicht, dass das denken kann“, ulkte ich.
„Die perfekte Tarnung. Der Schleim lebt davon, dass er unterschätzt wird. Er sammelt sich im Untergrund, gärt und gewinnt dabei an Kraft, bis er stark genug ist an die Oberfläche zu treten, wo dann meistens alles zu spät ist. Das in deiner Nase waren aber nur kleine, autonom arbeitende Einheiten, in Fachkreisen gerne *Popel* genannt“, sagte Bernd mit dem Gestus des Welterfahrenen.
„Oh, ich ahnte nicht, wie viel ich von deinem Wissen profitieren kann“, gab ich zurück.
„Nein, das ahnst du nicht“, bestätigte er.
Wir hatten unterdessen weiter Billard gespielt. Ich ließ mir Bernds Fabeln durch den Kopf gehen und vermerkte, er sei jemand, der sich für einen guten Spruch auch mal zum Affen machte, was ich sympathisch fand und im Widerspruch stand zu dem Eindruck, den man von ihm bekommen konnte, wenn man seine letzte Äußerung betrachtete, die sicher viel zu arrogant klang, obwohl sie vielleicht richtig, aber zu ehrlich war.
Savoy Brown hatten ihre Scheibe beendet. Sie hatte mir gut gefallen. Ich notierte mir den Namen und Titel in einem kleinen Büchlein, das ich für solche und ähnliche Belange angeschafft hatte.
Bernd suchte eine Scheibe mit einem Cover aus, dessen Motiv gut bekannt war; „Mirage“ von Camel zeigte das Vorderbild der Kippenschachtel.
„Interessanter Einfall“, bemerkte ich.
„Nee, nämlich sogar dämlich, sich Camel zu nennen. Als die Kippen-

Company von der Verwendung ihres Logos Wind bekam, wollte sie es zuerst verbieten. Aber man hat sich dann geeinigt. Und das alles nur, weil zufällig ‘ne Camel-Schachtel rumlag, als die Band einen Namen suchte.“
„Dann hatte sie immerhin Glück, dass es kein Tabakbeutel war: Javaanse Jongens hätte doch dumm geklungen.“
„Jedenfalls spielen sie guten Jazzrock. Die erste und die „Moonmadness“ sowie ihr Livealbum: alles kultige Scheiben und natürlich die hier, „Mirage“. Die ist übrigens im Jahr 1974 erschienen, genauso wie das Pirsig-Buch. Kann man mal sehen, welche interessanten Ideen zu der Zeit verfolgt wurden.“ Er schaute auf das Buch „Zen oder die Kunst ein Motorrad zu warten“, das ich zurückgebracht hatte und das auf dem Tisch lag.
„Na ja, umgehauen hat mich das Buch aber auch nicht, vieles schien mir selbstverständlich zu sein“, kommentierte ich.
„Ja, is’ es wohl. Aber ich finde seine Darstellungen ganz anschaulich. Wie man Probleme löst, durch strukturiertes, logisches Denken Komplexität reduziert.“
Bernd versuchte mich zu begeistern, allein der Funke sprang nicht über.
„Das hätte Aristoteles dem Pirsig doch schon zu Lebzeiten einflüstern können“, warf ich ein.
„Ein Teil des Witzes, Aristoteles, Platon, die altvorderen wahren Denker, entdeckten bummelig 2000 Jahre vor Erfindung des Motorrades die Gesetze, mithilfe derer Pirsig seine Kiste am Laufen hält. Das legt den Gedanken nahe, dass die Welt des Menschen nicht komplexer geworden ist, wie viele uns beständig einreden wollen. Intuitiv möchte ich behaupten, die Welt und ihr Geschehen sind für den Menschen immer gleich komplex. Die Akkumulation von Wissen befördert sogar die These, die Komplexität der Welt sinke. Je mehr der Mensch über die Welt versteht, desto profaner sollte sie werden.“
„Für die Erkenntnisse in den Naturwissenschaften könnte das stimmen, aber wie verhält es sich in der Politik, in der Wirtschaft? Je mehr beteiligte Menschen es dort gibt, desto komplizierter wird es doch!“ So leicht war ich nicht zu überzeugen.
„Die Regeln könnten und sollten bei vielen beteiligten Personen mög-

lichst einfach sein, das wäre für die Gesamtheit der Gruppe am besten. Wenn das anders ist, dann ist das nur für Einzelfälle am besten. Eine Veränderung von Regeln für Einzelne bedeutet ihren Machtzuwachs."
„Warte mal, kann ich das mitschreiben?" Ich rollte mit den Augen. „Und geht's etwas praktischer?"
„Okay, ein Beispiel: Ein Politiker wird gewählt und erhält damit die repräsentative Macht einer Gruppe. Im Gespräch mit anderen Politikern erhält er fortan Informationen, die er teilen und weitergeben kann oder nicht – eine weitere, definitorische Macht. Der Politiker hat gar kein Interesse an der Vermittlung von Realitäten an den Wähler. Das führt unter anderem dazu, dass Politiker behaupten können, nicht sie seien unfähig, sondern die Herausforderungen übermenschlich und außerdem alle anderen zu blöde. Er brauche mehr Mittel und einen größeren Apparat. Die Dinge seien nun mal kompliziert, vieles zu berücksichtigen. Also macht er nun entsprechende komplizierte Gesetze für jeden Einzelfall, auch für sich. Der Politiker erfindet Worte wie Handlungsbedarf, damit er weiter rumquatschen, aber trotzdem zeigen kann, wie doll er gebraucht wird. In Deutschland und Europa bauen Politiker seit Jahren Bürokratien auf, um nun zusätzlich eine Bürokratie zur Vermeidung der Bürokratie aufzubauen.
Man betrachte beispielsweise die Landwirtschaft: Jahrtausende lang haben die Bauern Nahrung produziert und Steuern gezahlt. Mit der Zeit konnten immer weniger Bauern immer mehr Menschen ernähren. Heute könnten in Deutschland wenige Bauern alle Deutschen ziemlich ökologisch ernähren. Es wurde – theoretisch – einfacher. Tatsächlich aber findet ein Verschiebebahnhof von Lebensmitteln auf erst europäischer und inzwischen internationaler Ebene statt mit einem Dschungel an Verordnungen und Kompetenzen. Es wurde in wenigen Jahrzehnten nach dem Krieg sowohl in Deutschland als auch in Europa von Politikern ein Subventionswahnwitz etabliert, den niemand mehr durchschaut, der den Wettbewerb verzerrt und damit die Lebensmittel künstlich verteuert. Dazu ist es wenig ökologisch. Die beteiligten Politiker kreisen fern einer Sinnhaftigkeit für teures Geld um sich selbst, anstatt sich als Erstes als Zeichen des Einzugs eines Anfluges von Vernunft selbst abzuschaffen. Jetzt tragen sie ihre Probleme über Brüssel in die zweite und Dritte Welt,

um auch dort Zweit- und Drittbürokratien aufzubauen."
„Wie in der Werbung. Da reden sie einem erst ein Problem ein, um einem dann das rettende Produkt zu verkaufen", nahm ich den Faden auf.
„Werbung, die organisierte Erschaffung von Unzufriedenheit", sagte Bernd. „Wir sollen kaufen, um scheinbare Komplexität zu reduzieren. Ist doch toll, wenn man nur was kaufen muss, um sich seiner Sorgen zu entledigen: Bei Völlegefühl Tralala einnehmen. Was zum Teufel ist *Völlegefühl?* Überfressen? Warum dann statt weniger Fressen Tralala einwerfen? Aber wenn das so nicht klappt, muss man halt was Anderes, Wirksameres kaufen. Oder es wird einem eingeredet, ein Ding sei besonders toll, weil's so billig ist; dabei vergessen sie zu erwähnen, dass es durch Sklavenarbeit hergestellt wurde. So ein wichtiger qualitativer Unterschied wird in modernen Buchhaltungsprogrammen scheinbar schadlos auf einen quantitativen Faktor eingedampft – Personalkosten um zwanzig Prozent gesunken, Produkt noch billiger! Und wer fragt da schon gerne nach. Ein wenig Pirsig würde uns an dieser Stelle, glaube ich, moralisch ganz guttun."

Ein gutes, aber bedenklich stimmendes Schlusswort; der Nachmittag war bereits in den frühen Abend übergegangen, es war Zeit für mich, nach Hause aufzubrechen. Bernd und Charly begleiteten mich ein kurzes Stück des Weges zum Bahnhof, um das milde Wetter für eine große Runde auszunutzen. An der ersten Weggabel verabschiedeten wir uns.

11.

Am Montagmorgen hatte ich aus dem Zauberberg von neuer Ware aus Bernds Sammlung fünfzehn Blöcke geschichtet, die nebeneinander gereiht auf dem Verkaufstresen einen veritablen Sichtschutz abgaben, wenn ich mich komplett sinnfrei vor der Kundschaft hätte verstecken wollen. Ich spulte stoisch die drei ewig gleichen magischen Schritte der Bestandsaufnahme ab: CD in das Computerprogramm eingeben, den Silberling verstauen und ab mit der bepreisten CD-Hülle in die Verkaufsauslage. Am Nachmittag waren die Haufen kaum kleiner geworden. Kunden beehren einen mit ihrer Anwesenheit grundsätzlich, wenn man sie gerade nicht brauchen kann – und anscheinend hauptsächlich, um zu gucken, wer sich hinter CD-Stapeln versteckt. Die Eingabe der Neuware würde in diesem Tempo Tage dauern.

Mir war daher wenig nach Quatschen zu Mute, als Pete vor seiner Spätschicht an der Tanke auf einen Sprung in den Laden kam. Aber er hatte eh nicht viel Zeit, seine Schicht sollte um 15.00 Uhr beginnen. Ich würgte mir ein „Hi, Pete, gerade aus dem Bett gefallen?“ ab.

„Wenn du wüsstest!“ Pete setzte seine Sonnenbrille mit den pechschwarzen Gläsern ab und blinzelte mich aus kleinen Augen an. Von der üblichen Latin-Lover-Vitalität, dem Aussehen und Charme, Petes Markenkern, waren nur noch Rudimente erhalten – Snorre hätte es heute mit ihm darin aufnehmen können. Er sah schrecklich zerstört aus.

„Du erinnerst dich an Matze?“ Mehr eine rhetorische Frage; mir war Matze, ein weiterer Student, der als Kassierer an der Tanke arbeitete, in bleibender Erinnerung. Pete und ich waren einmal an einem Sonntagmorgen als Gestrandete von einem amtlichen Zug um die Häuser auf der Suche nach einem letzten Bier im Tankstellenshop gelandet, just als Hannas Nachtschicht zu Ende war. Sie wurde abgelöst durch einen jungen Mann, der die Tanke grußlos betreten hatte und auf dem kurzen Weg in den Personalraum ein ähnlich betörendes Odeur einer durchzechten Nacht verströmte wie Pete und ich. Wer von uns dreien im Wettbewerb um den zerstörtesten und übernächtigsten Eindruck den ersten Platz machte, war unmöglich zu entscheiden. Sicher war nur, wir alle gehörten auf's Siegertreppchen. Man hörte Wasser in ein

Waschbecken rauschen; Pete und ich rissen unsere Fosters-Dosen auf, prosteten einander zu und versuchten, uns auf einem Bierstapel hinzufläzen. Das gelang bis auf die Dosenrandmuster, die sich auf Dauer in die Hintern stanzten, ganz gut. Wir genossen unseren Absacker. Pete nannte mir den Namen des anderen Champions: „Der im Personalraum plätschert, heißt Matze."
Matze hatte kein sauberes Handtuch gefunden und kehrte mit triefendem Haar und nassem Gesicht zurück und grüßte uns jetzt wortreich, „Moin." Dann wollte er von Hanna wissen, ob die Kasse bereits auf ihn angemeldet sei; das funktionierte mit einem Fingerzeig und der Frage: „Für mich?" Danach erklomm er beim ersten Versuch in Gewinnermanier den Barhocker hinter der Kasse und versuchte, draufhocken zu bleiben; weiter von den nassen Haaren tropfend, begann damit seine Schicht. Einer der ersten Kunden war eine ältere Frau, die laut Pete gewohnheitsmäßig ihren kleinen, unschuldigen Hund zu nachtschlafender Zeit aus dem molligen Körbchen scheuchte, damit er, vor dem Tanke-Shop angeleint, auf seinen wackligen Beinchen herumzitterte und auf Frauchen wartete, die eine Schachtel „Vieliepp Mohris" und 'ne BamS kaufte. Sie fragte zu Petes und meiner Belustigung Matze prompt besorgt: „Sollten sie nicht lieber nach Hause gehen und sich erst mal tüchtig ausschlafen?" Was der nach einhelliger Meinung wenig überzeugend ablehnte, da er nebenbei etwas vom Barhocker abglitt, sich aber – zu seiner Ehrenrettung angemerkt – wieder fing. Wobei Pete, zu mir gewand, leise kommentierte: „Ach was, das kann der ab!"

Matze verstand offensichtlich zu feiern. Seither war er mir ein Begriff, deshalb sagte ich zu Pete: „Schon klar."
Pete erzählte also weiter. Er habe Samstagnacht Schicht in der Tanke gehabt, Sonntagmorgen sei Matze zur Ablösung gekommen. Er sei dann aber noch dageblieben und die beiden hätten rumgeblödelt. Man sei auf die glorreiche Idee gekommen, abwechselnd Kurze zu trinken, jeweils beim Eintreffen eines Autos auf der Tanke; die Farbe des Autos habe den Ausschlag für die Getränksorte gegeben: weiße Autos Wodka, braune Rum, grüne Jägermeister und so weiter. Als der Ansturm zu groß wurde, zählten aber nur noch Transporter. Und obwohl es für die beiden

zwischenzeitlich so aussah, als würden sonntags alle Kurierfahrer Hamburgs zum Tanken fahren, hielten sie dieses abgespeckte Zeremoniell tapfer bis zum Mittag durch. Dann sei Pete zum Geburtstagsbrunch eines Freundes gewankt. Dort habe er sich bei ein paar Gläschen Sekt erholt, um wenig später wiederum bei härteren Sachen zu landen.
Nachdem sein Feierabenddrink nach durchwachter Samstagnacht also in ein sonntägliches Dauerdelirium ausgeartet war, habe er sich erst einmal kräftig ausschlafen müssen. Zu seiner Freude wachte er im eigenen Bett auf, es hätte aber genauso gut in einer Ausnüchterungszelle oder Gott weiß wo sein können. Er hatte keine Erinnerung wie er nach Hause gekommen war, und von der Zeit davor – vielleicht Stunden – nur Bruchstücke parat. Ein nahezu jungfräuliches Gedächtnis.
Er suchte seine Socken – beide da.

Pete wollte von mir einen Tipp, welche Mucke er für die Schicht zum Probehören mitnehmen könne. „Aber keine Stressmucke, ich brauche was Entspanntes, nix Schrammeliges, vielleicht sogar irgendwas mit Bläsern, Flöten oder so?"
„Was hast du denn jetzt mit Bläsern? … Hier habe ich was Feines für dich." Ich gab ihm zwei CDs von Jethro Tull, „This Was" und „Stand Up", und als Drittes „Push Push" von Herbie Mann, die alle ehedem Bernd gehört hatten.
„Du meinst, der halbnackte Mann mit seiner Querflöte macht mich glücklich?" Pete guckte das Cover der „Push Push" und dann mich skeptisch an.
„Das ist doch einer von euch, auch ohne Stempel. Außerdem hat der deine geheimsten Sehnsüchte erkannt", gab ich zurück.
Pete frotzelte weiter über das Cover herum: „Das geht gar nicht", bis er zur Arbeit aufbrach.
Am Abend stattete ich Nobbi einen Besuch ab. Er erklärte mir, warum es Wochen, eher Monate dauern könne, einen Onlineshop im Netz für Platten und CDs zu programmieren (Detailfragen wie: „Damit man die Ladezeiten für die Website kurz hielt, musste sie schlank sein, wie bot man dann viele verschiedene Artikel an? Oder, welche Zugriffsrechte bekommt der Kunde auf Datenbanken? Und wie und wann aktualisierte

man dann zum Beispiel die Lagerbestände?).
Am Mittwoch hatte Andi früher Schulschluss und kam daher eher als üblich in den Laden. Wir besprachen kurz das Für und Wider einer Ladenschließung. Andi befand nach längerem Sinnieren vollkommen unsentimental, er würde den Laden kündigen. Die Lage des Shops sei ungünstig und für den Netzverkauf brauche man vielleicht gar kein Geschäft oder man mache eben ein neues in einer besseren Lage auf.
Andi hatte Brillen besorgt und wir standen pünktlich um 12.30 Uhr vor dem Laden, um die totale Sonnenfinsternis zu betrachten. Zehn Minuten später war die maximale Sonnenabdeckung vorbei und wir gönnten uns ein Kippchen auf dieses Jahrhundertereignis. Zwar hatten wir weder die Sonne im richtigen Winkel verschoben noch dem Mond einen nötigen Schubs gegeben, nicht mal der Erde beim perfekten Justieren geholfen – aber wir waren dabei gewesen! Und wer da wen verdreht hat, ist doch völlig unbedeutend – uns erfüllte ganz menschlich ein sentimentaler Stolz.
Aus diesen kosmischen Sphären holte uns profanes Telefongeklingel auf die Erde zurück. Ich stürmte zum Telefon, ehe der bescheuerte neue *digitale* Telefonanrufaufnehmer – wie ein Vibrator mit vorzeitigem Samenerguss – bereits beim dritten Klingeln anspringen würde, was man ihm – entgegen allen Versprechungen in Chinesischdeutsch in der Gebrauchsanleitung – durchaus nicht abgewöhnen konnte. (Und das, obwohl man schon *analoge* Geräte anders einstellen konnte. Außerdem verfügen manche ja angeblich schon über Anruf*beantworter*.) Der Vermieter des Ladens am anderen Ende. Es hätte sich ein Interessent für den Laden gemeldet. Der eventuelle Nachmieter wolle eine Snackbar aus dem Laden machen und gerne kurzfristig mieten. Der Vermieter sagte, er brauche nun umgehend eine Entscheidung von mir: Vertragsverlängerung oder Kündigung, schriftlich.
Trotzdem bei vernünftiger Betrachtung der Situation alles dafür sprach, scheute ich mich davor, dem Laden den Todesstoß zu versetzten. Er war mehrere Jahre lang Snorres zweite Heimat gewesen, dieser hatte ihn maßgeblich aufgebaut und auch ich hatte mich inzwischen an seine Existenz gewöhnt, war zuletzt sein Herrscher gewesen. Ein kleines Reich, das ich zu schätzen gelernt hatte, war im Untergang begriffen ... Aus

einem Archiv der Audiophilen sollte auf gut Deutsch eine *Imbissstube* werden?
Offensichtlich war zumindest ökonomisch der Mangel an Kalorien größer als der an Kultur.

Am Donnerstag waren alle neuen CDs und LPs von Bernd in den Bestand eingegeben, einen Teil hatten Andi und ich sogar schon verkauft. Der Verkauf lief ganz erfreulich – kostendeckend durch Bernds Sammlung. Im Einkauf hatte ich ansonsten nur ein Drittel des Warenausgangs ausgeglichen: Der Bestand schrumpfte.
Am Freitag, den 13. August, warf ich gegen Mittag den Brief mit der Kündigung des Mietvertrages in den Briefkasten an der Bushaltestelle vor dem Plattenladen „Musicpoint", den es bald nicht mehr geben würde.
Abends berichteten sie in der Tagesschau, dass etwa zeitgleich zu meiner Kündigung, Steffi Graf in Heidelberg in einem Hotel vor die Presse getreten war, um ihren endgültigen Rücktritt vom Profisport zu verkünden. Sie hatte gutes Tennis gespielt; wir eigentlich auch, nur nicht ganz so erfolgreich.
Am Samstag erzählte ich Bernd am Telefon von der Auflösung des Plattenladens zum 31. November. Wenn er noch weitere Alben loswerden wolle, müsse das bald geschehen, damit eine Chance bestünde, sie bis zur Schließung zu verkaufen. Wir verabredeten, dass er mich sonntagnachmittags, nach seinem Termin in der City, bei mir zuhause abholen würde. Danach könnten wir seine Platten bei „Musicpoint" ausladen und später zu seiner Wohnung fahren, um einen Nachmittagskaffee zu trinken.
Am Sonntag begann ich nach einem ausgiebigen Frühstück mein WG-Zimmer, das Bad, den Flur und die Küche zu putzen. In unserer WG gab es keinen Putzplan oder so was. Floh und ich ertrugen auf Dauer ungefähr den gleichen Verschmutzungsgrad, wobei mir normalerweise genetisch bedingt etwas früher der Geduldsfaden riss, außerdem hielt ich mich öfter in der Wohnung auf als Floh, der seine Bude nur für gelegentliche Boxenstopps brauchte. Seitdem ich im Plattenladen arbeitete, hatte sich diese Gewichtung allerdings verschoben, zumindest hin und

wieder. Zuerst galt es, die Lufthoheit über dem Mülleimer gegen kreisende Fruchtfliegen zurückzuerobern. Die militärische Antwort hieß: Durchzug! Und den Rest der Brut stellte ich zusammen mit dem Müll vor die Wohnungstür, um sie später beim Weggehen in eine der großen Mülltonnen vor dem Haus umzusiedeln. Das wäre dann gleichzeitig das Ende meines Militarismus. Erstmal kämpfte ich auf anderem schwierigerem Terrain: Aus der Spüle faltete sich ein Kilimandscharogebirge aus Geschirr auf. Nachdem ich auch diese Hürde ohne Biwak und Atemgerät genommen hatte, beglückwünschte ich mich. An dieser Stelle ist es einmal passend, an all die stillen, unbekannten Reinhold Messners des Alltags zu denken und sie hinreichend zu würdigen!
Aber nichtsdestoweniger: Wenn es nach mir ginge, gäbe es ein Grundrecht auf Geschirrspüler und ein Hoch auf Josephine Cochrane, die ihn schon 1886 erfand!

Während ich darüber nachdachte, dass es doch erstaunlich ist, dass Männer noch meinen, Berge hinaufkraxeln zu müssen, wenn Frauen bereits einhundert Jahre vorher den Geschirrspüler erfunden haben, und ob das verallgemeinerbar ist, wischte ich alles, was mir in der Küche oder im Bad in die Quere kam, nass ab.
Dann – las ich bei Goethe, müsste aber Bernd auch gefallen – *blänkte* ich den Spiegel, zuletzt griff ich mir den Staubsauger. Eine wahre Zamboni-Maschine für Schlingfaser. Ein so effizientes Gerät, dass man öfter mal den Staubsaugerbeutel aufschneiden muss, um kleine und große – ja schwere! – Gegenstände, die man versehentlich mitangesogen hat, wiederzufinden. Ich glaube, selbst die besten Guerillakämpferinnen unter den Spinnen haben längst dagegen kapituliert: Ich habe jedenfalls ewig keine mehr bei uns gesehen. Es ist ein wahres Kriegsgerät! Daher bleibt die Marke geheim. Die Queens of the Stone Age, Stoner Rock, allerfettester Hardrock, gaben mit ihrer ersten Scheibe den Takt an und brachten mich in Stimmung für eine kleine Parade. Ich hatte die CD aus den Neueinkäufen von Bernd herausgefischt. Um mein eigenes Getöse zu übertönen, war die Musik hinreichend laut; einen Tick lauter und ich hätte die Türklingel überhört, nur weil ich zufällig gerade in dessen Nähe saugte, bemerkte ich sie als leise Dissonanz zur Musik. So früh hatte ich Bernd nicht erwartet.

Beim Plattenladen angekommen, trugen wir die mit CDs vollgefüllten Kartons und Plastik Stiegen hinein.
„Das ist aber ein ganz schöner Haufen, hast du überhaupt noch Musik zu Hause?“, wollte ich wissen.
„Das sind gut fünfhundert Stück, notfalls habe ich ja meine Kassetten.“ Davon besaß Bernd in der Tat etliche und die würde er mehr denn je benutzen müssen, da er so gut wie nie Radio hörte. Aufgenommen wurden sie ursprünglich, um im Auto oder auf seinen Baustellen eigene Musik hören zu können. Zu Hause hörte Bernd bisher nur LPs und CDs. Wozu diese Umstellung, wenn er das Geld nicht nötig hatte? Ich versuchte mehr herauszufinden und war entschlossen, mich nicht billig abspeisen zu lassen: „Ausmüllen, das stell ich mir normalerweise anders vor.“
„Ich will das nicht so an die große Glocke hängen. Ich plane demnächst so eine Art Weltumbummelung“, sagte Bernd.
„Was bedeutet denn *Umbummelung?*“
„Weltreise hört sich so Ziel gerichtet an. Ich nehme Charly und wir fahren mit dem Bulli einfach erst mal los, und wo es uns gefällt, da bleiben wir eine Weile.“
Ich ließ mir seinen Plan durch den Kopf gehen. Für so eine weite und lange Reise brauchte man Geld, das war sicher, aber deshalb seine Sammlung verkaufen? Darum fragte ich: „Wie lange hast du eigentlich Platten gesammelt?“
„Eigentlich immer.“ Bernd kniff kurz ein Auge zusammen, blickte nach oben. „Na ja, mindestens fünfundzwanzig Jahre. Vermutlich habe ich mir inzwischen locker zehntausend verschiedene Scheiben angehört.“
„Ich hab' mal ausgerechnet, dass man zehntausendfünfhundertzwölf unterschiedliche Scheiben brauchte, um ein Jahr lang im Radio niemals die gleiche Musik zu spielen …“
„Wenn ich alles zur Verfügung hätte, was gut ist, könnte ich das schaffen.

Immerhin hab ich schon Tausende Scheiben in meinem Leben besessen. Natürlich hab' ich dann und wann welche getauscht oder verditscht.“
Nachdem er nun nahezu alle Platten *verditscht* hatte, wäre das kein triftiger Grund mehr, von seiner Weltumbummelung zurückzukehren. Würde

es überhaupt gute Gründe geben?
„Und kommst du irgendwann zurück?"
„Nu' lass mich doch erst mal wegfahren." Bernd schmunzelte und schaute mich mit einem kurzen Seitenblick an, ehe er den Blinker rechts setzte und in den Ort einbog. Wir waren inzwischen auf dem letzten Wegstück kurz vor seiner Wohnung angelangt. Charly wurde unruhig, die Vorfreude darauf, sein Reich wieder amtlich verwalten zu können, wuchs. Er würde gleich flugs alles inspizieren müssen.

Es war 16.00 Uhr. Wir setzten uns in den Garten, um Kaffee zu trinken und das schöne Wetter zu genießen. Wir plauderten über die weite Welt, die wir beide kaum ernsthaft bereist hatten. Ich wusste von ein paar Urlauben in Südfrankreich zu berichten, das Bernd ebenso einmal bereist hatte, und von einem Kurzurlaub auf Malle, wo ich die Amüsiermeile gesehen hatte – und nur die! Bernd war etwas weiter herumgekommen: vor Jahren hatte er Teile von Schweden und Dänemark bereist, Urlaub in Narbonne in Südfrankreich gemacht und bereits als Schüler hatte ihn ein Austauschprogramm für ein knappes Jahr nach Kanada gebracht.
Bereits öfter hatte mich das Gefühl beschlichen, ich sei im Verhältnis zu Bernd naiv.
Er war viel erfahrener und selbstsicherer als ich. Und er hatte die Ruhe weg.
In einer Band hätte er den perfekten Basser abgegeben. Einen dieser Typen, die den Sängern oder Gitarristen die vordergründige Show überlassen, aber mit ihren Basslinien ein stabiles Fundament in der Musik gründen können. Heimliche Stars, die anscheinend tiefenentspannt als ruhender Pol die Bühne überblicken und denen auch im Publikum keine der kleinen Geschichten entgehen, die sich sogar in der letzten Reihe ereignen können und die der Basser mehr oder weniger ironisch belächelt, je nachdem, wie amüsant oder bescheuert die Aktion war. Es lohnt sich genau hinzuschauen, damit man diese Momente bemerkt, die Blicke deuten kann, da man sie sonst als zielloses Schweifen in der Ferne missverstehen könnte. Der Basser ist ein Teamspieler, der die richtigen Mitspieler braucht, um auf seine Art glänzen zu können; manchmal dann auch durch ein Solo.

Als Mucker würde Bernd bestimmt in einer kleinen Combo Jazzmusik machen, spekulierte ich. Das Grenzenlose und ständig Neue im Jazz, das Aufeinandereingehen der Musiker würde gut zu ihm passen. Bernd blühte auf und wirkte nie so lebendig wie dann, wenn er Input bekam: eine handwerkliche Herausforderung, ein neuer, toller Song oder ein kluges Gegenargument im Gespräch.

Und mein Verhältnis zu Bernd? Nur Kumpel? Nein, eher das eines väterlichen Freundes. Seltsam. Man hätte auf jeden Fall erwartet, dass der Altersunterschied zwischen uns größer wäre als die läppischen sechs Jahre, die es chronometrisch waren.

Je mehr Bernd seine Reiseerfahrungen tiefstapelte, desto hinterwäldlerischer kam ich mir vor. Ich mutmaßte, seine Englisch- und Französisch(?)kenntnisse müssten – im Vergleich zu meinen – fantastisch sein und fragte mich, in was er mir ansonsten voraus war.

Wir gingen eine Runde mit Charly: Auf einem Feldweg zum Friedhof an der winzigen Kapelle vorbei, rechts in den Wald hinein, in eine Querverbindung und auf einer kleinen Straße an den wenigen Häusern vorbei zurück.

Nach einer knappen Stunde Auslauf kehrte das kleine Charly-Rudel zurück. Charly als Scout des Trupps fühlte sich erschöpft und gönnte sich die wohlverdiente Ruhe in Form einer verspäteten Siesta. Bernd und ich begannen mit einer gesitteten Partie Poolbillard.

Ich hätte die Musik, die Bernd ausgesucht hatte, vielleicht spontan erst mal für ein besonders innovatives Album der Violent Femmes gehalten, doch Bernd erklärte mir, es handele sich um die Band Sixteen Horsepower und deren Scheibe „Sackcloth ‘n’ Ashes“. „Eine Band, die zeigt, wie man mit einem Standbass und einem Banjo, ein paar guten Songs und mit einem melancholisch meckernden Sänger genialischen Countryrock macht“, kündigte er an.

Bernd hatte nicht übertrieben, die Band machte Spaß.

Meine Lektion in Pool für – so möchte ich behaupten – Fortgeschrittene gleichfalls. Ich hätte die erste Partie sogar fast gewonnen, wenn beim Einlochen der schwarzen Kugel die weiße auf dem Tisch geblieben wäre. Der Hauptgrund, weshalb ich gegen Bernd verlor: Meine Ablage der weißen Kugel war schlecht.

Bevor wir die nächste Partie begannen, hatte ich eine kleine Überraschung für Bernd: Siebentausend Mark!
Ich hatte die Verkaufserlöse für die ersten eintausend Alben aus Bernds Sammlung zusammengerechnet; sein Anteil betrug 6912.- Mark und ich hatte etwas aufgerundet. „Ein hübsches Sümmchen, vielen Dank! Weiter so!" motivierte mich Bernd und verstaute den Stapel Geldscheine in einer kleinen Zigarrenkiste.
Ich konnte mir den Spruch: „Aber nicht alles sofort ausgeben" nicht verkneifen, worauf Bernd erwiderte: „Vielleicht gerade, wer weiß, ob es Morgen noch gleich viel wert ist."
„Bedenken wegen des Euro?"
„Na, so ohne ist das wirklich nicht."
„Denn?"
„Die Einführung des Euro potenziert politische Probleme zu monetären Problemen."
„Das Argument, das Carlos neulich bekanntermaßen schon gebracht hat: „Keine Währungsunion vor politischer Union."
„Ja, stimmt. Und außerdem unterhöhlen währungspolitische Eingriffe regelmäßig den Geldwert. Der Dollar hat heute gerade mal ein Tausendstel des Wertes, den er bei seiner Einführung hatte. Der Wert einer Währung ist, spätestens seit Aufhebung des Goldstandards" … (kannte ich *zufällig*: Bretton Woods, 1971) … „nur ein billiges Versprechen der Regierungen an ihre Bürger. Ungedeckte Schecks deren Sicherheit man besser ungeprüft lässt, vielleicht stellte man sonst fest: Der Kaiser ist nackt."
„Dafür dass sich alles ums Geld dreht, denken erstaunlich wenige über das Wesen des Geldes nach", befand ich. „Ist ihnen wohl zu anstrengend."
„Dabei ist Geld historisch betrachtet eine triviale Sache: Aus dem Tauschhandel heraus entstand eine Schuldscheinkultur. Für einen Sack Mehl bekommst du von mir zwanzig Fische, wenn ich sie gefangen habe. Anstatt aber auf die Fische zu warten, kauft man gleich einen Sack Äpfel mit dem Schuldschein. Voilà, das erste Geld. Daher gilt Geld als schmutzig, streng genommen erkannte man damit eine Schuld an; heute denken wir, man würde sie mit Geld begleichen."

Ich erinnerte mich an eine Tante, die mir kleine Geldgeschenke stets in einem Briefumschlag übergeben hatte. Geld war schmutzig. Und man konnte nicht genug von dem Dreck bekommen. Bernd hatte weitergesprochen, über die kleinen Nebensächlichkeiten der Geldgeschäfte, die das Leben ein klein wenig komplizierter machen.

„In diesem Zuge hat sich eine Geldwirtschaft etabliert, die von Zinsgewinnen auf vergebene Kredite und Gebühren für Währungstauschgeschäfte profitierte. Es konnten Gelddynastien entstehen, die Teile des Bürgertums in Lohn und Brot brachten und deren Machtzuwachs in allerlei speziellen Vergünstigungen, die die Geschäfte erleichterten, mündete. Banken mussten etwa nur begrenzte Sicherheiten für ihre Spekulationsgeschäfte hinterlegen, durften gehebelt an den Märkten agieren und traten mehr und mehr als Wirtschaftsakteure mit Sonderkonditionen auf. Die Interdependenzen zwischen diesen Akteuren mit staatlichem Auftrag, das Schmiermittel der Märkte, nämlich Geld, zu verwalten und gegebenenfalls bereitzustellen, und dem Staat selbst, den politischen Institutionen, ihren Politikern, den Versorgungssystemen, wie den Rentenkassen zum Beispiel, und aus dem letztendlich als Haftungsgrundlage dienenden einfachen Bürger wuchsen ins Unermessliche."

Hm, irgendwie hörte sich das nicht mehr ganz so trivial an. Wahrscheinlich dachte auch ich zu häufig über die Quantität des Geldes im Bereich der ganzen reellen Zahlen inklusive der negativen nach als über seine Qualität.

„Und was soll der ganze Mummenschanz?", fragte ich.

„Unter anderem ein Verschiebebahnhof von Vermögen, letztlich Macht. Wenn ich es schaffen könnte, nur einen Anteil von einem Millionstel auf alles fließende Geld in Deutschland pro Tag zu bekommen, wäre ich ein reicher Mann. Eine Gebühr hier, ein Geschäft da und mit dem Geld anderer Leute ist es einfach zu spekulieren, vor allem wenn einem die Gesellschaft erlaubt es moralfrei zu tun. Die Steuerausgaben werden optimiert, das heißt, es werden kaum welche gezahlt, so lässt sich Geld anhäufen. Banker sagen verdienen.

Die willfährigen Regierungen der letzten Jahrzehnte haben Wahlgeschenke verteilt, ungedeckte Schecks auf die Zukunft ausgestellt und in ihrer Unfähigkeit zudem viel Geld gekostet; sie haben den deutschen zu einem Schuldenstaat gemacht. Der zweitgrößte Posten des Bundeshaushalts, Schuldendienst, ohne dass sie diese abtragen würden, dient zur Etablierung der langfristigen Gewinne der Banken und Versicherungen. Die Demokratie wird zu einem Büttel der Hochfinanz und die oberen zehntausend profitieren gut davon."

„Und anstatt dass Oskar das ändert, verpisst er sich." Ich spielte auf den unrühmlichen Abgang von Lafontaine als Superminister an.

„Eben. Sollen wir weiterspielen?" Bernd blickte zum Pooltisch.

„Ja, du bist dran mit Anstoßen." Nach einem Moment fügte ich hinzu: „Die Geldwirtschaft ist halt ein ganz schön komplexes System."

Bernd blickte mir für einen Moment tief in die Augen: „Alle, die das behaupten, verdienen normalerweise prächtig daran."

„Ich, meine Bank und mein Kühlschrank wissen, dass das nicht stimmt."

„Du übertreibst."

„Nur ein wenig." Ich dachte noch mal über die Schulden unseres Staates nach: „Wenn wir der Staat sind, dann hat also schon jedes Baby Miese, ab Geburt", überlegte ich laut. „Ein kleiner katholischer Racker hat außerdem eine eingetragene Grundschuld beim Erlöser. Was für Hypotheken! Dabei wissen die nicht einmal, was das ist."

„Das lernen die schon! Und wer schuldig ist, den muss man überwachen, ob er sich jetzt ordentlich verhält, regelkonform", spann Bernd weiter.

„Und gucken lassen die, die wissen wie es läuft!", schloss ich ab.

Charly war aus seinem Schlaf erwacht und sondierte, ob sein Rudel vollständig anwesend war. Nachdem er sich dessen durch einen Rundumblick vergewissert hatte, schlief er, anscheinend beruhigt, wieder ein.

Bernd wollte wissen, ob ich mich mit der Entscheidung, den Laden endgültig dichtzumachen wohlfühlen würde.

„Intuitiv gesprochen, würde ich jetzt „Ja" sagen", antwortete ich.

„Dann wird's das Richtige gewesen sein." Er erläuterte mir dann zu meiner Überraschung die Vorzüge der Intuition, hatte ich doch angenommen, er habe sich der Ratio verschrieben.

Als habe er meinen Gedanken erraten begann er: „Die Intuition befindet sich in keiner Opposition zur Ratio. Vielmehr ist die intuitive Entscheidung im besten Falle gut geschulte Rationalität und Erfahrung, verdichtet in einem kurzen Moment."

Eins war klar, Bernd war kein Mensch mit dem man sich genüsslich übers Wetter unterhielt. Er möge die Intuition, habe sie von Hause aus doch den Vorzug untrüglich zu sein; auf die Behauptung hin, jemandes Intuition habe ihn getrogen, wisse man zweierlei: Die Person habe sich geirrt und von Intuition keine Ahnung.

Bernd hatte zwischenzeitlich „Danger Money" von U. K. aufgelegt. Ein All-Star-Trio: Eddie Jobson, Terry Bozzio, John Wetton, vorher hatten Bill Bruford und Allan Holdsworth dazu gehört, die nur für eine Live- und zwei Studioscheiben zusammengespielt hatten. Bernd erläuterte mir diese Feinheiten der Bandbesetzung. Ich hatte geglaubt, mehr Musiker zu hören. Die Scheibe von U. K. war, nachdem Bernd die B-Seite aufgelegt hatte, nahezu durchgelaufen, als er mich zu seiner Party einlud. Ich fragte nach, ob ich zusätzlich ein paar Leuten Bescheid sagen sollte, und dachte dabei an Pete, Toddy und Flo. Worauf Bernd mit einem Zwinkern und dem merkwürdigen Satz antwortete: „Yes, you can bring all your friends along for protection, it's always nice to have them hanging around."

Es klopfte an der Wohnungstür, ehe ich Bernd fragen konnte, wie er das nun *genau* gemeint habe. Irgendwann, Monate später, hörte ich das Album „Artificial Intelligence" von John Cale und erinnerte mich an Bernds seltsame Formulierung. Er hatte aus „Dying on the Vine" zitiert, einem tollen Song mit einem Text über ein tatsächlich eher unlustiges Resümee eines Lebens („I've been chasing ghosts and I don't like it"…)

Bernd rief: „Herein."

Die Exfrau des Vermieters trat herein; Bernd stellte uns einander vor. Bernd und ich spielten die Partie Pool dann noch zu Ende. Zu dritt alberten wir ein weiteres Viertelstündchen herum, ehe ich heimwärts zog. Ich versuchte, Anzeichen dafür zu finden, dass die beiden was am Laufen hatten. Bei ihr schien zumindest Interesse zu bestehen, Bernd hingegen war für mich schwerer zu durchschauen.

Das Ergebnis der letzten Poolpartie vorhin?

Hätte ich sie gewonnen, würde es hier mit Sicherheit stehen.

12.

„Ein wochenanfangsüblicher Montag,
brachte übliche Arbeit.
Die neue Ware von Bernd
musste verkaufsfertig gemacht werden …"

Mein Schufterblues. Könnte ich nur besser singen – also überhaupt – oder sähe wenigstens einen Hauch mehr wie Gavin Rossdale aus als Pierre Richard mit Haaren – ich würde mit dem Song Geld verdienen, schließlich kannte ich ihn mittlerweile im Schlaf und er hatte seine finale Strophe bekommen:

„Aber nun sollte alles raus. Yeah Yeah!"

Na ja. Okay. Der Text war genauso gut wie mein Gesang, aber zum etwas euphorischeren Summen bei der Arbeit reichte es.
Es gab viel zu tun. Neben den Routinearbeiten wollte ich einen größeren Teil des Altbestandes an Ware verbilligen, damit sie noch auf die Schnelle einen Käufer fände. Ich war froh, eine Entscheidung gefällt zu haben, vielleicht hätte ich aber gleichermaßen mit frischem Enthusiasmus gearbeitet, wenn ich mich für den Fortbestand des Ladens entschieden hätte, die Hängepartie jedenfalls hatte angefangen zu nerven. Nun, da alles ein Verfallsdatum bekommen hatte, waren selbst die stupideren Tätigkeiten erträglicher – sie waren endlich geworden. Ich gab die neuen CDs von Bernd als Warenbestand in den Computer ein. Unbekannte CDs bekamen Artikelbeschreibungen, bei den anderen änderte ich die Anzahl meistens auf eins. Mittlerweile waren über 20 000 verschiedene ernst gemeinte Beschreibungen im Computer angelegt worden. Sogar ein Produkt fand sich im Sortiment wieder, das ursprünglich nur zu Testzwecken der Software eingegeben worden war: „Tüte heiße Luft", Bestand: 8, Preis: 2.99 DM, Umsatz: 2. Dass wir die Tüten in der Testphase auch probeweise verkauft hatten, erinnerte ich gar nicht … Weitere Artikelbeschreibungen würden kaum noch hinzukommen und immer mehr Stellplätze für Silberlinge blieben leer. Der Warenbestand schrumpfte. Als ich den Teppichboden ge-

saugt hatte, sah er an vielen Stellen unverändert schäbig aus; niemand würde ihn noch austauschen müssen.

Ich hatte eine Scheibe von Pothead „Learn to hypnotize" aus Bernds Bestand zum Kennenlernen aufgelegt. Gleich das erste Stück war ein Kracher, geiler Riff, saucooler, eingängiger Gesang. Ich drehte die Anlage weiter auf. Das zweite Stück desgleichen fett, ging das so weiter?

Es gibt einen Film mit Clint Eastwood, in dem die kriegsentscheidende Wende nur durch eine tödlich gefährliche Mission tief im Feindesland als letzte Möglichkeit erreicht werden kann. Clint sagt zu seinem Kommandanten, er solle ihm eine Handvoll Feuerpisser geben und dann erledige er das.

Die drei Leute von Pothead schienen dieser vom Aussterben bedrohten Art der Feuerpisser anzugehören. Ich ahnte, wer die Platte kaufen würde.

Andi erschien nachmittags zum Helfen im Geschäft; ich hatte die Pothead-Scheibe bereits ein zweites Mal durchlaufen lassen und zu hundert Prozent herausgefunden, wer die Platte kaufen würde.

Aufgrund seines Hormonhaushaltes hätte Andi zurzeit jeden Zuchtbullen vor Neid erblassen lassen, weshalb seine Stimmung prinzipiell nicht zu trüben war. Ich fragte mich unwillkürlich, wie lange sein Zustand anhalten könne. In wissenschaftlichen Untersuchungen, so meinte ich mich zu erinnern, war von maximal einem Jahr Hormonfehlsteuerungen die Rede gewesen – bei menschlicher Verliebtheit. Bei Zuchtbullen und Monchichis habe ich dazu keine näheren Informationen. Sei's drum; da ich selbst bester Laune war, alberten wir ziemlich ausgelassen herum.

Einer unserer Lieblingskunden kam vorbei, um eine bestellte CD abzuholen. Ein in sich und im Rollstuhl ruhender Mensch voller Beweglichkeit. Auf des Vaters Schoß thronte der Sohn, der es sichtlich genoss, durch die Gegend gefahren zu werden. Der Vater erriet meinen und Andis Gedanken und sagte wie zur Bestätigung: „Eine praktische Angelegenheit, so'n Rollstuhl, spart den Kinderwagen."

Mit den Rollifahrern war Iris, Andis Angebetete, hereingekommen. Sie hatte dem Duo die Tür aufgehalten und lächelte ebenfalls, entzückt von dem kleinen Racker. Iris war mittelgroß, etwas pummelig, hatte braunes, mittellanges Haar und trug eine Brille gegen ihre Kurzsichtigkeit.

Sie wirkte älter als sechzehn Jahre und vertrat in Gesprächen eine Bodenständigkeit, die sicher zu einem Teil von ihrer Erziehung herrühren konnte, zum größeren Teil aber wahrscheinlich einfach ihrem Charakter entsprach.

Sie begrüßten sich mit Küsschen. Obwohl um Souveränität bemüht, wirkte es trotzdem wie die Erprobung neuer Umgangsformen. So schien es ungeübt, wie Iris Andi mit *Schatz* ansprach; Andi seinerseits stand Iris in diesen Unbeholfenheiten in nichts nach und sei es gerade deswegen, weil er versuchte, sie zu vermeiden. Er bemühte sich ernsthafter zu sein, seit Iris da war. Durch ihre Anwesenheit gehemmt, ließ er die sich bietende Vorlage zum Blödeln ungenutzt, als ich beim Reduzieren der Preise der Schlager-CDs über die Beziehung zwischen den *schlagenden Verbindungen* und dem *Schlager* schwadronierte. Der Zusammenhang sei vielen unbekannt, aber weil die schlagenden Verbindungen das deutsche traditionelle Liedgut beim Feiern so schön gepflegt hätten, würde man nun alle vergleichbare Musik Schlager nennen.

Normalerweise hätte Andi vielleicht versucht, mir zu verkaufen, dass der Name *New Wave* von den Enkeln der Beach Boys stamme, die ständig auf der Suche nach der neuen Welle gewesen seien, oder zumindest, dass der Begriff *Death Metal* in Wahrheit schlicht *Messer* bedeuten würde. Aber es kam nichts von Andi; er schaute mich nur mit großen Augen an, als wenn er gerade erkennen würde, dass die Gehirnzellen seines Chefs jetzt komplett das Zeitliche gesegnet hatten, und sich fragte, wie damit umzugehen sei. Der Entschluss lautete: Rückzug. Andi und Iris ließen den Verrückten nämlich bald allein; vorgeblich, um Freunde zu treffen und später gemeinsam ins Kino zu gehen.

Ich hatte genug mit den Eingaben in den Computer und gelegentlichen Kunden zu tun und so ging es schnell auf den Abend zu. In der letzten Stunde bis 20.00 Uhr räumte ich üblicherweise den Laden etwas auf und machte die Tagesabrechnung. Um diese Uhrzeit kam nur selten Kundschaft. Unter den neuen Scheiben von Bernd war mir Marc Almonds „Violent Silence" aufgefallen, den kannte ich bisher nur als einen der zwei Schnullis von Soft Cell, die turboerfolgreich „Tainted Love" geco vert hatten. Ein echter Diskothekenstampfer und das passte so gar nicht zu dem Bild, das ich von Bernds Musikgeschmack hatte. Ich legte die EP erwartungsvoll auf.

Ein Klavierintro, ich drehte die Scheibe lauter, eine dieser extrem leise abgemischten Aufnahmen. Das zweite Stück „Healthy as Hate“, – ich war verdutzt; an Soft Cell erinnerte höchstens die feierliche Inbrunst, mit der Marc Almond zu Werke ging. „Things You Love Me For“, der Eindruck von Emotionalität und Pathos verstärkte sich. „Body Unknown“, schneller im Beat, aber ebenfalls keineswegs fröhlich.
„Unborn Stillborn“: „I never love again“ singt Marc am Ende der Scheibe, die durch ein ausklingendes Piano schließt.
Pathos ohne Frohsinn, Melancholie, vielleicht Sentimentalität mit dem Ernst eines Chorals in einer Kirche vorgetragen und mit eher klassischen musikalischen Mitteln umgesetzt. Bisher unbekannte Facetten an Marc Almond und gleichfalls welche, die ich kaum mit Bernd in Verbindung gebracht hätte.
Neben der Pothead verkaufte ich mir selbst heute die zweite Scheibe. Für den etwaigen Fall eines Suizids aus Liebeskummer fühlte ich mich jetzt mit dieser Ode Werther'schen Ausmaßes musikalisch bestens gerüstet. Marcs Gesang war zwar offensichtlich polarisierend, vielleicht gewöhnungsbedürftig, aber andererseits für den einen letzten Moment sicher genial.

Als ich gegen Abend in die Küche unserer Dreizimmerwohnung kam, saß mein Companero froh gelaunt am Küchentisch und trank Bier. Er verkündete, seine Arbeitslosigkeit sei beendet und Hopfen- und malzhaltige geistige Getränke werde es zukünftig Kisten-, wo käme er hin, LKW-weise geben, man säße fortan quasi an der Quelle des Flusses. Zumindest einen Nebenarm legte Floh grade trocken, zwei leere Flaschen standen auf dem Tisch.
„Was quatschst du für komisches Zeug, Alk auf Arbeit?“
Ich schaute nach der Kiste Bier unterm Tisch, ein Pils, die Marke sagte mir nichts, griff mir eine Flasche, öffnete sie, trank. Zu warm, ging aber ansonsten durch. Ich lächelte Floh an, der lag zweieinhalb vorn, ich hatte einiges nachzuholen.
Floh erklärte, er hätte einen Promotionjob ergattert, bei dem er die im wahrsten Sinne verdienstvolle Aufgabe habe, solche Bierflaschen an Passanten in Fußgängerzonen zu verschenken. Der Bierbrauer behauptete,

dies sei für ihn die billigste Werbung.
Ich ließ mir die Neuigkeit durch den Kopf gehen. Das Zeug schmeckte echt nicht übel, vor allem wenn man es schnell genug trank, meins war alle. Ich griff mir eine neue Flasche und begann mich für die Werbestrategie des Bierbrauers zu erwärmen.
„Mi Compadre, ich muss neidlos anerkennen: Du hast endlich mal einen sinnvollen Job gefunden!"
„Und wenn ich nur ein bisschen Karriere mache, darf ich bald die ganze Firma verschenken!", mutmaßte Floh, der in der Zeit, in der ich ihn kannte, einen Haufen unterschiedlichster Jobs gemacht hatte; der neue würde sogar vergleichsweise gut bezahlt.
Wir begossen seinen Bewerbungserfolg angemessen. Für Getränke war gesorgt. Sein Vorsprung war allerdings letztendlich uneinholbar gewesen, soweit ich mich erinnere.

Einige Tage später erzählte mir Floh, wie schwer es sei, etwas zu verschenken, das sei erstaunlich, *„echt porös"*. Die Passanten würden dem geschenkten Bier mit Misstrauen begegnen als wenn man ihnen Gift andrehen wollte. Viel besser käme es an, ein sinnloses Spiel zu veranstalten, um dann entweder als Gewinn oder als Trostpreis eine Flasche Bier zu überreichen. Die Leute seien dann entweder stolz wie Bolle über den doppelten Gewinn oder ernsthaft getröstet durch das Bier.

13.

An einem Tag las ich auf meinen morgendlichen Weg zum Plattenladen im Vorbeigehen am Kiosk die Schlagzeile, „Amoklauf in Fort Worth, USA – acht Tote".
An einem anderen Tag bedurfte es einhundert Opfer in Moskau, die bei einem Bombenanschlag starben, um zur Headline des Tages zu werden. Und an einem dritten Tag raffte es zweitausendzweihundert Taiwanesen bei einem Erdbeben dahin.
Wo in dieser ekelhaften Rangliste der Äquivalente würden wie viele Deutsche stehen, fragte ich mich. Und wie würde die Reihenfolge mit welchen Opferzahlen in einer amerikanischen Zeitung sein? Oder einer russischen? Taiwanesischen?

Eines Tages verkündeten die Schlagzeilen die Ablehnung des Kompromisses zur Konfliktberatung bei Schwangerschaften durch Papst Johannes Paul II. Hierbei soll es keine Narrenfreiheit gewesen sein, dass ein uralter Vorsteher eines patriarchalischen Staates, der praktisch keine sexuelle Lebenserfahrung machen darf, meint sich zu Fragen der Verhütung äußern zu sollen. Der allen vorschreiben will, darauf zu verzichten, und glaubt, sich als Mann beim Thema Schwangerschaften einmischen zu müssen und den Frauen Abtreibungen verbieten zu können. Für *Normalsterbliche* wäre solch Verhalten vielleicht einer Einweisung in eine psychiatrische Anstalt wert gewesen, aber dafür war man ja Papst, dass da anders oder gar nicht gemessen wurde. Warum nahmen Leute ihn überhaupt ernst? Und wozu waren die dann noch fähig? Manchmal bleiben mir die Überzeugungen meiner Mitmenschen schleierhaft. Für einen Moment dachte ich an Bernd, der das Verhalten des Papstes vielleicht mit einem seiner Lieblingszitate von Herman van Veen kommentiert hätte:
„Für stocktaube Ohren reicht ein Hundert-Watt-Verstärker nicht aus, um zu hören, dass jemand in Not ist."

Andere Aufmacher der Zeitungen waren die deutschen Hockeyherren; sie wurden Europameister und zum selben Zweck vermöbelte Wladimir

Klitschko Axel Schultz erfolgreich. Die CDU musste bei den Landtagswahlen in Sachsen die absolute Mehrheit erringen, um Schlagzeilen zu machen, Andre Agassi nur – wie süß – die Liebe von Steffi Graf. Und irgendwo habe ich gelesen, dass Günter Grass den Nobelpreis für Literatur bekam, vierzig Jahre nach der „Blechtrommel". Bisher hatte man den wohl vergessen. Puh, noch mal Glück gehabt!

Die nächsten Wochen in meinem Paralleluniversum waren mit genügend Arbeit verbunden, sodass die Zeit schnell verging. Die Abverkäufe hatten ohne die Ergänzung durch Neuware Lücken in die Platten- und CD-Ständer gerissen. Nachdem Andi und ich die Platten und CDs mehrmals enger zusammengestellt hatten, war jeweils ein Ständer komplett leer geworden. Auf die Annonce: „CD-Laden-Einrichtung zu verkaufen" hin fand sich kein Käufer, kein einziger Interessent. Wir zerkloppten also die Sperrholzkonstruktionen und stapelten die Einzelteile bei den Müllcontainern.
Auf den leeren Platz, wo die Ständer gewesen waren, stellte ich eine riesige Grünpflanze, die ich aus unserer WG mitgebracht hatte, und einem großen Stapel an CD-Leerhüllen in 10er-Packs. Die Packs hatte Andi aus den gebrauchten Leerhüllen, die die Silberlinge hinter dem Tresen beherbergt hatten, mit Tesafilm zusammengeklebt, Preis 1,50 je Paket. Einige Typen, die Spiele-CDs aus Computerzeitschriften sammelten oder Selbstgebranntes fachgerecht lagern wollten, konnten ihr Glück kaum fassen.
Der größte Teil des Warenbestandes war im Preis radikal reduziert, was nicht in der noch verbleibenden Zeit verkauft werden würde, konnte ich entweder für meine Privatsammlung behalten oder an einen Flohmarkthändler weiterverkaufen. Der hatte mir eine Mark pro CD oder LP geboten, falls ich ihm einigermaßen verkaufsfähige Ware geben würde.
Die Kommissionsware von Bernd war so niedrig gepreist, dass sie wahrscheinlich bis zum Ende abverkauft wäre, den Rest würde ich kaufen. Dass es nur wenig sein würde, daran hatte ich keinen Zweifel. Wäre ich unsicher gewesen, so hätte mir ein älterer schätzungsweise vierzigjähriger Typ, der am Donnerstag am späten Nachmittag den Laden betrat, den Zahn gezogen.

Er trug blaue Seglerschuhe, eine Blue Jeans, die gebügelt aussah, dazu ein weißes Hemd und darüber einen dünnen Pullover. Er rollte die Pulli-Ärmel etwas auf und schob sie an den Armen hoch, bevor er systematisch den Warenbestand durchforstete. Hier und da studierte er gewissenhaft ein Cover: Etwas verschämt hatte er dazu eine Brille aus seiner Hosentasche gezogen. Nach einer Weile war der Typ mit den Platten durch und ging zu den CDs über. Mittlerweile hätte ich Wetten mit der Quote zehn zu eins angenommen, dass er Lehrer war. Sein betont systematisches Handeln ging mir auf den Senkel, sein affektiertes Benehmen ließ mich annehmen, er betrachte den Plattenladen, das Leben allgemein als seine Bühne.

Nach zwei Stunden hatte er einen kleinen Stapel von Platten und CDs angehäuft.

Zwischendurch versuchte er ein Gespräch zu beginnen. „Ich kaufe meine Scheiben sonst ja inzwischen im Netz." Was sollte man darauf erwidern? „Find' ich gut!"? „Bist'n Superburschi!"? Als Nächstes teilte er mir, bemüht lässig klingend, mit, dass er bei sich zuhause eine größere Musikauswahl habe als der Laden. „Eintausendachthundert Stück." Der Kerl zählte sie wahrscheinlich täglich; ich tat auf amtlich beeindruckt. Nachdem der Typ mich also durch seine überzeugend kumpelhafte Art auf seine Seite gezogen hatte, fragte er nun, *wie viel* Mengenrabatt er denn bekommen würde; er fragte nicht ob!

Klar gab es *normalerweise* Mengenrabatte. Doch *diesmal* nicht. Voller Bedauern verkündete ich, ein Rabatt sei leider unmöglich. Der Typ spielte jetzt seinen vermeintlich besten Trumpf aus: „Durch einen kleinen Nachlass auf den Preis könnte man aber einen Stammkunden gewinnen."

Ja so einem Argument muss man genügend Raum lassen, damit es wirken kann; ich ließ mir mit meiner Antwort Zeit … „Dieser Laden braucht Stammkunden so nötig wie ein Grab." Damit der Kerl die Chance hatte, die Mehrdeutigkeit des Spruchs voll zu genießen und ich seinen dämlichen Gesichtsausdruck, setzte ich erst nach einer Pause in der andere Leute Wäsche aufhängen hinzu: „Der Laden wird bald für immer geschlossen."

Ein *triftiges* Argument, das sah der Typ ein; ohne weiteres Murren und trotz vollem Preis, war er gierig genug, mir zehn Alben zum Abrechnen hinzulegen:

- Pierre Henry: „Messe Pour Le Temps Present“, 1967
- Toshinori Kondo & Ima: „Brain War“
- The Alan Parsons Project: „Tales Of Mystery And Imagination Edgar Allan Poe“
- Wishbone Ash: „Pilgrimage“
- Velvet Underground with Lou Reed: Live 1969 (DoLP)
- Stevie Ray Vaughan: „Couldn't Stand The Weather“
- Paul Weller: „Wild Wood“
- Supertramp: „Supertramp“
- Warm Dust: „And it came to pass“
- Joseph: „Stoned Age Man“

Bei der letzten Scheibe wunderte ich mich am meisten, dass er die haben wollte. Ich glaubte, die Band spielte eine Art Kiffer-Bluesrock und hatte nur kurz gegen Ende des Pleistozäns, also 1969, bestanden, wie der Titel der Scheibe bereits vermuten lässt. Und preislich musste mein Freund bei dem Teil ganz stark sein, es war eine der teuersten Scheiben, die wir je im Angebot hatten: 42.- Mark. Dennoch schien der Typ ganz fickerig, das Ding einzusacken. Zu guter Letzt blickte er auf seinen Stapel: „Hast du wenigstens eine Tüte für mich?“ Tüten hatte es bei Musicpoint noch niemals gegeben, deren Anschaffung war Snorre schlicht zu teuer gewesen. Der Typ wartete auf eine Reaktion von mir, ich erwog die eiserne Reserve, einen der zwei Papierbeutel von McDonald, die sich unerklärlicherweise in einer Sorres' Schubladen angefunden hatten, ins Spiel zu bringen. Bisher hatte die keiner gewollt, sie stanken nach Happy Meal und mehr als einer Prise Verwesung. Das Freundchen wurde ungeduldig, sein Blick eine einzige Anklage, ich griff nach einem Beutel.

Als mein leerer Freund gegangen war, dachte ich kurz und rein zufällig über Selbstdarsteller nach. Ich fragte mich, ob es Selbstdarsteller hieß, weil diese sich selbst darstellten, oder sogar, weil sie nur ein Selbst darstellten?

Schnickschnack.
Ich betrachtete nochmals die Verkaufsliste. Er hatte, ohne es wissen zu können, nur Kommissionsware von Bernd erworben – statistisch betrachtet völlig ungewöhnlich, da hätte er eher drei oder vier von Bernd und sechs, sieben Stück aus Altbeständen kaufen müssen.
Soweit ich die Musik der verkauften Scheiben kannte, verfügte der Showman über einen ordentlichen Geschmack, der teilweise dem von Bernd frappierend ähnelte – doch trotzdem blieb mir der vermeintliche Lehrer unsympathisch.
Und wenn ich mir nun vorstellte, auf einem Konzert einer der Bands von der Einkaufsliste zu sein und da wären nur diese Lehrer Typen – es wäre mir ergangen wie einem Kumpel: Der war auf einem The-Cure-Konzert und erwartete ein kultiges Underground-Happening – die Rechnung hatte er ohne die Masse an kreischenden Teenies gemacht. Die Mucker haben's auch nicht leicht: Da stimmt vielleicht die Qualität ihrer Musik und dann haben sie die verkehrten Fans.
Etwas anderes fiel mir an meinen Überlegungen auf: Irgendwie hatten sie oft mit Bernd zu tun. Manchmal passierte etwas, das mich an ein Gespräch mit ihm erinnerte wie dieses Qualitätsding, das mich quasi verfolgte, oder die Erinnerung kam über die Musik, die ich durch ihn kennengelernt hatte. Über diese Plattensammlung, von der ich immer mehr erkannte, dass sie tatsächlich besonders gewesen war – nun, wo sie sich in ihre Bestandteile auflöste. Bernd hatte außer für den Laden obendrein bei mir für reichlich Input gesorgt. Doch die Zeiten, in denen ich Bernd allein wegen der wöchentlichen Ankäufe regelmäßig getroffen hatte, waren vorbei. Die Reste seiner Sammlung standen in den Ladenregalen, ein paar wenige bei mir zu Hause.
Kurzum: Der Laden würde diesen wöchentlichen Weihnachtsmann mit dem Rucksack voller bunter Überraschungen verschmerzen können, der ging eh breit, aber mir fehlte er schon nach kurzer Zeit. Ich rief ihn an und wir verabredeten uns.

Als ich Sonntagabends die betonierte Hoffläche vor Bernds Wohnungstür betrat, sah ich ihn mit einem kleinen, o-beinigen Mann im Rentneralter vor der Tür stehen, in erregtem Gespräch. Ich ging die letzten rund

fünfzig Meter auf die beiden zu, währenddessen führten sie ihren Dialog lebhaft fort. Bei meinem Eintreffen, beendeten sie ihr Streitgespräch und der Mann ging sichelnden Schrittes fort.
„Hi, Bernd, wie geht's? Alles in Ordnung?"
„Hi, Bonke, bis vorhin ging's noch. Das war mein Vermieter. Seitdem ich die Bude fertig ausgebaut habe, will der ständig mehr Miete haben. Jetzt will er für die letzten paar Monate abermals mehr Knete haben, wird Zeit, dass ich hier wegkomme."
Offensichtlich hatte er seine Demission bereits vorangetrieben; das große Regal, das die CDs und LPs beherbergt hatte, war ebenso wie das Bücherregal verschwunden. Das geräumige Wohnzimmer war bereits vorher spärlich eingerichtet gewesen, nun wirkte es mit der einsamen Couchgarnitur, dem Billardtisch, einer Stehlampe, einem Karton Platten und ein paar herum liegenden – größtenteils selbstgebrannten – CDs vor der Anlage nahezu verwaist. Ich hatte von dem Promotionbier so viele Flaschen mitgebracht, wie in meinen Rucksack passten, elf Stück, die Bernd in den Kühlschrank verfrachtete. Stattdessen tranken wir bereits kaltes Becks aus Bernds Beständen. Da ich mich dem Wohl und Wehe des öffentlichen Nahverkehrs für den Abend anvertraut hatte, konnte ich so viel Zielwasser für das Billard trinken, wie nötig.
Bernd hatte eine selbstgebrannte CD von den Tindersticks „Tindersticks" herausgesucht, der Sänger mit der tiefen, markanten Stimme erfüllte den Raum. Ähnlich wie etwa die Crime & the City Solution, Dead Can Dance, oder Fields Of The Nephilim verbreiteten die Tindersticks ihre eigene Atmosphäre. Schwelgerisch, elegisch, melancholisch – zwar mit der Dynamik einer Stehlampe und mit sparsamen Tönen, aber bekanntlich liegt die Ruhe in der Kraft und Musik findet zwischen den Noten statt. Wann hat Pathos schöner geklungen, ohne zu triefen? Wie angenehm!
Bernd schien sich von seinem Ärger über den Vermieter zu erholen, Charly tat sein Übriges, indem er mit dem Kopf in Bernds Schoß unter dessen Streicheleinheiten eingeschlafen war. Ich erzählte Bernd von dem Typen, der zielsicher zehn seiner Scheiben gekauft hatte. Bernd berichtete von seiner derzeitigen Arbeit. Eine umfangreiche Renovierung der Wohnung einer alten Frau, die, obwohl der Vermieter für die Zeit der

Arbeiten für ein ordentliches Ausweichquartier gesorgt hätte, darauf bestanden hatte, in ihrer Wohnung zu bleiben. An den ersten drei Tagen bot sie Bernd Kaffee an, womit sie am vierten Tag aufhörte, denn da hatte Bernd mit einem Trennschneider die Wände für Stromkanäle aufgeschlitzt. Zeitweise konnte man vor Staub nicht die Hand vor Augen sehen. Das trübte dann im selben Maß die Stimmung der alten Frau. Nachhaltig. Nun, erklärte Bernd, sei er froh, dass in der Wohnung bald alles fertig sei, er müsse noch die Türen gangbar machen und lackieren, dann sei es vollbracht und er könne seine Arbeit in Rechnung stellen.

Wir wendeten uns dem Billard zu. Während wir spielten, kamen wir auf die Bedeutung von Geschichten für den Menschen zu sprechen. Die Menschen lieben spannende Geschichten, darin waren Bernd und ich uns einig. Er ging jedoch einen Schritt weiter und behauptete, die Religionen hätten sich aus den historisch besten Geschichten entwickelt. Die Bibel ist nichts anderes als ein buntes Potpourri des Blätterwaldes von vor tausendfünfhundert Jahren.

„Blätter?“

„Oder Papyrusrollen, was weiß ich. Jedenfalls wurden vorher Jahrtausende lang an Lagerfeuern Geschichten zum Zeitvertreib, zur Wissensübermittlung und zur Stärkung des sozialen Verbunds erzählt. Ich gehe davon aus, dass die begabtesten und fantasievollsten Erzähler über ihre Deutungshoheit einen enormen Machtzuwachs innerhalb ihrer Gruppe hatten. Sie konnten etwa Häuptling, Medizinmann oder Schamane der Gruppe werden, in späteren Zeiten zum Beispiel Volkstribun. Doch naturwissenschaftliche Erkenntnisse des Menschen standen immer häufiger im Widerspruch zu einfachen Erklärungsmodellen, die auf dem Wirken einer Vielzahl von Gottheiten beruhten. All die verschiedenen Erzähler mit ihren jeweiligen Geschichten, die sich oftmals gegenseitig widersprachen – nichts passte zusammen. Ich vermute, die zunehmende schriftliche Überlieferung machte ihnen das Leben zusätzlich schwer. Da heißt es in der alten hebräischen Bibel im Dekalog, dem Vorläufer der zehn Gebote von Luther, gleich anfangs: „Ich bin Jahwe, dein Gott, der dich aus Ägypten geführt hat, aus dem Sklavenhaus.“ Unzweifelhaft eine Beschreibung, wer Gott ist – er hat einen Namen, war derjenige, der sie rausführte aus Ägypten und der vorher zugelassen hatte, dass sie

versklavt waren. Dann geht es weiter im zweiten Gebot: „Du sollst dir kein Gottesbild machen und keine Darstellung“ und so weiter. Diesen unlogischen Murks hat Luther dann ja bekanntlich entschärft und sich selber etwas ausgedacht. Genau so, wie seitdem die mehrmalige Erwähnung von Sklaven als Besitztum aus den Geboten verschwunden ist; das wurde quasi runtergekratzt von den Steintafeln.
Bevor die Geschichtenerzähler ganz die Macht verloren, griffen sie zu dem ultimativen Trick. Alle bisherigen Götter hätten ausgedient, ein allmächtiger Gott sei erkannt, aber man dürfe sich kein Bild von ihm machen. Die Evolution der Religion auf ihrer letzten Stufe: ein in sich geschlossenes Glaubenssystem, dass sich jeder Erklärbarkeit entzieht, selbst aber, die definitorische Kraft, was ein Wunder sei, behalten will“, dozierte Bernd.
Ob ich da alles mitbekommen hatte, was Bernd mir verklickern wollte? Manchmal kam ich mir wie Freitag vor, dem Robinson Crusoe die Welt erklärt. Außerdem hatte mich ein Bild vor Augen etwas abgelenkt: Die Welt vor zweitausenfünfhundert Jahren, Bernd erzählt an einem Lagerfeuer Geschichten. Interessante Vorstellung. Der hätte das Publikum wohl aufgemischt, wenn er zusätzlich ein paar anzügliche Gags eingebaut hätte.
„Den Schlenker zu den Wundern, den musst du mir erklären“, sagte ich.
„Die Kirche hat im Verlauf der Zeit zunehmend Boden an die Naturwissenschaften verloren. Beispielsweise, zerstörte ein Galileo Galilei Anfang des 17. Jahrhunderts das von der katholischen Kirche heiß geliebte geozentrische Weltbild, was die Jungs aber nicht daran hinderte, seine Schriften weitere zweihundert Jahre auf dem Index der verbotenen Bücher zu lassen und ihn erst weitere einhundert Jahre später, 1992, zu rehabilitieren. Oder der böse Champollion. Ein schlimmer Schlamassel für die Kirche, dass dieser 1822 die altägyptischen Hieroglyphen entzifferte. Da hatte man über gesichertes Wissen verfügt – die Menschheit war um 2349 vor Christus nach der Sintflut entstanden – und dann beliebte es diesem Typen, Schriften zu entschlüsseln, die älter waren. Dumme Sache, das. Konnte man Gott sei Dank ‘ne Zeit lang unter den Teppich kehren. Na ja, wenn man die Welt nicht mehr erklären kann, glaubt man eben an Wunder. Die bestimmt man wenigstens selbst, ge-

nauso wie wer heilig ist. Wenn's mit dem Wirklichen hapert, klappt's vielleicht im Unwirklichen. Andere werden dafür eingesperrt, wegen Eskapismus und Megalomanie", ereiferte sich Bernd.[5] Interessant, dachte ich. Bernd hat auch ein paar Zahlen drauf und Fremdworte. Und was für welche! Laut warf ich ein: „Aber können wir der Kirche nicht ihre Wunder lassen? Viele Menschen empfinden es zum Beispiel als sehr tröstlich, an ein Leben nach dem Tode zu glauben."

„Nachdem man es ihnen eingeredet hat. Das ist mein Problem. Wir indoktrinieren die Kids mit einem Geschichtenkanon, der so sinnvoll wie eine zweitausend Jahre alte Bedienungsanleitung oder der Glaube an einen Weihnachtsmann ist. Der Weihnachtsmann ist nach wenigen Jahren demaskiert, den Glauben an einen allmächtigen Gott hegen und pflegen wir jedoch gegen jede Vernunft."

„Dann bist du gegen Gott?" wollte ich wissen.

„Die ganze Antwort lautet: Da ich erst für Gott sein sollte und das unvernünftig fand, bin ich jetzt gegen Gott. Allerdings widerstrebt es mir auch, gegen etwas zu sein, was meines Erachtens inexistent ist."

Meine Chancen die Poolpartie zu gewinnen, waren ganz ordentlich: Bernd schien es wichtiger zu sein, seinem Ärger über die Kirche Luft zu verschaffen. Mit diesem winzigen Hintergedanken sagte ich leichthin: „Dann bist du bestimmt glücklich in unserem säkularen Staat zu Leben."

Bernd wollte eine Kugel mit leichtem Schnitt an der Bande entlang in ein Eckloch spielen und patzte, die Kugel prallte an der Ecke des Loches ab gegen die andere Ecke und blieb kurz vor dem Loch liegen.

Ich verkniff mir den Hinweis auf meine Oma, die derartige Stöße schmucklos aus dem Rollstuhl heraus verwandelte. Bernd wusste um meine Oma, seine hätte es mindestens ebenso gut gekonnt. In der Gewissheit dieses genetisch bedingten Talents, das er längst durch Übung ausgebaut hatte, versuchte Bernd, sich seinen Ärger über den verpatzten Stoß nicht anmerken zu lassen. Er ging scheinbar tiefenentspannt zu der Musikanlage, schlug mir dann aber vor, wir könnten doch der Thematik entsprechend eine Scheibe von Diamanda Gallas hören: „Be certain of the devil".

[5] Eskapismus = Realitätsflucht,
Megalomanie = Größenwahn, auch im speziellen, religiöser: „Ich bin ein Gott".

„Was is'n das?" wollte ich wissen.
„Rockige Schreioper, könnte man sagen. Mit alttestamentarischen Texten."
„Ach nö, lass mal."
Die Thematik ließ ihm aber keine Ruhe; er suchte ein „entspannteres" Lied von Godley & Creme, „Joey's Camel". „Ein ironischer Song über einen, der die zehn Gebotstafeln sucht und findet, sie dann aber als Waffe zur Selbstverteidigung einsetzen muss und dabei zerkloppt." Jedoch blieb die Kassette unauffindbar, es hatte den Anschein als ob er vorerst aufgebe; stattdessen legte er eine Krautrockperle aus dem Jahre 1972 auf: „Wolf City" von Amon Düül II. Den psychodelischen Sound und die Gesangsstimme von Renate Knaup-Krötenschwanz übertönend, erklärte Bernd erst jetzt – als habe er sich dafür vorher sammeln müssen – den Säkularismus unseres Staates zu einer Pseudoveranstaltung. Bestimmten christlichen Glaubensrichtungen würde in Deutschland in uralter Tradition der rote Teppich ausgerollt. Der Staat mache sich durch den Einzug der Kirchensteuer zu deren Büttel und es gebe unzählige weitere Vergünstigungen und Alimentierungen, die er aufzählen könne. Der deutsche Staat säkular? Von wegen.
Nichts davon stünde im Grundgesetz. Der Artikel 140 verböte nur die Staatskirche, den nur regulativen Rest zur *christlichen* Religionsausübung hätte man dann einfach aus der Weimarer Verfassung übernommen. Und nun sei es doch mindestens unfair, wenn die Fehlgeleiteten laut Bibel zu Tode gesteinigt werden sollen, man die Bibel aber auf Grund von Paragraph 166 Strafgesetzbuch nicht einmal öffentlich beschimpfen dürfe. Die BRD müsse sich mal entscheiden, ob sie sich der Aufklärung verpflichtet fühle, oder sich als Kirchenstaat nach christlichem Recht sehe. Dem Staat sei es doch sehr willkommen, wenn die Gläubigen obrigkeitshörige Rituale einübten, schließlich brauche er willfährige Bürger. Spätestens im ernstesten Fall, dem Krieg, sei ein gläubiger Christ ein besserer Soldat als ein atheistischer Skeptiker oder Stoiker.
Amon Düül II trieben vielleicht ähnliche Gedanken um, als sie den Text zu „Deutsch Nepal" schrieben. Ich hörte: „Ein General stand an meiner Wiege, sprach es ist ein schönes Kind, es wird ein Mann wie ich ihn liebe, Gouverneur vielleicht in Deutsch Nepal"... Ich visierte mit der

weißen die schwarze Kugel an, stieß mit dem Queue zu und versenkte sie auf wunderbare Weise. Ich hatte meine Chance genutzt und mit ein wenig Hilfe von oben das erste Mal gegen Bernd im Pool eine ernsthafte Partie gewonnen. Der kirchliche Beistand schmälerte mir meinen Gewinn und den nicht zu verhehlenden Stolz kaum. Ich genoss das Gefühl, zur richtigen Zeit an der richtigen Stelle zu sein. Veni, vedi, vici. Bernd betrachtete mich mit freundlicher Anteilnahme, die zunehmend nachdenklicher wurde.

„Hast du im Rückblick auf dein Leben auch den Eindruck, dass es manchmal entscheidende Weggabelungen gab und wenn du dich an ihnen anders entschieden hättest, wäre dein Leben vollkommen anders verlaufen?"

„Ja, wahrscheinlich." Mir war unklar, worauf Bernd hinauswollte.

„Wenn man sich richtig entscheidet, hat man den Erfolg und fühlt sich zudem gut dabei."

„Aber man kann sich doch umentscheiden, wenn es schlecht läuft", wandte ich ein.

„Doch dazu braucht man lange, dann ist es meist für vieles bereits zu spät." Bernd machte eine kleine Pause nahm den Gedanken wieder auf und führte aus: „Es ist ein gutes Gefühl zur richtigen Zeit am richtigen Ort zu sein, aber ich ahne seit Längerem, dass hier kein Platz mehr für mich ist."

Wie Bernds Tonfall mir verriet, erwartete er keine Reaktion meinerseits. Ich hielt mich darauf mit Rückfragen zurück, machte den Anstoß für eine neue Partie und konzentrierte mich aufs Spiel. Die nächsten vier Partien Pool gewann Bernd dann zwar wieder, allerdings wurde ich nicht mehr so demontiert wie ein Auto auf dem Schrottplatz, bevor es in die Presse wandert. Inzwischen beschränkte sich unsere Konversation auf ein paar seltene Kommentare zum Spielverlauf, umso besser konnten wir uns die Musik von der anderen Kassettenseite reinziehen. May Blitz' „The 2nd of May". Eine Combo von der ich vorher niemals gehört hatte. Bernd merkte zur Scheibe an: „Die zweite finde ich geiler, da singen sie nicht so viel und wenn, dann geschickter als auf ihrer ersten. Nach den zwei Alben hat sich die Band dann aufgelöst." In der Tat, so wenig wie man sich die musikalisch tollen Scheiben von Jane „Here we

are“ oder „Live“ wegen des Gesanges kaufte, so wenig brillierten May Blitz’ Sänger. Allerdings ahnte ich, was Bernd mit „geschickter“ meinte: Ähnlich wie bei Pink Floyd beschränkten sich die Sänger auf das, was sie konnten, und das durchaus kreativ. Sehr spannend war jedoch die Musik; 1971 entstanden, wurden Blues, Hardrock und Psychedelic-Elemente zu etwas wirklich Eigenständigem verwoben. Typisch für die Ära: Es fehlten natürlich weder Schlagzeug- noch Gitarrensoli. Der Gitarrist hatte dazu ganz eigene Vorstellungen umgesetzt, wie eine Gitarre zu klingen habe. Ähnlich dem von Rage against the Machine; über den hatte mal einer behauptet, er sei der Einzige, der eine Gitarre wie einen Staubsauger klingen lassen könne. May Blitz hatte mit Rage vom Sound ansonsten natürlich so wenig gemeinsam wie Modern Talking mit Musik, doch die Scheibe gefiel mir auf Anhieb ähnlich gut wie Rages Erstling. Das Teil war, verglichen mit heutigen CDs, aber auch mit den damals üblichen LPs kurz: Nach knappen 40 Minuten war der Spuk vorüber. Um mir zu zeigen, dass ich zwar auf dem gleichen Planeten wie Bernd lebte, aber in Sachen Mucke ohne ihn alles verschlief, spielte Bernd mir als Nächstes ein Doppel-Vinyl von Frumpy („Frumpy Live“, 1973) vor. Da wir wieder Platte hörten, die man umdrehen muss und die Plattenseiten wiederum kurz waren, umkreiste Bernd nicht nur den Tisch wie ein Adler, sondern steuerte zusätzlich die Anlage so oft an, als müsse er noch Junge füttern.
Dieses Hin und Her beobachtend, kam mir der Gedanke, dass Vinylhören eigentlich fit und jung halten sollte und schämte mich ein bisschen dafür, weil das im Speziellen für Bernd eigentlich null hinhaute. Er sah viel älter aus, als er tatsächlich war. Als Bernd und ich in einem Gespräch einmal das Thema Alter streiften, fragte ich ihn ganz direkt und uncharmant, ob er schon immer älter geschätzt worden sei. Zuerst lächelnd, dann ernster werdend antwortete er: „Ja, schon immer. In jungen Jahren war die Diskrepanz kleiner. In den letzten Jahren zählt die Zeit für mich anscheinend doppelt.“ Ich hatte nicht weiter insistiert, denn ich wollte Bernd in keine Verlegenheit bringen, indem ich weiter nach Ursachen forschte. Es ist jedoch allgemein bekannt, dass Menschen in widrigen Umständen schneller Altern. Jede Kreatur braucht ihr spezielles Biotop, damit es ihr gut geht. So brauchen manche Fische den Fluss, um mit

ihm zu schwimmen und andere schwimmen dagegen. Ich mutmaßte, Bernd sei eher ein Gegen-den-Strom-Schwimmer. Und welches wäre sein idealer Fluss? Wenn nicht der jetzige, welcher dann? Ich hatte keinen Plan. Genauso wie mutmaßlich Bernd.
(Der Leser möge an dieser Stelle die Verwendung dieses ausgelutschten Bildes verzeihen. Tatsächlich tauchte es aber in meinem Kopf auf. Beim nächsten Buch, gelobe ich, neuartigere, plastischere, einfach perfekte Vergleiche zu denken und aufzuschreiben. In Reimform, versprochen!)
Inzwischen hatte ich meine vierte Bierflasche ausgetrunken und die fünfte geöffnet; mittlerweile sprachen wir auch den kälter gewordenen Promotionbier zu. Eine selbstgebrannte CD war im Player gelandet: Skunk Anansie hatte mit ihrem „Post Orgasmic Chill" angefangen. Charly wurde unruhig. Seine innere Uhr, auf die sich Bernd, wie er mir erklärte, häufig verließ, da sie im Groben immer richtig lag und bisweilen auf die Minute genau ging, befand, es sei Zeit für die letzte Abendrunde. So kam Bernd auch jetzt nicht zum Sitzen; ich nahm mein Bier auf die Runde mit. Unterwegs fragte Bernd mich, ob ich Lust hätte, bei seiner Party ein Stündchen oder zwei Musik aufzulegen. Ich fühlte mich geehrt und sagte kurz entschlossen zu.
Auf der Heimfahrt mit den Öffis musste ich in Eidelstedt beim Umstieg von der AKN auf die S 21 eine halbe Stunde warten, so würde die Rückfahrt ewig dauern. Ich bedauerte inständig, bei Bernd nicht mehr die Toilette benutzt zu haben.

14.

Henry Rollins betrieb jahrelang Kraftsport und sah aus wie ein Schrank. Zusammen mit den Unmengen an Tattoos und seinem durchdringenden Blick ergab das eine Erscheinung, die einen, falls man ihm nachts begegnen würde, unweigerlich dazu verleiten würde, die andere Straßenseite zu benutzen. In einer anderen Stadt.

Henry Rollins las mir gehörig die Leviten. Er ist Sänger der Rollins Band und er schimpfte: „You're just another pig to me, you're civilized, you're so brutalized", seine Band hämmerte punkigen Hardcore-Rock dazu. Ihre CD „Weight" drehte sich im CD-Player des Ladens und das war jetzt *genau* richtig.
Pete kam herein und sah mich fragend an; nachdem ich die Lautstärke etwas runtergedreht hatte, maulte er: „Für den Krach hier könnte sich die Polizei interessieren und die Gewerbeaufsicht für deinen Gesundheitszustand."
„Kann ja nicht jeder zwei Brüder für den Kanon haben", ätzte ich zurück.
Pete hatte mir mal in einer bierseligen Stimmung unter dem Siegel der Verschwiegenheit anvertraut, dass er als Teenager gerne die Bee Gees gehört hatte.
„Das war ein unzulässiger Vergleich", protestierte Pete; anscheinend um das Thema schnell zu wechseln, fragte er: „Na, Chef, machste weiter mit dem Laden?"
„Nee, lohnt sich nicht."
„Schade, nachdem Andi und du hier so schön geputzt habt, so sauber ist es bei Snorre nie gewesen."
Vergiftetes Mitleid: Die freche Implikation, bei Snorre hätte der Laden immerhin funktioniert, ehe ich ihn in den Ruin geputzt hatte, sah ich wohl – eine Retourkutsche für die Bee Gees – allein, mir fiel keine Erwiderung ein. Einen Moment lang weidete sich Pete an meiner Hilflosigkeit, wir waren quitt, er wechselte wiederum das Thema.
„Weißt du, wen ich gesehen habe?"
Er verzog seine Miene, die nun enorme Wichtigkeit ausstrahlen sollte,

schwoll ums Doppelte an – drohte dabei zu platzen – und prüfte mit einem stechenden Blick, ob ich ihm dem Anlass entsprechend an den Lippen hing. Er dehnte die Kunstpause zur Unendlichkeit aus.
„Hast du die Sprache verloren, wer denn nun?“, wollte ich wissen, er hatte sein Ziel erreicht.
„Du kennst doch die Rothaarige, die in einer Samstagnacht-Show Witze macht?“
Pete konnte sich die Namen von Promis nie merken und mir lag er auch nur auf der Zunge, wenngleich mit betörendem Geschmack, und ich hatte ein Bild vor Augen. „Ja, kenn ich, scharf. Die war bei dir in der Tanke?“
„Freitag, Spätschicht, sie hat getankt und ein Wasser gekauft.“
Pete war sichtlich stolz. Neben seiner Kurzbekanntschaft am Kassentresen mit einem Blödelbarden aus Ostfriesland „kannte“ er ebenfalls den Nuschelsänger der Stadt, ach was, Deutschlands, nicht persönlich, aber immerhin hatte er ihn parkend im Porsche durch die Panzerscheibe der Tankstelle gesehen (der über Rennfahrer den Song schrieb: „Riki Masorati mit dem Bleifuß“ … „in jeder Kurve kichert der Tod“ …). Und nun dazu sie. Dass auch Promis unter dem überaus ärgerlichen, rätselhaften Syndrom des *Spritverbrauchs* bei ihren Autos leiden und entsprechend tanken und vielleicht bei Pete bezahlen, wertete seinen Job für ihn ungeheuer auf. Ich machte ihm die Freude und fragte nach: „Sah sie aus wie im Fernsehen?“
„Besser, denn im Fernsehen hat sie mehr Schminke drauf, die hat sie aber gar nicht nötig.“ Pete setzte einen schwelgerischen Blick auf, deshalb fragte ich ihn, um Bodenhaftung herzustellen: „Na, wann zieht ihr zusammen? Und hast du sie schon deiner *Wuchtbrumme* vorgestellt?“
„Es wird eine platonische Liebe bleiben müssen“, entgegnete er und tat gleichzeitig erschüttert, „aber ich weiß jetzt, dass sie samstagnachts übers Fernsehen praktisch nur zu mir sprechen will.“
Diese telepathischen Eingebungen beim Kassieren an der Tanke waren zwar unwahrscheinlich, aber keineswegs völlig auszuschließen – ich ließ es auf sich beruhen. Pete wühlte eine Zeit lang unbegeistert in den CDs herum und beschwerte sich über die schlechte Auswahl. Das Sortiment sei inzwischen leer gefischt, im Grunde könne ich den Rest wahrschein-

lich nur verschenken. Das Lamento ging mir zunehmend auf den Geist und ich konterte mit der CD „James Brown's Funky People (Part 2)", die ich in den CD-Player schmiss. Titel zehn. Lyn Collins mit „Do Your Thing". Ich vermutete, das könnte genau sein Ding sein.
„Wer is'n das?" wollte er umgehend wissen.
„Nur 'ne steinalte Unke aus dem toten Teich", murrte ich zurück.
„Das klingt gar nicht so schlecht", befand er.
„Nö, die anderen Titel sind ebenfalls nicht so schlecht", ergänzte ich.
„Neu?"
„Ne, von Bernd, steht seit drei Wochen da, aber für Blinde mit akutem Hörsturz unauffindbar."
Ich musste Pete die anderen CDs aus der Reihe, Part 1 und Part 3 zum Probehören rüberreichen. Das eine Ohr am Kopfhörer, skippte er sie schnell durch, er hatte Lunte gerochen. Er wollte alle drei haben. Die Preisverhandlung könnte beginnen, dachte er. Ich hatte die CDs bisher nicht im Preis reduziert, jede war auf zwölf Mark ausgezeichnet. Anstatt sie zu verkloppen, würde ich sie lieber in meine eigene Sammlung eingliedern, außerdem wollte ich Rabatte auf Bernds CDs möglichst vermeiden. Pete ließ sich das kaum verklickern, er vermutete, ich würde nur pokern wollen: „Warum hast du deinen eigenen Laden, wenn du doch niemals machst, was du willst?"
Eine kluge Frage.
„Mach ich doch grade", erwiderte ich.
„Ich glaub, ich werd' blond." Sein Ehrgefühl war angekratzt, „Ich hab' hier nie den vollen Preis zahlen müssen. Damit kann man keinesfalls jetzt, kurz vor Schluss, anfangen! Das geht gar nicht."
Ich überlegte kurz, ob ich ihm entgegnen sollte, es sei auch der Rabattsucht der Kunden geschuldet, weshalb der Plattenladen zu wenig verdient habe und jetzt bald Schluss sei. Aber das einem der treuesten Kunden des Ladens und inzwischen sogar gutem Freund vorzuwerfen wäre Quatsch gewesen. Für Pete ging es nicht darum, den Laden wie eine Zitrone auszupressen, wenn er feilschen wollte, ihm ging es vor allem ums Ritual. Wichtig war dabei nicht möglichst wenig zu bezahlen, sondern weniger zu bezahlen als alle anderen. Einen typischen, echten „Weil du es bist"-Preis wollte er. Nebenbei erreichte Pete, indem er den

anscheinend feststehenden Preis infrage stellte und feilschte, etwas anderes: einen kleinen anarchistischen Moment. Ein Lebenselixier von Pete, glaube ich. Er konnte sich zwar in Ordnungen eingliedern wie an der Tanke, aber nur bedingt und nur auf seine Art. Menschen, die die kleinen, möglichen Spielräume für Unordnung, für zivilen Ungehorsam ungenutzt ließen, waren für Pete langweiliger als ein tropfender Wasserhahn. Dafür konnte ich ihn gut leiden. Also verkniff ich mir den Spruch und bot ihm stattdessen einen Stapel à zehn Stück gebrauchte CD-Leerhüllen für seine Computer-CDs an. Pete war über die Wendung erfreut und wir einigten uns auf zwei zusätzliche Stapel CD-Leerhüllen zu den J.-B.-CDs. Als Pete seine sechsunddreißig Mark abdrückte, erklärte ich ihm, dass nur eine neue J.-B.-CD für über dreißig Mark gehandelt würde. Er ging dann regelrecht beschwingt über seinen Kauf aus dem Laden.

Ich hatte mich an die Besuche von Pete im Laden gewöhnt, stellte ich fest, als angenehme Abwechslung zu den vergleichsweise immer öderen Kunden. In den ersten Tagen meines Lebens als Distributor in der Musikbranche, kurz Plattenladenheini, hatte ich noch versucht, mir jedes Kundengesicht zu merken, aber mit dem Verlauf von Wochen wurden sie immer gleicher. Die ersten ereignisreichen und herausfordernden Tage hatten damals gefühlt mehr als vierundzwanzig Stunden gedauert. Die Zeit war schnell vergangen. Doch rückblickend verging sie danach viel schneller durch die Routinen, die sich entwickelten. Momentan langweilig, vermögen Routinen durch Gleichförmigkeit den Verlauf der Zeit exponentiell zu beschleunigen. Die Tage zerflossen mir irgendwann so zwischen den Fingern, dass ich lernte, in Wochen zu denken. Nun waren Monate quasi unbemerkt an mir vorbeigerauscht und mein Zeitempfinden verhielt sich umgekehrt proportional zu meiner Kinderzeit vor Weihnachten: Dauerten die letzten Tage vor der Bescherung damals ewig, so war das Ende des Plattenladens bereits zum Greifen nahe.

Auf diesen Stromschnellen der Zeit surfend, verwundert es wohl kaum, dass mein DJ-Programm für Bernds Party erst wenige Stunden vor der Abfahrt endgültig stand. Ich suchte zwar seit Wochen Titel für meinen Mix, doch sollten die Stücke auch charmant hintereinander kombiniert sein und wenngleich ich nur zwei Stunden auflegen wollte, war ich doch ein wenig nervös.

Bernd hatte, als er mich eingeladen hatte, gesagt, ich könne ruhig ein paar Leute mitbringen. Ich lud Pete, Toddy und meinen WG-Kumpel Floh ein. Pete kündigte an, er komme mit seiner Freundin später nach. Toddy musste ich ungefähr zehnmal anrufen, bis ich ihn erreichte. Wenigstens weiß ich jetzt ein Geburtstagsgeschenk für ihn: einen Anrufaufnehmer. Die ganze Liebesmüh war zudem komplett vergebens, da Toddy meinte, er habe zurzeit „fett viel" um die Ohren. Er komme demnächst mal im Laden vorbei, um Bericht zu erstatten. So fuhren mein WG-Mitbewohner und ich ohne Pete, aber mit vier Kisten Bier im Auto zeitig zur Party nach Hasloh. Floh saß am Steuer des Accord, aus den Autolautsprechern schallte eine Kassette, die ich ihm als kleinen Dank fürs Autoverleihen aus Bernds ehemaligen Beständen aufgenommen hatte, ein Mix von den Bo-Hansson-Scheiben: „Lord of the Rings", „Attic Thoughts" und „The Magicans Hat". Floh hatte einen Hang zu Science Fiction und Fantasy, dementsprechend konnte er sämtliche Star-Trek- und Deep-Space-Nine-Folgen oder den Blade Runner mitsprechen, und wenn er ein Buch las, hatte es nebst einem bunten Einband, einen futuristischen Titel. Mit dem Lesen der Tolkien-Saga hatte Flohs kleiner Spleen begonnen. Ein anderer war, dass er wochenlang im Auto die gleiche Kassette hörte, zurzeit also „Lord of the Rings …". Wir hatten die ganze Fahrt lang die schöne Gelegenheit, das Ding nahezu durchzuhören; voraus fuhr nämlich ein gemächlich tuckernder Traktor, uns gemahnend, daran zu denken, dass wir uns auf dem Weg aufs Land befanden, wo die Uhren anders ticken, langsamer. Wenn überhaupt. Sonnenuhren ticken nicht. Ansonsten Thema der Unterhaltung: die spitzbübischten Geschäftsleute des Alls, die Ferengi. Floh und ich waren uns relativ schnell einig, dass die Ferengi den Plattenladen sicher erfolgreicher führen würden als ich – da gilt: „Ein Ferengi ohne Profit ist kein Ferengi, Erwerbsregel 74", zitierte Floh. Wir diskutierten noch erregt, ob es ihnen möglich sei, Bier zu verschenken, um es danach besser zu verkaufen, da trafen wir doch schon bei Bernds Bude ein. Wenn ich angenommen hatte, wir wären die ersten Partygäste, so sah ich mich getäuscht: Geschätzt an die zwanzig Leute streunten bereits durch die Wohnung oder vergnügten sich beim Poolbillard. Nur der Gastgeber war nirgends zu sehen, er ging mit Charly eine Runde spazieren.

Unter den bereits anwesenden Gästen befand sich zu meiner großen Überraschung Snorre. Er stand in der Küche vor dem offenen Kühlschrank, im Begriff, sich eine Bierflasche herauszufischen.
„Mir auch, Snorre“, rief ich ihm zu.
Er sah kurz auf und griff eine zweite Flasche, die er mir in die Hand drückte.
„Hey Dude, Bonke altes Haus! Fuck, echt wohltuend, mal wieder mit Snorre angesprochen zu werden. Weder, dass die Amis „Snorre“ herausbringen, ohne dass es nach einer Krankheit klingt – meistens versuchen sie es nicht einmal.“ Er heiße ja formal Josef Stephan Schmidt, der Josef sei ein Zugeständnis an seine katholische Oma mütterlicherseits, aber er lasse üblicherweise den Josef unter den Tisch fallen, man könne sich vorstellen warum, und außerdem sei Stephan eh der amtliche Rufname. Doch die Amis scherten sich um derlei kleinteilige deutsche Formalitäten einen Dreck, für sie stand ein Joe an erster Stelle im Reisepass und ein möglicher Steven oder Steve an zweiter. Für ihn war das okay gewesen; wenn schon kein echter Snorre, dann lieber ein neuer Joe als Steven oder Steve.
Ich war erstaunt, dieses Rebranding kannte ich bisher nur von Schokoriegeln: Raider heißt jetzt Twix; dort diente es angeblich jedoch der Vereinheitlichung. *Unterschiedliche* Namen auf *unterschiedlichen* Kontinenten zu haben, hatte eine gewisse systematische Eleganz, schien aber gleichzeitig verwirrend zu sein, ähnlich der Berufsbezeichnung der Raumfahrer, die variiert, je nachdem welche Nation ihn im All loswerden will.
Im Gespräch mit ihm über die Erlebnisse in seinem neuen Kosmos, wo er Joe hieß, wirkte er entschiedener und selbstbewusster als ich ihn in Erinnerung hatte. Die Zeit im Ausland war augenscheinlich für Snorre eine Art Reifungsbeschleuniger gewesen, ähnlich dem Zeug, das Bananen zugesetzt wird, damit sie zum richtigen Zeitpunkt gelb werden. Wenn es dieses Zeug für Menschen gab, hatte Bernd vielleicht eine Überdosis davon abbekommen, schoss es mir durch den Kopf.
Früher war Snorre einfach – mit ein paar Einschränkungen – ein umgänglicher und freundlicher Mensch gewesen, ein netter Freak, mit dem sich cool abhängen ließ. Nun hatte er als offensichtliches Zeichen seine langen Haare und einen Teil seines Freaktums verloren, dafür aber an

persönlicher und kantigerer Ausstrahlung gewonnen.
Während des Gesprächs schweifte mein Blick über die anwesenden Gäste. Der berüchtigte Frauenmangel, der oft bei von Männern veranstalteten Partys herrscht, blieb aus. Die Frauen hatten zahlenmäßig sogar die Oberhand und sahen sehr erfreulich aus. Ich überlegte irgendwann ernsthaft, ob Bernd eine Geheimconnection zum sagenumwobenen El Dorado (zu Deutsch „Modelagentur“) hatte. Wenn ich nicht Snorre anblickte, war ich überfordert zu entscheiden, wohin ich als Erstes gucken sollte, und so glotzte ich in einer Art Reizüberflutung wiederholt auf einen länglichen Tisch an der Wand, auf dem verschiedene Kuchen standen: eine Baisertorte, eine Schwarzwälder Kirschtorte, ein Marmorkuchen und ein Sandkuchen. Snorre hatte meine Blickrichtung bemerkt und fragte mit einem Tonfall als spreche er mehr mit sich selbst als zu mir: „Well. Ob Bernd die alle selbst gebacken hat?“ Falls Snorre einen Witz hatte machen wollen, hatte er den voll versemmelt. Es fehlte dieses „Höhöh“ am Ende, verbunden mit einem Zwinkern in der Mimik. Snorre schaute mich kurz prüfend an und erweckte dadurch umso mehr bei mir den Eindruck, als erwäge er, ob er sich gerade verplappert habe. Ohne meine weitere Reaktion abzuwarten, fragte er nun mit diesem kleinem „Höhöh“ am Ende: „Na, nu’ überlegst du, in welcher Reihenfolge du die isst, stimmt’s?“
Diesen billigen Versuch eines kleinen Themenschwenks von Bernds Beziehung zu Kuchen hin zu meiner allseits bekannten Naschsucht ließ ich Snorre nicht durchgehen. Ich schoss seine Frage in den Wind, indem ich nur kurz knurrte: „Passt nicht zum Bier.“ Eine Pause entstand, Snorre wollte Zeit verstreichen lassen, in der Hoffnung, ich würde die Sache damit auf sich beruhen lassen, vielleicht sogar vergessen. Ich ließ sie verstreichen, damit er genau das dachte. Mein nun ungehemmt streunender Blick fand unterbewusst gesteuert sein Ziel und klebte auf einer groß gewachsenen Schönen mit goldblonden langen Haaren fest: ein besonders attraktives Nugget; eine Frau mit der ich normalerweise nicht nur wünschte, den Rest des Abends zu verbringen, sondern den Rest meines Lebens. Als wolle ich nun ihr glänzendes Äußeres kommentieren, kehrte ich mit dem Blick zu Snorre zurück, um ihn stattdessen mit der Frage „Seit wann backt Bernd denn schon?“ zu überraschen. Die Frau

hatte ich bereits vergessen. Snorre kannte mich lange genug, um zu wissen, wie ich bei den kleinen Geheimnissen des Alltags zum unerbittlichen Meisterdetektiv werden konnte oder zumindest zum schmierigen, schlitzohrigen Wadenbeißer, und versuchte erst gar keine Ausflüchte mehr.

„Bernd hat das nur mal so erzählt. Er habe als Kind oft mit seiner Oma zusammen Kuchen gebacken. Seine Oma konnte echt super backen."

Ich ahnte, da steckte mehr dahinter. Der Zeuge versuchte sich dem Meisterdetektiv gegenüber mit Auslassungen, aber ein gestrenger Blick, ein gedehntes „Uuund?" brachten den gewünschten Erfolg:

„Oh Mann. Fuck … Er hat später einmal erzählt, alleine Kuchen zu backen sei echt entspannend. Erst den Teig machen und so, und dann würde er manchmal nur vor dem Backofen sitzen und dem Kuchen beim Brutzeln zuschauen, das sei quasi meditativ, irgendwie erholsam. Yeah. Aber für nur eine Person zu backen, sei auch übertrieben, sagt Bernd, deshalb backe er kaum."

Der Meisterdetektiv kann sich auf sein Näschen zur Entdeckung von Ungereimtheiten verlassen und kann aus der Hüfte schießen, wenn er muss:

„Und weshalb darf das keiner wissen?"

Snorre schaute nun in etwa so begeistert aus der Wäsche wie Uwe Seeler bei einem Heimspiel des HSV im Bayern-Trikot, „Ich dachte, du würdest es wissen, Dude. Bernd backt, wenn er unglücklich ist. Wenn er überlegt, wie es weitergehen soll und so. Manche räumen ihre Bude auf, andere fahren in den Urlaub oder besaufen sich. Man könnte sich auch im Urlaub besaufen, nachdem man die Bude aufgeräumt hat." Ehe Snorre auch noch die Variante – besoffen die Bude aufzuräumen, um dann in den Urlaub zu fahren – vorschlug, strafte ich ihn mit einem ungeduldigen Blick. So schloss er stattdessen: „Jedenfalls, Bernd backt."

Warum diese Geheimniskrämerei? Nun, sicher, ein Bäckerbursche hatte nicht den Coolnessfaktor von Charles Bronson. Obwohl, es gibt da einen Film, in dem dieser, bevor er zur saucoolen Killermaschine mutierte, einen treu sorgenden Vater spielte, der sogar lecker Torte hätte backen können. Ein Gedanke blitzte auf: Erkaufte man sich den Einlass in das El-Dorado-Land mit Kuchen? Okay, die Idee war idiotisch. Was

hatte es dann mit Bernds Backleidenschaft auf sich? Was war die Facette daran, die man nicht sehen sollte? Ich begann zu rekapitulieren, wann es bei Bernd Kuchen gegeben hatte. Einige Male. Wahrscheinlich machte Bernd deshalb so ein Geheimnis um die Backleidenschaft, weil er nicht dauernd gefragt werden wollte, wie es ihm ging, wenn er Kuchen gebacken hatte.
Snorre versuchte einen neuen Anlauf, das Thema zu wechseln,
„Dude, sag mal, wie läuft's im Laden?"
„Inzwischen Sterben auf Raten, im November ist Schluss."
Snorre pflichtete mir bei: Ich hätte die richtige Entscheidung getroffen, denn wenn ich den Laden ewig weitergemacht hätte, wäre ich nur ein weiterer häufig griesgrämiger Plattenladenheini geworden. So aber stünde mir die Zukunft offen. Ob ich meine Kohle beim Ausverkauf wieder hereinbekäme, wollte er wissen. Ich beruhigte ihn, damit sähe es sehr gut aus. Was ich nach dem Plattenladen machen wollte, konnte ich ihm nicht erzählen, da ich selbst planlos war. Das Studium würde ich keinesfalls wieder aufnehmen, alleine die Vorstellung war ein Gräuel. Snorre seinerseits war fest entschlossen, möglichst bald zurück in die USA zu fliegen.
Wir waren in Bernds Wohnzimmer gelandet, es lief zimmerlaut klassische Musik, irgendwas von Telemann, und eine Art Poolturnier fand statt. Nach einer Weile schnallte ich es, es wurde um Geld gespielt. Daraufhin hielten Snorre und ich uns mit dem Spielen zurück und schauten nur zu. Die klassische Musik ging in 20er-Jahre-Schlager über. Ein mir unbekannter Typ erklärte, Bernd habe den Musikmix bevor er losgegangen sei ins Tapedeck gelegt und gesagt, das Ding sei der Time-Flies-Mix. Anfangen würde der mit klassischer Musik, dann komme mit ein paar Lücken für jedes weitere Jahr ein Lied.
Einer der Poolspieler war Nobbi. Zuerst lag er in der Partie bös' zurück, dann holte er aber Kugel um Kugel auf. Bis er seinen Gegner gerade noch rechtzeitig einholte, das Spiel endgültig drehte und gewann. Nobbi steckte einen Zwanziger ein, als Sieger der Partie blieb er am Tisch. Ich erinnerte mich an Bernds Spruch über Nobbi, den mit dem Arsch und der Wand, passte der hier besser?
Die neue Partie hatte bereits begonnen, Nobbi lag leicht zurück, als

Bernd mit Charly vom Spazierengehen zurückkam. Ein großes Hallo setzte ein, außer mir mussten weitere neu eingetroffene Gäste begrüßt werden. Charly war über den immensen Zuwachs seines Rudels völlig außer sich und lief begeistert durch die Runde, um alle zu beschnüffeln und sich streicheln zu lassen. Ich fand die Kassettenhülle und las die Titelreihenfolge: Ein Stück von Les Paul, währenddessen Nobbi wie im Spiel zuvor ein paar Kugeln schlechter als sein Gegner dastand; darauf ein Titel von Barney Kessel – es kam zum Gleichstand –, gefolgt von Charlie Parkers Abgesang auf Nobbis Gegner; wir kamen der musikalischen Entstehungsgeschichte nach am Ende der 40er Jahre an. Ein weiterer Zwani wechselte unter den Augen von Bernd seinen Besitzer. Der hatte das Geschehen bisher nur beiläufig verfolgt und hatte eigentlich bereits verkündet, er habe heute keine Lust, selbst zu spielen. Dann änderte sich das Bild: Bernd warf Nobbi vor, es sei wahrlich keine glorreiche Idee von ihm gewesen, hier um Geld zu spielen. Worauf Nobbi argumentierte, ein faires Spiel werde dadurch nicht gestört und es erhalte nur einen kleinen zusätzlichen Reiz. Die Geschichte hätte damit fast ihr Ende gefunden, aber irgendjemand murmelte in den Raum hinein, es sei vielleicht nur zu peinlich, am eigenen Tisch geschlagen zu werden. Bernd tat, als wenn er nichts vernommen hätte. Aber Nobbi hatte es gehört und griff es auf, um Bernd zu provozieren. Er legte einen Zwanziger auf den Tisch und rief: „Komm' ich schlag dich an deinem eigenen Tisch." Das hatte zu arrogant geklungen, daher brachte Snorre unser Empfinden und das einiger anderer auf einen kernigen Nenner: „Zeig's dem Motherfucker, Bernd."
Der Typ von vorhin stand neben mir und fing an, breit zu grinsen. Leise kommentierte er: „Das könnte lustig werden."
Ich fragte ihn, wie er das meine, daraufhin kamen wir ins Gespräch.
„Ich vermute, Bernd weiß, worauf er sich einlässt, bei Nobbi bin ich mir da eher unsicher."

Als sich Bernd seinen Queue nahm, wich der säuerliche Zug aus seiner Miene und machte einer speziellen Gelassenheit Platz, hinter der sich, wie ich wusste, Entschlossenheit verbarg, die ich aber in diesem Umfang in Bernds Gesicht bisher nicht gesehen hatte. Als er dann am Tisch

stand, erinnerte er mich an eine Katze, die fokussiert auf das Mauseloch, alle Zeit der Welt hat, um ihre Jagd erfolgreich abzuschließen. Ich erkannte diese Lässigkeit in Bernds Ausdruck und Bewegung wieder: In kurzen Momenten hatte ich sie im Spiel gegen mich erlebt, wenn er es als echte Herausforderung ansah und er einen wirklich guten Stoß spielen wollte. Der Buddhist beschreibt diesen Zustand, als „mit allem eins sein", Czik Michahalsky nennt es Flow und ich nahm es als Vorzeichen für Nobbis nahenden Niedergang am Pooltisch.
Die Anwesenden – da beständig neue Gäste dazukamen, alleine im Wohnzimmer inzwischen knapp 30 Personen – teilten sich in drei Gruppen auf: Es gab Bernd-Unterstützer, die vor allem sehen wollten, dass Nobbi blechen musste; manche sympathisierten mit Nobbi, denen vielleicht seine herausfordernde, scheinbare Kämpfernatur imponierte. Eine große Gruppe war bis dahin uninteressiert am Verlauf des Spiels.

„Ich bin übrigens Bonke, kennst du Bernd schon länger?", fragte ich meinen Gesprächspartner, der sich mir als Reinhard vorstellte.
„Von der Uni, ich hab damals in den Statistikvorlesungen neben ihm gesessen, danach auch in ein paar anderen."

Nobbi begann die Partie und hatte Glück: Die erste Kugel rollte ins Loch. Er versenkte zwei weitere, ehe er danebentraf.

Ich dachte gerade, das war's mit den Erklärungen – Reinhard schien in Gedanken versunken – dann lächelte er etwas in sich hinein und sprach schließlich doch weiter, als wenn ihm etwas wieder eingefallen wäre. „Der Schlauste von Tausend", sagte er. Snorre hörte ihm jetzt gleichfalls zu.

Bernd lochte derweil vier seiner Kugeln hintereinander ein, bis Nobbi wieder an die Reihe kam – mit einem Fehlversuch. Bernd trat an den Tisch und versenkte kurzerhand den Rest seiner Kugeln und fast die schwarze hinterher. Das klappte aber im nächsten Turnus und das ganze Spiel war so schnell vorbei, dass sich ein Teil der Anwesenden gleichsam betrogen fühlte; insbesondere Nobbi wollte sich so nicht geschlagen geben und forderte eine Revanche mit dem etwas absurden Argument, das erste Spiel so gegen ihn zu gewinnen, könne Glückssache gewesen sein. Nobbi machte eine kleine Pause, in der er auf Zuspruch für sein Argument hoffte; als dieser ausblieb, schob er ködernd ein ziemlich hilfloses „Doppelt oder nichts?“ hinterher.

Reinhard erzählte wie er damals erst zufällig, dann absichtlich in den Vorlesungen neben Bernd gesessen hatte. Man war sich sympathisch, wenn also einer den anderen rechtzeitig unter den knapp hundert Kommilitonen erspäht hatte, setzte man sich zueinander. Doch blieb es bei Belanglosigkeiten, bis eine kleine Anekdote passierte, nach der sie sich anfreundeten:

Renn, der Prof, erläuterte die Herleitung einer Formel. Eher akademisches Zeug mit dem man Tafeln füllen konnte als nutzbar, brauchen würde man nur die Formel.

Trotzdem musste es, um den wissenschaftlichen Standards genüge zu tun, zumindest einmal durchexerziert werden, fand Renn. „Ich hab' das nie verstanden, wie die meisten, glaub' ich“, sagte Reinhard. „Man hat das stumpf über sich ergehen lassen, doch Bernd, der hat zugehört. Plötzlich meldet der sich also und sagt, dass die Erklärungen des Herrn Professor durchaus einleuchtend seien, doch wenn er ihm folge, verstünde er das eine Minuszeichen nicht, ob es kein Plus sein müsse. Der Prof habe gelächelt und seinen Respekt bekundet. Später sei es für die Formel letztlich ohne Belang, ob minus oder plus, nur der absolute Betrag zähle. Er habe aus didaktischen Gründen ein Minus gesetzt, obwohl es mathematisch streng genommen falsch sei; es wäre so besser zu verstehen, habe er gedacht. Er halte die Vorlesung jetzt seit zig Jahren und noch nie sei ein Student darüber gestolpert.

Ich hab' dann zu Bernd gesagt: „Dat is' nich dein Ernst, du verstehst dat Zeug?“

Darauf habe der erwidert, er habe *auch* nur zugehört, aber so ein *Feeling* gehabt, dass es eben falsch gewesen sei – reine Intuition.

Da mischte sich Snorre ins Gespräch ein und fragte Reinhard: „Sorry, aber da, zu dem Zeitpunkt, hattet ihr doch keine Ahnung von Statistik, oder? Zu mir hat Bernd mal gesagt, Intuition sei, wenn man so lange über eine Sache im Kopf nachgedacht hat, bis man aus dem Bauch heraus entscheiden kann.“

Worauf Reinhard, wie ich fand, treffend erwiderte: „Typisch Bernd, man denkt, man kennt ihn, doch er bleibt ein Rätsel. Wenn ich aber wählen müsste, mit wem ich gehe – Aristoteles rechnet zwei Stunden und sagt: „Links rum“ und Bernd sagt intuitiv: „Rechts rum“ – ich würde nach rechts gehen.“
„Weil sich selbst Aristoteles mal verrechnen kann“, ergänzte Snorre, lächelnd.
„Stimmt“, meinte Reinhard, staubtrocken.
Und selbst wenn man sich mit Bernd verliefe, wäre es bestimmt lustiger als mit dem alten Griechen, dachte ich mir.

Bernd ging auf Nobbis Vorschlag ein, er stieß ein neues, *echtes* Spiel an. Aber keine einzige Kugel ging rein, während Nobbi anschließend fünf Kugeln vom Tisch abräumte. Er war jetzt hoch konzentriert bei der Sache, sprach plötzlich mit sich selbst und zeigte, dass er sehr wohl viel besseres Poolbillard spielen konnte, als er in den ersten Partien gezeigt hatte. Jetzt wurde mir klar, weshalb Bernd so empfindlich auf das Spielen um Geld reagiert hatte; er wollte verhindern, dass Nobbi an Bernds Tisch und bei seiner Party Leute abkochte.
Ich fragte Reinhard noch: „Was machst du so, beruflich?“
„Meinungsforschung – ich bin Statistiker. Und dass Bernd Wohnungen renoviert, ist reine Verschwendung.“
Dann schauten wir zunehmend gebannt auf den Spielverlauf. Was ich und alle Anwesenden, die freie Sicht auf den Pooltisch hatten, nun erlebten, war eine prima Lehrstunde in Sachen Poolbillard: Bernd war an der *Aufnahme* und versenkte seine erste Kugel, die kurz vor einer *Ecktasche* lag, derart scharf mit *Contraeffet*, dass der *Spielball* auf seiner Rückläufertour eine andere Kugel an den Rand einer Seitentasche beförderte. Ein weiterer Rückläufer des Spielballs mit etwas Seitenschnitt und der angespielte *Objektball* fiel endgültig in die Seitentasche, wobei der Spielball dieses Mal tatsächlich einen zweiten angeprallten Ball auf dem Rückweg versenkte. Bernd lochte gelassen nacheinander alle seine Objektbälle ein, bis am Ende nur der schwarze übrig blieb.
Er musste nun zwar vereinbarungsgemäß über Vorbande spielen, weshalb er kurz kalkulierte nebst eines *Vorschwingens*, bevor er den Spielball

amorti anspielte, aber dann rollte der letzte Objektball nach dem *Carom*, den Vorgängern gleich, wie an der Schnur gezogen der Tasche entgegen. Die Richtung stimmte unzweifelhaft. Aber alle Anwesenden hatten viel Zeit, sich zu überlegen, ob Bernd ihn druckvoll genug angespielt hatte; manche hielten die Luft an. Der Ball hatte über zwei Drittel des Tisches rollen müssen und Bernd, der allgemein recht sanft spielte, hatte hier vielleicht übertrieben; der schwarze Ball kullerte allzu gemächlich, bis er mit der allerletzten möglichen Drehung doch noch träge in die Tasche sackte. Es war das fast perfekte Spiel gewesen: In dieser Partie war Bernd nach dem Anstoß nur ein weiteres Mal an den Tisch gegangen. Während des Billardmatches hatte er kein Wort gesprochen, erst nachdem Nobbi nun ein weiteres Spiel forderte, fand Bernd seine Sprache wieder und entgegnete: „So und nun nimm deine Scheißkohle, die will ich nämlich nicht, und investier' sie in Billardstunden oder steck' sie dir in den Arsch."

15.

Es war 21.56 Uhr – *ungefähr zehn Uhr* – geworden, Bernds „Time-Flies-Mix"-Kassette war durchgelaufen. Verschiedene Partygäste hatten einzelne Musiktitel aufgelegt, doch war bisher keiner der anderen beiden Freunde von Bernd, die zugesagt hatten, sich am Abend eine Zeit lang um die Musik zu kümmern, eingetroffen; deshalb bat mich Bernd mit meinem Mix anzufangen. Er bekräftigte das mit einem Augenzwinkern und der Ankündigung: „Damit *du* stark bleibst, bringe ich dir ein Stück von meinem selbst gebackenen Kuchen." Obzwar Snorre, das Plappermäulchen, offensichtlich gebeichtet hatte, war ich von Bernds Geste gerührt; ich hatte einen kleinen Kloß im Hals, nickte nur und ging zur Anlage.

Es lief ein atmosphärisches Stück von den Simple Minds, „League of nations", das, nahezu instrumental, mit spärlichem Gesang auskam. Ein Beat und eine Rhythmik, die auch aus der Remain-in-Light-Phase der Talking Heads hätte stammen können. Ein chilliges Stück New Wave, das nicht von dem späteren Popstarwahn ihres Sängers, Jim Kerr, angefressen war. Der Song war bereits am Ausklingen, als ich den Crossfader am Mischpult langsam zur Mitte zog, den anderen CD-Player startete und somit Tom Waits ein aufgeräumtes „Good Evening" in die verklingenden Simple Minds verkünden ließ. „16 Shells from a thirty-ought-six", ein Song von dem „Big Time"-Album, hatte begonnen. Mein persönlicher Opener des Abends: schräg, groovy und außergewöhnlich. Um den Bogen nicht gleich anfangs zu überspannen, folgte ein Klassiker der gehobenen Tanzunterhaltung, Herman Broods „Saturday Night"; der war zumindest kalendarisch am heutigen Abend unfehlbar richtig. Ein paar Tänzer konnte ich tatsächlich mit Nina Hagens ehemaligem Freund zu denen bei Tom Waits hinzugewinnen. Das lief nicht schlecht. Als Hermann hinüber war, drehte ich das Entstehungsdatum der Musik gen Neuzeit: Soapstone mit „Hit it, get with it", ein junger Typ, der singt wie ein ausgebuffter alter Blues Rocker, prima Riffs mit Wah-Wah-Gitarre und fettem Gitarrensolo.

Ich hatte mir vorgenommen, möglichst viele verschiedene Musikstilrichtungen zu spielen, deshalb wurden die Blueselemente des Rock gegen

punkige getauscht. Der nächste Song dementsprechend Spermbirds „Only a phase".
Einer Handvoll Tänzer wurde das zu heftig, es fanden sich andere, die als Bekundung ihres Wohlgefallens teilweise heftig mit ihren Köpfen schüttelten. Die konnten bleiben, denn wahrscheinlich kannten sie die Urväter: Die Stranglers gaben sich mit „Nice 'n' Sleazy" die Ehre. Ein knackiger Bass, ein Refrain, den man nicht vergisst: „Nice 'n' sleazy does it, nice 'n' sleazy does it every time"!
Die Wipers waren zwar keine Uraltband, spielten allerdings im alten Stil Sixties Punk. Das Titelstück „Land of the lost". Ich machte mir an diesem Abend ein paar Freunde, die Tanzfläche war ansprechend gefüllt. Für einen Moment hatte ich das Gefühl, als würde ich beim Auflegen beobachtet. Aber ein Rundblick über die fünfzig, sechzig Leute, die bis dahin eingetroffen waren, ergab keine Auffälligkeiten.
Ich gönnte mir einen meiner Lieblingssongs, Wolfgang Press mit „The Holey Man", wie so oft, ein Titel, der erst bei angemessener Lautstärke seine volle Kraft entfaltet, dann aber einen hohen Suchtfaktor hat.
Ich hatte lange geknobelt, als ich mir die Reihenfolge der Stücke überlegte, und hatte mich schließlich für „Soup or no soup" von Earthling entschieden. Bisher spielte ich die Titel in der geplanten Reihenfolge. Die Zustimmung des Publikums für die Musik war ganz ordentlich. Ich war erstaunt, die Band Earthling war bekannter, als ich gedacht hatte, manche sangen mit: „Soup or no soup, sing your own halleluja".
Im Vorfeld war ich davon ausgegangen, dass an dem Abend einiger musikalischer Sachverstand und guter Geschmack anwesend waren und hatte mich gegen Prollnummern wie „Highway to Hell" oder „We are the Champions" entschieden. Ich versuchte eine gute Balance zwischen bekannt und unbekannt, poppig, aber nicht banal, groovy aber nicht zu schleimig zu finden. Ich wollte einen natürlichen Fluss mit der Kombination der Stücke erzeugen. Und wenn alle Stricke rissen und keiner tanzen würde, hatte ich als Knaller immer noch Madonna in der Hinterhand. Kleiner Scherz.
Die ersten Titel, die ich gespielt hatte, waren eher für die *bösen Jungs* gewesen, im weiteren Verlauf kamen nun die *braven Mädels* auf ihre Kosten: Urban Species mit „Listen", Massive Attack mit „Safe from harm".

Ich war bester Laune. Inzwischen leicht angetrunken, gefiel mir mein Mix, jetzt in einem Stück und bei Disko-Lautstärke, besser als gedacht. Sogar Bernd hatte mir mit einem anerkennenden Ausdruck im Gesicht zugenickt.
Es waren mehr und mehr Gäste eingetroffen. Bernds Wohnzimmer war mit einer unüberschaubaren Menschenmasse gefüllt; der Pooltisch war inzwischen mit einer Plane abgedeckt und mit Aschenbechern, Gläsern und Flaschen übersät.
Ich vermutete es seien über hundert Partygäste da, vielleicht würde über den ganzen Abend verteilt sogar die Zweihundertergrenze geknackt werden. Unter den Neuankömmlingen hatte ich irgendwann Pete ausgemacht, er winkte mir zu, als er eine Begrüßungsrunde durch den Raum machte. Ich war mir unsicher, ob es die *Wuchtbrumme* war, die ich in seinem Schlepptau gesehen hatte. Nun stand sie vor mir und bat mich, eine mitgebrachte CD zu spielen.
Ich konnte sie jetzt besser in Augenschein nehmen. In meiner Vorstellung hatte Wuchtbrumme lange blonde Haare gehabt, tatsächlich waren sie nur schulterlang, mit Mittelscheitel und mittelblond, fast brünett. Sie hatte braune statt blauer Augen und war keineswegs mollig. Pete hatte mich auf einen verkehrten Dampfer gesetzt. Er hatte mit „Wuchtbrumme“ nur „eine Wucht der Brummer“ gemeint, ein verzeihlicher Fehler für einen Nichtmuttersprachler, der er war, was man zumeist vergaß. Wuchtbrumme war zwar nicht zum Niederknien schön, die Nase vielleicht einen Tick zu lang, die Lippen etwas zu schmal, doch mit der 10, das ging trotzdem in Ordnung. Sie schaute mich zwischen den Haarsträhnen, die ihr ins Gesicht fielen, mit einem offenen, sympathischen Blick an, mit einer Kopfhaltung, die gleichzeitig von Stolz zeugte. Sie wolle gerne „Sex Machine“ hören und grinste mich bei der Titelnennung schelmisch an … Ein amtlich zu Tode genüddelter Song! Wiedergänger galt es grundsätzlich zu bekämpfen! – Doch ich fackelte keine Sekunde und ließ die Brown-Nummer direkt hinter Massive Attack laufen, bin ja kein van Helsing, aus Holz. Es holperte zwar etwas beim Übergang, ging aber ansonsten einigermaßen durch. Als nächsten Titel würde ich „Take Five“ spielen, die CD „Look to the Rainbow“ hatte ich in dem Stapel von CDs gefunden, die irgendwelche Leute für die Party mitgebracht

hatten. Der Song würde bestimmt gut hinter James Brown passen, entschied ich spontan, verbunden mit der Hoffnung, dass die *Wuchtbrumme* auch zu diesem Stück tanzen würde wie zu „Sex Machine“: Mit Einsetzen des Titels hatte die zu tanzen begonnen und den Text auf ihre Art interpretiert, als wollte sie jedem im Raum zurufen: „Wie kannst du sagen, du habest dir mit deinem Leben Mühe gegeben, wenn du nicht einmal getanzt hast!“ Sie wirkte, als sei sie vollständig in die Musik versunken, ihr Becken pulsierte lasziv im Takt der Musik, auch die Beine bewegten sich im Rhythmus, Sie tanzte fast auf einer Stelle, wobei sie sich jedoch nach und nach, mal zu einer Seite hin, mal zu der anderen hin drehte. Und obwohl ihr die Haare beim Tanzen ins Gesicht hingen, schaffte sie es mehrmals mich direkt anzuschauen.

Das erste Mal als einer dieser Blicke mich traf, nahm ich an, er sei nur zufällig über die Tanzfläche hin zu mir gestreift, als ich aber dem dritten und vierten Strahl des dualen Herzerwärmers ausgesetzt war, begann ich Pete zu verstehen, der zur richtigen Beschreibung seiner Angebeteten nach Worten gerungen hatte, um schließlich *Wuchtbrumme* hervorzustammeln.

Konnte man den gelegentlichen Blickkontakt mit mir bei James Brown noch als wärmsten Dank an den DJ für die prompte Erfüllung eines Musikwunsches interpretieren und ihre lasziven Bewegungen nur der tänzerischen Umsetzung des Titels, so vollzog sich mit Al Jarreaus „Take Five“ ein Wandel: Ich fühlte mich mehr und mehr persönlich angesprochen, ihr Blick schweifte nicht zufällig herum und blieb wahllos haften, sondern fixierte mich in unregelmäßigen Abständen, soweit ich das im Halbdunkel feststellen konnte. Ihr Tanzstil faszinierte mich, sie war kein Elvis, the Pelvis und ihr Tanz kein Schwanenseeballett, aber der Anblick fesselte mich. Ihre Bewegungen waren die einer Medusa, deren schlängelnde, hypnotische Bewegungen andere zur Säule erstarren lassen könnten. Mein Blick klebte an ihr.

Ich machte mich locker in den Beinen, ich musste bald niederknien.

Mein Zeitgefühl hatte ich verloren, nunmehr dachte ich in Takten und Rhythmen, die Betrachtungen von und über die Medusa hatten ihr Übriges getan. Die Al-Jarreau-Nummer war fast zu Ende, da fand ich erst, was ich, inzwischen hektisch werdend, suchte: Donny Hathaways „The

Ghetto“. The Master of Suspense (for the movement of the people) schlug zu, „HMM HMM Yeah, let´s talk about the ghetto, ...HMM HMM Yeah, there´s a party over there“

Wie ich Medusas Musikgeschmack einschätzte, würde sie mich für diesen Titel lieben. Ich hatte inzwischen das … einiges Bier getrunken, es war mir momentan gleichgültig, ob ich den Geschmack der anwesenden Masse traf, Hauptsache sie tanzte weiter. Für mich.

Wenn ich sagte, sie würde mich für den Titel lieben, so war es im metaphorischen, überhöhten und keineswegs wörtlichen Sinne gemeint, aber ich fand Geschmack an der Vorstellung.

Als hätte ein gut gefüllter Reisebus mit bereitwilligen Tänzern und Tänzerinnen seine Türen geöffnet, so voll war die Tanzfläche, wobei die Damen etwas in der Überzahl waren. Die Medusa tanzte etwas entfernt von mir, hatte sich aber binnen der letzten zwei Titel unmerklich, doch stetig an mich herangeschlichen. Sie wurde zwar gelegentlich von anderen Tänzern verdeckt, wenn ich freien Blick hatte, wurde sie jedoch von einem seitlich einfallenden Licht perfekt ausgeleuchtet. Ich bildete mir ein, ihre Platzwahl sei kein Zufall: Sie stand für mich im Rampenlicht. Mein Kopfkino stellte heute Abend einen prima Film bereit und nur ein kleiner, sittsamer Rest saß als Spielverderber auf gepackten Koffern in meinem Hinterkopf. Er gemahnte mich, ich sollte die Freundin eines guten Freundes keinesfalls derart anstarren. Die Medusa war eine Verführerin, wie sie im Einklang mit der fordernden Percussion ihre Arme ausstreckte, um sie dann gleichsam mit einem „Nein, noch nicht, mein Geliebter“ in einer tänzerischen Bewegung zu verschränken.

Ich war gefangen, mehr, sie lud mich durch ihre Blicke ein, an dem Spiel teilzunehmen. Sie war bereit, in der Musik aufzugehen, und ich könnte ihr willfähriger Begleiter sein. Die repetitiven Elemente der Musik fanden ihre Entsprechung in ihren tänzerischen Bewegungen und nun spätestens war mein Kopfkinofilm nur für Erwachsene geeignet.

Wenngleich real überhaupt nichts Anstößiges passierte, meldete sich nochmals der moralinsaure Spielverderber aus dem Hinterkopf beim Reiseveranstalter mit den spitzfindigen Fragen: „Was bedeutet der Begriff *platonische Beziehung* ganz genau, vor allem, wenn man bedenkt, dass Sex *eigentlich* im Kopf passiert? Und was würde Pete wohl dazu sagen?“

„Jetzt ist der Knabe endgültig urlaubsreif", dachte ich. Pete würde ich natürlich nichts von meinem Kinobesuch erzählen, zumal er ähnliche Filme ja sicher bereits selbst gesehen hatte, und an diesem Abend sollte es mir einfach mal schnurzpiepe sein. Mit einem weiteren Schluck Bier besiegelte ich meinen Plan: Abflug für alle! Major Tom startete das Raumschiff.

Auf der Bodenstation geriet der Master of Suspense derweil etwas in Verlegenheit. Er war abgelenkt gewesen, selbst das längste Musikstück hat ein Ende und nun musste schnellstens ein neuer Song her, doch nicht irgendwas.

Unser aller Gastgeber Bernd fiel mir ein. Einer seiner Favoritensongs, den ich mir vorgenommen hatte zu spielen, war noch offen. „The House On The Hill" von Audience, einer Band, die kaum jemand auf dem Zettel hatte.

Okay, da wollte ich hin, wie geht das? Ich wählte Dr. John „I walk on guilded splinters", das mir den Weg über Ralph McTells „Red Apple Juice" zu Audience ebnen würde. Der Doc lieferte rhythmische Tiefenentspannung mit psychodelischer Note, die sich prompt raumgreifend in Form von süßlichem Geruch und Rauchschwaden bemerkbar machte. Zeit, ein letztes Mal mit einem groovy Backbeat durchzuschnaufen vor der etwas anderen Tour de Force, die ich plante. Die Medusa ahnte das nahende Ende unseres Ausfluges ins Unausgesprochene. Für den oberflächlichen Betrachter zog sie sich so unmerklich aus dem Rampenlicht zurück, wie sie sich hineinbewegt hatte.

Ralph McTell verbreitete die Stimmung eines frisch durchgespülten sonnigen Sommertages und erweckte frische Geister. Ein paar neue Tänzer fanden sich ein, andere gingen, die *Wuchtbrumme* gehörte zu ihnen.

Ein Schlagzeugwirbel und puff, 16 Takte Thema, dann: „I've been told 'bout the house on the hill …". Das Stück war wirklich grandios, schicke Melodien, ein Bläser, der in einem gigantischen Solo gegen sich selbst spielt und dabei gewinnt, Flötenparts und insgesamt hammerhaft arrangiert. Im Grunde für jeden etwas.

Bei diesem Titel sah ich das erste Mal, wie Bernd tanzte. Mal stand er auf der Tanzfläche, nur durch kleine Bewegungen des Kopfes, der Hände oder durch veränderte Körperspannung die Musik interpretierend; im nächsten Moment flog er in ihrem Rhythmus über die Tanzfläche, so wie ich mir die Stacia Blake von Hawkwind beim Tanzen vorstellte. Es war spannend für mich, Bernd zuzusehen. Ich fand, er ließ mehr von der Vielschichtigkeit seiner Persönlichkeit durchblicken als im täglichen Umgang. Er tanzte gut, natürlich kein Nurejew, aber er hatte Charisma, er wirkte irgendwie – *anziehend*. Bernds Tanz blieb ein kurzes Intermezzo: Medium Mediums „Guru Maharaj" setzte ein und er verließ die Tanzfläche.

Auf einen Reggae hätte man nun den nächsten mit solchem Rhythmus, „Remember Russia" von Fischer-Z, spielen können. Zu simpel, entschied ich aus einem Impuls heraus, und schob den Blues „Down in the hole" von John Campbell dazwischen. Hörte sich hoffentlich spannender an. Ich befand mich auf einer beständig persönlicher werdenden Reise – bar jeglichen Zeitgefühls – doch die zunehmende Ungeduld meines DJ Nachfolgers war unübersehbar. Der Typ hatte mich bereits zweimal gefragt, wie lange ich noch auflegen würde. Wie er so zappelig neben mir stand mit prüfendem Blick auf meine Arbeit nahm ich jede Wette an, dass er der Heavy-Rock-Fraktion angehörte. Rage against the Machine; Soundgarden, Biohazard und so. Ich nutzte meine verbleibende Zeit für Songs, auf die ich grade schwer Bock hatte, Plan hin, Plan her und ob es der anwesenden Spaßgesellschaft nun gefiel oder nicht.

„Down in the hole", das an Coolness gemessen, bestens als Filmmusik für „Pulp Fiction" durchginge, war verklungen. Ich hatte „Remember Russia" reingemixt. Ein ziemlich zuverlässiges Erinnerungsstück an die Ära des Kalten Kriegs und für mich ebenso an eine Freundin, die mich für einen Selbstfindungstrip als Entwicklungshelferin verlassen hatte. Wahrscheinlich hatte es zusätzlich oder sogar hauptsächlich andere Gründe für unsere Trennung gegeben, doch war uns, vor allem mir, diese Erklärung am einfachsten erschienen. All jenen von Entwicklungshelferinnen Verlassenen hatten Pink Turns Blue eine Hymne geschrieben: „(it) Still hurts Inside" (Demoversion), ein Stück, das von seiner inneren Spannung lebt und mit einem Riff auskommt. Falls es bei dieser Abschiedsparty von Bernd mehr Menschen – außer mir – gab, die unter dem Gefühl des Alleingelassenseins litten, dann war jetzt ihre Zeit gekommen.

„I still love you so much, but it still hurts inside", damit klingt es aus.

Sechsmal hintereinander. Gäbe es mehr zu sagen? Ich bin sicher, nein. Dann übernahmen Sister Double Happiness das Staffelholz von Pink Turns Blue. „Waiting For Anyone". Der Heavy-Fraktion-DJ guckte mich an wie ein Auto mit Frontschaden. Möglicherweise kannte er sogar das Stück, zumindest eine Hard-Rock-Ballade, aber sein derangierter Gesichtsausruck verriet mir, dass er den Titel allerhöchstens um vier Uhr nachts als Rausschmeißer spielen würde. Vielleicht hatte ich die Stimmung jetzt komplett ruiniert, es war mir egal, immerhin tanzten einige Wackere unverdrossen bei dem Stück. Schließlich gab ich mir mit einem kollegialen Übergabestück „Tank u mom" von St. Germain Mühe, ein paar Scherben zusammenzufegen. Der Titel fing mit einer groovy Hookline der Keyboards an, Schlagzeug mit Genre-typischem Handclap. Ein House-Titel, der so gut gemacht war, dass er durchging, trotz House und Handclap. In den Titel könnte mein Nachfolger reinmixen, was er wollte, da würde außer Death Metal nahezu alles passen. Tatsächlich war die Tanzfläche wieder annähernd voll, als ich die Anlage meinem Nachfolger überließ.

16.

Mein Gefühl hatte mich nicht getrogen, mein Nachfolger legte „Crack Hitler“ von Faith no More auf. Gut, bei ein paar Anwesenden hatte ich mit meinem DJ-Mix in Haarnadelkurven ein mulmiges Gefühl in der Magengegend verursacht, aber größtenteils blieb ich in der für mich emotionalen Achterbahn unfallfrei. Prima wegen Flensburg. Auf dem Weg zu einem ehrlich verdienten Bier klopften mir bis dahin unbekannte Menschen auf die Schulter und fanden wohlmeinende Worte.
Die Getränke wurden inzwischen von einem Typen, der glaube ich, Marc hieß und der Ex von Bernds Vermieter verwaltet. Sie holten den Nachschub aus den Kühlschränken und stellten ihn auf einen Tisch, der auch als Tresen diente. An der Seite, wo die Ex bediente, warteten mehr Durstige als in Marcs Bereich.
Ich schrieb diesen Umstand zwei Dingen zu:
Erstens trug die Ex ein langes blaues Abendkleid.
Zweitens hatte man offensichtlich bei der Herstellung Knöpfe am Ausschnitt vergessen und der ging fast bis zum Bauchnabel.
Auch ich wartete geduldig, bis sie mir ein Bier reichte – der Anblick erinnerte mich an kesse, kleine Äpfel im Sommer, die bis zum Herbst reifen müssen, um ihre volle Größe zu erreichen. Manche pflücken sie schon vorher.
Wäre ich zu diesem Zeitpunkt nicht schon so angeschickert gewesen, hätte ich mir bestimmt Gedanken über die Primitivität des männlichen Geschlechts gemacht, stattdessen hielt ich nach Snorre und Bernd Ausschau. Schließlich sah ich die beiden, begleitet von Nobbi, auf dem Weg vom Wohnzimmer ins Schlafzimmer. Bernd und mein Blick trafen sich und er nickte mir kurz zu, was ich als Einladung begriff, ihnen zu folgen. Nachdem ich ins Schlafzimmer eingetreten war, schloss Bernd die Tür ab. Bernd, Snorre und ich fläzten uns auf Bernds Bett, Nobbi nahm den einzigen Sessel im Raum in Beschlag. Bernd und er schienen sich wieder vertragen zu haben. Wir alberten herum. Dann musste Snorre uns aus den USA berichten. Der baute in seine Rede viele Amerikanismen ein; unklar war, ob er sie als Gag oder aufgrund der einsetzenden Entfremdung von der deutschen Sprache benutzte oder zu *guter* Letzt, weil er

besonders cool wirken wollte. Momentan fanden wir das jedenfalls lustig, hinzu kam nach einiger Zeit die Wirkung eines Joints, den Nobbi fix gebaut und herumgereicht hatte. Ich enthielt mich und war verwundert darüber, dass ein harmloser Joint, den man ebenso im Wohnzimmer als einen von vielen hätte rauchen können, der Anlass für unsere kleine exklusive Runde sein sollte. Der Joint war durch, im Hintergrund dröhnte „Whole Lotta Love“ von Led Zeppelin. Kein „Stairway to Heaven“, trotzdem zog Bernd aus einer kleinen Schatulle einen Briefumschlag, um uns dann kleine Papierfetzchen anzubieten, auf denen jeweils ein kleiner Smiley zu sehen war. Bernd kommentierte dazu mit seiner Radiosprecherstimme: „Genug ist nicht genug, ich lass mich nicht belügen.“ Ich musste schmunzeln; ich bezog den Spruch auf den toten Joint und das Angebot. Mein Blick streifte Snorres Unterarm, er trug eine Armbanduhr. Seltsam. So sah ich zufällig die Uhrzeit: 0 Uhr durch. Die Geisterstunde hatte begonnen. Die Party war in vollem Gange und der Gastgeber würde bald vermisst werden. Nobbi und Snorre hatten ihre Paper bereits intus, Bernd haute grinsend ein kleines Zitat von Alien Sex Fiend raus: „I think I need some E.S.T, trip to the moon“, legte sich sein Paper auf die Zunge und weg war es. Er hielt mir das letzte hin, *„Fahrrad fahren?“*
Hatte ich richtig gehört? Egal, ich griff zu. Jemand klopfte an die Tür. Keine Zeit zu fragen.

„Wir schreiben das Jahr … Dies sind die Abenteuer … das mit seiner … starken Besatzung … unterwegs ist … dringt … vor, die nie ein Mensch zuvor gesehen hat.“ – Mein Raumflug hatte bereits vor Stunden, nein, Lichtjahren begonnen – schlucken – und er würde weitergehen: mit Warpantrieb.

Bernd schloss die Tür auf und die Ex des Vermieters fragte, ob es weitere Biervorräte gäbe, die in der Küche wären auf wenige Flaschen zusammengeschrumpft. Also gingen die tapferen vier Muskeltiere auf ihre Mission: Biernachschub aus Bernds Werkstatt heranschaffen. Machbar. Nachdem jeder von uns zweimal zur Werkstatt und wieder zur Küche gegangen war, erklärten wir den größten Notstand für beendet. Die

Kühlschränke waren wie die Badewanne, deren untere Hälfte mit Eis befüllt war, wieder mit Flaschen vollgestopft. Bernd wollte sich augenscheinlich noch etwas von dem sommerfrischen Look der Ex beim Bedienen der Dürstenden und Darbenden inspirieren lassen und setzte sich in ihrer Nähe auf einen der wenigen Stühle. Sie führten ein Gespräch über Belanglosigkeiten, so gut es eben bei der Lautstärke der Musik möglich war. Da ich momentan – wenn überhaupt – die Zeit in Songtiteln maß, also nach einem Titel, in dem Falle, Reefs „Place your hands", oder, konventioneller ausgedrückt, nach *kurzer Zeit* war ich des Flirtens der beiden überdrüssig und schaute, welche wagemutigen Taten meine anderen Mitstreiter vollbrachten. Snorre und Nobbi standen am Rande der Tanzfläche und – wenn ich ihre Körpersprache richtig deutete – lästerten über die Tänzer.

Ich hatte keine Lust, mich an dieser höchst unfeinen, wenn auch bisweilen höchst amüsanten Art der Unterhaltung zu beteiligen, vielmehr hätte ich gerne selbst getanzt, doch wollte ich ihnen keinen frischen Stoff für ihr Geläster liefern. Nach einer Weile, circa fünf Songtiteln, ging meine Flasche Bier zur Neige und meine Betrachtungen der Tanzenden weit über den üblichen Tellerrand hinaus. Obwohl mir zunehmend der sichere Stand auf dem anthrazitfarbenen Nadelfilzfußboden fehlte – bei der Dunkelheit im Raum war er schon den ganzen Abend schwer zu erkennen gewesen, doch nun war er gänzlich verschwunden. Ich meinte gleichsam einem festgeschnallten Fesselballon ähnlich, an meinem Standort zu schweben – glaubte mich aber geistig auf voller Höhe. Bei kurzer Betrachtung – halber Songtitel höchstens – einer Tänzerin, meinte ich ihre ganze Persönlichkeit erfassen zu können, zudem prallten vor meinem inneren Auge mögliche Bilder vermeintlicher Erlebnisse aus ihrem Leben – behütetes Einzelkind, gute Schülerin bis auf die leidigen Naturwissenschaften, Abitur, Au-Pair und Ausbildung zur Heilpraktikerin – in Kaskaden ineinander.

Als hätte ich bisher mein Leben lang eine Brille mit vollkommen verdreckten Gläsern getragen und diese nun geputzt, erstrahlten Farben in höherem Glanz und der Kontrast erschien schärfer; gleichzeitig machten mir perspektivische Verzerrungen, die mit meinen Kopfbewegungen zusammenzuhängen schienen, Mühe, mich im Raum zu orientieren. Mir

war, als wenn mein Gehirn versuchte, durch eine generelle Neukalibrierung seiner Messfühler die Leistungsfähigkeit zu erhöhen: Hier und da liefs unrund, aber für den Anfang ganz okay. Der DJ hatte eine neue CD aufgelegt: Creeds „My own prison", eine Hard-Rock-Ballade, die ich ansonsten mochte, aber mit der ich momentan herzlich wenig anfangen konnte. Meine Gefängnistür stand gerade sperrangelweit offen. Indessen erkannte die Software meines Gehirns, dass man beim Neustart des Systems zusätzlich einen höher getakteten Prozessor eingebaut hatte, der in der neuen Arbeitsumgebung harmonisiert werden musste. Ein neuer Treiber für die Hardware wurde Gott sei Dank automatisch installiert. Meine interne Rechengeschwindigkeit erhöhte sich mindestens um den Faktor zwei, was den Zeitablauf gleichzeitig um das Doppelte dehnte: Ich betrachtete nicht nur eine Tänzerin und wusste nahezu zeitgleich um ihre Vita, ich hätte sogar – gefühlt – zusätzlich schnell einen Roman über sie schreiben können. So *faszinierend* – „möglicherweise eine neue Lebensform, Captain" – dieser Zustand für mich war, es wurde anstrengend. „Vermutlich produzierte mein upgedatetes System zu viel Datenmüll, der die Festplatte überstrapazierte", dachte ich mir als Laie. Da müsste Scotty wohl noch mal ran.
Wahrscheinlich durch einen unvermittelt einsetzenden Schub vom Impulsantrieb gelangte ich zu Waldorf und Statler, die mangels Loge an der Tanzfläche standen, und erklärte ihnen, ich würde draußen ein bisschen frische Luft schnappen. Auf dem Hofplatz standen Partygäste in kleinen Gruppen zusammen oder saßen in geparkten Autos und produzierten kleinere oder größere, dichte und abdichtende Rauchwolken. Ich hatte keine Lust, von irgendjemandem angesprochen zu werden, und schlug den Weg in Richtung Wald ein. Das Gehen fiel leicht. Da ich nicht plötzlich die Hälfte wog und die Erdanziehungskraft mit Sicherheit bestens funktionierte, kombinierte ich, dass mein Empfinden (stark?) gestört sein müsse. Dann fragte ich mich, warum das unpraktischerweise nicht grundsätzlich so ist, das mit dem Gewicht. Hatte aber ad hoc keine Antwort. Die Temperatur, wie angenehm! Perfekt für mein T-Shirt und die leichte Sommerjacke, die ich trug und den ganzen Abend anbehalten hatte. Der Mond war zu drei Vierteln voll, was man jedoch nur selten sah, da er von dicht übereinander gestaffelten Wolkenbänken verdeckt

wurde. Es dauerte, bis sich die Augen an die Dunkelheit gewöhnt hatten und ich die zehn, zwanzig Meter der schmalen Straße vor mir als graues Band erkennen konnte. Ich ging weiter den Weg entlang und die letzten Behausungen der Lebenden blieben zurück. Die Vegetation an den Wegrändern war hier dichter gewachsen. Ich hatte keinen Schimmer, wie lange ich bereits gewandert war. Entweder hatte ich heute Abend meine innere Uhr vergessen, oder ihre Batterie war leer, was ich nicht hoffte. Ohne Musik war ich nun obendrein des Liedlängen-Timing-Systems beraubt, daher war es unmöglich, Geschwindigkeiten einzuschätzen. Die Wolken auf ihrem Zug über den Horizont. Waren sie schnell? In dem einen Moment schien es mir, als würden die Wolken rasen, um mir im nächsten Moment wie am Horizont festgenagelt vorzukommen.
Wirkten die Farben in Bernds Wohnzimmer in dieser Nacht noch besonders bunt, so war meine Umwelt jetzt ein Tableau von Grautönen, die je nach Verdeckung des Mondes durch Wolken oder einzelne höhere Bäume etwas heller oder nahezu schwarz erschienen. Dieses Wechselspiel verströmte eine gewisse Dramatik, zu der im Himmel ein paar Blitze und Donner gepasst hätten. Außerdem wäre es keineswegs verwunderlich gewesen, hätte mich von hinten ein Peitschen schwingender Kutscher auf seinem Kutschbock thronend, mit seiner Sechsspänner Kutsche eilig überholt. Als musikalische Untermalung dazu ein Song von Me & the Heat, den Bernd mir mal vorgespielt hatte: *„Once I came back from killing“* … Stapfte ich tatsächlich weiterhin durch eine Kulisse, die als Geringstes für eine Neuverfilmung von „Plan 9 from Outer space“, dem vielleicht schlechtesten Film aller Zeiten, getaugt hätte? Das hätte ich normaler gefunden. Oder, und so kam es mir vor und das machte mir *ernstlich* Sorgen, latschte ich inzwischen schon länger auf der Stelle und der Film lief hinter mir ab, der Weg unter mir wie in alten Bogart-Filmen? (Assoziationskette: Bogart, Studio, Schwarz-Weiß-Filme, Harold Lloyd, der tatsächlich knallhart am Zeiger der Uhr gehangen hatte. Starkes Bild!)
Nein, ich kam näher an die Weggabelung heran, bei der ich rechts gehen musste, um nicht nach kurzer Zeit auf einem Acker zu stehen. In Richtung Wald, kurz hinter der Gabelung, machte ich eine kleine, dunkle Masse aus. Als ich den Ackerweg zu meiner Linken liegen gelassen hatte,

konnte ich erkennen, dass ein Hase in der Mitte des nunmehr unbefestigten Pfades quasi Posten bezogen hatte. Er betrachtete mein Näherkommen sitzend, gelassen, als ich jedoch in einem kleinen Bogen vor ihm herumgehen wollte, hoppelte er zwei Sätze nach vorn und versperrte mir die Passage. Ich änderte meine Richtung und versuchte, ihn von hinten zu umqueren, doch da sah ich etwas Erstaunliches: Gemächlichen Schrittes, aber schnell genug, um mir wiederum im Wege zu sein, trabte er drei Meter rückwärts, um sich dann hinzusetzen und mich aus alten Augen mit einem prüfenden, alles in sich aufnehmenden Blick zu fixieren. Ich stand gebannt, bis der Hase seine Musterung abgeschlossen hatte und zögerlich den Weg freigab. Dann hoppelte er mit drei, vier Sätzen zum Pfadesrand und verschwand im Gestrüpp.
In einiger Höhe über dem Fußweg flog ein kampfbereiter Mückenschwarm, wenigstens hörte es sich so an, ein unmerkliches Summen schwirrte durch die Luft. Der Knick, an den Seiten des Pfades, wurde zu einem kleinen, aber veritablen Wald. Unser Held kickte eine Coca-Cola-Dose Richtung Graben. Er hätte schwören können, das Ding wäre gelb gewesen. Musste eine Sinnestäuschung sein. Die Schwärze der Nacht griff um sich. Sie wurde nur ganz selten noch durch fahles Mondlicht durchbrochen, das zaghaft durch Baumkronen schimmerte und mehr und mehr erblindete. Da gab es in Stummfilmen mehr Farbe.

Langsam, vorsichtigen Schrittes ging es weiter; manchmal musste er sogar den Boden betasten, um den Seitenstreifen mit seinem Gestrüpp und den Stolperfallen zu vermeiden. Er meinte, die kleine Kapelle auf dem Friedhof zu seiner Rechten bald passieren zu müssen, in Wirklichkeit hatte ihn aber sein Entfernungsgefühl getrogen: Er war bereits daran vorbeigegangen.
Ein unregelmäßig wiederkehrendes Geräusch wie eines, das entsteht, wenn Verfolger unachtsam auf Äste im Unterholz treten, wurde für unseren Helden immer auffälliger. Hatte er zuerst gedacht, derartige Geräusche könnten im Wald natürlich zu hören sein, so glaubte er bald, man sei ihm bewusst auf der Spur.
Er versuchte etwas schneller zu gehen, aber nachdem er zweimal fast auf allen Vieren gelandet war, kehrte er zu seinem alten Tempo zurück.

Zu den Knackgeräuschen, die ihn seitlich versetzt einholten und an ihm vorbeizogen, gesellte sich ein Wispern, als unterhielten sich die Geschöpfe des Waldes über den nächtlichen Eindringling.
Der Leser mag es sich denken und es ist an dieser Stelle keinesfalls übertrieben zu sagen: Unserem Helden wurde bange ums Herz.
Was trieb ihn dennoch weiter? War es nur ein Impuls gewesen, der seinen Körper in Bewegung gesetzt hatte und dessen Kraft nicht aufgebraucht war? Oder ein Forscherdrang, der sich in dieser zwielichtigen, nahezu undurchdringlichen Nacht in seinem Handeln manifestierte? Verbunden mit einem Don-Quichote-artigen Mut, der bereits in dem Helden schlummert, bevor er seine Heldentaten vollbringt?
Vielleicht eines, vielleicht alles davon. Vor allem vermuten wir, sein Antrieb sei die unbestimmte kindliche Neugier gewesen, die ihre natürliche Begleiterin gefunden hatte - die Begeisterung. Zusammen hielten sie die Angst in Schach.
War unser Held in dem einen Moment überzeugt, er könne unmöglich zwei weitere Meter ins Dunkel vordringen, so hatte er im nächsten Moment zehn weitere Schritte getan. Streng genommen würde er, wenn er hartnäckig bliebe und bei bester Einhaltung des Kurses zwar allenfalls Hamburg entdecken, aber er fühlte sich ähnlich Kolumbus auf seiner Reise zur zufälligen Entdeckung Amerikas, bis er knapp in einen Hirsch hineinlief, der majestätisch im Weg stand. Unser Held war unwillentlich bis auf einen Meter an den Hirsch herangepirscht, ehe er den Bock im Dunkel ausmachte. Da hatten ihn längst schon die regungslosen, drohenden Augen fixiert und der Kopf mit dem Ehrfurcht gebietenden Geweih sich in seine Richtung gesenkt.
Ein Held unterscheidet sich von einem Idioten, indem der Held weiß, wann gut ist.
Er nahm Reißaus.
Er bediente sich auf seiner Flucht der Strategie seines Freundes, des Hasen, und versuchte einen Haken hierhin und einen dorthin zu schlagen. Seine Hände und Arme, die er schützend vor das Gesicht hielt, wurden zerkratzt, aber er schüttelte den Hirschbock ab, so hoffte er, ohne sich sicher zu sein, ob dieser überhaupt die Verfolgung aufgenommen hatte. Leider war der Erfolg teuer erkauft: Unser Held wurde zu

einem Odysseus, der auf seiner Reise ebenfalls manchmal nicht wusste, wo er sich befand und welche Richtung einzuschlagen sei. Unser Odysseus versuchte den Rückweg zu finden, indem er das gelegentliche Mondlicht und den Glast des Großstadtlichts von Hamburg am Firmament, das nur selten zu erahnen war, floh und es in seinem Rücken ließ. Die Orientierung war, wir ahnen es, zu schlecht. Obschon Odysseus glaubte, zumindest in Halbkreisen auf dem Rückweg nach Ithaka zu sein, stolperte er öfter in – erstaunlich kleinen – Vollkreisen zu seinem Anfang zurück. Die zivile, kleine Straße durch den Wald, auf die man tagsüber quasi automatisch stieß, war jetzt – nachts – unauffindbar. Das Morgenlicht würde Abhilfe schaffen, allein es war nach seinem Zeitempfinden zwei Ewigkeiten bis dahin. Die Sucherei hatte ihn erschöpft. Die Expedition dauerte länger, als er gedacht oder gewollt hatte. Mit seinen Händen tastete er in das Dunkel vor ihm, um Bäumen aus dem Weg gehen zu können; immer wieder wendete er kurz seinen Kopf nach hinten, um nach dem Mondlicht zu spähen … da prallte unser Held mit den Füßen gegen einen Findling. Der Aufprall gegen den Stein war so hart und der Widerstand so gnadenlos gewesen, dass es ihn in einem hohen Bogen umwarf.

Dass der Waldboden den längsseitigen Aufschlag seines Körpers etwas abdämpfte, tröstete unseren Helden kaum. Sprichwörtlich niedergeschlagen, fühlte er nur Ausweglosigkeit. So war es weniger ein ernsthafter Entschluss, keinen Schritt mehr zu tun und zu rasten, als reiner Fatalismus.

Nachdem Odysseus, auf dem Boden sitzend und an den halbhohen Stein gelehnt, sein linkes Schienbein etwas massiert hatte und der Schmerz langsam abklang, versank er in einen tranceartigen Schlummer. Ich bin nichtS. O. fiel und fiel durch einen dimensionslosen Raum.

Ein Fallen wie ein Fliegen. Fliegen hin zu den Stimmen in der Ferne, die leise zu vernehmen waren, die ihm bekannt vorkamen und zu denen er sich hingezogen fühlte. Er materialisierte sich in der gleißenden Weite eines weißen Raumes.

Die Augen von O. mussten sich an die Helligkeit gewöhnen, die ohne von einer bestimmten Lichtquelle auszugehen, den Raum durchflutete.

Als sich seine Pupillen verkleinerten, staunte er über die abartige Größe der Halle, von der in alle Himmelsrichtungen Gänge abzweigten, in denen problemlos jeweils eine Hagia Sophia versteckt sein konnte.
O. strebte zu dem Gang, aus dem heraus die bekannten Stimmen nur als Flüstern zu hören waren. Er bog von dem größeren Gang in einen kleineren ein. Obschon er bereits einen ordentlichen Fußmarsch hinter sich hatte, fühlte er sich kaum erschöpft, eher körperlos. Hier, in dem kleineren Gang, befanden sich an den Seiten, jeweils ein paar Meter voneinander entfernt, endlos Türen, die nur durch die Konturen erkennbar waren, da sie wie alles andere gleichfalls weiß waren. Als O. die Tür erreicht hatte, aus der die Stimmen drangen, hielt er inne und blieb lauschend davor stehen.
„Kohärenzkriterien legen nahe … gründlicher Prüfung … nach Datenlage nie vorgesehen … eine Existenz des vorliegenden … die Bonke-Identität … abschließend festgestellt werden … Ansinnen abgelehnt."
O. hatte die tiefe, offensichtlich männliche Stimme nur undeutlich verstehen können, eine höhere, weibliche setzte ein: „Aber sehen sie es nicht? Es ist ein großes Missverständnis, wir möchten keine neue Existenz erstellen lassen. Wir möchten den *Verbleib der Existenz* prüfen lassen." O. erkannte die Sprecherin, die Mutter Bonkes, der Vater ergänzte: „Existenzverbleib – Formsachenantrag 19-24/34."
Der *Bürgernahe Erläuterungsbeauftragte Datensätze*, kurz BED, wurde zunehmend ärgerlich; nicht nur, dass diese offensichtlich Verwirrten ihn direkt im Büro besuchten, anstatt das Datenportal für Bürgerangelegenheiten, kurz DBA, zu benutzen, wie alle es taten. Sie schienen ihm außerdem störrisch zu sein, deshalb wurde er lauter: „Ein Verbleib der Bonke-Existenz – irgendwo – kann bestritten werden, **denn sie hat nicht einmal existiert!**"
O. hörte durch die Tür, wie Bonkes Mutter in Tränen ausbrach, zwischen Schluchzern argumentierte sie in der ihr eigenen Art: „Aber er war doch ein so glückliches Kind, ein wahres Glückskind, irgendwo muss er doch sein!"
„Verblieben sein, daher 19- 24/34", korrigierte ihr Mann.
Der *Bürgernahe Erläuterungsbeauftragte Datensätze*, kurz BED, hatte genug. Es war unzumutbar, wie nah ihm diese Bürger auf die Pelle gerückt

waren, ohne sich um die Verfahrenswege zu scheren; ihm stieg die Röte ins Gesicht, aber dass es gar keinen Datensatz betreffs einer Bonke-Existenz zu erläutern gab, es sich folglich um eine falsche Anfrage handelte, brachte ihn zum Platzen. Er polterte:

„Wissen sie eigentlich wie viele Bürger mit berechtigten Anfragen über DBA ge- äh, erläutert werden müssen? Und dann kommen Sie! Mir nichts, dir nichts in mein Büro!“

O. wollte die Tür öffnen und hineinstürmen und seine Existenz gleichsam herausschreien, doch er blieb stumm und sagte kein einziges Wort. Denn – es kommt immer etwas dazwischen – im gleichen Augenblick löste sich der Fußboden auf dem er stand, in ein dunkles Nichts auf. Die Helligkeit, die ihn umgeben hatte, schlug um in Schwarz, unmöglich zu bestimmen, ob er fiel, schwebte oder flog. Die Finsternis, die ihn umhüllte, war so vollkommen, dass es keinen Unterschied machte, ob er die Augen schloss. Hatte er die Augen geöffnet? Auch diese Frage hätte er nicht beantworten können.

Er war sich im Folgenden bewusst, dass er etwas sah, unerheblich, ob vor seinem inneren Auge oder durch wirkliche: Er war nur Betrachter, festgelegt auf die Ansicht der Dinge, ohne sie beeinflussen zu können. Er sah einen vollständig besetzten Gerichtssaal: Richter, Staatsanwalt und Verteidiger hatten die standesgemäßen Perücken auf den Köpfen, der Pöbel auf den Zuschauerbänken einfache Stoffmützen oder Kopftücher. Der Angeklagte trug eine lederne Kappe, die ihm alsbald vom Haupt geschlagen wurde, und eine nicht minder modische Monstrosität auf dem Leib: eine Art Jacke, zwar aus bestem gefärbten Leder gemacht, aber trotzdem an den Ellenbogen bereits verschlissen. Sie hatte bizarre Verschlüsse an den Taschen, die ratschende Geräusche abgaben, wenn man an ihnen zog. Die Krönung aber war ein gestochen scharfes, kleines Götzenbildchen auf einer Art kreisrunden Brosche, geschützt durch ein durchsichtiges, dünnes, völlig unbekanntes Material, das nur aus dunkelstem Zauber entstanden sein konnte. Einer aus dem Pöbel, der lesen konnte, behauptete auf dem Ding stünde *King Crimson*.

Der Delinquent wirkte erschöpft; auf dem Gesicht hatten sich als Zeichen der tagelangen Folter tiefe Falten eingemeißelt. Unzweifelhaft handelte es sich bei ihm um einen bösartigen Ketzer und heimtückischen

Unruhestifter. Gegenüber allen Anschuldigungen hatte er aber beharrlich geschwiegen; so klagte man ihn kurzerhand wegen ehebrecherischen Verhaltens an, für das es einen bereitwilligen und honorigen Zeugen gab, den gehörnten Ehemann. Dieser saß nun in Erwartung seiner Befragung auf dem für Zeugen zugewiesenen Platz, auf einer Bank rechts des ehrenwerten Richters. Die irdische Vertretung Justitias verströmte einen scharfen Geruch nach Alkohol, den dieser zur treffsicheren Findung eines gerechten Urteils reichlich genossen hatte.
Der Angeklagte sprach mit sich selbst. Sein Murmeln war kaum verständlich:
„Die anderen sagen
Du bist zu schön für mich,
Ich wäre gerade gut genug um Katzen zu töten!
Ich habe nie Katzen getötet –
Oder ich habe es vergessen
Oder ich habe es vergessen!“

Er saß zusammen mit der Ehebrecherin links des Richterpultes. Beide waren gefesselt; ihr Oberhemd war am Hals zu einem klaffenden Ausschnitt aufgerissen. Manche der anwesenden Weiber mutmaßten, sie sei es selbst gewesen, um ihre Männer zu verführen. In einem weiteren sich direkt anschließenden Verfahren würde sie der Hexerei angeklagt werden. Sie hatte Menschen trunken und willenlos gemacht und nicht nur hinter vorgehaltener Hand hieß es, sie sei nachts lüstern auf ihrem Besen geritten.
Das Verfahren konnte größtenteils zügig abgewickelt werden, was dem ehrenwerten Gericht sehr zupasskam. Das Sprechen fiel noch schwer. Die Rechtslage aber war eindeutig. Das Verfahren wurde nur hie und da von einem Störer durch Zwischenrufe mit unangenehm schneidender Stimme unterbrochen. Dieser habe es selbst gehört: Der Angeklagte habe bestritten, dass die Erde im Zentrum des Universums stünde und ähnliches fantastisches Zeug, doch das vermochte niemanden im Saal zu interessieren. Der Störer wurde kurzer Hand des Saales verwiesen und so konnte der Prozess zu seinem guten Ende gebracht werden. Dem Richter ging das Urteil jetzt flüssig von den Lippen: Der Angeklagte

wurde zum Tode verurteilt. Er wurde weggeführt. Ein paar wenige Verwegene, die auf ein milderes Urteil gesetzt hatten, mussten ihre Wettschulden begleichen.
Das Gericht verhandelte den nächsten Fall, den der Ehebrecherin und Hexe. Der allseits bekannte Lehnsherr und betrogene Ehemann schilderte zum zweiten Male die verabscheuenswürdige Tat. Der kleine, alte Mann hatte sich hierfür von seinem Platz erhoben, um besser Gehör zu erlangen, war aber stehend kaum größer als sitzend. Als er jedoch zum Erstaunen der faszinierten Zuhörer noch ausführlicher, in wesentlich drastischeren Bildern als je, das lasterhafte Treiben schilderte, wurde es mucksmäuschenstill. Niemand nahm daran Anstoß, dass sich der Vorfall erst lange nachdem der Lehnsherr sich bereits eine neue Frau zum Weib genommen hatte ereignete, und selbst von Seiten der Verteidigung gab es hierzu keinen Einspruch. Alleine dem abtrünnigen Weib die Hexerei nachzuweisen, stellte sich schwieriger dar als gedacht …
O. betrachtete die Szenerie, gefangen in einem körperlosen Wahrnehmungszustand. Dann wandelte sich das Angesicht der Angeklagten in das der Medusa, aber einer mit goldenen Schlangen, und O.s Gestalt begann sich unweit zu materialisieren. Gleichzeitig lösten sich das Gericht und der anwesende Pöbel in einer vollständigen Kapitulation aller Bindungskräfte in ein zuerst diffuses und dann vollständiges Nichts auf. Von irgendwoher erklang leise Musik:
… „I have to be a warrior, a slave I couldn't be" …
Zurück blieben nur Medusa und O. Befreit und beglückt liefen sie aufeinander zu. Zusammen, als seien sie seit ewig füreinander bestimmt und jeder nur Teil des Ganzen, schritten sie durch das Tor hinaus, durch das Dorf auf eine kleine Anhöhe, die ein malerisches Panorama freigab. Sie nahmen einander in die Arme; ein Hahn krähte entfernt, doch gut hörbar, sein morgendliches Kikeriki. Als wäre der Hahnenschrei ein Schlüssel zu einem akustisch gesteuerten Schalter gewesen, regte sich Bonkes Bewusstsein …

Ich erwachte und musste mit Beschämen feststellen, dass ich innig einen Grabstein umarmte. Der Morgen hatte zu dämmern begonnen. Ich nahm meine Arme vom Grabstein und las den Spruch, den ich frisch

poliert hatte: „Meet you on the next world and don't be late".
Erst mal sortieren. Ich befand mich auf dem kleinen Friedhof. Der Weg war in Sichtweite. Von hier aus war Bernds Wohnung keine zwei Kilometer entfernt. – Ich machte mich auf den Rückweg. Meine Sinne arbeiteten einwandfrei und trotz der verwirrenden Eindrücke der Nacht fühlte ich mich ansonsten normal. Meine Kleidung war etwas nass, ob durch den morgendlichen Tau und weil ich auf dem Boden gesessen hatte oder weil es nachts genieselt hatte, vermochte ich nicht zu entscheiden. Als ich Bernds Wohnung fast erreicht hatte, sah ich ihn erleichtert auf mich zukommen.
„Hi, Bonke, wo hast du dich denn rumgetrieben, wir haben uns schon Sorgen gemacht." Snorre und Nobbi stießen dazu, im Gehen rief Snorre: „Na Dude, im Wald verlaufen?" und grinste mich breit an. Unter diesen Umständen wollte ich mir keine Blöße geben und sagte leichthin: „Ich hab nur ein bisschen mit 'ner Frau im Auto rumgeknutscht."
Wir gingen hinein und tranken ein letztes Bier. Die anderen Gäste waren gegangen, außer uns vieren war nur die Ex vom Vermieter da. Sie räumte ein wenig auf: leerte Aschenbecher aus, sammelte Flaschen zusammen und stellte Gläser in die Spüle.
Wir quatschten über Leute, die auf der Party gewesen waren. Als ich das Gespräch auf die Trips lenkte, behaupteten die drei, bei ihnen hätte keine Wirkung eingesetzt. Ich schloss mich der Meinung an und zusammen beschimpften wir Bernds unfähigen Dealer.
Bevor ich ging, sammelte ich meine mitgebrachten CDs ein und verstaute sie in meinem Rucksack. Die CD von James Brown war bei der Musikanlage liegen geblieben. Ich erklärte Bernd, ich würde sie mitnehmen und mich um die Rückgabe kümmern. Zusammen mit Nobbi machte ich mich auf den Weg zur AKN. Snorre blieb bei Bernd, vielleicht als zweiter Anstandswauwau, falls es Charly alleine nicht schaffen sollte.

17.

Ein paar Tage nach der Abschiedsparty kam Toddy wirklich auf einen Sprung im Plattenladen vorbei. Leichthin erzählte er von der Suche nach einer größeren Wohnung. Er ziehe jetzt mit seiner Freundin zusammen. Ich spielte mit und sagte: „Na ihr kennt euch doch schon quasi aus dem Sandkasten, das wurde schließlich mal Zeit“, obwohl irgendwie klar war, dass etwas Größeres im Raum stand.

„Wir hatten tierisch Schwein, wir sind schon – Tatsache – am Umziehen in eine Drei-Zimmer-Wohnung in der Eimsbütteler Straße. Konnten den Nachmieter machen.“

„Der junge Mann möchte hoch hinaus, feines Eimsbüttel.“ Ich grinste breit, Toddy übertraf mich.

Für die nächste Neuigkeit, der Grinsebär habe einen neuen fahrbaren Untersatz, sollte ich mich mit auf den Parkplatz bemühen, er wollte *partout* nicht mehr verraten. Andi war inzwischen ebenfalls gespannt, musste aber Kasse machen. Ich ging neben Toddy zum Parkplatz, wo nur vereinzelt Autos standen. Ein Inline-Skates-Novize drehte ungelenk Übungsrunden. Erst auf Frontalcrashkurs mit einer erschreckten S-Klasse, bekam er grade noch rechtzeitig die Kurve, es schloss sich ein Ausweichmanöver vor einem hilf- und wehrlosen Opel Corsa an, das – für mich unerwartet – knapp gelang. Das war wirklich überraschend gewesen, aber keinesfalls eines Applauses würdig. Vielleicht hatte der Skater mehr Unterstützung erhofft oder er hatte die zitternden Autos genügend verängstigt, jedenfalls rollte er schlingernd von dannen. Toddy steuerte auf eine uralte, altersweise Möhre zu, „Voilà!“ Ein VW Passat Kombi in beige. Hatte sich mein Kumpel jetzt selbst übertroffen und anstatt seines Renn-Polos, der nach Nichts ausgesehen hatte, nun einen nach Nichts hoch zwei – wenn das geht – aussehenden Pampersbomber mit 500 PS und Nitroeinspritzung ausgestattet?

Toddys Grinsen reichte von einem Ohr bis zum anderen, war festgetackert. Wir erreichten den Wagen.

„Und wieviel PS?“ wollte ich wissen.

„85.“

Eine Motorleistung, die Toddy normalerweise kaum zum Einparken

reichte: „Bisher nicht zum Tunen gekommen?“
„Wird nicht getunt“, sagte Toddy, nun völlig ernst.
„Du brauchst“, mir stockte etwas der Atem, „einen Pampersbomber?“
„Chapeau! Ich wusste, ich brauch dir nur das Auto zeigen …, hat aber auch gedauert!“
Ich gratulierte ihm zum unverhofften bevorstehenden Elternglück und zum neuen, familientauglichen Auto, zwar kein Picasso, wie angeblich die brandneue Familienkarre von Citroën, aber was soll's. Nebenbei bemerkt leuchtete mir bei Picassos ästhetischen und morphologischen Vorstellungen dessen Name für ein Auto ebenso wenig ein, wie mit seiner weinenden Frau anzubändeln, selbst wenn sie auf Prozac wäre.
Zurück zu Toddy, der eine kleine Toddy-Familie gründete! Da gab es viel zu tun und so brach er *tout de suite* zu weiteren Besorgungen auf. Seiner schwangeren Freundin gelüstete es nach Familienpackungen Stapelchips und die richtigen gab es nur bei der Mutter aller Discounter, all die anderen mochte sie nun mal nicht. Er fuhr los, ganz ohne quietschende Reifen. Ein ungewohntes Bild. Und diese bei ihm neuen Gallizismen, woher hatte er die? Vielleicht ursprünglich ein Gesprächscode mit *ma chouchoute* Toddyline? (Und sprechen demnächst alle meine Kumpels in Zungen zu mir?) Mein Interesse war geweckt. Ich ging zurück in den Laden und berichtete Andi vom jungen Elternglück. Später erzählte ich genauso Pete brühwarm von Toddys künftiger Vaterschaft, den ließ das aber eher kalt und er kommentierte nur: „Also, Toddy mag jung sein, aber ich bin mir sicher, der bekommt das hin. Pass mal auf, in ein paar Jahren haben die einen Stall voll Kinder und sagen sich abends „Gute Nacht“ wie die Waltons.“
Pete brauchte neue Klänge für eine bevorstehende Nachtschicht an der Tanke. Nach einem kurzen Blick auf die ziemlich leer gefegten Platten- und CD-Ständer meinte er resigniert zu mir: „Also, ich glaub nicht, dass ich da noch was finde.“ Der nächste erwartungsvolle Blick ging an mich. Ich setzte mich unbegeistert aus meinem echt bequemen Schreibtischstuhl in Bewegung und fahndete pflichtbewusst nach unentdeckten Perlen für Pete. Bereits unter A landete ich den ersten Treffer: The Animals mit Eric Burdon, „Winds of Change“. Pete erzählte mir von seinem Kollegen, der vor Kurzem in seiner Nachtschicht am einbrechenden

Morgen einen jungen Mann in der Tanke gehabt hatte, der von vornherein etwas auffällig in seinem Benehmen gewesen war. Er drückte sich am Zeitschriftenregal herum, bis er allein mit dem Kassierer war, ein Messer zückte und das Geld forderte. Der Kassierer, mit gesundem Wuchs und Selbstbewusstsein ausgestattet und durch jahrelanges Body Building muskulär gestärkt, erhob sich von seinem Barhocker hinter der Kasse, um klarzustellen, wer der Krümel und wer der Kuchen war; dann begann er mit einer Frage, um ein nüchternes Gespräch unter Gebetsschwestern zu führen: ob das wirklich sein Ernst sei? Alles wegen ein paar lumpiger Hunderter: einen räuberischen Überfall, ein blaues Auge, … mehr brauchte er nicht aufzuzählen, der Angreifer war bereits geflohen so weit, dass ihn die später eintreffende Polizei nicht fand.
Ein Überfall war grundlegend keine lustige Sache, trotzdem musste ich schmunzeln. „Was für ein Honk!"
„Ja, nur Vollhonks überfallen Tanken." Eine Erkenntnis, die Pete sichtlich zu schaffen machte. Nicht, dass es schöner gewesenen wäre sich von Fantomas oder Dr. No überfallen zu lassen, aber wahrscheinlich wussten die eher, was sie taten. Außerdem war Pete mit sich selbst uneins, ob er ebenfalls für die Tanke derartige Heldentaten vollbringen wollte. Als Hänfling von Statur betrachtete er sich als entschuldigt, wenn er darauf dankend verzichtete, nichtsdestoweniger war die Aktion vom Kollegen schon cool gewesen. Ich gab ihm ein Stichwort als Ausweg aus der Misere:
„Wird schon nichts passieren in deiner Schicht."
„Ja, stimmt, die überlegen sich das nun dreimal, wenn die jetzt schon in die Flucht geschlagen werden", ermunterte er sich.
Nach weiterem Suchen fand ich zwei zusätzliche CDs für Petes Nachtschicht. Wir quatschten über eine neue Jeopardy-Show im Fernsehen, die jetzt ein paar Mal gelaufen war und bei der man als Hauptgewinn Millionär werden konnte. Pete behauptete, er habe einen Onkel mit zwei Doktortiteln und den würde er dorthin schicken, wenn er könnte, dann würde der so richtig abräumen. Mir fiel Bernd ein, der, so glaubte ich, nicht mal einen funktionierenden Fernseher hatte und den ich trotzdem wahrscheinlich hinschicken würde.
Ich gab Pete die weiteren CDs: Steppenwolf „Live" und Jim White

„Wrong Eyed Jesus“. Alle drei stammten aus Bernds Sammlung und ich wollte einen fairen Preis für ihn herausholen. Pete und ich einigten uns auf dreißig Mark falls er nach der Schicht alle drei würde haben wollen. Bevor Pete ging, erzählte ich ihm von der James-Brown-CD, *die Wuchtbrumme* zu Bernds Party mitgebracht und dann dort liegen gelassen hatte. Ich hätte die CD für sie mitgenommen, doch liege die jetzt noch bei mir zuhause im Rucksack. Das Teil sei sowieso übel mitgenommen. Ich hätte aber glücklicherweise die gleiche CD als Neuware im Bestand. Zu Petes Erstaunen verkündete ich, der Einfachheit halber und da ich einen spendablen Tag hätte, bekäme er die mit. „Mit einem schönen Gruß an die Frau.“

Eine kleine Locke der Medusa hatte ich mir gesichert. Eine Erinnerung an einen sehr denk- und merkwürdigen Abend. Bisher hatte ich keine Zeit gefunden, ihn Revue passieren zu lassen, doch es würde sich lohnen, vermutete ich.

Abends, kurz vor Ladenschluss, strapazierte ich die Nerven der Anwohner vielleicht das letzte Mal durch brettlaute Musik: Sepultura. Ich hatte die CD gerade gestartet und räumte CDs in das Regal hinter dem Verkaufstresen ein. Ich stand mit dem Rücken zur Ladentür. Der Song „Refuse / Resist“ von deren ziemlich genialer Scheibe „Chaos A.D.“ war zur Hälfte durchgelaufen, als ich mich zum Nachschubholen zum Verkaufstresen umdrehte. Für einen kurzen Moment erschrocken – ich hatte die Ladentür nicht gehört und gedacht ich wäre allein – war ich dann nur einfach verblüfft über den Anblick, der sich mir bot: Eine Person stand mir gegenüber, den Oberkörper nach vorn geneigt, rhythmisch mitschwingend und die langen goldblonden Haare in Headbanger-Manier schüttelnd. Von der Größe her eher ein Mann sprachen der Rest, die grazilen Hände, das runde Becken und die feminin anmutende Art ihrer Bewegungen, klar für eine Frau. Die Kleidung, Jeans, blauer Sweater, Turnschuhe lieferten keine Indizien. Der Song war zu Ende.

Die Person richtete sich auf und ich konnte endlich das Gesicht sehen. Ein perfektes Zahnpastalächeln strahlte mich an. Ein ungeschminktes, trotzdem auffallend schönes Gesicht. Sie war wirklich groß: Ich bin 182 cm groß und wir sahen uns auf gleicher Höhe in die Augen. Sie war gertenschlank, aber eine wohlproportionierte Frau. Ich lachte sie an, die

Aktion war schon ziemlich lässig gewesen, und drehte die Musik etwas leiser. „Hey, hallo, kann ich dir helfen?“ Das Sprechen fiel mir von Wort zu Wort schwerer. Mann, sah die angenehm aus!
„Hast du eine Scheibe von Ben Harper?“
„Nein, leider nich'.“
„Schade.“
„Ja, schade.“ Ich hatte das Sprachvermögen nahezu verloren. Wahrscheinlich dem Schwellkörper unten geschuldet, der meine Blutzirkulation oben im Kopf zum Erliegen brachte.
Mademoiselle Blendax schaute etwas ratlos, lächelte aber weiter. Sie fragte schließlich: „Wie sieht's mit Joan Armatrading aus?“
Guter Geschmack, kannte ich von Bernd, dachte ich und sagte: „Auch nicht.“
„Schade.“
„Ja, schade.“ Spätestens jetzt hatte Mme. Blendax Kenntnis von meinem Blutzirkulationsproblem im Kopf, da war ich sicher. Ich rollte versuchsweise mit der Zunge im Mund herum und brachte dann immerhin die weiterführende Erklärung heraus: „Wir machen Ausverkauf.“ Ich schaute sie an. Gleichzeitig um innere und äußere Entspannung bemüht, sprach ich mir geistig ein beruhigendes Mantra vor: „Ich bin ein Stein, ich bin Einstein, … äh nein, ich bin ein Stein, ich bin …“ Und siehe da, in meinem nahezu leer gefegten Oberstübchen regte sich was. Ein vager Eindruck: Irgendwoher kenne ich die!
„Oh, na dann, kann man nichts machen.“ Sie drehte sich zum Gehen. Im Herausgehen wendete sie sich einmal kurz um und schaute mir direkt in die Augen: „Auf Wiedersehen.“
„Tschüss.“
„Mann Mann, was für eine Frau“ und „Guter Musikgeschmack“, dachte ich. … „Joan Armatrading“ … „Bernd“ … „Qualität erkennen, wenn man sie sieht“ … Ich sprang auf, lief durch die Ladentür auf den Bürgersteig. Dreißig, vierzig Meter entfernt sah ich eine goldblonde Wallemähne auf einen Parkplatz zusteuern. Sie war bereits in das graue Peugeot 504 Cabriolet eingestiegen und hatte zum Ausparken zurückgesetzt, ehe ich an die Seitenscheibe des Oldtimers klopfen konnte. Sie ließ die Scheibe herunter und schaute mich freundlich an.

„Ich stehe an einer Gabelung“, platzte mein letzter Gedanke aus mir heraus.
„Und ich … in einer Parklücke“, antwortete sie nach einem Rundumblick lachend.
Ich lachte mit und brachte schließlich „Gehst du mal mit mir essen, ins Kino oder so?“ heraus.
„Okay, Essen … und … mal gucken wegen *oder so.*“
Sie war schlagfertig und anscheinend stets vorneweg. Sie lächelte wieder ihr Blendaxlächeln und davon wollte ich eine Sondergroßpackung. Ach was. Think big! Der Palettenpreis interessierte mich. Endlich funktionierte die Durchblutung von Teilen meines Kopfes wieder hinreichend stabil, um mich mit ihr für einen Restaurantbesuch im Balutschistan, zu verabreden.
Zwei Tage später trafen wir uns abends gegen halb neun im Restaurant. Hätte es mich verwundert, wenn sie nicht gekommen wäre? Nein.
Wirklich nicht.
Aber sie war da.
Mein Gehirn funktionierte wieder besser und ich hatte es gemartert, bis ich herausfand, woher ich meine Dulcinea kannte. Ihre Goldlocken waren der entscheidende Wink gewesen – El Dorado.
Die Begrüßung geriet meinerseits zwar noch etwas fiebrig, aber nach ein wenig Small Talk entspannte ich mich endlich. Wir sprachen über Musik und Kinofilme. Das Essen wurde gebracht und wir unterhielten uns über unsere jeweilige Arbeit. Bei mir über den Laden, den ich übergangsweise geführt hatte, und mein Studium, das ich nicht wieder aufnehmen würde. Bei ihr über das freie Kunststudium und zur Finanzierung desselben, wie sie erklärte, gelegentliches Modeln.
Beim Nachttisch und ein paar geistigen Getränken sprachen wir inzwischen miteinander wie gute Freunde, die sich ein paar Jahre aus den Augen verloren haben, um bei einem zufälligen Wiederaufeinandertreffen erfreut festzustellen, wie viel man sich zu erzählen hat. Es war kein Zufall gewesen, dass Nina bei „Musicpoint“ aufgeschlagen war. Sie hatte Bernd gefragt, wer denn der DJ vor zwölf Uhr auf der Party gewesen sei. Da habe er ihr den Tipp mit dem Plattenladen gegeben. Als sie mir erklärte, woher sie Bernd kannte, stellte ich fest, wie haargenau ich den

Nagel auf den Kopf getroffen hatte mit meiner spinnerten Idee vom El Dorado, das Bernd gefunden hatte. Ein Mädchen, das für eine Modelagentur arbeitete, hatte für ihr Pferd eine Stallbox gesucht. Schließlich war sie auf dem Resthof in Hasloh bei Bernd aufgeschlagen. Weil sie den Preis und die Umstände gut fand, machte sie in der Modelagentur ein bisschen Werbung. Mit dem Ergebnis, dass nach und nach alle sechs Boxen an Models für ihre Pferde vermietet wurden. Es war in der Modelagentur ein regelrechter Hype um die Reiterei entstanden. Nahezu jedes Model, das reiten konnte, war einmal zum Ausritt nach Hasloh gekommen. Nina war eine davon gewesen. Bernd sei ja unbestritten ein extrem hilfsbereiter Mensch und er habe den Mädels öfter aus der Patsche geholfen. Einmal waren nachts Pferde ausgebrochen und Bernd hatte sie alleine wieder eingefangen. Ein anderes Mal hatte ein Model mit einer Adventskerze den gesamten Bestand an Stroh abgefackelt und Bernd hatte mit seinem Bulli Nachschub rangekarrt. Ob ich Bernd schon mal im Sommer, nur mit kurzer Hose und Turnschuhen bekleidet in Hasloh rumlaufen gesehen hätte oder auf seinem alten Trecker tuckernd? „Ein Bild von einem Mann“, würden die Mädels finden. Bernd hatte mir einmal voller Stolz den alten Fendt gezeigt, bei dem man zum Starten nicht nur die Kurbel brauchte, um sie vorne in den Motor einzustecken, sondern zudem echte Manneskraft, um sie zu drehen. Den Trecker funktionierend – in voller *Action* – mit Bernd als Fahrer, das hatte ich selbst jedoch nie gesehen. Nina beschloss ihre Betrachtungen damit, dass Bernd nicht auf den Kopf gefallen wäre, „so charmant, wie der sich manchmal ausdrücken kann.“

Bis auf das Gemurmel von ein paar besetzten Nebentischen trat zwischen uns Stille ein. Keineswegs unangenehm. Seltsam. In ähnlichen Situationen hatte ich gelitten. An meinen eigenen Unzulänglichkeiten – echten oder eingebildeten. Früher hätte ich mich sicher gefragt, warum Nina nicht mit Bernd sondern mit mir ausging. Frauen wie Nina gingen *grundsätzlich* mit anderen Männern aus. Ein Naturgesetz. Kaum etwas interessierte mich deshalb brennender, als zu erfahren, warum sich Nina dazu entschieden hatte, mit mir hier zu sitzen. Allein, es reichte mir die Tatsache, dass sie es tat. Das war gut so.

Als wenn Nina meine Gedanken erraten hätte, sagte sie: „Bernd sagt, du seiest ein guter Zuhörer." Ich merkte auf und sie sprach weiter mit einem Anflug des Lächelns, auf das ich schicksalshafterweise ein Abo zu haben schien, bis es zu einem offenen Lachen wurde: „Wörtlich sagte er mal: „Bonke hört sich jeden Scheiß erst an und lässt einen ausreden, bis er was dazu sagt."

Ich hatte es geahnt, Nina hatte etwas mehr als meinen Namen von Bernd wissen wollen. Und ich vermutete, Bernd hatte – auf seine *charmante Art* – für mich getrommelt. Sie hatte von meinem Einspringen für Snorre gehört und das hatte Bernd Nina als weit altruistischer verkauft, als ich es selbst empfand. Da es aber doof und pseudobescheiden gewirkt hätte das Lob gänzlich abzulehnen oder abzuwiegeln, ließ ich es weitgehend unkommentiert genauso wie Ninas Beschreibung, wie ich auf sie in Bernds Küche gewirkt habe. Sie werde öfter von Typen angestarrt, aber nur gelegentlich angebaggert, und wenn, dann meist von den falschen, solchen die sich vorher Mut antrinken müssten. Ich sei cooler zu Werke gegangen. Sie habe ein Interesse bei mir bemerkt, doch nicht zu viel. Als ich die Küche verlassen hätte, habe es beinahe gewirkt, als hätte ich sie prompt vergessen. Während meines DJ-Mixes habe sie mich beobachtet, ich hätte nur Augen für die eine Tänzerin gehabt. In diesem Moment spürte ich eine Wärme im Gesicht aufziehen, wurde ich rot? Sie sprach weiter: „Die Frau konnte wirklich gut tanzen, wäre ich ein Typ, zum Verlieben."

Ninas Betrachtung verhallte im Raum und ich schaute meine Telepathin an, wahrscheinlich mit einem unerträglichen Hundeblick, aber das war mir egal. (Erstens, es fühlte sich gut, *richtig*, an. Zweitens, sie hatte mich eh durchschaut.)

Wer von uns sich zuerst aufeinander zubewegte, wüsste ich nicht zu sagen, unsere Lippen trafen sich oberhalb der Tischmitte.

An einem der letzten verkaufsoffenen Tage besuchte mich Snorre an seiner alten Wirkungsstätte. Mit seinem kurzen Haarschnitt wirkte er immer noch verstörender auf mich als Raider in Twix-Verpackungen, bei denen musste man sich nicht fragen, ob sich der Inhalt geändert hat. Er habe seine Zelte in Deutschland endgültig abgerissen und werde seine Zukunft in Amerika suchen. Mit dem Job bei seinem Bruder gehe es korrekt an und seine Angebetete sei wirklich süß. Ich traute meinen

Ohren kaum, als er sagte: „Man könnte ja, später mal, eine Familie gründen, oder so." Ich hatte Snorre (Joe?) bisher nie als Stammvater einer Familiendynastie gesehen, andererseits waren die Rockefeller gleichfalls Einwanderer gewesen. Ich wünschte ihm viel Glück und Erfolg. „Ob ich einigermaßen meine Kohle hereinbekommen würde bei dem Ausverkauf?", wollte er wissen.

„Alles klar, läuft schon."

Bereits im Herausgehen hielt er kurz inne und fragte mich: „Und was machst du danach, wieder Studium?"

„Keine Ahnung, eher nicht", antwortete ich wahrheitsgemäß.

Einer der letzten Kunden, die den Laden betraten war Baron Vonstätt. Als er gewichtig den Laden betrat, erinnerte ich mich sofort wieder an seinen Namen.

„Na, sieht ja wenig danach aus, als wenn sie jetzt Ray-Conniff-Platten hätten", stellte er mit einem Rundblick fest.

„Das liegt zum Teil daran, dass wir die nur alle Jubeljahre mal verkaufen", gab ich frech zurück, weil mich seine selbstherrliche Art störte.

„Mal nicht so patzig, junger Mann, sie haben keine Vorstellung, mit wem sie es zu tun haben."

„Ich dachte, mit Herrn Vonstätt", antwortete ich und unterschlug damit seinen Titel absichtlich.

Er schaute mich einen Moment böse an und ich war heilfroh, dass ich ihm wahrscheinlich nie wieder in meinem Leben begegnen würde, dann drehte er sich um und verließ wortlos den Laden.

Im letzten Monat vor der Schlüsselübergabe mussten alle Möbel aus dem Laden geräumt werden, die Wände sollten weiß (reinweiß!, RAL 9010) werden und ich wollte möglichst schnell alle Platten an Flohmarkthändler verkaufen bis auf die Ausnahmen für meine Privatsammlung. Außerdem versuchte ich mehrmals Bernd anzurufen. Als ich ihn schließlich erreichte, verabredeten wir, dass ich bei ihm auf einen Sprung vorbeikommen würde. Ich lieh mir das Auto von meinem WG-Kumpel Flo, da ich außerdem dieser Tage einiges zum Müllhof transportierten musste.

Nach Hasloh raus fuhr ich absichtlich eine Nebenstrecke. Es ging durch den Wald an einem Golfplatz vorbei aus Hamburg hinaus. Schließlich führt die Strecke am Friedhof vorbei und ist für Autos ein kurzes Stück kaum passierbar bis man kurz vor Bernds Bude wieder auf geteertes Terrain gelangt. Ein malerischer Ort zum Im-Dunkeln-Genießen, mehr nicht. Trotzdem hatte ich ihn noch mal sehen wollen.

Bernd war ungewohnt einsilbig nach der Begrüßung, nur Charly gab sich unverzagt und wollte wie gewohnt gestreichelt werden. Wir standen auf dem Hofplatz.
Ungelenk versuchte ich ein Gespräch anzufangen: „Na, wollen wir unser kleines Geschäft zum Abschluss bringen?“ Bernd nickte nur, um dann, mehr murmelnd, hinzuzufügen: „The show must go on.“ Leo Sayer. Da hatte er sich schon in Richtung seiner Wohnung in Bewegung gesetzt. Er ging mir voraus in seiner an den Ellenbogen löchrigen Lederjacke, die aussah, als habe er sie bereits sein ganzes Leben lang getragen, und wirkte dabei älter und verbrauchter, als er hoffentlich war. Ein Mann, von dem ich vermutete, nein, mir sicher war, dass er so viel geben konnte, wenn er an etwas glaubte, aber der nicht wusste woran er glauben sollte. Oder jeden Glauben verloren hatte.
Seine Wohnung war als solche kaum wiederzuerkennen. Der Pooltisch war verschwunden, die Wände waren kahl. Soweit ich sah, gab es in den Räumen überhaupt keine persönlichen Gegenstände mehr, selbst der Teppich auf dem Boden war verschwunden und nacktem Beton gewichen. In einer Ecke lag lediglich eine Matratze, standen ein Hundenapf mit Wasser und ein großer Karton. An der Decke baumelte eine nackte Glühbirne in einer Fassung am Kabel. Bernd hatte sich auf die Matratze gesetzt und bot mir den Platz neben sich an. Ich lehnte ab und stand immer blöder herum; Bernd sackte für einen Moment in seiner Körperhaltung völlig in sich zusammen, raffte sich dann auf, um mich fragend anzusehen. Ich setzte mich nun doch zu ihm auf die Matratze und zog die Kohle aus meiner Tasche, siebentausendfünfhundert Mark für die letzten fast eintausend Alben aus Bernds Sammlung. Ich hoffte, das würde seine Laune etwas bessern.
Vielleicht mehr um meine gute Arbeit anzuerkennen, huschte ein Lächeln über sein Gesicht, als ich ihm das Geld gab; er bedankte sich. Für einen Moment trat Stille ein. Die mich störte. Ich wollte noch über so

vieles sprechen. Aber was? Und vor allem, wie? Ich fing erst mal mit was Banalem an: „Die Bücher von dem Behrendt hab' ich jetzt gelesen."
„Und?"
„Ja gut, deshalb hat's länger gedauert." Ich grinste Bernd an, aber der Spruch munterte ihn kaum auf. „Die Welt ist Klang, ich versteh', glaub' ich, was du meintest. Die Bücher wollte ich eigentlich mitbringen, hab' sie aber vergessen."
„Nicht weiter wild, behalt' sie ruhig. Bei dir stehen sie gut. Wenn du sie mir mal leihst, falls ich sie mal lesen will?"
„Ja klar. Danke", antwortete ich lahm.
„Ich möchte dir etwas geben", sagte Bernd und stand gleichzeitig auf. „Gut, dass du mit dem Auto da bist. Ich hoffe, das ist was für dich." Er ging zu dem großen Umzugskarton, hob ihn an und ging Richtung Wohnungstür. Ich eilte hinterher und hielt ihm die Tür auf. Dann verstauten wir den Karton im Kofferraum der Karre. Ich suchte nach Worten, es gab doch so viel zu sagen, aber ich schwieg. Ich schaute ihm hilflos in die Augen, da kam er auf mich zu, nahm mich in den Arm. „First and last and always", sagte er dann, scheinbar leichthin, aber ich wusste es besser; ein Kumpel würde ihn bald zum Billard abholen, leider habe er so wenig Zeit. Ich bedankte mich für das weitere Geschenk und wir verabschiedeten uns. Es war das letzte Mal, dass ich meinen Freund sah.

„The leading Horse is white, the second Horse is red,
the third one is a black, the last one is a green.“

„The four horsemen“
Aphrodite´s Child
666

(Als ich den Karton von Bernd öffnete, fand ich einen Stapel von LPs, eine Kassette und einige Schriftstücke, größtenteils mit Schreibmaschine geschrieben, diverse Zeitschriftenartikel, ein paar alte Fotos und Konzerteintrittskarten. Obenauf lag dieser Brief:)

Hallo Bonke,

wenn Du diese Zeilen liest, dürfte ich mich bereits – als Schopenhauer mit Pudel* – auf meiner Reise mit ungewissem Ziel befinden. Durch die langen Gespräche haben wir uns ja etwas kennengelernt und ich habe den Eindruck gewonnen, dass auch Du deinen eigenen Weg gehen wirst – mit besserer Kurspeilung hoffentlich.

Anbei sind die letzten Lieblinge aus meiner Mucke Sammlung, die für mich die beste Plattensammlung der Welt war. Bedenkt man, wie viele Erinnerungen zu jeder Platte gehören: wie man sie kennenlernte, wo man sie kaufte, mit wem und wann man sie hörte, dann war sie mein Leben.
Die übrig gebliebene kleine Perlenkette habe ich bis zuletzt behütet und sie mag stellvertretend stehen für das große Ganze. Ich habe die Musik stets als ein Geschenk angesehen. Eines, das alle teilen können. Ich glaube, dieses kleine Schmuckstück ist bei Dir gut aufgehoben (und wird Dir gut stehen?).

Zu jeder der einzelnen Perlen habe ich eine kurze Notiz geschrieben … Warum jetzt *g e n a u?* Kann ich Dir nicht sagen.
(Weil ich denken soll, die Idee zu diesem Buch wäre mir selbst gekommen. Der gutmütige Schelm. Aber ich habe ein prima Gedächtnis – „wohlan" – und nicht völlig umsonst im Schach verloren.)
Manchmal sind es Erinnerungen, manchmal etwas zu den Bands, je nachdem, was mir zu der Musik gerade einfiel. Wenn Du damit irgendwas anfangen kannst, freute es mich wirklich. Sie mögen Dir die Kommentare zur Musik ersetzen, die ich sonst vielleicht beim Billardspielen in Hasloh abgegeben hätte.

Ich werde die angenehmen Gespräche und die Zeit mit Dir vermissen, gehab Dich wohl

Bernd

PS.: Wenn es einen Nobelpreis für Musik geben würde, einige der folgenden Künstler hätten ihn verdient.

(Handschriftlich):

PPS.: Sowie ich in dem Vergleich* zu gut wegkomme, kommt Charly zu schlecht weg … Erzähl ihm bloß nie davon.

(1. Santana: „Caravanserei“, 1972)

Eine der ersten LPs, die ich in meinem Leben gekauft habe und die ich bis heute liebe, ist „Caravanserei“ von Santana.

Wie meine ältere Schwester habe ich als Elfjähriger von meinen Eltern einen Plattenspieler zu Weihnachten geschenkt bekommen. Es handelte sich um ein einfaches Gerät, dessen Lautsprecher man obenauf festschnallen konnte, um alles als Koffer tragen zu können. Praktisch. Mit Griff. Zum Müll. Wegen des schlechten Klangs und weil die Nadel die Platten zerfurchte. Doch zuerst war das nur teilweise ärgerlich, denn die ersten Schallplatten, die ich dazu geschenkt bekam, waren eine Compilation „20 Internationale Top Hits“ und eine „Best of“ von Elvis Presley. Von den 20 internationalen Hits nervten mich auf Anhieb locker 10. Der Rest bald auch, weil ich den in kürzester Zeit so oft düdelte, dass es um ihn genauso wenig schade war. Blieb die Elvis-Scheibe. Die hörte ich oft und gerne, aber das darin enthaltene „Muss I denn zum Städele hinaus“ sorgte frühzeitig für meine Aversion gegen „Best of“-, „Greatest Hits“-, „Et cetera“ und „pp.“ Zusammenstellungen.

(Bevor ich Kenntnis von Bernds „Muss i denn“-Trauma bekam, hatte er mir seine Abneigung gegen Greatest-Hits-Alben einmal so erklärt: Meistens hätten Gehörlose die Zusammenstellung der Titel verbrochen, oft hätten die Produzenten der Alben nicht die Rechte an allen wirklich guten Titeln und meistens käme beides zusammen. Selbst wenn diese Probleme ausblieben, litten Greatest-Hits-Alben fast zwangsläufig an fehlender Dramaturgie im Aufbau. Von seinen zweitausend Scheiben waren nicht mal zehn Stück „Best of“- oder Greatest-Hits-Alben.
Bernd behauptete, es gebe Bands, deren „Best of“-Album das Kunststück vollbringe, schlechter zu sein als jegliches sonstige Album der Band. Zum Beispiel The Wolfgang Press: „Everything is beautiful – A Retrospective 1983 – 1995).“

Es musste Abwechslung her. Was lag näher, als zu sichten, an was für einem Musiktropf die große Schwester ein Zimmer weiter so hing?
Die hatte auf einer Schulfete „Samba Pa Ti“ von Santana gehört, geschwoft und das so gut gefunden, dass sie sich sofort das „Best of“-

Album mit dem schwarzen Jungen mit der weißen Taube in der Hand auf dem Cover gekauft hatte. Der hatte zwar keine Ähnlichkeit mit dem langen, pickligen Schlacks, in den sie sich beim Tanzen verguckt hatte, aber das wäre denn doch zu schön gewesen. Auch so hörte ich in den nächsten Wochen die Zusammenstellung so oft bei ihr nüdeln, ich wäre wahnsinnig geworden, wenn die scheiße gewesen wäre. Ich hatte Glück. Außer, dass mir Samba Pa Ti langsam auf den Keks ging, aber damals war man noch schmerzfreier.
Bei einem Einkauf mit meiner Ma in einem Supermarkt landete ich vor einem Regal mit einer sehr begrenzten Zahl an Platten. Meine gesamten Ersparnisse standen zur Disposition: Die Wahl bei Santana war „Best of" oder „Caravanserei". Ich entschied mich für das schöne tiefblaue Klappcover mit der Karawane darauf und haute mein bedingungsloses Grundeinkommen von fünf Wochen – zu der Zeit hätte ich Taschengeld gesagt – raus. Die „Best of" könnte ich ja auch notfalls durch die Zimmerwand zu meiner Schwester hören. An das Einkommen wurden übrigens bald Bedingungen geknüpft, zum Beispiel Rasenmähen, und dann war's schnell ganz vorbei damit.
Bei Santana dagegen rollte der Rubel in den Jahren und in den Jahrzehnten, die seitdem vergangen sind. Er brachte in schöner Regelmäßigkeit reichlich Alben heraus. Einige Charterfolge untermauerten dabei eine Karriere von Weltruhm, wie nur wenige Supergroups sie vorweisen können. Eine Erfolgsstory, die fulminant als eine der jungen und hungrigen Bands beim Woodstock-Festival begann und in diesen frühen Jahren ihre musikalisch innovativste Phase hatte.
Von dem Debütalbum „Santana" von 1969 über „Abraxas", 1970, zu Santanas drittem Album von 1971, das schlauerweise auch „Santana" heißt, über „Caravanserei" von 1972 bis hin zu dem Best-of-Live-Album „Lotus", 1974, spielt Carlos Santana seine beste Gitarre. Sein Spiel klingt als sei er ein Bauchredner für Strippenklänge: Andere erzeugen Töne, bei ihm sind sie einfach da. Carlos Santana ist außerdem noch jung, ungestüm und hat Ideen. Auf originäre Art bringt er Klänge, die an Südamerika erinnern, in den Rock ein. Dazu heizt seine Rhythmusmannschaft dem Zuhörer mit breiter Perkussion ein, dass es eine Freude ist.

Später glitt der Mann leider in seinem Spiel in ein schmusiges selbst geschaffenes Klischee ab, aus dem er nie mehr herausfinden konnte. Ein begnadeter Musiker, der sich an Schnulzen abarbeitete, als müsste er sein Geld als Ricky King verdienen.
Die „Caravanserei" ist Santanas vielleicht ruhigstes Album und eines seiner spirituellsten. Von der ersten Minute an ein großartiger, versponnener Klangkosmos an dem neben Carlos Santana seine kongenialen Mitstreiter, unter anderem Michael Shrieve, kompositorisch ihren Anteil hatten.
Es beginnt mit einem Gezirpe, als wäre man selbst im Orient, und wenig später ist man Teil der Karawane auf einer Reise in die Musikwelt. Ein Ausflug, der so schnell vorübergeht, dass man die Platte gleich von vorne hören muss.

(2. The Beatles: „1967-1970", 1973

Ein Text, den ich als Nächstes beifüge, da er zeitlich ungefähr den gleichen Zeitraum betrachtet. Dieser und der erste sind sie die einzigen, in denen Bernd seine Schwester erwähnt.)

Außer Santana habe ich genauso Cat Stevens, Uriah Heep und die Beatles durch meine Schwester kennengelernt, ehe ihre Hörgewohnheiten zu Barry Manilow abdrifteten und sie schlussendlich in die hörsturzartigen klebrigen Fänge von Howard Carpendale geriet, wodurch sie im Grunde für die Zivilgesellschaft verloren ging.
Cat Stevens – der Mann und seine Akustikklampfe: ehedem einer der weltbesten Songschreiber. Man nehme als Empfehlung – ausnahmsweise auch hier – das „Greatest Hits"-Album.
Uriah Heep – Hardrock auf hohem Niveau, besser „July Morning" als „Lady in Black", soll heißen: Die Jungs kannten mehr als zwei Akkorde. Plattentipp: „Salisbury" (mit „Lady in Black").
Cat Stevens und Uriah Heep haben es allerdings nicht bis in meine allerletzte Auswahl geschafft, im Gegensatz zu The Beatles – muss man nix erklären, mit im Club der ganz großen Songschreiber. Eine Freundin, Engländerin, erzählte mir einmal, ihr Opa habe ihr als Kind zum Einschlafen Volkslieder vorgesungen und „Yellow Submarine" von den Beatles. Und nach Meinung von Lemmy Kilmister (Motörhead) haben sie das Prinzip *Band* überhaupt erst erfunden: „Vorher stand ein Mann vorn, hinter ihm spielten die Begleitmusiker."
Ozzy Osborne, Sänger von Black Sabbath, die selbst viele Bands mit ihrer Musik und ihren düsteren Live-Rock-Messen inspirierten, erinnert sich, es wäre die Single „She Loves You" von den Beatles gewesen, die ihn, als er sie hörte, zu dem Entschluss brachte, Rockstar zu werden.
Betreffend der Weitsicht mancher Plattenverlage sei ergänzt: Diese Single wurde von den Beatles sogar in Deutsch aufgenommen, dem eindringlichen Wunsch des deutschen Sublabels EMI Odeon entsprechend, *„um im deutschen Markt Fuß fassen zu können"*. – Gut, dass sich deren Auffassung nicht durchsetzte, ersparte es uns doch ein „Gelbes Unterseeboot", „Nirgendwo Mann" oder „Erdbeerfelder für immer". (Der letzte

Titel wäre wohl auch ein fieser Zungenbrecher für die Fab Four geworden.) Aber es ging noch schlimmer: Capitol Records, der amerikanische Vertriebsweg für Beatles LPs, veröffentlichte zuerst gar nichts. Ab 1964 dann Platten, deren Songlistings sie nach Gutdünken zusammenwürfelten, aber immer nur höchstens zwölf Titel! Trotzdem natürlich unverzichtbar: „Komm, gib mir deine Hand“, auf „Something New“.

Um schwerwiegende Notstände in der Plattensammlung zu beheben, empfehle ich das blaue Album Greatest Hits von „1967–1970“, das du in dem Karton finden wirst. Dazu passt dann das rote Album Greatest Hits von „1962–1966“, und farblich ergänzend zum vollendeten Triptychon unter „B“ das von Kritikern geliebte sogenannte „White Album“. Dieses Spätwerk der Beatles zeigt ein paar abgedrehtere Facetten ihrer Musik.

(3. Pink Floyd: „A Nice Pair“, 1967/68)

Nehmen wir an, wir suchten die innovativste Musikphase des 20. Jahrhunderts.
Sie dürfte aber nicht länger als fünf Jahre dauern. Für mich wären es dann ohne Zweifel die Jahre 1967-1972. Ein Zeitraum der extremen Verdichtung von Innovationskraft und mit epochaler Reichweite. Zur Erklärung muss ich etwas ausholen:
Ziemlich exakt eine Generationsdauer (30 Jahre) vorher, 1945, war ein Weltkrieg zu Ende gegangen, der von deutscher Seite aus unter niederträchtigsten Gründen angezettelt und mit hartnäckiger Inbrunst von allen Kriegsparteien geführt worden war.
Für die Deutschen war es in den nächsten Jahrzehnten wichtig, ihr Land wieder aufzubauen und Wohlstand für möglichst alle zu schaffen. Über die braune Vergangenheit vieler Bürger, vor allem derer, die in den angeblich *wichtigen* staatlichen Behörden arbeiteten, wurde ein fadenscheiniges Mäntelchen des Schweigens gelegt.
Man wollte nach vorne blicken.
Das Wirtschaftswachstum machte besseres Wohnen, die Anschaffung eines kleinen Autos, sogar einen Urlaub möglich. Die Arbeitsstelle war sicher, die Geburtenrate stieg. Eine ganze Generation lebte bürgerlichen Biedermeier, der sich nicht fragte, was vorher gewesen war, und sich lieber krumm legte, um eine gesicherte Existenz zu haben.
Nachdem in den Nachkriegsjahrzehnten ein wirtschaftliches Fundament gelegt worden war und Saturiertheit und Selbstzufriedenheit um sich griffen, war es das Privileg der Nachkriegsgeborenen, dies alles in Frage stellen zu können. Und das fast weltweit.

(Das erste deutsche jemals gekürte „Wort des Jahres“ war 1971 „aufmüpfig“.)

Im Film löste Faßbinder Rühmann ab, Pollock in Action-Painting den röhrenden Hirschen von der Wand und Kerouc konkurrierte mit Konsalik. In den Künsten fand Revolutionäres statt und die Mucker toppten alles. Bei ihnen war dieser Tage permanent Revolution, alltäglich und überall. Nur bei den Beatles war nach der neunten bald Schluss.
Es gab Hippies, Beatnicks, Rock ‘n’ Roller und vieles mehr. Die probierten alles aus, sogar, nichts auszuprobieren. Man nahm Drogen, die einen

berauschen sollten, und suchte den bewusstseinserweiternden Trip. Erst fuhr Albert Hofmann paralysiert auf dem Bike Probe und später taten Lilly und Leary ihm das nach, zumindest metaphorisch.

(Ich schlug nach: Über Albert Hofman, den Entdecker des LSD, gibt es die Anekdote, er habe bei einem seiner ersten Versuche mit dem unbekannten Stoff, hoch dosiert, versucht, auf dem Fahrrad nach Hause zu fahren. Einen „Bicycle Day" zu haben oder „riding the bike" können daher in Anspielung Slangbegriffe für den Konsum sein. John C. Lilly und Timothy Leary waren berühmte Konsumenten, die die Wirkungen des LSD beschrieben und dessen Nutzung propagierten. „Bike" – auch ganz zufällig ein Titel auf „Piper at the gates of dawn". Der Fuchs. Ohne den Hook knallt man den Text sonst nie.)

Die 68er Generation konnte musikalisch auf eine lange Bluestradition zurückgreifen, auf Elemente aus Swing, Gospel und Jazz. Ausnahmekönner wie zum Beispiel Charlie Parker, John Coltrane oder Thelonius Monk, die leider ein bisschen in Vergessenheit geraten sind, hatten neue Dimensionen von Musik erforscht und schufen damit die Grundlage für wiederum Neuartiges. Daraus entwickelten sich unglaublich viele Stilrichtungen von moderner Musik. Beispielsweise grassierte ab den 50er, 60er Jahren vor allem in der jungen schwarzen Bevölkerung in den Südstaaten beliebt, eine Musik, die man später Soul nennen würde. Herausragende prägende Vertreter dieses Musikstils waren Otis Redding und James Brown, der „Godfather of Soul". Dieser gilt vielen ebenfalls als eine der Gallionsfiguren eines anderen Stils, der sich in den 70ern entwickelte: Funk. Aus diesem entstand dann P Funk, Disco, Rap, Hip-Hop usw.

Die Experimentierfreude der 68er-Musikergeneration traf auf ein dankbares Publikum für alles, was neu und frisch klang. Vor allem in Amerika und in Großbritannien kamen zu den Radiostationen, die moderne Musik spielten, Fernsehshows dazu, in denen Heroen der Jugend wie Elvis, die Beatles oder die Rolling Stones auftreten konnten. Nur Jimi Hendrix hatte in dieser Hinsicht Probleme: Der galt als zu wild. Ein offizielles Argument, inoffiziell dürfte auch seine Hautfarbe mehr oder weniger eine Rolle gespielt haben.

Früher generierte das Musikbusiness die Umsätze mit Konzerten und Jukeboxen, jetzt kauften mehr und mehr Kids eigene Plattenspieler und Scheiben. Musiker wie Elvis oder die Beatles waren auf dem Weg zu Superstars, die zeigten wie viel Kohle mit Musik zu verdienen war, und machten eine Kommerzialisierung möglich, sodass auch der letzte Stubenhocker in Flensburg – zumindest theoretisch – das erste Album von Velvet Underground mit der von Andy Warhol gestalteten Banane darauf hätte kaufen können.

Die neue Musik der Jugend wurde identitätsstiftend als Abgrenzung gegenüber den Alten und ebenso untereinander: So mancher Beatles-Fan hörte aus Prinzip keine Rolling Stones!

In diesem Schmelztiegel, dieser Ära befand sich neben der Musik die Sprache, die mittels ihrer Songtexte zusätzliche Bedeutungen schaffte; außerdem spielte natürlich die Präsentation – Kleidung und Bühnenshow – eine zunehmend größer werdende Rolle. Die Musiker und Bands wurden teilweise zu Gesamtkunstwerken; so trat etwa David Bowie als Ziggy Stardust auf und the Monks, nach Eigendefinition die „amerikanischen Anti-Beatles“, in Mönchskutten und mit Tonsuren. Eine Story für sich.

Über The Velvet Underground wird berichtet, sie hätten ihre ersten Konzerte demonstrativ mit dem Rücken zum Publikum gespielt. Andy Warhol, der sie auf einem Konzert gesehen hatte und ihre Rücken tragfähig fand, half ihnen dann bei ihrer Karriere. Er war es auch, der ihnen das deutsche Model Nico als Sängerin aufs Auge drückte.

Diese teilweise künstlerischen, teilweise durch Marketingüberlegungen motivierten Maßnahmen brachten in ihren Stilisierungen bisweilen schwerwiegende Nebenwirkungen mit sich: Das Rock-’n’-Roller-Leben konnte hart sein bis hin zum verfrühten Tod (Klub der 27-Jährigen). Mit einer in diesem Sinne milderen Form hatte später beispielsweise Bob Dylan zu kämpfen: Als junger Mann mit engagierten Texten und Akustikgitarre war er neben Joan Baez zu einer Ikone der Friedensbewegung geworden. Als His Bobness dann später auf einer Tournee außerdem E-Gitarre spielte, verließen die Leute reihenweise seine Konzerte und fühlten sich von ihm persönlich betrogen. … Es war nicht Dylan allein, der auf Stromgitarre setzte. In den 60ern wurden neue Modelle ent-

wickelt und sie wurde das Standardinstrument der neuen Musik und ein Massenprodukt. Zum Strom der Gitarren passend, kamen ständig neue Verzerrer, Effektgeräte und leistungsfähigere Verstärker auf den Markt. Ohne diese wäre zum Beispiel ein Woodstock-Konzert unmöglich gewesen, wie in dem dazugehörigen Film (natürlich nur unter anderem) beschrieben wird.
Zusammenfassend möchte ich die Situation für einen jungen Kerl jener Kohorte im Jahr 1967 so beschreiben: Er hatte im Krieg nichts verbrochen, dazu war er zu jung. Konnte er Gitarre spielen und singen, gab es eine Chance, damit echtes Geld zu verdienen. Wenn man viel Glück hatte, fielen dann die Mädels nach Begeisterungsgekreisch in Ohnmacht oder warfen – in späteren Jahren – ihre Schlüpfer auf die Bühne; und wenn man Jim Morrison hieß, konnte man dazu sogar zur Popularitätssteigerung sein Ding öffentlich Luft schnappen lassen. Man musste dann vielleicht eine Zeit in den Knast, aber das gehörte langsam soundso mehr und mehr zum guten Ton dazu und war auf seine eigene Art ein Ritterschlag.
Kurzum, viele spielten Gitarre oder Bass oder Schlagzeug. Klavier (Hammondorgel) war nicht so cool, konnte aber – mit einer guten Band – klappen. Gesang? Immer gern genommen.
Als Sahnehäubchen für die Spektakulärsten, Kreativsten, irgendwie Besten können wir rückblickend feststellen: Sie haben Geschichte geschrieben, als Erstbesteiger eines musikalischen Berges, den vorher keiner gesehen, geschweige denn, erklommen hatte.
In diese Zeit, in der für viele einiges ging und für manche alles, passte eine Band wie Pink Floyd nicht nur bestens hinein, sondern sie begannen, diese ab Ende der 60er mitzuprägen. In den Anfängen der Band war Syd Barrett wichtiger Ideengeber und Songschreiber. Dieser sagte über das Schreiben: „Ich denke es ist gut, wenn ein Song mehr als nur eine Bedeutung hat. Solch ein Song kann viel mehr Leute erreichen."
Aufgrund zu exzessiven Drogenkonsums war Barrett aber bald für den Rest der Band kaum mehr tragbar. Er verriss bei Live-Konzerten seine Soli und musste von einem zweiten Gitarristen unterstützt werden, der ihn schließlich ganz ersetzte: David Gilmour. Pink Floyd klangen auf ihrem Debüt für damalige Verhältnisse exotisch. Die Gitarrensounds

waren häufig verfremdet, die Songstrukturen ungewöhnlich: psychodelische Musik. Die Songs wurden anfangs und in der mittleren Phase der Band von der ganzen Gruppe in langen Studiophasen aus Sessions heraus entwickelt, im Spätwerk vor allem von Gilmour und Waters geschrieben.
Das Album „A Nice Pair“ besteht aus dem Erstling „Piper at the Gates of Dawn“ und dem Nachfolger „A Saucerful of Secrets“. Zusammen mit dem Album „Relics“ und dem Doppelalbum „Ummagumma“ markieren diese die erste wichtige Phase von Pink Floyds Schaffen. Alle drei Alben wurden übrigens von Norman Smith produziert, den John Lennon einst den Spitznamen Normal Smith verpasste.

(„Normal“ Smith arbeitete bis 1965 als Tontechniker unter anderem für die Beatles. Dementsprechend heißen Smith' Memoiren „John Lennon called me normal“.)

Zwei, drei exzellente Alben eingespielt zu haben, die man als herausragend in einer Musikrichtung betrachten kann, ist eine reife Leistung; das Besondere an Pink Floyd ist, dass sie es zwei weitere Male geschafft haben.
Über die Scheibe „Darkside Of The Moon“ hin zu „Wish You Where Here“ und „Animals“ spielen sie einerseits kommerziell überaus erfolgreich, doch technisch virtuos und unverwechselbar genug mit einem Sound, der andere Bands neidisch machte, einer anderen Art des Space-Rock. Waren auf den ersten Scheiben durchaus kürzere Songs, so entwickelte sich Pink Floyd rasch zu einer Band, die Konzeptalben vorlegte, die man durchhören sollte und die überlange Stücke enthielten.
Die dritte Blütezeit der Band hat vor allem Roger Waters vorangetrieben, der „The Wall“ mehr oder weniger im Alleingang geschrieben haben soll. Es ist vor allem das gut gelungene Gesamtkonzept von „The Wall“, das es zum Meilenstein der Rockgeschichte macht. Pink Floyd begnügten sich nicht mit einer Rockoper à la „Tommy“ von The Who, sie zogen neben dem sehenswerten Film obendrein ein bis dato in der Rockmusik einzigartiges Bühnenspektakel ab.

(Ich erwähnte mein kleines Notizbüchlein, das ich ursprünglich anlegte, um für den Plattenladen ein paar gute Ideen für Bestellungen festzuhalten oder mal mit ku-

riosem Fachwissen angeben zu können. Bernd witzelte jedenfalls die ersten Male, als ich es herauszog, reichlich herum. So wichtig wär' es nun wirklich nicht, was er sagt, dass ich mitschreiben müsse usw.

Bereits auf einer der ersten Seiten dieses Büchleins machte ich Eintragungen, die mich an ein Gespräch mit ihm über die oben beschriebene Musikepoche erinnerten. Ich weiß nicht mehr genau, wann wir uns darüber unterhielten, denke aber hier passt es hin:

Ich fragte Bernd, wer denn seiner Meinung nach die Lawine Rockmusik losgetreten habe: „Die Beatles, die Stones, Black Sabbath oder doch Hendrix?"

„Vielleicht, aber vergiss nicht Chuck Berry, Ray Charles, Bill Haley oder als Grundsteinleger die Blueser wie B. B. King, John Lee Hooker und so weiter. Alle zumindest Teil der Lawine."

„Alles Engländer oder Amis, komisch nicht?"

„Weil man die hierzulande eher kennt, aber es gab auch Pax aus Kuba, Aguaturbia aus Chile, Omega aus Ungarn oder Taste of Blues aus Schweden. Die etwa haben es sich damals mit der Zeichnung des Gottes und des Teufels, die sich halb umarmen, als Cover ihrer Scheibe „Schizofrenia" bei einigen Leuten richtig verscherzt." Bernd hatte die Scheibe gesucht und erstaunlich schnell gefunden und hielt sie in meine Richtung. Wahrscheinlich hat der darüber stehende, zusätzliche Spruch „You shall have no other Gods before us" es nicht besser gemacht, dachte ich mir. Bernd sprach weiter: „Es gab Belgier bei Brainticket, Niederländer bei Brainbox oder Cosmic Dealer und dann die Dänen. Unfassbar: Moses, Young Flowers, Beefeaters und Burnin' Red Ivanhoe. In einem so kleinen Land so viele Hammerbands zu der Zeit. So früh. Wir Deutschen, West, hatten die Krautrocker, die Elektroniker und im Osten nervte die Klaus Renft Combo die DDR-Oberen. Es gab sogar Aufbruchstimmung in Russland mit Wyssozki, zwar musikalisch kein echter Rocker, aber ansonsten einer. Ich glaube, es war letztendlich die Breite der Mucker – jedes Land hatte da welche, – die den Rock zu dem gemacht hat, was er heute ist."

Als weitere kleine Anmerkung zu der von Bernd hier dargestellten Zeit:

Keine Musikrevolution ohne Konterrevolution. Man denke als Beispiel an Schlagertitel wie Freddy Quinns „Wir" (1966), in dem er sich über herumhängende Gammler und deren sinnlose Faulheit beklagt, oder Heintje, der seiner „Mama" (1967), huldigt.

Ab 1969 wurde im deutschen (West-) Fernsehen (in der DDR ähnlich mit „Ein Kessel Buntes") erstmals die erfolgreiche „Deutsche Hitparade" mit Dieter Thomas Heck ausgestrahlt (ab 1973 zur Sendezeit ab 19.30 Uhr, die für viele Familien zum sakrosankten Pflichttermin wurde)).

(4. Sweet Smoke: „Just A Poke“, 1970)

Die Band Sweet Smoke bestand aus Kommunarden, die zusammen auf einem Gehöft wohnten. Ihr erstes Album, „Just A Poke“, hat ein auffälliges Cover mit der Zeichnung eines kiffenden Mannes und enthält lediglich zwei Titel, auf jeder Schallplattenseite einen.
Kiffern wird ein bestimmter Musikgeschmack nachgesagt, und wenn eine Band es geschafft hat, dieses Urteil mitzuprägen, dann Sweet Smoke.
Früher sah man das Album in jedem vollständigen Hippiehaushalt und über die Jahre habe ich mich gefragt, ob diese Scheibe Goldstatus oder mehr erreicht hat.
Sweet Smoke wohnten zusammen, reisten zusammen und machten zusammen Musik. Heutzutage nicht erwähnenswert, damals reichlich unkonventionell bis unerhört. Es entstand ein jazziges Album mit fernöstlichen Einschlägen. Vielen Freaks ist das darauf enthaltene Schlagzeugsolo im Ping-Pong-Sound ein Begriff.
Die für damalige Zeiten überragende Soundqualität war kein glücklicher Zufall.
Verantwortlich: Conny Plank, einer der wichtigsten Produzenten seiner Zeit. Und der hatte die Ohren unzweifelhaft an der richtigen Stelle mit Puls dazwischen.
Die Rolle der Musikproduzenten wird oft nicht wahrgenommen oder unterschätzt, dafür ist Conny Plank vielleicht eines der besten Beispiele; oder wie Michael Rother (ehemals Kraftwerk, Neu!, Harmonia) es ausdrückt:

> „Ich gebe seit einigen Jahren so viele Interviews weltweit. Und wenn der Interviewer nicht von alleine darauf kommt, dann ergreife ich das Wort und sage: Wir müssen an Conny denken, uns und die Fans unserer Musik an seine entscheidenden kreativen Beiträge erinnern, uns dafür bedanken.
> Wenn immer nur die Band oder die Musiker genannt werden, greift das zu kurz. Wir hätten in den 70ern (nicht nur) die Neu!-Alben nicht hin bekommen ohne Conny.“

In jüngeren Jahren war er Tonmeister geworden und lebte zeitweilig zusammen mit Otto, Udo Lindenberg, Marius Müller-Westernhagen und anderen in der Villa Kunterbunt in Hamburg. Mit dem Musikestablishment und dessen kreativen Möglichkeiten unzufrieden, gründete er hier sein eigenes Plattenlabel „Kraut“, arbeitete aber außerdem für andere Plattenverlage wie Rhenus und Windrose-Dumont-Time-Studios. Später bezog er ein eigenes Tonstudio in Wolperath bei Köln.
So produzierte Conny Plank über die Jahre Teile der Avantgarde des Krautrock wie Neu!, Guru Guru, Hoelderlin oder Broeselmaschine, deren Gitarrist Peter Bursch später für seine Gitarren Lehrbücher bekannter werden sollte als mit dieser Band. Nicht untypisch: Conny Plank vor die Wahl gestellt, ob Chartplatzierung oder Kreativität, gewannen selten die Charts. In die kam er aber dennoch: So entstanden unter seiner Produktion das Debütalbum der Scorpions, das legendäre „Autobahn“ – Album von Kraftwerk, „Vienna“ von Ultravoxx oder Devos „Are we not men?“. Seine Qualitäten als Tonmeister grenzten an Hexerei, die Talking Heads zeigten sich schwer beeindruckt und ahmten auf ihrem Album „Remain in Light“ den Plank-Sound nach. Conny Plank hatte gut zu tun, so viel, dass er David Bowie 1974 erklärte, er habe keine Zeit für eine Zusammenarbeit. Vielleicht stimmte aber auch einfach die persönliche Chemie zwischen ihnen nicht. (Über Bono urteilte Plank Jahre später „Mit dem Sänger kann ich nicht arbeiten“ und überließ Brian Eno die Produktion des „Joshua Tree“ Albums von U2). Für Plank, ganz Freak, war das ein wichtiges Argument, welches schon mal dazu führte, dass er das Studio – kostenlos – einem Eroc von Grobschnitt überließ, damit dieser 1976 einen Stapel Kassetten Heimstudioaufnahmen auf 16 Spur „mit Kopfhörer und Daumen“ synchronisierend, übertragen konnte.
Ein paar Jahre später produzierte Plank die Neue-Deutsche-Welle-Band Ideal, deren erstes Album musste man mit 45 Umdrehungen in der Minute abspielen wie eine Single. Dieses Verfahren sollte für besseren Klang sorgen, soweit ich weiß, ein Novum in der Geschichte. Nebenbei sorgte er dafür, dass die Deutsch Amerikanische Freundschaft (DAF) einen Major-Label-Deal für ihr Album „Alles ist gut“ bekam.
Kurzum, Conny Plank erkannte Gold und brachte es zum Glänzen.

(Er verstarb bereits 1987 im Alter von 47 Jahren.)

Auf der Sweet-Smoke-Scheibe treiben die beiden Stücke gleichsam in einem Strom schwimmend dahin und nehmen den Hörer mit auf eine Klangreise. Man sollte genug Zeit und Ruhe mitbringen, um die Musik genießen zu können. Dann ist es ein Album, das mit zeitlos schöner Musik besticht. Ein Album, das Atmosphäre in den Raum bringen kann, ein Kriterium, das alle der im Karton verbliebenen Platten erfüllen.
Ähnlich gut wie „Just a Poke" ist ihr „Live" Album (1974), während das ansonsten hörenswerte Album „Darkness to Light" doch teilweise etwas mit seinen Krishna-Lobpreisungen übertreibt.

(5. Brainticket „Psychonaut", 1972)

Als Teeny machte man am Wochenende was? Richtig, man haute sich in Diskos die Nächte um die Ohren. Zuerst gab es nichts Schöneres, später hatte man keinen besseren Plan.

In einer dieser Nächte brach ich gegen ein Uhr mit einer guten Bekannten zur Stammdisko auf. Vor eins ging da keiner hin, da war die Musik unerträglich. Wir hatten ein bisschen vorgeglüht und alberten auf dem Hinweg mächtig rum. Sie habe ein untrügliches Gespür dafür, zu erkennen, welche Menschen gut zusammenpassen würden. Sie sei eine begnadete Kupplerin. Ich meldete Zweifel an. Meine Bekannte wusste, dass ich solo war, und meinte, den Beweis könnte sie problemlos antreten, sie würde für mich mal in der Disko auf Brautschau gehen … Nach eingehendem Studium der Bewerberinnen entschied sie sich schließlich für ein Mädchen, brünett, langes Haar, ein paar Jahre älter als ich. Diese sei ihrer Meinung nach wunderschön, hätte was Besonderes und sollte außerdem bestens zu mir passen. „Warum?" „Ist nicht so tussihaft."

Kneifen ging gar nicht. Außerdem wirkte die Frau echt sympathisch, wenn sie schmunzelte oder lachte, sich unterhielt, oder auf die Tanzfläche schaute, und außerdem war ich angenehm angetrunken oder andersherum.

Also sprach ich sie an. Nach Meinung meiner Bekannten sei sie die schönste Frau in dem Laden. Etwas dick aufgetragen, aber nicht gelogen und wer hört so was nicht gerne. Wir haben uns den Abend dann ziemlich gut unterhalten.

Im nicht angetrunkenen Zustand, später, als wir uns ein paar Mal getroffen hatten, stellte ich fest, dass Dani zwar nicht gaaanz so schön, aber zweifellos attraktiv und darüber hinaus ein großartiger Mensch war. Beim ersten Besuch bei Dani stand ich einige Zeit vor der Außentür des Neubaus und starrte ungläubig auf das Klingelschild. Dass sie hier wohnen sollte, passte nicht zu ihr. Ich hätte sogar mit mehr Zuversicht an den Stamm eines Baumhauses geklopft, als auf diese Klingel zu hoffen. Sie wohnte aber tatsächlich da. Die Wohnung teilte sie sich mit einem Typen, den sie hinter seinem Rücken ständig *Heinz* nannte, obwohl er Dirk hieß, weil der „anders" war. Zuerst konnte ich mit der Aussage wenig anfangen, irgendwann traf ich ihn dann mal im Flur. Kleiner Typ, breites Kreuz, kein Hals, vermutlich Bodybuilder. Eine *schicke* Jeans, ge*bügeltes* Hemd, *geschniegeltes* Haar. Versuchte damit zu kaschieren, dass er *wirklich* auf'm Baum lebte. *Mein* Eindruck. Nannte ihn prompt aus Versehen *Heinz*.

Danis Zimmer passte besser zu ihr als das Haus: Mit den Tischchen, jeweils mit bunten Deckchen, irgendwelchen Tüchern überall, Kerzen, Räucherstäbchen, Kästchen und Dosen sah es etwas nach indischem Basar aus, war aber urgemütlich. Wenn ich jemand das erste Mal besuche, gucke ich mir meistens seine Platten an. Zeig mir deine Platten und ich sage dir, wer du bist.

Danis Plattensammlung – abgefahren:

Drei-, vierhundert Stück und eine erstaunliche Auswahl. Kaum Pop, viel Rock, Indie und einiges spezielle Zeug, das ich nicht kannte. Nur ein kleiner Rest am unteren Ende des Plattenregals bildete den Giftschrank, den ich nur kurz inspizierte. Barclay James Harvest, Grace Jones, „Behind the Gardens, behind the Wall, under the Tree" von Vollenweider – einschläfernd, aber ich habe schon Tödlicheres gesehen. Alles in allem eine weidlich geschmackvolle Auswahl, soweit ich es beurteilen konnte. Eine so gediegene und verhältnismäßig große Plattensammlung hatte ich bis dato bei einer Frau nie gesehen. Blieb auch so. Komischerweise ist härtere oder abgedrehtere Musik ja eher Männersache. Wenige Frauen besitzen überhaupt mehr als fünfzig Scheiben oder machen selbst Mucke in Rockbands. Wofür ich bis heute keinen triftigen Grund weiß. Außer, ich kenn' nur die verkehrten Frauen.

Aber zurück zu Dani. Wie ich mit der Zeit herausfand, hatte sie bereits in jungen Jahren eine relativ steile Drogenkarriere gemacht. Im Gegensatz zu ihren beiden Brüdern, ebenfalls Musikfreaks, blieb sie allerdings nicht so lange an Heroin hängen. Als ich sie kennenlernte war sie schon länger clean.

Warum Drogenfreaks so oft einen guten Musikgeschmack haben? Als Antwort mag dienen: In diesen Kreisen hat die Musik einen besonders hohen Stellenwert, weil Musik im Rausch krasser rüberkommt. Jede Szene grenzt sich durch die Auswahl der Musik und den Umgang mit ihr voneinander ab, man identifiziert sich mit ihr. Und so muss es einem

Junkie schon echt schlecht gehen, bis er seine Platten verkauft. Was übrigens nach Meinung eines Freundes, der lange auf dem Kiez wohnte, ein Alki viel schneller tun würde. „Es sind die Alkis, die auf der Reeperbahn im Dreck auf dem Boden, in den Hausecken hocken. Die stürzen am tiefsten." Wie auch immer, Drogen verändern die Wahrnehmung beim Musikhören und ebenso beim Musikkomponieren und -machen. Manche Musiker verleiteten diese Umstände sogar dazu, sich diesbezüglich zu benennen und ihnen ganze Scheiben zu widmen. Womit wir bei Brainticket gelandet wären, einer Band, die ich, wie einige andere auch, durch Dani kennen lernte.
Brainticket, der Name ist Programm.
Bereits ihre erste LP „Cottonwoodhill" ist heutzutage ein Klassiker des psychodelischen Genres, trotz der warnenden Worte auf dessen Inside-Cover:

> „Advice: After listening to this record your friends won't know you anymore. Warning: Only listen once a day to this record. Your brain might be destroyed! Hallelujah Records takes no responsibility."

Mit dem zweiten Album „Psychonaut" setzten die Mannen um Joel Vandroegenbroeck diese Richtung fort, fanden allerdings mit einem breiten Instrumentarium, unter anderem Flöte, Orgel, indischen Sounds und feinen Arrangements, wiederum eine neue eigenständige Interpretation des Begriffs „Psychodelic Music".
Nebenbei bemerkt, sind die beiden Scheiben ein Beleg dafür, was klangtechnisch schon damals ging.
Die restlichen Alben der Band kommen meiner Meinung nach – wie leider so oft – nicht an die ersten beiden heran.

(Wie nah der Drogenkonsum und die Musik auf „Psychonaut" zusammengehen, verdeutlichen akustisch die Inhalationsgeräusche am Beginn von des fünften Songs „Feel The Wind Blow" oder Titel des letzten Stückes auf dem Album: „Coc'o Mary".)

(6. Can: „Soundtracks", 1970)

„'Ne Zeit in Schwingung zu versetzen,
das ist die eigentliche Aufgabe von Musik."
Holger Czuckay

Dani hatte schlechte Erfahrungen damit gemacht, ihre Schallplatten zu verleihen. Zu oft kamen sie entweder überhaupt nicht oder zerkratzt zurück. Sie hatte sich geschworen, keine mehr zu verleihen. Leider besaß sie kein Tapedeck und so bekniete ich sie wochenlang, mir doch ein paar Scheiben zum Aufnehmen zu leihen. Endlich siegte ihre Gutmütigkeit über den vergangenen Ärger. Nachdem ich ihr hoch und heilig versprochen hatte, auf ihre Schätzchen aufzupassen und keine Kratzer auf dem kostbaren Vinyl zu fabrizieren, lieh sie mir also bummelig 50 Stück. Darunter befanden sich alle ihrer geliebten Can-Scheiben und die sollten möglichst schnell zurück.
Nachdem nun einige Jahre verstrichen sind und ich inzwischen alle Can-Scheiben selbst besitze und sie fantastisch finde, kann ich mir einen Tag ohne ihre Musik in der Nähe kaum vorstellen, umso mehr weiß ich Danis Großzügigkeit von damals zu schätzen. Das bedeutet natürlich nicht, dass ich jeden Tag Can-Musik höre, aber wenn ich es nicht könnte, würde ich kaum ruhig schlafen. Man gut, dass ich noch meine Kassetten habe. Ich möchte Dich natürlich nicht um zukünftigen Schlaf bringen, weil nicht genug Can-Mucke um Dich herum ist, hoffe aber trotzdem, eine neue Leidenschaft bei Dir entfachen zu können.

Can gehörte zu den so genannten „Krautrock"-Bands. Ein Begriff, der Ende der 1960er, Anfang der 70er von den Engländern und Amerikanern für deutsche Bands geprägt wurde, die auch bei ihnen Anklang fanden. Das hatte nichts mit den Kräutern zu tun, die Fans der Musikrichtung bei Konzerten reichlich konsumierten. „Kraut" leitet sich von den „Sauerkrauts" ab. Ursprünglich eine Verächtlichmachung aus Kriegszeiten, die sich allerdings als Bezeichnung für eine musikalische Stilrichtung bis heute gehalten hat, obwohl unterschiedlichste Bands darunter subsumiert wurden. Ein ähnlich schwammiger Begriff wie zum

Beispiel die „Neue Deutsche Welle" der 80er Jahre.
Für manche Kritiker ist nahezu alles, was Ende der 60er, Anfang der 70er in Deutschland erschien, Krautrock. Also Pioniere der in ihrer Muttersprache singenden Bands, wie die Heroen-Band der Hausbesetzerszene Ton Steine Scherben, die politische Texte mit Rockmusik verbanden, genauso wie Witthüser & Westrupp, die humorvollen Singer/Songwriter-Folk vortrugen. Oder Bands wie Tangerine Dream und Kraftwerk, die tatsächlich eher Gründerväter der elektronischen Musik waren und kaum sangen, aber sogar international Aufsehen erregten und nicht totzukriegen waren. Später verballerte man Tangerine-Dream-Musik zu esoterischen Zwecken, Kraftwerk nutzte man als Grundlage für Techno-Mucke oder Hip-Hop-Sounds, ohne dass dieses in den jeweiligen Bandnamen begründet gewesen wäre. Gemeinsam hatten die vorgenannten Bands also nur den ungefähren Zeitpunkt des Karrierebeginns, ansonsten höchstens den Hang zum Individualismus.
Die Mehrzahl der Musikkritiker zählen zu den typischeren Vertretern des Krautrocks, Bands wie Ash Ra Tempel, Amon Düül II, Embryo, Grobschnitt, Guru Guru, Jane, Kraan, Neu!, Xhol Caravan und im besonderen Frumpy sowie deren Nachfolgeband Atlantis. (Jeweils mit der begnadeten Bluesrock-Röhre Inga Rumpf und dem Tastenvirtuosen Jean Jaques Kravetz, die in beiden Bands glänzten. Bei Atlantis spielte unter anderen uns Udo Lindi kurzfristig Drums.)
Neben wiederum Eigenbrötlerischem hatten diese Bands mehr gemeinsam: Die meisten sangen auf Englisch, es gab eine Vorliebe für längere Songs und die enthielten teilweise spektakuläre, ausufernde Soli. Einige dieser Bands verband auch der Vertriebsweg: Manche setzten auf Selbstvermarktungskonzepte („Schneeball", „David Volksmund"), andere hatten den Produzenten Rolf Ulrich Kaiser („Ohr", „Pilz") gemeinsam. Nachdem dieser allerdings als „kosmischer Kurier" beim Rückflug von einem Trip die Maschine verpasste, gewann das „Brain"-Label, das ehemalige Mitarbeiter Kaisers gründeten, ab 1972 die vorherrschende Bedeutung.
Krautrock-Bands, die auch international vermarktet wurden, hatten es natürlich einfacher, über die Landesgrenzen hinaus bekannt zu werden. Ansonsten war es schwierig, als Profimusiker sein Auskommen zu ver-

dienen. Die Band Can aus Köln hatte mit eigenem Label und dem Vertrieb über United Artists insofern das große Los gezogen, außerdem hielten sie sich mit Soundtracks über Wasser. Eine Basis für eine Karriere, die wenige Bands hatten. Über die Bandmitglieder Cans sagte deren Gitarrist Michael Karoli:

> „Wir kamen alle aus musikalisch total verschiedenen Richtungen. Und diese Jungs machten so genannte Neue Musik. Jaki *(Liebezeit, Drums)*, der aus dem Free Jazz kam, wollte wieder Rhythmen spielen … Irmin *(Schmidt, Keyboards)* war der Konzept-Mann, Holger *(Czuckay, Bass)* der Komponist … und ich war – glaube ich – der Einzige, der dachte, wir würden Rock Musik machen."

Can wurde zu einer Leitfigur des Krautrocks; es ist jammerschade, dass ich sie nie live gesehen habe. Es muss großartig gewesen sein. Sie spielten ihre Stücke auf der Bühne immer anders als auf den Platten und experimentierten gewaltig. Auf verschiedenen Live-Bootlegs kann man hören, dass das zu vollständig neuen Stücken führte.

Ennio Morricone sagte einmal zu Holger Czuckay über dessen Solowerke, die aus einer Vielzahl von Soundschnipseln zusammengesetzt waren und im Ergebnis die später erfundenen Geräte – Sampler – vorwegnahmen: „Dass sie irre sind, war mir ja bewusst, Aber sie sind ja *vollkommen* irre!"

Unterschiedslos hätte er damit Cans Musik meinen können. Gott sei Dank muss ich nicht versuchen, ihre Musik zu erklären, da Du sie Dir anhören kannst. Für heutige Zeiten mag sie nicht besonders spektakulär klingen, doch sollte man berücksichtigen, dass es eben sie und nicht etwa Sonic Youth waren, die 1970 derart die Hörgewohnheiten **rockten**.

– „You made a believer out of me" (aus „Yoo Doo Right", Monster Movie, 1969).

Auf der vorliegenden Scheibe „Soundtracks" hörst du neben oben genannten Musikern auch jeweils die Sänger Malcolm Mooney und Damo Suzuki. Letzterer singt das Hammerstück „Mother Sky", vielleicht der Song, der Mark E. Smith von „The Fall" 15 Jahre später veranlasste zu deklamieren: „I am Damo Suzuki" (Auf: „This Nation's Saving Grace", Titel 12).

(7. Frank Zappa: „Hot Rats“, 1969)

Es gibt bereits im Allgemeinen viel über diesen genialen Musiker und Komponisten, wahrlich ein Meister von Weltrang, zu sagen. Im Spezielleren könnte man auch über seine Texte sprechen, die schon damals den Sticker „Parental Advisory, Explicit Lyrics“ auf seinen Scheiben gerechtfertigt hätten, wenn man die nicht erst für Hip-Hop-CDs erfunden hätte.

(Dafür gelang es Zappa 1986, sich den Warnhinweis bei „Jazz from Hell“, einem reinen Instrumentalalbum, einzuhandeln. Nur für den Titel eines Stückes: „G-Spot Tornado“.)

Ich möchte hier erstmals von einer persönlichen Begebenheit zu einem Nebenaspekt Zappas Schaffens berichten, nämlich von seinem Ratschlag zu den hygienischen Begleitumständen der Sexualität.

Ich ging erst seit ein paar Jahren zum Gymnasium, dessen Schüler zum Teil in einem angeschlossenem Internat wohnten. Einer meiner besten Kumpels gehörte zu denen. Wir befanden uns noch im zarten Teenageralter und waren unbeleckt jeglicher persönlicher sexueller Erfahrungen mit dem anderen Geschlecht, doch dieses erweckte zunehmend unser Interesse.
Als ich meinen Kumpel das erste Mal im Internat besuchte, machten wir zuerst eine Ortsbegehung, ehe wir „auf seine Bude“ gingen. Er zeigte mir die Mädchenhäuser von außen, andere Jungshäuser, den Frühstücks- und Aufenthaltsraum, sogar die Waschräume. Eine für mich vollkommen neue Wohnsituation, und mit so vielen anderen Jugendlichen so eng zusammen zu wohnen, erschien mir durchaus reizvoll. Schließlich landeten wir im Zimmer meines Kumpels, der Mitbewohner war gerade nicht da. Wir spielten ein paar Partien Schach und hörten Mucke, unter anderem die Liveaufnahme eines Konzertes von Buddy Guy, bei dem dessen Bruder Phil zu einer Session auf die Bühne kommt. Sie spielen besten Chicago-Blues. Leider habe ich bis heute nicht herausgefunden, welches Konzert das war. Unbeschriftete Kassetten sind ein Gräuel.
Nachdem wir ein Weilchen „auf Bude“ abgehangen hatten, wurde es Zeit für mich aufzubrechen. Da fiel meinem Kumpel erst eine Sache

ein, die er mir unbedingt noch zeigen wollte, bevor ich gehen könne. Er lief durch den Flur voraus zu einem weiteren kleinerem Gemeinschaftsfernsehraum, in dem ein Sofa, ein paar Stühle, ein Tisch und die Glotze standen. Vor dem Sofa blieb er andächtig stehen, ich stand neben ihm, konnte aber nichts Besonderes feststellen. Er wies mich auf ein paar weißliche eingetrocknete Flecken hin. Bei mir klingelte weiter nichts.
„Mann, da haben es zwei drauf getrieben, das sind Spermaflecken", klärte mich mein Kumpel auf. Die Nachricht hatte ich zu verdauen, „Wie, die haben es hier vor allen Leuten getrieben?"
„Nein, natürlich nicht, irgendwann abends, als das keiner gepeilt hat."
Zwar hat mich diese Vorstellung als Teenager eine Zeitlang arg beschäftigt, ich hätte dieses Bild aber wahrscheinlich vergessen, wenn nicht wenig später Frank Zappa die Scheiben „Joe's Garage Act 1" und „Joe's Garage Act 2 & Act 3" heraus gebracht hätte und er mich nicht seitdem daran erinnerte. Zappa singt darauf ein paar Zeilen in Deutsch: „Aber beklecker' nicht das Sofa, Sofa".
Vor diesem werterhaltenden Tipp hatte Zappa sich bereits als einer der „Mothers of Invention", später unter eigenem Namen, einen Ruf als eigenwilliger Rockmusiker erworben. Und um auf das Album „Hot Rats" zu kommen, ebenso als Jazzmusiker. „Hot Rats" gilt manchen als die Geburtsstunde des Jazzrock und zeigt, wie unnötig Grenzen zwischen diesen Stilen sind und das Zappa schon 1969 wusste, wo musikalisch der Hammer hing.

(8. The Jimi Hendrix Experience: „Electric Ladyland", 1968)

Ein Glücksfall für den gitarregeprägten Rock war Jimi Hendrix und eine Tragödie sein früher Tod. Im vom Bluesmusiker Robert Johnson hervorragend geführten Klub der 27-Jährigen, dem Brian Jones von den Rolling Stones bereits 1969 beitrat, folgte Jimi Hendrix 1970. Janis Joplin verstarb nur einen Monat später und Jim Morrison ereilte es bereits 1971, um nur ein paar bekannte Mitglieder zu nennen.

Erst mit 15 Jahren bekam Hendrix seine erste Gitarre und man darf davon ausgehen, dass er sie fortan nur aus der Hand legte, um eine andere zu spielen. Als er zum Militärdienst musste, konnte man mit ihm nichts anfangen, der wollte doch nur Gitarre spielen und so entließ man ihn wieder.

Gleichwohl sich kein Mediziner findet, der bezeugen würde, das Instrument wäre zu jener Zeit an ihm festgewachsen, so dürfte es für Fans unstrittig sein, dass sie zu einem seiner Körperteile wurde. Und wenn Musiker ihre Gitarre sprechen lassen können, dann beherrschte Hendrix seine Muttersprache perfekt. Zweifler mögen beispielsweise zuerst seine Version von „Star Splanged Banner", die er beim Woodstock-Festival spielte, hören und begreifen, wie hier mit einer Gitarre als Zungenersatz Politik gemacht wurde, ehe sie sich erdreisten ihre nichtsnutzige Stimme zu erheben.

Es gibt ja so coole Percussionisten, die kriegen auf jeder Waschmitteltonne einen groovy Beat geklopft; ich bin der Meinung, Hendrix hätte dazu locker auf einem Sack Reis ein geiles Gitarrensolo spielen können – mit den Zähnen.

Zu Lebzeiten veröffentlichte dieser und hier ist es angemessen – Gitarrengott – nur drei Alben, die man alle stehen haben sollte, und eine Best-of-Platte … Nach seinem Tod ist ein Vielfaches an Alben von ihm erschienen und dabei einiges Geniales. Zur Ernüchterung mancher Fans ist nicht alles hiervon göttlich, als Beispiel die angeschickerte Jam-Session mit einem betrunkenem Jim Morrison zu später Stunde und dem Meister, die später unter dem passenden Namen „Woke up this morning and found myself dead" erschien. Spannend an diesen ganzen Studiofunden, Live-Aufnahmen und Bootlegs ist, zu hören, wie Hendrix es verstand, immer neue Variationen seiner Songs zu spielen, meistens ohne dass man sagen kann, welches die beste ist. Er verstand es unglaublich gut, die Persönlichkeit von Songs zu lesen, die der eigenen und die fremder. Während andere Gitarristen froh waren, überhaupt die Noten nachspielen zu können, ging Hendrix in einen kreativen Dialog mit ihnen. Er interpretierte Songs ständig neu, ohne ihnen wie andere Musiker ein neues rotes Schleifchen umzubinden, mit dem man fremde Songs zu Tode stranguliert. Einfacher gesagt: Einer der größten Poeten der zeitgenössischen Musik, Bob Dylan, schrieb haufenweise Songs, denen unzählige Myriaden von Coverversionen folgten. Die auf diesem Album enthaltene Hendrix-Version von „All along the Watchtower“ aber spielte Dylan später öfter selbst.

Selbstredend hat Jimi Hendrix Gitarristen ohne Ende mit seinem Spiel beeinflusst, z.B. den ehemaligen von Procol Harum, *(die mit „A whiter shade of Pale“)*, Robin Trower, der danach eine Solokarriere machte, oder Stevie Ray Vaughan, der eine Version von „Voodoo Chile, (Slight) Return, spielte, die wahrscheinlich sogar dem Meister selbst gefallen hätte. Stevie Ray Vaughan sowie drei Band- beziehungsweise Crew-Mitglieder von Eric Clapton und der Pilot verstarben bei einem Hubschrauberabsturz am 27. August 1990. In „Voodoo Chile, (Slight) Return“, heißt es an einer Stelle:

> „If I don't meet you no more in this world, I'll meet you on the next one, and don't be late, don't be late.“

Der Song findet sich auf der Jimi's Doppel-LP, „Electric Ladyland“. Nicht zuletzt wegen des schönen Covers habe ich das Album bis zuletzt behalten – meine Favoritin ist die Brünette, die über dem „THE“ lehnt – es hätte aber auch fast jede andere sein können.

(Auf dem Cover sind eine größere Anzahl nackter hockender Frauen abgebildet.)

(9. Soft Machine: „Softs“, 1976)

Ich war 18 Jahre alt und mir gehörte die Welt, weil ich verliebt und volljährig war, aber praktisch besaß ich nur einen klapprigen R4 Kasten. Wenn ich von klapprig spreche, dann meine ich keinen ehrwürdig verrosteten Lastesel, der zuverlässig seinen Dienst tut. Ich meine ein Gefährt, bei dem die Bodenbleche vor den Vordersitzen aus alten Kennzeichen, die kunstvoll übereinander geschichtet waren, bestand, damit man nicht die Straße zu Füßen sah. Zu Anfang des Winters hatte ich den Haufen mit einem Rest TÜV von unglaublichen sieben Monaten für vierhundert Mark gekauft. Bald aber wurde ich vom Pech verfolgt, was das Anspringen des launischen Gefährts bei Kälte und dessen Heizung anbetraf, die bei Frost knapp die Frontscheibe eisfrei hielt. Doch im Frühjahr fuhr es sich schon besser und im Sommer war ich der King of the Road oder zumindest einer der ganz wenigen mit horizontalen Schiebefenstern in den Türen.

An einem Wochenende wollte ich zusammen mit einem Bekannten im R4 nach Köln fahren. Er hatte sein Surfbrett dabei und alles was ein demnächst sonnengebräunter Surfer Boy so zum Urlauben braucht. Ich sollte ihn bei seinen Freunden absetzten, damit er mit denen zusammen weiter in den Süden reisen konnte. Ich selbst wollte eine neue Angebetete, die ich zufällig bei ihrem Kurzurlaub in Hamburg kennen gelernt hatte, zuhause in Köln besuchen und überraschen.

Als wir losfahren wollten, sprang die Karre allerdings nicht an. Der Trip begann also mit Anschieben. Im Elbtunnel wollte ich dann ganz vorschriftsmäßig Licht anmachen wie alle, um nicht dumm auszusehen. Als ich es anknipste, drohte der Motor abzusterben. Als ich es wieder ausknipste, konnte ich den Motor mit der Kraft der Restgeschwindigkeit wieder anbekommen. Durch den Elbtunnel kam man auch ohne Licht. Sah aber dumm aus.

Die blaue Stunde hatte bereits begonnen, als wir mit laufendem Motor tankten, dabei zogen wir nahezu die ungeteilte Aufmerksamkeit des Kassierers auf uns. Er war geradzu verblüfft, dass ich den Sprit auch bezahlte. Danach ruckelten wir so lange an den paar Kabeln im Motorraum herum, bis plötzlich das Licht und der Motor gleichzeitig funktionierten.

Nach dieser fach- und sachgerechten Reparatur konnte es weitergehen. Wir kamen bis kurz hinter Bielefeld. Der Wagen nahm kein Gas mehr an und wir wurden immer langsamer. Ich war froh, dass wir im allerletzten Austrudeln eine Autobahnraststätte erreichten, wo er schließlich verreckte. Mein Bekannter ließ sich von seinen Freunden abholen, ich hingegen verbrachte eine letzte Nacht im R4 und fand am nächsten Tag jemanden, der mich im Tausch gegen meinen vollen Ersatzkanister mit meinem Auto zu einem Schrottplatz abschleppte. Danach fuhr er mich sogar bis zum Bahnhof. Guter Mann.

Der Überraschungsbesuch war zu einem Ausflug mit überraschender Entsorgung der umständlichen Art ohne Besuch verkommen. Ich war gefrustet und wollte nur noch störungsfrei mit der Bahn zurück. Auf der Suche nach einem möglichst leeren Abteil setzte ich mich zu einem jungen Typen, der das Abteil bisher für sich alleine gehabt hatte und relativ laut Musik aus seinem Ghettoblaster hörte. Ich hatte keinen blassen Schimmer, was dabei Ursache und Wirkung war, aber mich schreckte er damit nicht.

Die Musik war für mich seltsam, mehr Jazz als Rock, eher verspielt und komplex als hart und vor allem klang sie abstrus aus einem Ghettoblaster, der für die Musik von RUN DMC gebaut war („Walk This Way"), aber offenkundig trotzdem tadellos funktionierte.

Wir musterten uns eine Runde. Da war ich den einen Sunny Boy grade losgeworden, da saß ich mit dem nächsten in einem Abteil. Mit Blick auf die Zwei-Weg-Vollholz-Boxen und das Autoradio, das ich notgedrungen mit mir herumschleppte, überlegte er wahrscheinlich, ob ich ein Autoknacker wäre.

Ich fragte ihn, was das für Musik sei. Er verstand nicht. „I don't speak Geman." Ich fragte auf Englisch. „Soft Machine", erklärte er mir; die Musik sei ein Tipp seines älteren Bruders. Früher hätte sogar mal ein Australier *(Daevid Allen)* in der Band gespielt. Er sei selbst aus Australien und würde eine kleine Europareise mit der Bahn machen. Als Letztes sei er in Amsterdam gewesen – nice place, fantastic people. Ob ich vielleicht etwas pfeifenähnliches dabei hätte? Ansonsten sei er gut versorgt, er brauche nur ein Rauchutensil. Da er nicht mit Tabak rauchen wollte, blickten wir einen Moment trübsinnig drein, bis mir einfiel, dass ich eine kleine Stahlpfeife zu dekorativen Zwecken an meinem Schlüsselbund hatte. Das Ding war grade mal fünf bis sechs Zentimeter groß und ich hatte es bisher nie auf seine Funktionalität hin getestet. Das wurde nun nachgeholt, ausgiebig.

Nachdem sich der Spruch „Klein aber oho" als mehr als richtig erwiesen hatte, blickten wir versonnen in die vorbeirauschende Landschaft und hörten ungestört die coole Musik. Das Rattern der Bahn dröhnte dazu durch das offene obere Fenster und der Aussie rief dann und wann begeistert: „Man, it's so fucking green outside. Unbelievable, so fucking green!" Und wäre es nicht so grün gewesen, es hätte genauso die schöne Weite Australiens sein können.

(10. Renaissance: „Live at Carnegie Hall“, 1976)

Was machen Musiker, die eine der erfolgreichsten Bluesrock-Formationen ihrer Zeit gerade aufgelöst haben?

Diese Frage stellten sich zwei ehemalige Yardbirds *(Jim McCarthy, Keith Relf)* und gründeten – was sonst – eine neue Band, „Renaissance“. Zu den beiden gesellte sich die Schwester des einen als Sängerin *(Jane Relf)*, ein Basser *(Louis Cennamo)* und ein Pianomann *(John Hawken)*. Ihr Bandname spielt darauf an: Sie kombinierten Elemente des experimentellen Rock mit denen klassischer Musik. Diese Besetzung spielte zwei wirklich hörenswerte Alben ein, ehe sich die Gründungsmitglieder alle nach und nach verabschiedeten und eine vollständig neue Truppe fortan die Geschicke übernahm.

Bereits Jane Relf hatte über ein Goldkelchen verfügt, doch Annie Haslam, die neue Sängerin, toppte sie mühelos. Es sollte Jahre dauern, bis mit Meredith Monk, Kate Bush oder Lisa Gerrad (Dead Can Dance und solo) ähnliche „Gänsehautstimmen“ – im positiven Sinne – die Bühne betraten. Auch die anderen Musiker, teilweise mit klassischer Musikausbildung, standen in der Instrumentenbeherrschung in nichts nach und so wurde mit ein paar neuen Alben ein neues Repertoire erarbeitet.

Im Juni 1975 war es dann so weit, alle Mosaikstückchen für das Opus Magnum der Band konnten zusammengesetzt werden:

Man spielte live an mehreren Abenden Seite an Seite mit dem New Yorker Philharmonic Orchestra die besten Stücke in der Carnegie Hall und der Sound war die echte Symbiose. Im Unterschied zu vielen späteren Rockbands, die mit Orchestern auftraten, klang das Zusammenspiel bei Renaissance und den perfekt arrangierten Symphonikern nicht aufgesetzt. Die Renaissance-Kompositionen brauchten und vertrugen die „große Bühne“. Sie waren keine bloße Chartware, dies zeigte sich schon in der Länge der Stücke auf dem Doppelalbum: Das kürzeste ist über sieben Minuten lang und zwei Stücke nehmen jeweils eine Plattenseite ein, die restlichen Songs bewegen sich dazwischen.

Das eine lange heißt „Scheherazade“ und ist eine sinfonische Vertonung des Märchens und nebenbei fantastisch geeignet, den Ignoranten, die be-

haupten nur klassische Musik sei „ernste" Musik, den Zahn zu ziehen.
Das andere lange Stück, „Ashes Are Burning", bedient sich ebenfalls der sinfonischen Struktur und ist für mich ein weiteres Beispiel für die organisch klingenden Arrangements des Albums. Eingebettet in diesen Titel ist ein glänzendes Basssolo, eine kleine Lehrstunde für jeden, der Tieftöner beackern will – und eine große ist das ganze Album. Im Stile eines Generalbasses liefert der Bass, ohne sich dümmlich posend in den Vordergrund zu stellen, gleichzeitig das Fundament für alle anderen Instrumente und den Gesang und macht mal eben nebenbei die sonst in der Rockmusik obligatorische E-Gitarre überflüssig.
Weitere enthaltene Titel des Album sind das beherzt gesungene Frohe-Laune-Stück „Carpet Of The Sun" und der Song „Mother Russia": ein politisches Statement zum Umgang der Sowjetunion mit Solschenizyn und wie ich finde, eine wundervolle Vertonung der russischen (musikalischen) Seele.
Für jeden Song wäre eine eigene Laudatio angemessen, also kurzum: „Live at Carnegie Hall" von Renaissance ist ein verdammtes Meisterwerk und wäre es ein Bild, würde es selbstverständlich im Museum hängen, von mir aus neben Van Gogh.
Nun mag man einwenden, ich hätte diese Meinung exklusiv, viele würden die Band nicht mal kennen und diejenigen, die sie schon mal gehört haben, würden ihre Platten kaum mit auf die einsame Insel nehmen. Nicht ohne Zwang. Das sei doch seltsam …
Mitnichten! Leider sind die anderen Scheiben von Renaissance nicht so überwältigend und daher mag ihr Ruf schlechter sein als diese Platte. Und zudem, um Berühmtheit zu erreichen bedarf es oft einer Coolness oder Exzentrik und Renaissance war weder eine „coole" Band noch haben sich ihre Mitglieder jemals halbe Ohren abgeschnitten.
Außerdem vermute ich, dass viele die „Live at Carnegie Hall" gehört haben und nicht mögen, – bildlich gesprochen – selbst nur über halbe Ohren verfügen, vielleicht hätten sie sonst mehr Werbung für die Platte gemacht. Man sollte Musik unvoreingenommen hören, der Musik eine Chance geben, sich hineinhören. Manche Menschen denken, sie könnten sich über ein solches Album bereits nach fünfmaligem Hören eine Meinung bilden; ich habe dieses Album sicher eher fünfhundert Mal gehört

und wenn nicht bisher, dann tue ich's bald! Denn ich kenne nichts Besseres in diesem Musikstil.

„Travel the days of freedom,
roads leading everywhere,
come with me now and show how you care"

Aus „Ashes are burning".

(Mir war der Fachterminus Generalbass nicht geläufig, den Bernd hier verwendet. Was damit gemeint ist, mag sich der Leser bereits gedacht haben. In den Unterlagen, die Bernd mir überließ, findet sich ein Hinweis, was ihn geritten haben mag, diesen Ausdruck zu benutzen. Es handelt sich um einen herausgerissenen Zettel mit einem Zitat von Johann Sebastian Bach aus den „Vorschriften und Grundsätzen zum vierstimmigen Spielen des General-Bass oder Accompagnement", 1738.

„Er heist Bassus Continuus oder nach der italienischen Endung Basso Contin(u)o, weil er continuirlich fortspielet, da mittels die andern Stimmen dann und wann pausiren..."

Und weiter ausführend:
„Der General Bass ist das vollkommste Fundament der Music welcher mit beyden Händen gespielet wird dergestalt das die lincke Hand die vorgeschriebenen Noten spielet
die rechte aber Con - Dissonantien darzu greift damit diese eine wohlklingende Harmonie gebe zur Ehre Gottes und zulässiger Ergötzung des Gemüths und soll wie aller Music, also auch des General - Basses Finis und End - Ursache anders nicht, als nur Gottes Ehre und Recreation des Gemüths seyn. Wo diese nicht in Acht genommen wird, da ists keine eigentliche Music, sondern ein teuflisch Geplerr und Geleyer.")

(11. Fela Anikulapo Kuti: „Live in Amsterdam“, 1984)

Nehmen wir an, Du wolltest einen Film drehen. Eine der Szenen spielt am Strand, etwa in St. Peter-Ording, zwei frisch Verliebte, schönstes Sommerwetter, nahezu windstill. Wobei es dort zwar bass selten schönstes Badewetter gibt und fürbass selten mit Windstille, aber: Es ist ja ein Film.

Die zwei sind allein am Strand, – **allein**, sie sind die Einzigen, die bemerkt haben das schönstes Badewetter ist, aber in einem Film geht ja einiges – ehe sie in einer späteren Szene gemeuchelt werden, heiraten oder was weiß ich.

Jedenfalls brauchst Du eine echt einzigartige saucoole Strand-Sonne-und-easy livin'-Musik. Nicht so'n Baccardi, Against all odds Scheiß, sondern stilbildend:

einprägsamer als der „Dritte Mann“ und lässiger als Pulp Fiction – Du willst den Ry Cooder-Buena-Vista-Social-Club-Superhattrick!

?

Nimm Musik von Fela Anikulapo Kuti.

(Geboren 1938, gestorben 1997.)

Ich bin fassungslos und glücklich, dass da bisher keiner drauf gekommen ist. So kannst Du von dieser Idee profitieren und ich bin mir sicher, es wird gut werden, die Szene und das Gemeuchle, Heiraten oder das Wasweiß-ich.

Außer dass Du in Sachen Filmmusik bei Strandszenen als junger, aufstrebender Filmemacher nun ausgesorgt hast, muss ich Dir jedoch folgende Warnung mit auf den Weg geben: Der Mann ist in Nigeria ein Volksheld, gehe mit seinem Andenken pfleglich um; und es gibt eigentlich keine schlechte Fela-Scheibe, daher rede nicht abschätzig über seine Afrobeat-Musik.

Selbst wenn sich der Gesang und die Sprache in unseren Ohren manchmal lustig anhören, was Fela bestimmt nicht verkehrt gefunden hätte, weil er bestimmt nicht humorlos war, geht es in seinen Texten doch um

wichtige Dinge wie Antiimperialismus und Kolonialismus. Ein Beispiel: In seinem Song „International Thief Thief, I.T.T." singt er gegen die Ausbeutung durch internationale Konzerne … *Zufällig* gab es früher einen Elektronikkonzern der so hieß …
Könnte sein, dass uns deshalb die Bacardi-Werbung mit Fela-Musik erspart geblieben ist.

(Danke, erst das Buch und jawohl.)

(12. Bob Marley & the Wailers: „Babylon By Bus“, 1978)

Die Generation meiner Großeltern war für viele Schlechtigkeiten in dieser Welt verantwortlich. Wenn ich an meine Oma denke, bringe ich sie jedoch nicht mit einer in Zusammenhang, außer der vielleicht, dass auch sie glaubte, die Autobahnen hätten wir alle Hitler zu verdanken. Sie war eine kleine, zierliche Frau gewesen, eine unscheinbare Person. Aber es waren häufig die vielen unscheinbaren Frauen, die die Karre aus dem Dreck zogen, die die vielen unscheinbaren Männer, die sich aufbliesen, dauernd wieder hineinfuhren.

Ich mochte meine Oma gern, leider ist sie bereits seit Jahren tot. Ich vermisse sie.

Eines Sonntagnachmittags besuchte ich meine Oma, Opa war bereits verstorben.
Wir unterhielten uns über dies und das, lachten und hatten eine gute Zeit. Schließlich, nach einem Blick auf die Uhr, schnitt meine Oma ein heikles Thema an: Es würde gleich „Zum blauen Bock“ mit Heinz Schenk im Fernsehen geben. Eine Sendung in der es, glaube ich, darum ging, dass Volksmusiker auftraten, um sich gemeinsam singend mit Heinz Äppelwoi aus Selbstgetöpfertem hinter die Binde zu kippen, bis sie nicht mehr konnten oder einer der Saalzuschauer sich enthusiasmiert bis in den Notarztwagen geschunkelt hatte. Meine Oma verfolgte dieses offensichtliche Kulturhighlight und öffentlich-rechtliche Massenbesäufnis immer genau, dazu hatte sie sogar ihre Brille herausgesucht. „Meine Lieblingssendung“, sagte sie, und wenn sie die gucke, könne sie sich nicht gleichzeitig mit mir unterhalten. Sie nahm an, die Sendung gehöre schwerlich zu meinen Favoriten, und in der Tat hatte ich bisher keinmal zehn Minuten in einem Stück ausgehalten, ohne angewidert das Weite zu suchen. Volksmusik, im Speziellen „Schwarzbraun ist die Haselnuss“- Heino ging gar nicht. Aus einer Laune heraus blieb ich jedoch sitzen. „Zum blauen Bock“ begann und meine Oma vertiefte sich in die Sendung. Ich betrachtete wortlos Heinz Schenk und Konsorten und sogar Heino blieb mir nicht erspart, aber ich war fasziniert zu sehen, wie das Geschehen auf meine

Oma wirkte. Sie strahlte über das ganze Gesicht; nur um sie so strahlen zu sehen, glotzte ich fast den ganzen „Bock" mit ihr.
Seitdem habe ich mir das Lästern über Heino weitestgehend abgewöhnt. Der Volksmusik – unserer Folklore – versuche ich, mehr Respekt entgegenzubringen.
Sie verursacht tatsächlich viel Freude. Und „Wer sich freut, der freut sich" hat mal ein schlauer Mann gesagt.
Die Folkloremusik eines anderen Landes – Jamaicas – ist schon eher mein Ding. Genauer Reggae, wie ihn Bob Marley spielt. Er war für Jamaica und den Reggae wie Fela Anikulapo Kuti für den Afrobeat und Nigeria der herausragende Vertreter mit internationaler Wahrnehmung. Ende der siebziger Jahre steigerte sich der Bekanntheitsgrad von Bob Marley so weit, dass er der Superstar des Reggaes wurde und weltweit jedes kleine Kind sein Wissen um Liebesdinge in schwierigen Zeiten singen konnte: „No woman, no cry".
Jede Provinzband musste sich fortan mindestens einen Reggae draufschaffen und die Karriere von beispielsweise „The Police" wäre ohne deren Reggae-Elemente undenkbar.
Es ist keineswegs zu hoch gegriffen, wenn man behauptet, der Reggae ohne Bob Marley wäre in unserer Wahrnehmung ähnlich tot wie der Rock 'n' Roll ohne Elvis Presley.
Kaum lebendiger kann Musik klingen als auf dem Doppel-LP-Album „Babylon by Bus". Da groovt es mit „Positive Vibration" los und hört erst mit „Jamming", dem letzten Titel, auf und im eigenen Kopfkino haben sich bis dahin wahrscheinlich die Vibes so hineingeschwoft, dass man gute Laune hat und mehr will.
Zu der politischen Dimension von Bob Marleys Musik und der religiösen in Bezug auf die Vermittlung der Religion Rastafari, der er angehörte, möchte ich mich hier ausschweigen. Nur ein paar Zeilen hierzu kämen mir zum einen ungebührlich vor, zum anderen bin ich der Verkehrte, sie zu würdigen.

(Dann mach ich's: Als Bob Marley einmal gefragt wurde, wie es dazu kommen konnte, dass er ein Haus unweit der Residenzen des Gouverneurs und des Premierministers bezog, antwortete er seelenruhig: „Sistah, I bring the ghetto uptown.")

(13. Rare Earth: „In Concert“, 1971

An das Blatt Papier, auf dem Bernds Bemerkungen zu diesem Album stehen, ist ein Foto geheftet. Das Fotopapier ist an den Rändern etwas vergilbt und hat sich ein wenig zur Mitte hin aufgerollt. Es zeigt zwei langhaarige Hippies, vor einem kleinen Lagerfeuer sitzend. Der kleinere, mit blonden Haaren, stochert im Feuer, der andere – es könnte Bernd sein – hat einen Lederhut auf, aus dem dunkle Haare auf die Schultern fallen. Bernd gestikuliert zu dem Kleineren hin, der lachend mit dem freien Arm eine abwehrende Haltung eingenommen hat. Im Hintergrund kann man einen mattschwarz gestrichenen Bus erahnen, da eine der Hydrauliktüren offen steht und das Licht vom Innengang durch die Fenster nach außen schimmert.)

In früheren Jahren trampte man bisweilen, wenn man kein Auto zur Verfügung hatte. (Öffentliche Verkehrsmittel schieden per se aus, weil sie viel zu teuer, viel zu langsam und auf dem Lande grundlegend schlechter als die wöchentliche Müllabfuhr verfügbar waren.)
Bei einer dieser Tramptouren bin ich auf der Flucht vor winterlicher Kälte in ein mollig geheiztes Auto gestiegen für einen trügerischen kurzen Moment des Glücks, um dann in einer Tramperhölle zu stranden. Tramperhöllen zeichnen sich dadurch aus, dass man dort leicht abgesetzt werden kann, aber selten daraus – lebend – abtransportiert wird. Mein unter Trampern verschriener Ort der ewigen Finsternis und Verdammnis hieß Heide in Dithmarschen, Schleswig Holstein. Dort, wo Sodom und Gomorrha zu finden sind und in jeder Landkarte ein großes Loch sein sollte.

Wenn Dithmarschener Autofahrer eines Trampers ansichtig werden, was nur auf die Hälfte zutrifft, die nicht beim Vorbeifahren geradeaus starren, dann betrachten sie einen mit Missfallen. Missfallen über ein Eindringen in ihre Privatsphäre, die natürlich ihr Auto umfasst und – bei *wirklich Fremden* – außerdem die Straße gleich mit, auf der ansonsten nur andere Autofahrer und bestenfalls alte Omas als Fußgänger geduldet werden. Selbst Radfahrer erblickte ich keine, da sie wahrscheinlich das Risiko auf Dithmarscher Straßen scheuen und lieber zu Hause sitzen und auf ein Auto sparen.

Die Präposition „am“ wurde der Situation nicht gerecht, ich befand mich seit ein paar Stunden „im“ dunklen Arsch der Welt und hatte die Hoffnung zu trampen oder ein Fahrrad zu stehlen inzwischen aufgegeben. Ich begann am Bürgersteig festzufrieren und machte mich mit der Aussicht vertraut, zur Eissäule und als abschreckendes Mahnmal zu erstarren und dort bis zum Frühjahr und Wiederauftauen zu verweilen. Ich hielt den vermaledeiten Bauern in ihren Mittel- und Oberklasseautos mit Anhängerkupplung, in denen sie meistens alleine saßen, nur noch in Momenten eines ignoranten, widerstrebenden Trotzes meinen – bereits in den Gelenken knirschenden – Daumen entgegen, als ein riesiger mattschwarzer Bus auf mich zufuhr. Entweder ein Abdecker im großen Stil oder ein Verrückter. Beides gut. Ich hielt den Daumen hoffnungsfroher raus und lernte wenig später keinen Abdecker, sondern Dörti kennen. Er war glücklicherweise auf dem Weg nach Hamburg, ebenfalls mein Ziel.
In späteren Zeiten machte ich einige Touren mit ihm in seinem mattschwarzen ehemaligen Vierzig-Sitzer-Bundeswehrbus, etwa zu Konzerten. Dabei wurde man dauernd von den Bullen angehalten und ich lernte, wie Dörti als ordentlicher Staatsbürger hieß: „Herr Frank Dörting, haben sie etwas getrunken? Herr Dörting, haben sie Drogen genommen?“

Einmal erzählte er mir die Geschichte von seinem kurzem, erfolgreichen Ein- in die und vorzeitigem Ausstieg aus der DJ-Laufbahn.
Dörti war regelmäßiger Besucher einer Diskothek, die von den Besucherzahlen her schon prallere Zeiten gesehen hatte. Der neue Besitzer des Ladens hielt sich selbst augenscheinlich für Rick Orville Wilbour Wright den Vierten und muckemäßig „Stars on 45“ für den großen Wurf. In seiner Disko setzte er auf südländischen Flair: bunte Deko, Strohhalme – auf ein anderes, neues Publikum. Er spekulierte auf Long-Drink-Leute – sein Ding – und ließ deshalb Musik spielen, von der wirklich jedes Bier schimmelig wird, damit auch der allerletzte angestammte Freak vergrault würde. Das zumindest klappte recht gut. Der Rest weniger. Bald saß der Pina-Colada-Party-King freitags alleine am Tresen. Weder Magnum noch Tom Selleck kamen zum Cocktailschlürfen und

auch sonstige Besucher lugten nur kurz in den Laden hinein, sahen nur Pseudo-Rick und sein Personal in dem Krach hocken und stoben daraufhin lieber geschwind von dannen. Da sprach Dörti ihn auf die Malaise an.

Sie machten einen Deal:

Er würde dreimal an Freitagen für kleines Geld auflegen, und wenn der Laden dann einigermaßen brummte, würde man sich wieder zusammensetzten, neu verhandeln.

Von seinem neuen Job hatte Dörti ein paar Leutchen erzählt und einige kamen vorbei, vielleicht nur, um ihn scheitern zu sehen, doch er machte seine Sache ziemlich ordentlich. Er versuchte beizeiten für alle etwas Passendes aufzulegen, experimentierte herum, indem er beispielsweise seine Zuhörer mit einem Titel aus der „Zoolook" von Jean Michel Jarre verwirrte, traf aber oft genug den Geschmack der Anwesenden. Von Mal zu Mal lief es runder und von Freitag zu Freitag kamen mehr Freaks.

Am dritten Abend war die Bude gegen 23 Uhr stattlich gefüllt, als einer von Dörtis Freunden auftauchte und ihn überredete, kurz mit hinaus auf den Parkplatz zu gehen.

Jeder DJ braucht mal einen längeren Titel, um eventuell auf Toilette zu verschwinden oder sich einen neuen Drink zu besorgen.

Dörti mochte soulig geprägte Mucke und im souligen Rock gibt es einige wirklich lange Nummern, sei es von War, mit und ohne Eric Burdon, den Temptations oder eben – seine Wahl – Rare Earth.

„And now we play twenty or thirty minutes of Get Ready", verkündete der Sänger im Intro. Dörti verkrümelte sich auf den Parkplatz und dort im Auto sprachen er und sein Freund dem süßen Rauch zu. Drinnen groovte die Motown-Band mit ihrem Klassiker, gespielt in einem exzellenten Konzert, das Publikum in Grund und Boden.

Es war alles gut, als Dörti den Club wieder betrat, die Musik spielte noch. Und obwohl er selbst meinte, die Aktion wäre *vielleicht* etwas heftig gewesen, wäre weiter nichts passiert, bis ein Kerl durch den halben Raum Dörti zurief: „Na, haste schnell mal einen durchgezogen?"

Aus dem Augenwinkel sah Dörti Pseudo-Rick, der wie immer am Tresen sitzende Pina-Colada-Party-King, der sich an seinem Drink verschluckte

und fast daran erstickte.
Obwohl Dörti dem Partyking kräftig zahlendes Publikum gebracht hatte, war das sein letzter Freitag als DJ. Der Besitzer erklärte das Dörti so, er wolle ein „anderes Publikum“ haben.
„Ein halbes Jahr später dann“, so Dörti, „hatte der Laden einen anderen Besitzer.“

(14. King Crimson: „Larks' Tongues in Aspic", 1973

Ein weiteres Foto mit schwarzem Bus zeigt diesen, mit untergehender Sonne im Hintergrund, an einer Bushaltestelle. Ein Grüppchen von Leuten – darunter Bernd – steht an den geöffneten Bustüren und hält jeweils einen schmalen Papierstreifen in die Höhe. Die Dinger sind irgendwie bedruckt und sehen mehr nach Eintrittskarten als nach Busfahrkarten aus. Hinter dem Steuer des Busses sitzt ein grinsender Dörti.
Auf der Rückseite des Fotos steht: „Abfahrt nach Wiesbaden – Sep. 1982".)

Wenn man die Menschen auf der Straße nach den größten Bands der Rockgeschichte fragte, bekäme man Antworten wie: die Beatles, die Rolling Stones oder tolldreister – Queen. Ich will nicht verhehlen, manche mögen Abba rufen und es gibt Leute, die halten vollen Ernstes Guns 'n' Roses für eine Supergroup, aber kaum einer nennte King Crimson. Völlig anders sähe es wahrscheinlich aus, würde man heutige Musiker von Hard- oder Progrockbands fragen.
So wie sich Queen mit „Bumm, Bumm, Batsch" in das universale Musikgedächtnis der breiten Masse eingegraben haben, so haben sich King Crimson bereits mit ihrem allerersten Riff, „Doh, Dodo do doh, doh doh doh" – 1969 auf ihrer ersten Scheibe „In the Court of the Crimson King" – in die Annalen der Musikgeschichte eingetragen. Klaus Doldinger mit seiner Band Passport, bei der zu dieser Zeit Udo Lindenberg am Schlagzeug saß und Lothar Meid Bass spielte (später Amon Düül II), gefiel das zu dem Riff gehörende Stück „21st Century Schizoid Man" so gut, dass er flugs seine Version des Stückes aufnahm. („Schirokko" auf „Passport", 1971, eine der hörenswerten Scheiben von Passport. Ein ähnliches Schicksal ereilte übrigens den Titel, „Elephant Talk" des Albums „Discipline", 1981, das durch Primus zu „Jerry Was A Race Car Driver", 1991, wurde – ebenfalls ohne Hinweis zur Inspiration.)
Robert Fripp, Meister abgefahrener Gitarrensounds und Musikdenker, den man später „Mr. Spock of Rock" nannte, und seine Mannen hatten sich Großes vorgenommen und geliefert. Von vornherein fiel King Crimson durch ausgefallene Rhythmen, komplexe Arrangements und Break-lastige Musik auf. Um ein Bild aus einem Hermann-Hesse-Mythos

zu gebrauchen: Nur wahrlich Kenner beherrschen die raffinierten Regeln des Glasperlenspiels, denn es ist das komplexeste Spiel, das alle Geheimnisse des Kosmos integriert. Und nur die echten Versteher dieses Spieles können daher im Kampf gegeneinander antreten. In diesem Bild sind King Crimson die musikalischen Glasperlenspieler par excellence. Auf den Erstling der Band folgten mehrere Alben mit wechselnden Besetzungen, sie begannen fortan ein „Who is who" an Musikern der Rockgeschichte zu sammeln und zu verschleißen; als fester Anker blieb nur Robert Fripp, beständig in dem Ziel, eigenständige, progressive Crimson-Musik zu machen.

Das vorletzte Album der ersten King-Crimson-Inkarnation ist „Larks' Tongues in Aspic", ehe sich die Band zum ersten Male komplett auflöste. Ich habe das Album nur aus dem einfachen Grunde als letztes übrig behalten, weil es das erste war, das ich von ihnen hörte. Es mag Dir gleichfalls ein guter Einstieg sein. Das Schöne an King Crimson ist: Es gibt keine schlechte Platte und falls Du also irgendwann annimmst auf der Scheibe „Larks' Tongues in Aspic" alles zu kennen, was lange dauern könnte, oder falls Du nicht mehr länger warten willst: Der karmesinrote Tisch ist reich gedeckt.

Nachdem es nämlich ein paar Jahre keine King-Crimson-Band gegeben hatte, formierte Robert Fripp Anfang der achtziger Jahre eine neue Besetzung, unter anderem mit Adrian Belew, der direkt davor erfolgreich mit den Talking Heads und ehedem bei Frank Zappa gespielt hatte.

In dieser mittleren Schaffensphase der Band hatte ich das Glück, mit Dörti und ein paar weiteren Freunden zu einem ein Tages Festival in Wiesbaden zu fahren, wo unter anderem King Crimson auftraten. Dörti wollte vor allem Jethro Tull sehen, die Mädels waren eher wegen Neil Young da und ich war Fan von allen drei, wobei mich dann beim Konzert King Crimson am meisten beeindruckte. Ich konnte selbst in Augenschein nehmen, wie Robert Fripp auf seinem Barhocker neben einem Turm von Gitarreneffektgeräten, darunter sicher die von ihm erfundenen Frippertronics, Platz nahm, um sich vor Ende des Konzertes nicht mehr davon zu erheben. King Crimson spielten an dem Abend vor allem Stücke der damals neueren Alben „Discipline" und „Beat". Diese Besetzung der Band spielte ein drittes, letztes Studioalbum, „Three

of a Perfect Pair“ ein, ehe Robert Fripp die Band ein weiteres Mal auflöste, bevor ihr die Ideen auszugehen drohte.
Erst Mitte der Neunziger hatten Fripp und Belew den Ehrgeiz und die Inspiration, mit kraftvoller Unterstützung, als so genannte Doppel-Trio-Besetzung, mit zwei Schlagzeugern und Bassisten, King Crimsons neueste Phase einzuleiten. Da war es für mich kein Glück, sondern purer Vorsatz, 1995 ihren Auftritt in Berlin zu sehen.
Warum? Um es einfach zu sagen: Was King Crimson an Können und Kreativität in einen ihrer Songs packen, walzen andere auf mindestens einer LP aus. Live zu erleben, wie die Jungs das umsetzen und nebenbei aus Lust, geschmeidig improvisieren, ist ein Hammer. Ganz einfach: Kaufzwang für alle Alben!

(15. Steamhammer: „Steamhammer" („Reflections" Series), 1969)

Ähnlich wie Jimi Hendrix blieben Steamhammer nur eine extrem kurze Zeit, ihre musikalischen Ideen umzusetzen. Von Steamhammer erschienen bis einschließlich 1972 vier Alben und dann war es leider schon aus und vorbei.

Ihre Musik ist eine Spielart des Bluesrock, garniert mit jazzigen Einlagen, die oft von Flötensounds getragen werden. In solchen Momenten fühlt man sich an die frühen Jethro Tull (z. B. „This Was") erinnert.

Die Scheibe beginnt mit einem Wasserrauschen, ehe Kieran White *(gestorben 1995)* als Sänger in schönster Bluesmanier singt: „Love me baby, love me, when I'm down" und mit „Water (Part Two)" schließt dieses Album. Doch ist man den bewusst leisen und durch Effekt mittig gehaltenen, unaufdringlichen Vocals und dem abwechslungsreichen Bluesrock erst mal verfallen, wünschte man sich, die Wasser Steamhammers würden ewig rauschen. Falls Du die weiteren drei Alben hörst, wirst Du sehen, dass sich die Sucht nach Steamhammer damit nicht lindert, sondern eher verstärkt. (Als Linderung könnte ich Dir dann nur noch – in einem musikalisch ähnlichen Stil, mit einem zusätzlichen Hauch von „Colosseum" – die drei Alben von „Warm Dust", 1970 - 72, empfehlen.)

Heutzutage wären sicherlich etliche Bands – technisch gesehen – in der Lage, den Bluesrock ähnlich zu spielen wie Steamhammer, Jethro Tull oder Frumpy, doch scheint es auch nach den vergangenen fast dreißig Jahren eine Messlatte zu sein, die die wenigsten Bands überwinden können. Steamhammer gehören zu den Bands, die die Latte auf dieses hohe Maß legten, sogar ohne über entsprechende Vorbilder zu verfügen.

(16. Mahavishnu Orchestra: „Inner Mounting Flame", 1971, Weather Report: „Sweetnighter", 1973)

Ab 1887 begann ein Monsieur Eiffel in Paris einen *(324 Meter)* hohen Eisenturm unter Protesten von so namenhaften Kritikern wie Alexandre Dumas und Guy de Maupassant zu errichten. „Wir Schriftsteller, Maler, Bildhauer, Architekten und leidenschaftlichen Liebhaber der bisher unangetasteten Schönheit von Paris protestieren im Namen des verkannten französischen Geschmacks mit aller Kraft gegen die Errichtung des unnötigen und ungeheuerlichen Eiffelturms …"

Dieses Zitat mag zweierlei illustrieren: dass vorgenannte Personenkreise entgegen gängiger Klischees zu den konservativen Elementen der Gesellschaft gehören können und dass die beteiligten Personen zur Erschaffung dieses Bauwerks sich mächtig auf die Schulter klopfen sollten, da sie sich nicht von ihrem Vorhaben, den höchsten Turm ihrer Zeit zu errichten, abbringen ließen.

Mir ist nicht bekannt, ob im Vorfeld zu Miles Davis „Bitches Brew" (1970) ähnlich kritische Stimmen zu vernehmen waren; unstrittig ist, das mit Erscheinen einigen Kritikern ganz die Spucke wegblieb angesichts der Höhe des Turmes, den Miles und seine Mannen ihnen und der ganzen Jazz-Musiklandschaft in die Optik gestellt hatten. Ralph J. Gleason in den Liner-Notes zum Album: „Ich beabsichtige nicht viel zu erklären, denn das ist dumm, die Musik spricht für sich selbst."

Was hätte für John McLaughlin, Gitarrist auf dem Album, also näher liegen können als auf Miles' Angebot, festes Mitglied seiner Band zu werden, einzugehen?

Richtig, eine eigene Band zu gründen. Entweder bescheuert, ein solches Angebot auszuschlagen, oder man hat eine andere Mission. Vielleicht von seinem Guru Sri Chinmoi mit angeregt, gründete „Mahavishnu" John McLaughlin das Mahavishnu Orchestra. Hier versammelte sich eine fünfköpfige Crème de la Crème aus dem derzeitigen Profimusikerbereich und trotz des Durchschnittsalters der Bandmitglieder um Mitte Zwanzig kam die Band auf annähernd einhundert Mannjahre Musikerfahrung an den Instrumenten.

Um im Bild zu bleiben: Hatte Miles Davis mit „Bitches Brew" ein Jahr zuvor einen Eiffelturm des Jazz erstellt und damit gezeigt, wie Fusion-Jazz klingen kann, indem Musikstile gekreuzt und kombiniert werden, so hatte der ein Jahr später veröffentlichte Turm „Inner Mounting Flame“ vom Mahavishnu Orchestra dazu ein paar Stockwerke mehr und den ein oder anderen Balkon nebst einer schicken Aussichtsplattform bekommen.

Die Instrumente im Orchestra-Sound sind gleichberechtigt, so dass also nicht von Begleit- oder Soloinstrumenten gesprochen werden kann. Billy Cobham am Schlagzeug ist dementsprechend weit entfernt davon, einen Beat in einem Stück stumpf durchzuspielen, sondern treibt den Rest der Band oft genug gleichsam mit seinen Rhythmus- und Tempowechseln und -wirbeln vor sich her.

Eine Geige so zu spielen, dass sie in einer Band vollwertig bestehen kann und in hardrockigen Passagen nicht dämlich klingt – Jerry Goodman kann es und Einiges mehr.

Jan Hammer legte auf dem Piano einen Grundstein für seine Weltkarriere, die ihn auch als Komponisten bekannt werden ließ, zum Beispiel mit der Musik zu „Miami Vice“. Er ist damit kein Einzelfall, mit der im Grunde verkehrten Sache berühmt zu werden, ähnlich wie etwa Ozzy Osborne der durchs Fledermauskopfabbeißen bekannt wurde. Ich denke, im Verhältnis nimmt sich jedenfalls „Miami Vice“ zu dem Mahavishnu Orchestra so aus, als wenn man Goethe anstatt des Faust II mit Lassiter Romanen verbinden würde.

Der Bassist des Orchestras, Rick Laird, spielt traumwandlerisch sicher und flexibel sein Instrument und John McLaughlin schließlich … Ich muss kurz durchatmen …

ist nahezu unvergleichlich. Um einen Maßstab anzulegen: McLaughlin ist so schnell auf den Saiten, wie es sonst ein „Slowhand“ Eric Clapton nur an guten Tagen schafft. Und wenn Eric Clapton an jenen besagten guten Tagen den Blues locker spielen kann, dann hämmert McLaughlin im Vergleich dazu mit dem Druck eines Hendrix und gleichzeitig einer traumwandlerischen Lockerheit, die einen glauben lässt, er mache das im Schlaf, ausgeschlafen könne er auch leicht dreimal so schnell spielen. McLaughlin haut dabei Tonleitern und Skalen raus, die manche Gitarristen ihr ganzes Muckerleben wahrscheinlich nie hören, geschweige

denn spielen werden.
Wenn man den Begriff „Gitarrengott“ zögerlich anwendet: „Denn es gab nur einen Hendrix und du sollst keinen anderen Hendrix neben dem Hendrix haben“ – hier ist er trotzdem passend. Beherrschte Hendrix vor allem den Bluesrock als Muttersprachler perfekt, so glänzt McLaughlin in seiner Vielseitigkeit als Multilinguist, der sogar Dr. Doolittle Konkurrenz machen könnte. (Wunderbar beispielsweise auf „A Handful Of Beauty“ von Shakti McLaughlins indisch.)
Das Mahavishnu Orchestra kann ordentlich Druck machen, ähnlich den zeitgleichen King Crimson oder Magma, und zudem klingen sie teilweise, etwa in dem ersten Titel der CD, wie die guten, elegischen „Caravanserei Momente“ von Santana. Die Musik vom Mahavishnu Orchestra ist enorm abwechslungsreich und seine Musik kann praktisch selbst nach hundertmaligem Anhören nicht langweilig werden. Es ist gut, dass es inzwischen CDs gibt; wie viele Vinylscheiben würde man aufgrund des Abriebs ansonsten „kaputt hören“! Allein während ich diese Zeilen geschrieben habe, spielte die CD fünfmal hintereinander. Und das obzwar ich, wie Du weißt, selten ein Album direkt zweimal hintereinander höre.

(In der Tat habe ich bei Bernd überhaupt niemals ein Album zweimal gehört, dabei spielte bei ihm ständig Musik.)

Übrigens sind die nachfolgenden Alben vom Mahavishnu Orchestra – **alle** – ebenso exzellent wie ihr Erstling.

(Fast alle Texte von Bernd sind auf Schreibmaschine getippt, diesem Text ist eine handschriftliche Notiz beigefügt:)

„Weather Report, „Sweetnighter“, 1973, mit Wayne Shorter und Joe Zawinul, beide ebenfalls bei Miles Davis’ „Bitches Brew“ dabei gewesen, – ein anderer, exquisiter Abkömmling!“

(17. Oregon: „Roots in the Sky", 1979)

Eine vollkommen andere Spielart des Jazz hörst Du auf dieser LP. Durch den Verzicht auf ein herkömmliches Schlagzeug und entsprechende Rhythmen und den stattdessen zurückhaltend gespielten, aber intensiven Percussionsound klingen Oregon als wollten sie das Gegenteil vom Mahavishnu Orchestra und seinen nach vorne treibenden Drums sein.

Die Band, deren bekanntester Musiker wahrscheinlich Ralph Towner ist, spielt herzerwärmend schöne Melodien, ohne ins Kitschige abzugleiten, und erzählt gleichsam von der Schönheit der „Roots in the Sky", wobei auf der ganzen Platte kein einziges Wort gesungen wird.

(Dem Text ist ein Foto angeheftet. Man sieht den Oberkörper einer etwa zweiundzwanzigjährigen, ziemlich hübschen Frau. Sie trägt ihr langes dunkles, lockiges Haar zu einem Pferdeschwanz gebunden; ihr Blick ist in die Weite gerichtet – durch ein Fenster. Das Sonnenlicht wiederum scheint durch dieses zurück auf ihr Gesicht und lässt es halbseitig heller erscheinen. Sie zieht an einer beinahe aufgerauchten Zigarette, die sie mit Rechts hält. Das Foto ist so von der Seite aufgenommen, dass die Hand einen Teil des Kinns verdeckt und sich gleichzeitig auf eine fast einladende Art ein wenig zum Betrachter hin wölbt. Eine kleine Rauchschwade züngelt von der Zigarette aus an der Nase vorbei Richtung Stirn. Als Betrachter möchte man diese Frau unwillkürlich kennenlernen, wissen, worüber sie nachsinnt, und man ahnt, dass es dem Fotografen ähnlich erging.– Man könnte annehmen, es handle sich um eine Schwarz-Weiß-Fotografie, um eines dieser „Achtung Kunst!" -Bilder. Mitnichten. Ich weiß nicht, ob Zufall oder Absicht, es ist ein Farbfoto und nach näherer Betrachtung, gefällt es mir unter anderem deshalb so gut.)

Meistens, wenn ich die Scheibe von Oregon höre, muss ich an die Abende mit Sonja denken, die deren Musik liebte. Sonjas Musikgeschmack blieb aber für mich undurchschaubar, letzlich wie sie selbst. Obwohl sie normalerweise nie Jazz hörte, mochte sie Oregon. Sie hörte kaum Hardrock, liebte jedoch Danzig und so weiter.

Sonja verbreitete keine miese Stimmung, wenn ihr Musik nicht gefiel, Nein. Der Ansporn die richtige Sonja-Musik zu finden, bestand darin, zu sehen, wie sie sich auf ansteckende Art freuen konnte, wenn ihr etwas ausnehmend gut gefiel. Wir hörten an einem Abend stundenlang nur den Titel „Neighbours" von Quantum Jump (von dem ansonsten nicht so berauschenden Album: „Barracuda", 1977), weil sie den „echt charmant" fand.

Wir haben uns ein knappes halbes Jahr lang recht häufig getroffen und es hätte vielleicht mehr aus der Sache werden können, doch es kam anders.

Sonja war ständig auf der Sinnsuche in ihrem Leben und ich vermute, der frühe Tod ihres Vaters, der sie als zwölfjährige zur Halbwaise hat werden lassen, lieferte einen Grund für ihr unbestimmtes Gefühl, entwurzelt zu sein. Wenn man sie besser kennen lernte, sah man, wie sie nicht wusste, was sie wollte, weil sie nicht wusste, wer sie war.

Im Nachhinein betrachtet, hätte es mir vielleicht ein Warnhinweis sein sollen, als sie ankündigte, im Sommer ein paar Wochen auf einem „irgendwie alternativen" Landgut in Bayern verbringen zu wollen. Aber ich stellte keine Fragen.

Bestimmt hätte ich es ernster nehmen können, als ich ein wenig später bei einem Besuch in ihrer Wohnung die Bücher eines ganz bestimmten amerikanischen *Science-Fiction*-Autors habe liegen sehen. Wir sprachen sogar kurz darüber, sie meinte, die seien gar nicht mal so schlecht. Ich glaube, ich lachte nur.

Wenn ich jemals auf einem Esoteriktrip war, so schloss ich zu jener Zeit damit ab und Sonja und ich entfremdeten uns immer weiter voneinander. Unspezifische „Glaubensdinge" standen zunehmend zwischen uns, die sogar mehr und mehr auf die Lebensführung ausstrahlten. Sonja gewöhnte sich das Rauchen ab: Es töte ihre Vibes. Sie war jetzt eine Lichtarbeiterin und wollte das Leben so trüber Geister wie mir erleuchten. Ihrer Meinung nach müsse ich bedeutend mehr auf mein Karma Acht geben, meine Aura wäre „voll am Zerbröseln". Ein Glauben begann zwischen uns zu stehen. Wenn jemand voller Stolz glaubt, glaubt der auch, dass alles andere gelogen ist.

Wir verloren uns aus den Augen, wie man sagt, doch wenn ich Oregons „Roots in the Sky" höre, denke ich oft an sie und hoffe, dass sie auf der Sonnenseite des Lebens steht.

(18. Joy Division: „Unknown Pleasure", 1979, Sisters of Mercy: „First And Last And Always", 1985, The Cure: „Three Imaginary Boys", 1979)

Wer behauptet, die Achtziger seien eine geile Zeit gewesen, der war nicht dabei, zumindest nicht geistig. Für mich war es die Zeit des Erwachsenwerdens, in der man sich überall herumtreibt, nur nicht zuhause. Bei Spießers lief zur Erbauung und Belustigung wieder „Einer wird gewinnen" in der Glotze, nachdem man es vorher, in den Endsechzigern bereits abgesetzt hatte – mit Kuhlenkampf, dem Zoten- und Quotenmeister, der sich nun im noch neuen Kampf um diese, mit privaten Sendern befand. Ganz allgemein waren es harte Zeiten. Die Russen hatten Anfang der Achtziger nichts Besseres vor, als in Afghanistan einzumarschieren und die Iraner und Iraker nichts Besseres als sich das ganze Jahrzehnt lang zu bekriegen.
Die Supermächte waren im Kalten Krieg und der Nato-Doppelbeschluss zeitigte in Deutschland die Stationierung von Pershings.

Die Unbeherrschbarkeit der Atomenergie bekommt einen weiteren Namen, als sei „GAU" (größter anzunehmender Unfall) nicht ausreichend, spricht man von „Super– GAU". Dieses total unwahrscheinliche Ereignis findet 1986 in Tschernobyl statt.

Eine Krankheit, die die Menschen elendig dahinraffte, wurde zur Epidemie: AIDS. Ihr erstes prominentes Gesicht: Rock Hudson.

Wenn man zu den vollkommen verbretterten Poppern gehörte, hatte man die Haare schön, hörte den unglaublich schlechten Mainstream der Zeit, der in Europop und Eurodance gipfelte, und verbreitete frohe Laune auf dem allseits bekannten, sinkenden Schiff; wenn man zu den Punks gehörte, hatte man die Haare schön bunt, hörte keinen Mainstream und nichts, was sich nur im Entferntesten danach anhörte und versuchte ein bisschen zu meutern auch wenn das Schiff bereits sank. Vernünftigerweise gehörten die meisten weder zu den einen noch zu den anderen. Wo man jedoch nicht drumrumkam in diesen Jahren war

Birne. Entweder gehörte man zu seinen Jüngern, die an „die Wende“ glaubten, an das Licht am Horizont, an letztendlich blühende Landschaften und die ihn schließlich zum Kanzler machten, oder man gehörte zum fassungslosen Rest – es waren düstere Zeiten.

Der Neoliberialismus des Wirtschaftstheoretikers Milton Friedman wurde zur Blaupause des neuen Turbokapitalismus. Der von seinem amerikanischen Präsidenten in diesem Sinne seit Anfang der achtziger Jahre leidgeprüfte Gil Scott-Heron bringt es im „B Movie“-Song so auf den Punkt:

> „And when America found itself having a hard time facing the future, they looked for people like John Wayne. But since John Wayne was no longer available, they settled for Ronald Reagan, and it has placed us in a situation that we only could look at – like a „B“ Movie“.

In einem schlechten Film wähnten sich ebenfalls viele Briten, seit die eiserne Lady in England die Regierung übernommen hatte. Viele hatten sie gewählt, damit sie ihr rigides Zepter schwingen konnte, um die Übel zu beseitigen, für die anderen war sie das Übel selbst. Eine Misere, unstrittig.

„If been waiting for a guide to come and take me by the hand“, heißt es im ersten Titel auf „Unknown Pleasure“ von Joy Division.
Im zweiten Stück „Day of the Lords“ singt Ian Curtis, „There’s no room for the weak, no room for the weak“ – düster. So düster wie sein früher Tod durch Erhängen mit nur vierundzwanzig Jahren, das den Club der 27-jährigen wie eine Seniorenresidenz aussehen lässt. Nach nur zwei atemberaubenden regulären Studio-LPs war damit das Ende von Joy Division besiegelt.
Die restlichen Bandmitglieder nannten sich fortan „New Order“ und landeten den unsäglichen „Blue Monday“-Hit.
Um wieder auf den besseren Teil der Achtziger zurückzukommen: Bands wie Joy Division und Sisters of Mercy mit ihren EP-Alben hatten einen unterkühlten, teilweise punkigen neuen Sound kreiert, der weit um sich griff – Bauhaus, Public Image Limited, The Birthday Party, um nur ein paar zu nennen.

Alles englische Bands, die man unter dem Begriff New Wave vermarktete, um nicht den amerikanischen Ausdruck für CBGB-Club-Bands „Punk“, zu gebrauchen.
Die Szene teilte sich sowieso ziemlich schnell: Es gab Punks, die mit den bunten, zum Irokesen eingeseiften hochstehenden Haaren und den kaputten Klamotten und Waver mit schwarzen toupierten, struppigen Haaren und schwarzen Klamotten.
Über die Abgrenzungsprobleme der Marketing-Fuzzies von der Musikindustrie machte man sich jedenfalls bestenfalls keinen Kopf. Oder man machte sich seinen eigenen. Mir ging's zu jener Zeit mit den Haaren genauso, die waren hippiemäßig lang, dennoch hörte ich gerne New Wave und bisweilen Punk.
In den Achtzigern, mit wenig Kohle, verbreitete sich Musik vielfach durch Kassetten. Wenn man bei Freunden mit einer guten Musiksammlung abhing, nahm im Grunde ständig irgendwer irgendwas auf. Manchmal bekam man auch Bänder geschenkt. Sony hatte zur Freude aller, die gerne unterwegs Musik hören wollten, den genialen Walkman auf den Markt gebracht und alleine für dieses Teil brauchte man ständig Nachschub. Es war also eine Kassette, die mir ein guter Geist zugespielt hatte, mit den EP's von Sisters of Mercy darauf und eine Mixkassette mit unter anderem Joy Division, die mir den New Wave auf einem Walkman nahegebracht haben.
In jenen Zeiten fingen viele Bands an, Drum-Computer zu benutzen, bei den Sisters of Mercy wurde er „Doctor Avalanche“ getauft und war von vornherein festes Bandmitglied neben dem Mastermind, Sänger und hauptsächlichem Komponisten und Texter der Songs, Andrew Eldritch. Die beiden sind die einzigen Bandmitglieder, die alle Umbesetzungen überdauerten und funktionieren, wenn sie Strom bekommen.
Nebenbei: Zwei der Mitglieder, die die Band im Streit mit Eldritch verlassen hatten, gründeten danach die kommerziell ziemlich erfolgreichen „The Mission“.
Der erste Longplayer der Sisters of Mercy titelte mit „First And Last And Always“. Völlig richtig, denn wer erst einmal in die Umarmung der barmherzigen Schwestern geriet, blieb tatsächlich oft für immer. *(Diesen Satz musste ich dreimal lesen, mit einem Kloß im Hals.)*

Derart angefixt vom New Wave, konnte einem das Intro-Riff von „10.15 Saturday Night“ auf The Cure’s „Three Imaginary Boys“ nicht entgehen, ein stilprägendes Werk und der Auftakt für eine große Karriere. Beide Bands, The Cure mit Robert Smith und Sisters of Mercy mit Andrew Eldritch, verfügten über charismatische Sänger, die ihre Bands zunehmend dominierten. In beiden Fällen sind spätere Alben zwar kommerzieller orientiert, enthalten aber trotzdem viele vortreffliche Songs. Es fehlte nicht viel und The Cure’s Album „Kiss me Kiss me Kiss me“, 1987, oder „Disintegration“, 1989, oder eines der späteren Alben der Sisters of Mercy, „Floodland“ von 1987 oder das rockigere „Vision Thing“ von 1990 wären in den Karton gewandert.

(19. Talking Heads: „Remain in Light", 1980)

Obwohl dem New Wave zugeordnet, kamen die Talking Heads anders daher als die vorgenannten Bands. 1977 brachten David Byrne (Gitarre und Gesang), Jerry Harrison (Gitarre und Keyboards), Tina Weymouth (Bass) und Chris Frantz (Drums) ihre erste Scheibe namens „77" heraus. Ihr Stil war mehr der einer „intellektuellen Band", die Texte oft ironisch formuliert und der Sound fern von Schrammelrock oder Punk, wirkte mal spielerisch, mal rockiger, aber ausnahmslos wohl durchdacht. Vor allem der Song „Psycho Killer" fand beim Publikum Anklang und sollte später in einer anderen Version auf dem Livealbum „Stop Making Sense", 1984, einer ihrer größten Hits werden.
Das Album „More Songs About Buildings And Food", 1978, mit dem von Element of Crime bald darauf gecoverten „Take me to the River" und „Fear of Music", 1979, folgten. Die Band wurde stetig besser und so wiesen auf „Fear of Music" viele Songs hohe Qualität aus, beispielsweise: „I Zimbra", „Cities", „Life During Wartime" und „Heaven". Der letzte Song wurde flugs von Joachim Witt auf seiner „Silberblick" Scheibe in Deutsch gesungen.
Bis zu diesem Zeitpunkt waren die „Talking Heads" eine Band mit einem bereits wieder erkennbaren Sound und einigen exzellenten Songs, einigen mittelmäßigen und leider einigen, die abfielen, doch die Heads hatten Potenzial für weitaus mehr, wie eine breitere Öffentlichkeit ab 1980 erkennen sollte.
David Byrne war mächtig beeindruckt vom athmosphärischen Conny-Plank-Sound und solchen wollte er für das neue Heads Album. Adrian Belew (siehe King Crimson) steuerte als Gastmusiker Gitarrensounds bei und die „graue Eminenz des New Wave" – den Titel habe ich, glaube ich, einmal im „Musik Express" gelesen –, Mister Brian Eno persönlich, der anno dazumal übrigens bei „Roxy Music" Bandmitglied war und danach ein anerkannter Solokünstler und Produzent wurde, half bei den Keyboards und der Percussion, schrieb mit an den Songs und produ zierte schließlich das ganze Album, „Remain In Light".
Der Longplayer wurde von der Kritik euphorisch aufgenommen und verkaufte sich recht zackig unter allen Musikfreaks und vielen Musikern,

die sich fragten: „Wie haben die das gemacht?“
Der neue Talking-Heads-Sound war extrem verdichtet, Percussions, Gitarren und Gesangsspuren waren übereinander geschichtet zu einem Klangteppich, der es einem oft schwer machte, dem einzelnen Instrument zu folgen. Rhythmisch variantenreich wurde das Spektrum ihres ehemaligen New-Wave-Sound mit Afrobeat und allem, was sich obendrein in sinnvoller Weise damit zusammenfrickeln ließ, erweitert. Der Sound war extrem komplex aber gleichzeitig enorm kraftvoll und mitreißend. Und wie gut sie nun ebenfalls ruhige Nummern beherrschten, zeigten sie mit dem wunderschönen „Listening Wind“.
Die Band hatte ihren kreativen Höhepunkt erreicht und demonstrierte nun auf ihrem Livealbum „The Name Of This Band Is“, 1982, was sie inzwischen konnte. Glänzten die Heads am Anfang ihrer Karriere mit ein paar guten Songs, so gelang ihnen jetzt ein nahezu mesmerisierender Sound.
David Byrne wurde in diesem Zeitraum reichlich von der Muse geküsst, mit Zunge. Er hatte ein echtes Verhältnis mit ihr: Byrne veröffentlichte, neben den Talking-Heads-Alben zusätzlich mit Brian Eno das Album „My Life In The Bush Of Ghosts“, 1981, dessen Sound nicht ganz so rockig wie bei „Remain in Light“, aber ähnlich im Aufbau der Klangarchitektur und Varianz der Rhythmen ist. Insgesamt klingt „My Life In The Bush Of Ghosts“, wie der Titel vermuten lässt, ethnomäßig. Zudem – in einer Form von kreativer Hyperventilation – komponierte David Byrne nebenbei die Ballettmusik „The Catherine Wheel“, unter anderem mit dem genialen Song „What A Day That Was“, die ebenfalls 1981 erschien. Ich habe keine Ahnung von Ballettmusik und ich würde gerne mal das Ballett zur Musik sehen, weil ich nicht gedacht hätte, dass so was Ballettmusik ist. Wäre jedenfalls alle Ballettmusik so wie „Catherine Wheel“, würde ich wahrscheinlich den ganzen Tag Ballettmusik hören.
Mit den Talking Heads ging es dann trotz des nun groß einsetzenden kommerziellen Erfolges musikalisch wieder ebenso stetig bergab, wie sie erst hinaufgekraxelt waren: „Speaking In Tongues“, 1983, „Stop Making Sense“ 1994 live eingespielt, „Little Creatures“ von 1985 … und spätestens hier hüllen wir lieber den Mantel des Schweigens über den Rest.

Was bleibt, sind neben dem Überflieger, „Remain in Light" ein frühes perfektes „Best of"- Livealbum: „The Name Of This Band Is". Die zwei Soloprojekte von David Byrne sollte man sich dringend zusätzlich reinziehen, wenn man die beiden vorgenannnten Alben mag.
Vielleicht erwähnenswert ist, dass Tina Weymouth und Chris Frantz mit dem Sideproject „Tom Tom Club", 1981, desgleichen ihre 15 Minuten Ruhm hatten, und Jerry Harrison mit „The Red And The Black" ebenfalls in diesem Jahr seine erste Soloscheibe vorlegte mit für damalige Verhältnisse größtenteils recht brauchbaren Songs, deren Haltbarkeit sich allerdings erst erweisen muss.

(20. Tuxedomoon: „Half Mute“, 1980)

Kommerziell weniger erfolgreich als die Talking Heads, aber von vielen Eingeweihten als die kultigere New-Wave-Band angesehen setzten die als Trio gestarteten Tuxedomoon bereits mit ihrem Erstling ihre speziellen Klang- und Musikvorstellungen um. Im Gegensatz zum Wall-of-Sound der Heads instrumentieren Tuxedomoon spartanisch: wenig, aber kraftvoll und unglaublich charmant klingend, mit Synthezisern, Keyboards, Violine, Saxophon, Bass, Schlagzeug und Percussions in vertrackt komponierte, aber einfach und schlüssig wirkende Arrangements umgesetzt.

Den Tangerine Dream (Richard Wahnfried) oder Brian Eno ähnlich experimentieren sie mit Klangwelten und oftmals waren ihnen dabei herkömmliche Songstrukturen völlig schnuppe.

Insofern trifft der Überbegriff New Wave für sie kaum, besser wäre zu sagen, sie machten Avantgarderock, experimentelle Musik, „Post Progressive Rock“, ... oder hör sie Dir einfach an, um zu verstehen, wie undefinierbar und größtenteils einzigartig gut diese Fürsten der Klangmalerei waren.

Ich tat mich schwer, zu entscheiden, welches der Tuxedomoon-Alben in den Kanon der besten Alben im Karton aufgenommen wird, um den es hier gehen soll. Es hätte beispielsweise auch anstatt „Half Mute“ das extrem kurzweilige Doppellivealbum „Ten Years In One Night“ von 1989 sein können. Doch es gibt einen guten und zwingenden Grund für „Half Mute“ und gegen das Livealbum, den ich hier allerdings nur als absoluten Sonderfall anwende, nämlich einen Song: „What Use?“

Einfach gesagt, gäbe es „Half Mute“ nicht, wäre vielleicht mit „What Use?“ eine einzelne Single in den Karton gewandert.

„Last Night a Dj saved my Life“, ein unglaublich nerviges Lied, aber wenn an dem Text was dran sein soll, dann ist es für mich „What Use?“ Ich habe mir den persönlichen Zwang auferlegt, dieses Stück grundsätzlich in Discolautstärke zu hören und würde es jedem dringend empfehlen es ebenfalls zu tun. Befreiender als ein sechsmonatiger Zen-Yoga-Kurs:

„What's the use
of feeling betrayed?
What's the use
of feeling at all?"
....
„I need to see more than just three
dimensions.
Stranger than fiction.
Faster than light."

Schön, wenn man sich nicht mehr allein und einsam fühlen muss, da es Gleichgesinnte im Geiste gibt, die für uns solche Songs spielen.

Die meines Erachtens beste Version dieses Stückes habe ich zufällig irgendwann mal im Radio (!) gehört und auf Kassette aufgenommen. Leider ist die irgendwo verschwunden. Der Depp von Radiomoderator hat natürlich nicht erzählt, welchen Titel er gespielt hatte. Ich habe die Version bisher nicht finden können und vermute inzwischen, es war keine von Tuxedomoon, sondern eine Liveversion von Blaine R. Reiniger. Die Liveversionen von ihm, die ich gefunden habe, kamen dem Radioding am nächsten und die von Tuxedomoon kenne ich, glaube ich, inzwischen alle.
Falls Du sie, die wahre, die beste und einzigartige, findest, wirst Du sie am Druck nach vorne erkennen.

(Eine Scheibe, die Bernd nicht gefunden hat. Die blaue Mauritius für die Ohren und ich soll sie „am Druck nach vorne" erkennen? Bestimmt.)

(21. 39 CLOCKS: „13 More Protest Songs", 1987)

Manchmal ist weniger mehr und manchmal ist das Gegenteil von richtig nicht falsch.
Als Eric Clapton für seine „Unplugged" 1992 auf den Strom verzichtete und, sich mit akustischer Gitarre begleitend, Songs vortrug, machte er eines seiner besten Alben, gekrönt von seiner für mich großartigsten, eigenen Komposition: „Tears in Heaven".
Von überflüssigem Tand hielten die 39 CLOCKS ebenfalls nicht viel. Ihre Besetzung: zwei Leute, die sich höchstens zur Verstärkung gelegentlich befreundete Musiker dazuholten. Die Kenntnisse ihrer Gesangssprache Englisch: eher gering. Virtuosität an den Instrumenten und Komplexität der Songs – doch bestenfalls bodenständig, verglichen mit den vorgenannten anderen Highflyern.
Das hört sich nach wenig Gutem an und mehr nach falsch als richtig. Bei einem Konzert in einem Flugzeughangar sollen die CLOCKS derart laut gespielt haben, dass kein Zuschauer bis zum Ende durchhielt. Wahrscheinlich hätten sie besser leiser und Neue Deutsche Welle spielen sollen, um kommerziellen Erfolg zu haben, oder wie eine andere Hannoveraner Band, die Scorpions, Hardrock.
Doch die 39 CLOCKS pfiffen auf Konventionen und spielten ihre Postpunk- bzw. Dark-Wave-Interpretation, die sie selbst „Psycho Beat" nannten. Sie machten das trotzig, ironisch, in betont reduziertem Klangbild. Was Trio für die Neue Deutsche Welle und Witthüser & Westrupp für den Krautrock, waren die CLOCKS für den deutschen Dark Wave. Sie wurden oft musikalisch als billiger Abklatsch von Velvet Underground angesehen. Ein Vorurteil, das auch auf ihrem Kleidungsstil beruhte: die CLOCKS trugen ausschließlich dunkle Klamotten und schwarze Sonnenbrillen. Kein Wunder, dass sie den Vergleich nie loswurden. Das störte sie, war aber kein hinreichender Grund damit aufzuhören.
Dementsprechend war es beim ersten Durchstöbern der Plattensammlung eines neuen Freundes das Cover der „13 More Protest Songs" mit den zwei halb lässig, halb rebellisch und noch halbstark wirkenden Typen darauf, das mir auffiel.

Von der Frontseite her, konnte man annehmen die Gruppe bestünde aus Engländern, was auf der Rückseite durch deutsche Bandmitgliedernamen in Frage gestellt wurde (außer dem Namen „Alice 'Call me Gene Crupa' Dee" an den Drums, einer offensichtlichen Reverenz an den legendären Jazzschlagzeuger und Bandleader). Auch der Hinweis auf den Aufnahmeort der Platte ließ einen stutzig werden: in den „Wahrendorsche Anstalten, Ilten", meines Wissens nach, einem in den Annalen der Anwendung exzellenter Studiotechnik global bisher völlig vernachlässigten Ort.

Die Widmung der Platte, unter anderem an Ilona Staller, zu der Zeit eine Pornoqueen, und folgender Text irritierten mich außerdem:

> „Technical advice:
> This outstanding recordings were done with assistance of the most advanced studio technique available. The CLOCKS paid a lot for it (as they never get tired to assure us).
> If this record sounds bad, your record player is broken. In doubt consult your local Hi–Fi – psychiatrist."

Als ich meinen Kumpel fragte, ob die Scheibe was taugen würde, signalisierte er Zustimmung und legte sie auf. Meine Liebe zu dieser wirklich speziellen Band begann, die das Richtige so falsch machen, dass es schon wieder richtig ist, oder anders, die die Ausnahme zur Regel machen oder eben so sind, wie sie sind.

Vielleicht war es Glück, vielleicht war es Vorsehung: Ich hatte eine Leerkassette für einen Mitschnitt dabei, denn es sollte Jahre dauern, bis ich die LP in einem Second-Hand-Laden fand. Hoffentlich macht sie Dir Freude beim Anhören. Falls Du auf den Geschmack kommen solltest, das Nachfolgealbum „Subnarcotic" ist ebenfalls nicht falsch und glücklicherweise besser erhältlich.

(Da ich wie so viele Leute, meinen Plattenspieler abgeschafft hatte und nur einen CD-Player zum Musikhören besaß, lieh ich mir von Flo seinen Thorens; im Gegenzug griff er sich solange einen Haufen CDs ab. Als ich mir das Album „13 More Protest Songs" der 39 CLOCKS ein paar Mal angehört hatte – das nur 11 Songs enthält – und mit den restlichen Alben und deren Künstlern verglich, fragte ich mich, weshalb Bernd das Album der CLOCKS mit ausgewählt hatte.

Der Unterschied der Kaliber zwischen einem Hendrix, Bob Marley, selbst einer deutschen Band wie Can zu den 39 CLOCKS war, ohne ihnen musikalisch zu nahe treten zu wollen, doch erheblich. Das brachte mich auf die, glaube ich, richtige Idee, dass dies Bernds Intention gewesen sein könnte: Er hatte nach der maximal unbekanntesten Band gesucht, die in ihrer Nische, das vielleicht Beste – und es irgendwie trotzdem – gemacht hat, da sie von vornherein von der Resonanz her zum Scheitern verurteilt war. Ich vermute, Bernd erlaubte sich mit der Plattenkritik gleichzeitig einen kleinen Seitenhieb auf T. W. Adornos Ausspruch „Es gibt kein richtiges Leben im Falschen", indem er mit den CLOCKS ein zumindest musikalisches – bei Adorno ging es ursprünglich wohl ums Wohnen – Gegenbeispiel bringt. Tatsächlich schränkte Adorno seine Aussage später, ohne natürlich Bernds Magenschmerzen zu kennen, ein wenig ein. Um Bernds gastroenterologisches Problem näher zu beschreiben: Für ihn waren die meisten Philosophen einsame Gehirnakrobaten, die ihre angeblichen Erkenntnisse, in kaum nachvollziehbaren Sätzen verklausuliert, einer imaginären Welt verkaufen wollten.

Imaginär, da sie Bernds Meinung nach von verkehrten Voraussetzungen ausgingen und damit gleichsam schief gewickelt waren. Nicht dass Bernd die Philosophie grundsätzlich ablehnte oder alle Philosophen hirnrissig fand, aber er meinte, ihre Philosophien würden die Realität nicht genügend abbilden. Bernd sah den Menschen nicht als Krone der Schöpfung, sondern eher als die Krönung. In dem Sinne, wie man teils verwundert, teils verärgert ausruft: „Das ist ja die Krönung!"

Der Mensch war für Bernd kein von Intelligenz beseeltes Wesen, sondern strunzdumm.

Menschen wären prinzipiell so triebgesteuert wie Regenwürmer, allerdings in ihrem Triebleben etwas ausdifferenzierter als diese.

Grundlegend bestünde unser Glück darin, instinktiv auf die Erfüllung unserer tierischen Triebe hinzuarbeiten. Angeblich vernünftiges, ökonomisches und humanes Handeln sei häufig dämlicher, ungerechter Sozialkleister und überbewertet. „Wenn ein Wolf und ein Lamm entscheiden sollen, was es zum Abendessen gibt, gibt's Lamm." Seiner Meinung nach handele der Mensch meistens instinktiv und nicht rational.

Bernd und ich fuhren einmal zusammen in seinem Bulli durch Hamburg und sahen einen Speditions-LKW mit der Aufschrift: „Werner Uneifrig – Transporte" vorbeifahren. Wir glotzten ihm hinterher, Bernd sagte: „Wenn der seine Spedition „Schlepp & Buckel – Transporte" nennen würde, könnte der doppelt so viel verdienen.")

(22. Fugazi: „13 Songs“, 1989)

Wenn man Husum durch die Neustadt in Richtung Norden zu der Erdkante hin, wo sie – die Erde – vermeintlich aufhört, verließ, kam kurz vor dem Ortsende rechter Hand, eine Neubausiedlung mit Einfamilienhäusern, wovon jedes über eine eigene Garage und einen kleinen Garten verfügte. In den Häusern wohnten Ende der 80er Jahre Arbeiterfamilien, kleine Beamte und Senioren. Und in einem Punks.

Der Vormieter, ein Alkoholiker, der schließlich an seiner Sucht in einem Elend von Müll und Krempel verreckte, war den Nachbarn wahrscheinlich lieber gewesen, das Haus allerdings hatten in dem desolaten Zustand nur die Punks mieten wollen.

Ein Mietvertrag wurde gemacht. Dann hatten die Punks den Müll in den Müll, den Krempel deckenhoch in die Garage gestopft und das Haus tatsächlich in einen bewohnbaren Zustand gebracht, um es fortan sukzessive mithilfe des breiten Bekanntenkreises und entsprechender Partys in den vormaligen Zustand zurückzuführen. Man gab sich gastfreundlich. Nach einiger Zeit des Zusammenwohnens zog einer der Mieter aus seinem Zimmer aus. Da die Miete regelmäßig bezahlt werden musste, wurde Ersatz gesucht.

Über eine neue Bekannte, die Freundin des einen Punks, hatte ich von dem leeren Zimmer erfahren und bekundete Interesse. Als ich die Frau wenig später auf einer Party traf, erzählte sie mir, die Punks wären ebenfalls zufällig hier und sie würden mich kennen lernen wollen, um entscheiden zu können, ob ich das Zimmer bekommen könnte. Ich latschte ihr hinterher und sah mich wenig später von vier jungen Männern umringt, die mich nicht unfreundlich, aber skeptisch musterten. Das seltsamste Casting meines Lebens begann.

Ich fragte mich für einen Moment unwillkürlich, ob ich abgerissen genug aussah? (Oder war das auch verkehrt?)

Meine Haare jedenfalls wirkten zwar ungekämmt – gut? –, aber sie standen mir weder zu Berge noch waren sie gefärbt – wohl schlecht.

Meine Jacke war aus Leder, null gut, da die Punks mit der Straight-Edge-Bewegung sympathisierten. Meine Blue Jeans war heil und langweilig, gleichfalls schlecht. Grottenschlecht. Hätte ich von dem Casting nur vor-

her gewusst. Ich hätte dann das Beinkleid noch schnell stilgerecht mit Schere und Sandstrahl, Flex und Feinsäge, Hammer und Sichel bearbeiten können oder mir wenigstens einen Nietengürtel besorgt oder sonst was. Vielleicht. Und meine Turnschuhe, die gingen im Grunde gar nicht, man trug Springerstiefel – trotz Lederaversion.
Kurzes Händegeschüttel, dann lief das Bewerbungsgespräch ungefähr so:
„Und du meinst, du kommst mit uns Punks klar?"
Blick durch die Runde. „Klar, warum nicht?"
„Was machst 'n so?"
Ich erklärte, ich wolle eine Umschulung als Tischler anfangen.
„Hat Sabine dir schon erzählt, dass das Zimmer dreihundertzwanzig Mark im Monat kostet? Is' sogar noch `n kleines dran, kannste drin pennen."
„Warm?"
„Warm."
„Na, dit is doch knorke, wa?" Ich erntete ein paar gehobene Augenbrauen, aber auch etwas Gelächter. Dann standen wir einen Moment lang etwas verloren rum, bis einer sagte:
„Okay, wollen mal gucken, was die Party so macht, wir sagen dir dann Bescheid.
Ein paar Tage später rief mich Sabine an, ich könne die eineinhalb Zimmer haben.

Als ich eine Zeit mit den Punks zusammenwohnte, stellte ich fest, dass von den vier Mitbewohnern drei Jobs hatten oder in Ausbildung waren; der Vierte hatte einfach keinen Bock, der musste eben mit durchgeschleppt werden.
Bis auf alltäglichen Ärger waren die Jungs meistens gut drauf und normaler, als sie aussahen.
Einmal fand ein Treffen der örtlichen AntiFa in unserem Wohnzimmer statt. Außer den Mitbewohnern kam aber keiner. Irgendwer hat noch angerufen, war aber leider verhindert. Ich schätze, in einer Kleinstadt ist alles etwas kleiner. Immerhin war da ein harter Kern in der Husumer AntiFa. Ansonsten musste reichen, was ein Slogan auf manchen orts-

ansässigen Autoaufklebern verkündete: „Husumer sind nette Leute“. Nach ein paar Monaten mit „meinen“ Punks gewöhnte ich mich langsam an deren aktuellen Musikgeschmack – nur Punk – der aus ihren Zimmern dröhnte. Einige Nummern gefielen mir sogar richtig gut. Zum Beispiel EA 80 mit „Von leeren Herzen“, seitdem für mich unverzichtbar in der dunkelsten Jahreszeit:

… „Es ist Weihnacht, niemand allein,
in den Geschäften, niemand allein.
Und wenn man das kriegt, was man sich wünscht,
scheint der Zweck erfüllt, ist das nicht schön?“…

Der einzig gute Weihnachtssong, den ich kenne.

Ich hatte also ein kleines Stelldichein mit Hauke, einem meiner Mitbewohner, in seinem Zimmer. Der schuftete im Hauptjob als Koch, betrieb aber nebenbei einen Mininebenerwerb mit dem Handel von Vinylscheiben – nur Punk selbstredend. In einer Ecke seines Zimmers stand seine Ware in einem großen Reisekoffer. Ich blätterte ein bisschen drin rum, kannte aber nichts. Beratung tat Not.
„Was meinste denn so? Für mich?“
„Du hörst doch sonst viel von dem New-Wave-Zeugs“. Ohne eine Antwort abzuwarten, sprach er nach einer kurzen Pause weiter, während er in seiner Ware suchte. „Dann könnte Dir vielleicht Fugazi gefallen, das ist nicht ganz so schnell und melodiöser als …“ Ohne den Satz zu Ende zu bringen, gab er mir die „Fugazi“-EP (1988) zum Probehören. Am nächsten Tag kaufte ich ihm das Teil ab und Fugazis Folge-EP „Margin Walker“ gleich dazu.

(Etwas später, 1989, sind diese EPs zusammen auf der CD „13 Songs“ erschienen, die Bernd offensichtlich auch noch gekauft hatte, da er mir diese schenkte.)
Die CD ist bestens geeignet, um Frust abzubauen, und gut als Extraportion Dampf. Die nachfolgenden Fugazi-Alben sind alle ähnlich fett wie der Erstling.
Die Vorgängerband des Sängers und Texters bei Fugazi, Ian MacKaye, war übrigens die legendäre Band Minor Threat. Für diese schrieb er den

Song, „Straight Edge“, der den Namen für eine Bewegung prägte. In weiteren Songs beschrieb er deren Inhalte: kein Alkohol, keine Drogen, sexuelle Enthaltsamkeit, für maximale Fitness und Selbstbestimmtheit in der Birne. Hehre Ziele, die man landläufig besonders wenig mit der Punkbewegung in Verbindung brachte. Meine WG-Punks klärten mich damals nicht nur auf, was Straight Edge sei, sondern sympathisierten zudem mit den Zielen dieser Bewegung bis auf das mit dem Sex. Na ja, und manchmal, bei Partys, gab's auch was zu trinken oder einen kleinen Joint. Man war schließlich kein Korinthenkacker.
Ich wohnte ein knappes Jahr und gern mit den Punks zusammen, ehe ich meine Umschulung zum Tischler schmiss und es mich zurück in die große Stadt zog, wo ich mir eine Zeitlang die riesige Hamburger Uni von innen ansah.

(Eine kleine Anmerkung zur Reihenfolge von Bernds Texten:
Da sie größtenteils jeweils bei dem entsprechenden Album neben der LP im Cover oder lose im Karton lagen, musste ich eine Reihenfolge finden. Sofern inhaltlich durch Bernd keine Vorgaben gemacht wurden – manchmal waren zum Beispiel Rückgriffe auf Künstler oder Bands zu berücksichtigen, die natürlich zuvor genannt werden mussten –, habe ich eine weitestgehend chronologische Reihenfolge gewählt.
Fast alle der bisher besprochenen Bands haben sich in der Zwischenzeit aufgelöst und manche der Künstler sind leider verstorben, sodass selbst bei bestem Willen keine weiteren Produktionen denkbar sind.
Als erfreuliche Ausnahmen mögen vielleicht The Cure und vor allem King Crimson genannt sein.
Bei Carlos Santana hatte es inhaltliche Gründe, dass er diesen Reigen eröffnet, obwohl er neue Alben veröffentlicht, wenn auch nur mit seiner „zweitbesten Gitarre“.
Bei nachfolgenden Künstlern darf man auf weitere Einspielungen hoffen.)

(23. Magma: „Magma“, 1970)

Citroen war einmal der Stolz der französischen Nation, weil sie manchmal besonders innovative Autos bauten und manchmal sogar darüber hinaus besonders schöne. Die DS, im französischen Volksmund „Göttin“ genannt, vielen als das Lieblingsauto von Fantomas in seinen Filmen bekannt, gilt einigen als das Auto mit dem besten Design, das jemals gebaut wurde.
Obwohl Magmas erstes Album erst 15 Jahre nach der DS das Leben erblickte, ist die Band im Gegensatz quicklebendig und rostfrei, während die Produktion der „Göttin“ 1975 eingestellt und fast alle der hergestellten durch die Rost- und Technikanfälligkeit schnell dahingerafft wurden.

Wie brillant und innovativ das Auto und Magmas erstes und spätere Alben sind, zeigt sich darin, dass sie – würden sie erst heute veröffentlicht – nach wie vor spektakulär wären – und das dreißig bis vierzig Jahre später.
Magma hat eine klassische Rockbandbesetzung, die oft durch Bläser, Piano oder weitere Schlaginstrumente verstärkt wird. Der Schlagzeuger, Pianist und Sänger Christian Vander, ein großer Verehrer der Musik John Coltranes, komponierte bereits die Mehrzahl der Stücke des Debütdoppelalbums „Magma“ und war später neben Stella Vander einziges langjähriges Mitglied der Band. Seine Dominanz innerhalb der Band nahm über die Jahre zu, er komponierte nahezu allein alle Stücke der folgenden Magma-Alben und auch Solowerke. „Offering 1-4“ hatten den inzwischen typischen Magma „Zeuhl“ Sound.
Das von mir geliebte Erstlingswerk „Magma“ weist Stilelemente des Progrock auf, klingt über weite Strecken wie das Werk einer Jazzband, bedient sich Elementen der Klassik und ist so anders „gestrickt“, dass es die gängigen Genres durchbrach. Mit den folgenden Alben – hier sei besonders auf ihre „Beethovensche Fünfte“ „Mekanik Destrüktiw Kommandöh“, 1973, Teil der „Theusz Hamtaahk Triologie“, hingewiesen – setzten sie diesen konsequent eigenen Sound fort und inspirierten damit andere Bands.

Magma entwickelte nicht nur eine vergleichsweise so geniale Musik, als würde die DS mit Wasser fahren, sondern sie sangen dazu in einer eigens erfundenen Sprache, wozu ein Mythos über Kobaia gehört. Wenn ich es richtig geknallt habe, geht der Mythos ungefähr so:

Die Erde sandte dereinst ein Raumschiff in den Kosmos und nach einem langen Flug landete man auf dem Planeten Kobaia. Da war alles supi und nachdem man sich weiterentwickelt hatte, war alles supersupi und man beschloss eine Mission zur Erde zu starten, um uns zu zeigen, wie's geht. Aber als die Kobaianer zurück kamen, gab's was auf die Mütze und das fanden die Mist, deshalb flogen sie schnurstracks zurück. Nun müssen wir hier dicke Backen machen und nichts is' mit Kobaia. Wie immer in Glaubensdingen kann ich mich hier jedoch irren und darüber hinaus hat mein Übersetzerfisch Probleme mit Kobaianisch.
Die Musik dürfte bereits verwirrend genug sein und deshalb gilt hier im Besonderen: öfter hören! Natürlich nicht direkt hintereinander, ich gebe zu, das könnte anstrengend werden, aber so mit dem zwanzigsten, dreißigsten Mal hören, sollte die Magma-Sucht bei Dir ausbrechen. Bei dieser Band lohnt es, sich auf die Details zu achten: auf den außergewöhnlichen Gruppensound, mit dem sie Gefühle und Stimmungen in Musik umsetzen, die anscheinend vielen anderen Musikern vollständig unbekannt sind, oder auf die einzelnen Instrumente. Zum Beispiel die einzigartig gespielten Drums von Christian Vander, unglaublich abwechslungsreich und mit großem Taktgefühl; ich bin fest davon überzeugt: Wenn man sechs Stunden nach einem Gig den Typen aus dem tiefsten Schlaf wecken würde, könnte der, im Takt des letzten Stückes, nahtlos einsetzend, weitertrommeln.
Bei vielen der vorgestellten Bands und Künstler lohnt es sich alle Studioalben zu kaufen, bei Magma hatte ich dazu alle erhältlichen Livealben. Diese sind zwar mitunter beklagenswert aufgenommen, doch musikalisch interessant, da die Band ihre Stücke live stets neu interpretiert. Zusätzlich wechselte, wie bereits erwähnt, oft das Personal der Band und die unterschiedlichen Besetzungen klangen natürlich unterschiedlich – aber alle gut.
Deshalb: Wenn die „Grande Nation“ mit stolz geschwellter Brust durch

die Gegend laufen möchte, dann meines Erachtens eher, weil sie die Heimat der Band und nicht der DS ist.
Eine der Bands, die sich vom Zeuhl hat beeinflussen lassen ist Univers Zero – alles andere als Popmusik. Ich mag ihr Album „Heresie", 1979.

(Was mich bei dem Titel jetzt nicht so erstaunt.)

(24. Gong: „Planet Gong Live Floating Anarchy 1977")

Ein Freund, den ich später aus den Augen verlor und der heute sicher ein ordentlicher Familienvater und braver Bürger ist, war in jungen Jahren anders organisiert. Gar nicht. Aus diesem und anderen Gründen, die später zu Tage treten werden, lasse ich seinen wirklichen Namen ungenannt. Nehmen wir an er hieße Felix.

Felix war sich der Notwendigkeit sehr wohl bewusst gewesen: Entweder erfolgreich verweigern oder er würde nach seinem Abitur zum Bund eingezogen werden, da er mit Leistungsstufe 2 (ungeeignet als Pilot, aber als potentielles Kanonenfutter allemal gut genug) gemustert worden war. Seine Verweigerung „aus Gewissensgründen" als Brief ging zwar gerade rechtzeitig beim Amt ein, hätte jedoch vom inhaltlichen Umfang her locker auf einer Postkarte Platz gefunden. Da waren die wenigen Damen und vielen Herren des Amtes aber ganz andere Kassiber gewohnt; sie lasen lieber epische Ausführungen, kleine Romane mit familiären und historischen Bezügen, mit Begleitschreiben von Zeugen plus Fürsprechern, schließlich wurden sie fürs Lesen und Entscheiden bezahlt. Und Entscheiden geht schnell und der Tag ist lang. Das Amt forderte entsprechend *behufs der Glaubhaftmachung des Gewissensentscheids weitere Erläuterungen an. Sein Antrag auf Wehrersatzdienst nach Art. 4, Abs. 3, GG müsse auf bisheriger Datenlage fußend, negativ beschieden werden.* Seine Freunde rieten ihm, eine längere und schwülstigere Erklärung nachzuschieben. Allein Felix befand, er hätte dem Recht Genüge getan, sein Gewissensentscheid sei durch ihn hinreichend erläutert und das Verfahren als solches absurd: „Die sind doch schlimmer als das Jüngste Gericht und noch schlechter legitimiert!"

Nach dem Schulabschluss genoss Felix seine Arbeitslosigkeit; weitere Schreiben der Moralvermesser des Kreiswehrersatzamtes – potentiell guter Laune so zuträglich wie Briefbomben – entsorgte er ungeöffnet mit spitzen Fingern. Es kam, wie es kommen musste: Die Feldjäger jagten und fanden ihn. Er war zuhause. Von dort durfte er noch eine Zahnbürste mitnehmen und befand sich keine Stunde später ohne Kleidungswechsel direkt auf dem Exerzierplatz.

Da war er nun als einziger Langhaariger in Zivil unter über einhundert

kurzgeschorenen jungen Männern in oliver Uniform. Der Einzige, der keine Ahnung hatte, wie man strammsteht in Reih und Glied, oder als Räderwerk funktioniert. Das alles war etwas viel für unseren Felix und er brach in Tränen aus. Verständlich, aber unmännlich. So wurde das Häufchen Elend notgedrungen zur ärztlichen Station verfrachtet, wo die Sanis das Gejammer auch bald satt hatten und ihn vorerst nach Hause schickten. Sämtliche weitere Versuche aus Felix einen strammen Soldaten zu machen, verliefen ebenfalls desaströs. Sobald er auch nur das Kasernengelände betrat, packte ihn die Depression. Ebenso aussichtslos fürs Vaterland, wenn es zukünftig ein unglücklicher *Felix* verteidigen würde.
Die schneidigen Kerle vom Bund schafften es nicht einmal, Felix' lange Haare zu kürzen, so eilig musste er immer wieder zu den Sanis gebracht werden, die zwar das Gejammer zur Genüge, aber nicht dessen Ursache kannten und ihn bis zu weiteren Untersuchungen durch Fachärzte nach Hause schickten. Dann wurde von unseren verehrten Vaterland Verteidigern vollends maximal machbarer medizinischer Sachverstand aufgeboten: anfangs aufwändige Anamnese, dann anstrengende Analysen. Alles braucht causa. Das ernsthafte Fazit gezogen hernach in jenem Kenntnisstand lautete mit nur oberflächlichen, partiellen Qualitätseinbußen richtigerweise: sofortige, totale und vollständige Wehrdienstbefreiung. „X/Y-Z“ wird ausgemustert wegen Kampfmittelaversion. Diese tiefe Missgunst des Grundauszubildenden hätte man auch schon seiner – weil schlecht begründet, abgelehnten – Verweigerung entnehmen können. Und man hätte sich von vornherein das Risiko eines zukünftig bestenfalls hoffnungslosen Gefreiten erspart, der eventuell sogar mehr kaputt macht, als ein Soldat soll. Sei's drum.

Dafür, dass der Bund Felix ganz schön Nerven gekostet hatte, bekam er wenigstens für den kurzen Zeitraum, den die behände Bürokratie der aufrechten Landesverteidiger brauchte, den Sachverhalt in sachgerechte und stichhaltige Formulare zu transkribieren, den ihm zustehenden Sold. Alles in allem ein knappes Dreivierteljahr lang. Nur gerecht. Angesichts dieses nur unter Tränen, aber erfolgreich ausgestandenen Dramas musste der Sold natürlich sinnvoll investiert werden; man feierte also

eine angemessene Party, um einem weisen Entschluss des Kreiswehrersatzamtes, was ja selten genug vorkommt, zu huldigen.
Gegen Morgen hatte der harte Kern, der bei der ausgelassenen Party übrig geblieben war, mono- oder polytoxikoman eine im besten Sinne „Open Minded"- Stimmung erreicht; Felix nutzte sie für psychodelische Musik und legte „Allez Ali Baba – Sheep Have You Any Bull Shit: Mama Maya Mantram Zero" von Gong auf. Um Dich zu zitieren: *sehr angenehm.* Ein Stück, dass ich mir merkte, („das mit dem kranken Titel"), bis gegen Mittag dann endgültig Schluss war mit Party. Trotz meines breiten Kopfes raffte ich noch, mir von Felix die Platte auszuleihen, bevor ich ging.

Man kann sich Gongs Sound als eine Kreuzung der frühen Pink Floyd mit Frank Zappa vorstellen. Wobei sie jedoch weder das eine noch das andere plagiieren; sie haben mit ihren exzellenten Musikern unter federführender Leitung des ehemaligen Soft-Machine-Gründungsmitglied Daevid Allen, auch Bert Camenbert, Captain Capricorn oder The Alien Australien genannt, ihren eigenen Klangkosmos erschaffen. Wie schon bei Magma ist bei Gong der Begriff Kosmos ebenfalls doppeldeutig: Zum einen schaffen Gong sphärische Klanglandschaften, die oft mit den für sie typischen „Space Whispers" von Gilli Smyth unterlegt sind, des Weiteren haben sie eine kosmische Vision. Die Geschichten von Gong sind so komplett crazy, dass die Mothership-Theorie – unter anderem von Parliament, George Clinton und Funk a delic unters Volk gebracht – so trocken und schlüssig wie die Infinitesimalrechnung daherkommt.
Gong mit ihrem „Banana Moon", zu dem in „Flying Teapots" von „Zero – the Hero" geflogen wird, während dieser vom „Planet Gong" per Gehirn zu Gehirn telepathisch die Piratensenderstation „Radio Gnome Invisible" hört, muss man nicht verstehen; es ist ihre Art mit den Menschen in Kontakt zu treten: Floating Anarchy, das kann man schlicht Lustig finden, aber trotzdem ist es alles andere als blöde.
Das Personal auf „Planet Gong Live Floating Anarchy 1977" besteht neben Daevid Allen und Gilli Smyth auch aus den Mitgliedern der „Here & Now" Band (daher Planet Gong). Die diversen Gong-Inkarnationen haben reichlich Scheiben unters Volk gebracht und ich finde alle besonders gut, auf denen Daevid Allen mitspielt, außer also zum Beispiel

„Pierre Moerlen's Gong" oder „Mother Gong", die man sich aber auch anhören kann.

Zu meiner Schande muss ich gestehen, dass ich erst nach Jahren die offensichtlichen Parallelen zwischen Magma und „Daevid Allens Gong" erkannt habe, die mehr sind als der Bassist Francis Moze, der bei beiden Bands spielte, und dass beide Bands zumindest zeitweise in Frankreich beheimatet waren.

Die Bands bestritten sogar zusammen eine Tournee, bei der abwechselnd mal die eine, dann die andere als Headliner angekündigt wurde, nachdem ein Manager von Gong, Giorgio Gomelsky (nicht als Einziger) einen Narren an Magma gefressen hatte. So erinnerte sich Daevid Allen später einmal an sein erstes Magma-Konzert, in das ihn Gomelsky mitgeschleppt hatte:

> „Incredible. All these men in black with inverted tantra symbols. Their music took the breath out of your lungs, it was upside down Wagner." ... „the singer looked like a Valkyrie and had a four-oc tave voice. Anyway, they were like our shadow. There was Gong, colourful, anarchic, all going in different directions, but trying to pull together. Magma where all incredible musicians, but totally disciplined, Vander would hit them with a stick, if they played a wrong note. It was like 'Ying and Yang'."

(Aus Versehen bekam mein Vater, der gedient hat („eine Erfahrung, die niemandem schadet"), das Manuskript dieses Buches in die Hände. Er blätterte ein wenig darin herum und las dann ausgerechnet den obigen Text von Bernd. Seine Missbilligung war offensichtlich. Nachdem er ausgelesen hatte, dachte ich schon, es hätte ihm die Sprache verschlagen – was selten ist –, da kommentierte er doch:

„D a m i t beschäftigst du dich also die ganze Zeit?" Eine ehrliche Antwort interessierte ihn natürlich herzlich wenig, er nölte bereits weiter: „Und die Farbe der Bundeswehr heißt im Übrigen Bronzegrün. Bis '45 war's Feldgrau. Bei der NVA dann Steingrau, im Volksmund Asche genannt, und bei der frühen Bundeswehr hieß es Gelboliv, was im ersten, gebräuchlichen Farbton wie ein dunkleres Grau aussah. Dann gab's ein helleres Grau, aber auch Gelboliv genannt und heute eben Bronzegrün, das nur Laien als o l i v bezeichnen würden." Ich dachte mir meinen Teil: „Obwohl es so aussieht", … und dann: „Eigentlich logisch, dass Tarnfarben beim Bund auch Tarnnamen haben.")

(25. Neil Young & Crazy Horse: „Live Rust", 1979)

Einen durchaus angebrachten und wohlmeinenden Rat auszuschlagen, kann von Starrsinn zeugen. Ein Tontechniker soll nach einer Aufnahmesession den noch jungen Neil Young beiseite genommen und zu ihm gesagt haben: „Du kannst ja echt gut Gitarre spielen, aber das mit dem Singen lass mal sein."

Neil Young, geboren in Kanada, brachte sein Starrsinn eine Karriere ein, die ihn, von Nordamerika aus startend, zu einem der bekanntesten Rockmusiker der Welt gemacht hat.

Er singt hoch, Kopfstimme, und klingt im Ergebnis ein wenig wie ein 16-jähriger vor dem Stimmbruch. Böse Zungen behaupten: während des Stimmbruchs. Es ist also nicht seine Gesangsstimme oder deren Umfang, die ihn so bemerkenswert sein lassen, sondern vielmehr seine Qualitäten als Songschreiber. Er schreibt engagierte, kluge, oftmals politische Texte und Melodien dazu, die eingängig sind und vielleicht gerade durch Neil Youngs Art des Vortrags zum Mitsingen animieren.

Es waren am Anfang dementsprechend Folksongs, die Neil Young, zuerst mit der Band Buffalo Springfield, dann mit Crosby, Stills, Nash & Young sogar vor einer Viertelmillion Leuten beim legendären Woodstock-Festival auftretend, spielte.

Als Solokünstler versuchte sich Neil Young in vielen Musikstilrichtungen und entwickelte ein festes Standbein in der Rockmusik, vor allem mit seiner Band „Crazy Horse" zusammen.

Auf der „Live Rust"-Doppel-LP findet man einen Überblick über das frühe Schaffen von Neil Young. Ein paar folkigere Nummern, die Young mit akustischer Gitarre begleitet, „Damage Done", „After the Goldrush" und richtige Rocksongs wie „the Loner", „Cortez the Killer", mit einer „dreckigen" E-Gitarre gespielt. Der Neil-Young-Gitarren-Sound ist eine jeweils penibel kalkulierte Melange aus Gitarreneffektgeräten und Verzerrern, die ihn unverwechselbar macht. Dieser Gitarrensound nahm den des Grunge vorweg und hat Bands wie Nirvana und Sonic Youth inspiriert.

Neil Young versucht stets, in seiner Musik kreativ zu bleiben und zielt nicht einfach auf das Bedienen des Massengeschmacks, was ihm ein

Leichtes wäre. Er ist einer der Künstler, die auf lukrative Deals mit der Werbung verzichten:

„Ain't singin' for Pepsi
Ain't singin' for Coke
I don't sing for nobody
Make me look like a joke
This note's for you."

„This Note's for You", 1988).

Und wird Neil Young jemals aufgeben? Ich glaube, nicht:

„My my, hey hey
Rock and Roll is here to stay
It's better to burn out,
Than to fade away
My my, hey hey"

(Aus: „My My, Hey Hey (Out Of The Blue)" auf „Live Rust".)

(26. The Rolling Stones: „Love You Live“, 1977)

Eine der größten Rock-'n'-Roll-Bands aller Zeiten sind unzweifelhaft die Rolling Stones. Es war eine Kombination an Gründen, weshalb sie es bis in die Spitze des Rock Olymps schafften: Mick Jagger und Keith Richards sind beide intelligent, der eine eher ökonomisch interessiert, der andere künstlerisch. Sie lernten sich kennen, fanden heraus, dass sie beide auf Bluesmusik standen und beschlossen, zusammen Musik zu machen. Damit bildeten sie ein kongeniales Songwriterduo, wie sich zeigen sollte.

Das Umfeld schien auf ihre Band, die Rolling Stones, gewartet zu haben. Giorgio Gomelsky (der wenig später bei Gong im Management half) war ihr Manager und ließ sie in seinem Club spielen; nun schmetterten sie in kurzer Zeit recht erfolgreiche Singles heraus, dann kamen Longplayer hinzu. Es folgten weitere Auftritte und Tourneen und Bandumbesetzungen, unter anderem durch den tragischen Tod von Brian Jones. Die durchaus hörbare letzte Scheibe mit Brian Jones, Bandleader der Stones, war „Their Satanic Majesties Request“, 1967. Die experimentelle, psychodelisch klingende Platte, mit einem multiinstrumental spielenden Jones zeigt, wie anders die Gruppe geklungen hätte, wenn nicht Jagger/Richards die Führung übernommen hätten.

Die Stones schafften es zwar nicht in ganz so kurzer Zeit wie die Beatles, Hit an Hit zu reihen, aber ihre Scheiben verkauften sich gleichfalls wie geschnitten Brot. Sie wurden berühmter und berühmter. Als die Beatles sich schließlich wegen unüberbrückbarer persönlicher Differenzen ihrer Mitglieder, insbesondere zwischen Lennon und McCartney, auflösten, lieferten sie im Grunde ein Exempel dafür, was Jagger und Richards nie passieren sollte: Selbst wenn sie einander Monate lang mieden, weil sie sich zumindest phasenweise nicht ausstehen konnten, so traf man sich doch nach geraumer Zeit wieder zum Muckemachen. Und manchmal reichte dann ein Wochenende auf einem Hotelbalkon, um ein ganzes Album zu komponieren, wie Mick Jagger einmal über die Entstehung eines ihrer erfolgreichsten berichtete.

Die Stones hatten ein bisschen Glück, waren nicht blöd, sie waren fleißig.

Und war ihre Musik einst Teil einer rebellischen, drogenverseuchten Subkultur gewesen, so wurden sie zunehmend Teil des Mainstreams, dessen Richtung sie einst mitbestimmt hatten.
Ihre Art des direkten, dreckigen Bluesrock mit eingängigen Texten und genialischen Drei-bis-maximal-fünf-Töne-Soli von Keith Richards, gerne auf fünfsaitiger Gitarre, hatte am Anfang die Elterngeneration ihrer jungen Zuhörer geschockt: Die Stones wurden älter und ihre Nachahmerbands selbst Eltern; nun aber sind die Rolling Stones immer mehr passable Vertreter der Großelterngeneration.
Das Schöne an dieser, inzwischen natürlich hochprofessionellen Band, in der Keith Richards bis heute die Rolle des Enfants terrible gibt, ist jedoch, dass die Stones mit jedem Album wieder frische und unverbrauchte Songs nachlegen, ohne sich zu sehr dem Zeitgeist zu unterwerfen.
Da ich unter den Studioalben der Stones nicht *den* Favoriten habe – auf allen Scheiben sind denn doch auch ein paar ödere Songs –, habe ich wie so oft ein Livealbum ausgewählt: „Love You Live“. Darauf ist eine schöne Ansammlung alter Klassiker wie „Happy“, „You can’t get always what you want“, „Brown Sugar“ oder „Sympathy for the Devil“ und so weiter. Zum Mitsingen. (?)

(27. Danzig: „Danzig II – Lucifuge", 1990)

Ich schätze, wenn Rick Rubin im Nachhinein eines gewaltig nervt, dann, dass er Black Sabbaths erste Veröffentlichung im Jahr 1970 nicht produzieren konnte. Nun, er hatte weder sein erstes Label „Def Jam Recordings" noch sein zweites, „Def American", gegründet. Und wer hätte denn im Übrigen einen siebenjährigen Dreikäsehoch aus Amerika mit der Arbeit betraut? Black Sabbath entschied sich damals für Roger Bain als Produzenten, der mit diesen Arbeiten seine wahrscheinlich drei besten Alben produzierte.

Rick Rubin ließ es sich jedoch 1989, rund zwanzig Jahre später, nicht nehmen, die ersten drei Alben einer anderen, neueren Perle des Hardrock zu produzieren: Danzig.

Im Grundsatz setzen Danzig im Sound auf Black Sabbath auf: Harter, Riff-orientierter Rock.

Die ersten vier Alben von Danzig sind alle Weltklasse. Weltmeister im Schwergewicht nach Punkten ist für mich „Danzig II – Lucifuge". Aus den folgenden Gründen:

Wirklich alle Songs auf dem Album sind Knaller. Die Produktion ist druckvoll und schnörkellos – keine Note oder Tonspur zu wenig und keine zu viel. Beinharte Riffs, straightes, heavy Schlagzeug, cooler Bass und ansprechende Gitarrensolo-Parts und vor allem, der Gesang.

Glenn Danzig, Mastermind der Band und Komponist aller Songs, haut auf dem Album seinen besten Gesang heraus, er ist der „Elvis des Hardrock". Tatsächlich klingt er besonders in den ruhigen Passagen, zum Beispiel bei „Devil's Plaything" oder „Pain in this world", wie der King of Rock himself, der beschlossen hätte, ein Schwermetall Album zu machen und sich naheliegenderweise mit Metallica zusammen tat. Glenn Danzig singt melodiös, dreckig und kraftvoll auf diesem Album und die Band macht einen Sound, der teilweise den, des guten und auch kommerziell erfolgreichen Metallica: „Metallica"-Albums von 1991 vorwegnimmt.

Zweimal habe ich mir Danzig live angeschaut und es waren schöne, echte Hard-Rock-Konzerte. Die Musiker brachten den fetten Albumsound auch live rüber. Leider schaffte es Glenn Danzig nur bei dem ersten Konzert, das ich besuchte, so fantastisch live zu singen wie auf dem Album. Beim zweiten war er nicht recht bei Stimme und er drückte sich manchmal vor den schwierigen Tonlagen oder ließ einfach das Publikum seine Songs singen. Ein pragmatisches Handeln, das ihm an dem Abend niemand übel nahm, aber auf Dauer auch keine Lösung ist.

(28. Rupert Hine: „Unfinished Picture“, 1973)

Ein regnerischer, grauer Herbsttag. Ein guter Tag für einen Jungstudenten, um sich mit einer großen Kanne Kaffee und vielen Büchern auf der Bude zu verbarrikadieren und für das Studium zu lernen. Wenn man dazu Lust hat. Oder fleißig und ehrgeizig ist. Alles zusammen ist mir aber kaum begegnet. An dem Tag hatte ich weder das eine noch war ich das andere und fischte stattdessen die Fehlkäufe der letzten Jahre aus meiner Musiksammlung heraus: Tauschmasse für den Second-Hand-Laden. Dann fix durch das Geniesel zur Kreuzung Gärtnerstraße Hoheluftchaussee gestrampelt – währendessen ärgern, ärgern über die fehlenden Schutzbleche am Rad und die Suppe, die von vorn an die Hosenbeine und von hinten bis hoch zum Arsch pladdert – und ab nachmittags dann den ganzen Laden auf den Kopf gestellt.
Mit einem Stapel CDs und LPs zum Probehören konnte man sich, auf diese Weise prima versorgt, zu den Abspielgeräten setzen. Diese standen auf einer der beiden Schaufensterablagen. Dann skippte man durch die Musik und schaute nebenbei den vorbeieilenden Passanten zu. Manchmal erntete man wiederum selbst interessierte Blicke – meistens von Leuten mit Regenschirm, die es nicht ganz so eilig hatten und von denen manche so aussahen wie die aus dem Wetterhäuschen, einer wie Pan Tau – wie man da rumsaß: Hinterm Plattenspieler, mit Kopfhörer auf'n Ohren und schick wie Micky Maus, Passanten nachstierend oder Betrachter betrachtend. Der eine glotzt ins Aquarium hinein, der andere raus. Die Rollenverteilung: austauschbar.

Der Ladenbesitzer, der, wenn man spät nachts auf der Strasse vorbeifuhr, so sicher an seinem Schreib- und Kassentisch saß und rauchte wie Ampeln irgendwann auf Grün schalten, bot mir neunzig Mark für meine CDs. Von dem ganzen Mobiliar wirkte er durch die Zeit am schlimmsten ramponiert. Er drehte sich eine neue Kippe und steckte sie sich ins Gesicht. Es fand sich keine Hoffnung darin. Die Frage, wer da wen besaß, er den Laden oder der Laden ihn, stand im Raum.

Ich war inzwischen der letzte Kunde, Passanten wurden seltener und das Geschäft sollte bald geschlossen werden. Ich prüfte einen der letzten potentiellen Kaufkandidaten, eine CD von Rupert Hine. Ich kannte den durch die Quantum-Jump-Alben, wo mir seine Beteiligung aufgefallen war. Die CD „Unfinished Picture“ klang allerdings gar nicht nach der typischen Quantum-Jump-Musik. Ich konnte den Sound damals keiner bestimmten Musikrichtung zuordnen und kann es heute kaum besser. Jedenfalls gefiel mir der erste Titel, „Orange Song“, auf Anhieb und der Rest schien zumindest interessant zu sein. Kurz vor Ladenschluss. Ich überlegte: „Ein Fehlkauf unter mehreren neuen CDs wäre nicht so tragisch, im schlimmsten Fall würde ich sie wiederum eintauschen.“ Also gekauft.

Vom ersten Anschein her handelte es sich bei der Musik um ein Songwriter Album. Artpop mit klassischen und Progrockeinflüssen oder einer speziellen Folkmusik. Anders gesagt, für individuelle Musikfreaks wahrscheinlich eine zu poppige Scheibe und für Popmusikfans eindeutig zu abgefahren. Doch je öfter man sie hört, desto mehr relativieren sich die Vorurteile und man merkt: Dies ist ein verdammtes Kunstwerk. Eines, wenn nicht das größte Aschenputtelmusikalbum der Rock/Pop-Historie!

Ich verlieh das Album einmal einem Freund, einem Musiker. Als er es zurückbrachte, war er voll des Lobes über die Musik und wies mich auf eine kleine Eigenart hin, die mir bis dahin entgangen war. Ich möchte Dich nun ebenso darauf hinweisen als Beispiel dafür, was einzig der Musik in den Künsten möglich ist im Gegensatz zu etwa der Malerei und als kleinen Wink dazu, was es auf dieser dem ersten Eindruck nach unauffälligen CD alles zu entdecken gibt: In dem Song „Concord(e) Pastich(e)“ wird quasi ein Teil des Bildes rückwärtsgemalt.

Das Schlagzeug spielt am Anfang keinen vollständigen Rhythmus, man hört nur vereinzelte Paukenschläge. Es beginnt mit dem, was man in üblichen Schlagzeugpattern erst später hört. Die Base und Snare setzen also erst ganz am Ende des Stückes ein. Das Schlagzeug bzw. Schlagwerk setzt also „rückwärts“ ein. Als wären sämtliche Skizzen eines Bildes über sein Thema gemalt, ohne es zu überlagern.

Vollkommen gerechtfertigt steht auf der CD der Hinweis:

„Headphones for Concord(e) Pastich(e)“ and „Anvils In Five“ are an extreme advantage.“

Ich meine, dieses gilt für die ganze CD. Sie ist hervorragend von ihm selbst produziert.
Der andere von Rupert Hine angesprochene Titel, „Anvils In Five“ erinnert mich musikalisch ein wenig an „Das Haberfeldtreiben“ von Konstantin Wecker. Auf dem Livealbum von Wecker kommt direkt danach „Das Hexeneinmaleins“, tolle Musik und brilliante Songs. Nebenbei, ich habe nie begriffen, weshalb Chansoniers wie Konstantin Wecker, Herman van Veen und Reinhard Mey nicht ähnlich hoch angesehen werden wie Edith Piaf, Jaques Brel oder zumindest Charles Aznavour.
Hines Vorgängeralbum von „Unfinished Picture“, „Pick Up A Bone“, 1971 ist ähnlich raffiniert wie dessen Nachfolger. Andere interessante Alben von Rupert Hine sind die drei „Thinkman“-Alben, die praktisch auch Solowerke von ihm sind. Dort spielt er jedoch nicht wie auf den ersten Alben fast rein akustisch und mit Hilfe anderer Musiker, sondern im Gegenteil mit fast allem was einen Stecker hat, und nahezu alleine. Bekannt ist Rupert Hine vielen eher als Produzent von Saga, Tina Turner oder Chris de Burgh. Ohne Schuh, kein Aschenputtel.

(29. Nick Cave And The Bad Seeds: „Murder Ballads“, 1996)

Zu den düstersten und punkigsten Vertretern des New Wave gehörten The Birthday Party, gegründet von den Australiern Mick Harvey und Nick Cave. Sie machten einige bemerkenswerte Alben, ehe sich die Band, inzwischen in Berlin beheimatet, auflöste. Cave, Harvey, Blixa Bargeld (auch Einstürzende Neubauten) und Barry Adams gründeten als Nächstes The Bad Seeds.

Mick Harvey spielte zusätzlich bei den Crime + the City Solution, mit deren wichtigstem und später langjährigstem Bandmitglied Simon Bonney er befreundet war. Dadurch dass man sich aus gemeinsamen Berliner Zeiten kannte, sollten später auch Chrislo Haas (Liason Dangereuses, DAF) und Alexander Hacke (Einstürzende Neubauten) bei den Crime + the City Solution landen.

Berlin in den Achtzigern vor der Wende war ein Schmelztiegel für ganz bestimmte Musik.

Ich erzähle davon, weil alle dieser Bands ordentliche Musik gemacht haben und alle mit einem persönlichen Stil.

Nick Cave entwickelte sich mit seinem Bad Seeds weg vom einstigen Punk und New Wave hin zu rockigen Nummern, Songwriterstücken und Gothic-Balladen. Die meisten seiner alten Fans gingen diesen teilweise krassen Stilwechsel mit und er reüssierte mit diesen neuen Songs obendrein bei einem breiteren Publikum.

Einige Bands und ihre Songschreiber haben ihr kreatives Potential mit zwei Alben ausgeschöpft. Bei Nick Cave erscheint es einem, als habe er sich erst einmal seine Hörner abstoßen müssen, Radikales erprobt und geübt. Geübt und gelernt. Er gibt in seinen Songs Gefühlen Ausdruck, wie er es am Anfang seiner Karriere nicht gemacht, nicht gewollt oder nicht gekonnt hat. Ähnlich einem Tom Waits ist Nick Cave ein Lyriker mit ungeheurem Songschreiberpotential und beide genießen eine hart erkämpfte Narrenfreiheit beim Publikum. Selbst wenn einzelne Songs mal in die Hose gehen, reihen sie doch ein interessantes Album an das nächste. Das Album mit den meisten Perlen und den wenigsten Ausfällen von Nick Cave & The Bad Seeds oder einfacher, mein Lieblingsalbum, ist das Konzeptalbum „Murder Ballads“.

Es ist ziemlich genial, wie Nick Cave mit seinen Texten und die Bad Seeds mit ihrer Musik dazu es schaffen, ein Kopfkinomusical anzuschmeißen, als säße man in einem spannenden Krimi über Verbrechen, Tod und Schmerz.
In diesem uniquen Werk wird sogar eine Kylie Minogue gewinnbringend untergebracht: Sie singt die Frauenstimme im Duett „Where The Wild Roses Grow".
Dieses wunderbare Werk brachte Nick Cave viel Aufmerksamkeit ein und sorgte sogar für eine Nominierung bei den MTV-Awards in der Kategorie, „Bester männlicher Künstler des Jahres". In seiner Absage zu der Nominierung schreibt Cave:

> … „Darüber hinaus schlage ich vor, alle zukünftigen Awards und Nominierungen jenen Künstlern zukommen zu lassen, die mehr Spass am Wettkampfcharakter solcher Preisverleihungen haben. Ich jedenfalls zähle nicht dazu. Ich war immer der Überzeugung, meine Musik sei einzigartig und individuell und läge jenseits des Horizonts all jener, die die Dinge bloss vermessen und bewerten. Ich stehe mit niemanden im Wettstreit. Die Beziehung zu meiner Muse ist selbst im günstigsten Fall ziemlich heikel, und ich bin der Meinung, dass es meine Pflicht ist, sie vor allen Einflüssen zu schützen, die ihrem fragilen Wesen Schaden zufügen könnten." …
> „Meine Muse ist kein Pferd, und ich nehme an keinem Rennen teil." …

(30. John Cale & Band: „Live 1984 Grugahalle Essen“)

„I never wrote a song called ‘Cocaine’,
I never wrote a song called ‘After Midnight’
my name is Cale,
You can call me John
I’ll be your friend“, ...

„Autobiography“, John Cale

Der Anfang seines Konzertes beim Rockpalast gegen drei Uhr nachts *(am 13. Oktober 1984)* in der Grugahalle in Essen, vor tausenden Zuschauern und via TV europaweit vor Millionen und ein Titel, den er so nie wieder spielte.
Seine Erklärung, man möge ihn nicht mit JJ Cale verwechseln, ist für Fans pures Understatement. Viele kennen ihn bereits, weil er neben Lou Reed einer der beiden Gründer der legendären Band Velvet Underground war und sicher gilt er einigen als die bessere Hälfte (Sterling Morrison, Maureen Tucker & Nico unterschlag ich hier mal). Dann verfolgte man seine Solokarriere, die ihn an diesem Abend in den Rockpalast brachte. So meinte man, eine Vorstellung davon zu haben, was kommen würde. Es kam anders.
Zusammen mit nur drei weiteren Musikern, einer Standardrockbesetzung, heizte er die Hütte auf, bis sie brannte. In dieser Nacht gab Cale, einer der vielseitigsten Komponisten und Musiker, den Rockmusiker. Selbst – oder gerade – in dem zu einem Fragment zerkloppten „Heartbreak Hotel“ von Elvis hat Cale eine Intensität beim Musikmachen im kleinen Finger, die andere nicht in beiden Händen haben.
John Cale & Band unternahmen in dieser Nacht einen Streifzug durch alle seine bisherigen Alben mit Titeln die alle neu arrangiert wurden. Sie spielten sogar eine furiose Version des Velvet-Underground-Klassikers „Waiting for my man“.
Ähnlich einem kleinen Kind, dem man den kompletten Weihnachtswunschzettel am Bescherungstag auf einen Schlag präsentiert, blieb das Publikum teilweise nach dem Auftritt der Band etwas überfordert zu-

rück. Wie besonders und einzigartig dieser Auftritt für Cales Fans und die Geschichte des Rockpalastes war, stellt man deshalb tatsächlich erst fest, wenn man sich die Aufnahme öfter reingezogen hat – der Auftritt, die Musik werden stetig besser.
Als wir zusammen die Bude gestrichen haben, schien Dir die Cale-Live-Mucke gefallen zu haben, deshalb möchte ich Dir die Kasi überlassen, vielleicht kommst Du ja nachhaltig auf den Geschmack.
Wie ich schon beim Streichen der Wohnung erzählte: Andere Großtaten von John Cale sind neben „Live at Rockpalast“ das beatleske „Paris 1919“ oder das vielseitige Album „Honi Soit“. Zusammen mit Lou Reed entstand das ruhige Album „Songs for Drella“, welches neben den Velvet-Underground-Sachen ebenfalls großes Kino ist.
Auf anderen Studioalben finden sich zumindest einzelne Ausnahmestücke wie auf Vintage Violence „Ghost Story“ und auf Artificial Intelligence „Dying on the vine“, neben vielen anderen ordentlichen Songs. Wobei Dir vielleicht andere Titel gefallen werden als mir. Dazu kommen seine Livealben, wo weiteres Forschen lohnt und schließlich macht Cale ja sicher noch ein paar neue Alben, da er vor Kreativität nur so strotzt.

John Cale wird, wenn es nach mir geht, Unrecht haben mit dem, was er später in „Autobiography“ singt und bei dem man gut hinhören muss, um die a vor history zu hören:

... „I'll never be a part of a history,
I'll never be a part of a history“ ...

(31. Masters of Reality; „Welcome To The Western Lodge", 1999)

Es ist Dir sicher aufgefallen, wie wenig jüngere Bands und Musiker in dieser kleinen Auswahl dabei sind. Nun, angeblich bleibt man ja oft bei dem Musikgeschmack hängen, den man so ungefähr mit vierzehn Jahren hatte. Ganz frei bin ich davon bestimmt auch nicht und dementsprechend wären die ganzen älteren Herren unter den Muckern hier ganz normal. Aber ich habe noch andere Argumente dafür:
Du kennst vielleicht das Phänomen, dass man die Musik, bei der man am längsten brauchte, um sie gut zu finden, am längsten mag. Oder andersherum: Musik, die man auf Anhieb mag, wird häufig schnell langweilig. Es braucht also seine Zeit, hier die Spreu vom Weizen zu trennen. Klar, bei populärer und eingängiger Musik, die man an jeder Ecke hören kann, Beatles, Stones & Marley, ist leicht festgestellt wie gut sie ist; bei anderen sehe ich eher die Gefahr, dass man sie vorschnell beiseitelegt, ohne die wahre Qualität zu erkennen. Dazu kommt erschwerend: Man biedert sich abseits der populären Musik nicht so an den Hörer an, da man der Masse nicht gefallen muss. Mich faszinierte meistens eher die in dieser Hinsicht unreglementierte Musik; Platten, die auch andere Musikfreaks oder Musiker umgehauen haben, eher als die, die mir das Geld aus der Tasche ziehen will. Ausnahmen bestätigen hier die Regel, insofern Musikfreaks häufig Qualität vor der Masse erkennen.
Ein einfacher weiterer Grund für die vielen alten Platten: Sie waren die ersten. Eine Band, die heute Beatles-Musik machen würde, wäre ein Plagiator. Ein Gitarrist, der so cool wie Jimi Hendrix spielt, ist nur halb so cool, weil er nur nachzieht. Es ist ein bisschen unfair, aber heutige Künstler müssen einen draufsetzen, ansonsten sind sie bestenfalls „so gut wie", wenigstens können sie bei den Alten schauen, wie es geht. Und das sollten sie tun, sonst stehen sie vielleicht dumm da.
Einer, der das getan hat, ist Chris Goss. Er gründete Anfang der Achtziger mit einem Highschoolfreund, die Masters of Reality. Ihr Name ist eine Anspielung auf den Titel des dritten Albums von Black Sabbath, Sie kannten die Altvorderen, seien es Black Sabbath oder die Beatles, bestens und hatten Ideen für einen eigenen Sound, der innovativ auf den alten Vorbildern aufsetzt. Durch ein Tape von den Masters, das Rick

Rubin (Produzent, Def American Label Besitzer) erhielt, kam es 1988 zu ihrer ersten Platte unter seinem Label.
Durch einen Zufall – Chris Goss hatte die Schlagzeuglegende Ginger Baker (vormals u. a. Cream) kennen gelernt – erschien schließlich 1993 unter dessen Label mit musikalischer Beteiligung Bakers das zweite Album: „Sunrise on the Sufferbus". 1999 wurde das Album „Welcome to the Western Lodge" unter dem Label von Chris Goss veröffentlicht. Inzwischen waren die Masters of Reality mehr ein Soloprojekt von Chris Goss geworden, zu dem er Musiker, gerne von den Queens of the Stone Age wie beispielsweise Josh Homme, vor allem für Liveauftritte hinzuholte.
Wie Du Dir glücklicherweise anhören kannst, sodass ich es nicht ausführlich beschreiben muss, ist es eine besondere Melange von Rock, psychodelischen Momenten, Beatles-Anklängen und Stoner Rock, den Chris Goss mit seinen Masters of Reality verzapft.
Ich mag alle von den Masters inklusive der Live Scheibe. Ich könnte mir vorstellen, dass Musiker wie Chris Goss und der bereits erwähnte Josh Homme zukünftig weitere fette Alben machen. Masters of Reality sind ein Beispiel für Musiker der jüngeren Generation, die sich mit der alten messen lassen können.

(32. The James „Blood" Ulmer Blues Experience: „Live At The Bayrischer Hof", 1994)

Ich habe in jungen Jahren einmal die Scheibe „Are You Glad To Be In America" von James Blood Ulmer bei einem Freund auf Kassette aufgenommen. Was den geritten hatte, sich die Scheibe zuzulegen, frage ich mich bis heute. War total untypisch für ihn. Wie dem auch sei, auf der Scheibe ist so was wie Free-Jazz-Musik mit Einschlägen von Blues und Funk zu hören. Einzelne Stücke, wie der Titelsong, sind dabei durchaus auf Hieb eingängig.

Ein Jahrzehnt später *(am 22.08.1990)* spielte James Blood Ulmer, Guitar, Vocals, zusammen mit Ronald Shannon Jackson, Drums, und Jamaaladeen Tacuma, Bass, in der vielleicht besten Hamburger Konzerthalle. Ich vermutete, das Konzert sei eher günstig im Preis und die Fabrik würde kaum überfüllt sein; wer hört schon Jazz?

Tatsächlich war der Preis klein und das Raumangebot groß, die Fabrik war gerade mal halb gefüllt. Meine Begleitung beim Konzert war eine Dame, in die ich mich erst jüngst davor fürchterlich verguckt hatte. Und ich war zu dem Zeitpunkt leider unsicher, auf wie viel Gegenliebe ich bei ihr traf.

Das Konzert jedenfalls wurde eines der besten, die ich je gesehen habe. Die drei Musiker machten einen Alarm, als stünden dreimal so viele Mucker auf der Bühne und ich hatte mich getäuscht: Es war eher eine verquere Bluesmusik als Free Jazz, wobei der Jazz in der Musik nicht zu kurz kam. Mit der Zeit machte sich, ausgehend von der Bühne, eine lebendige, aber relaxte Stimmung in der Fabrik breit. Auch meine Freundin schien das Konzert zu genießen und schwofte als eine von vielen zu der Musik mit. Die Musiker hatten zwar die meiste Zeit Sonnenbrillen mit pechschwarz getönten Gläsern auf, weil das Licht sie wohl zu doll blendete, doch das tat dem Verständnis der Musiker untereinander und mit dem Publikum keinen Abbruch. Lediglich das Schlagzeugsolo von R. S. Jackson mit schräger Geschichte dazu war mir in seiner Aussage zu hoch, fand aber Applaus.

Das Basssolo, mindestens ebenso beeindruckend, von dem sympathischen, etwas scheu wirkenden J. Tacuma, war sogar lustig.

Natürlich mussten die Drei Zugaben geben, ehe sie nach Hause gelassen wurden und seit diesem Abend frage ich mich, warum sie bei uns nicht bekannter sind.
Nach diesem phantastischen Konzert habe ich mir James Blood Ulmers Vita mal näher angeguckt. Er bekam seine erste Gitarre mit vier Jahren geschenkt und wurde Jahre später bekannt, weil er zusammen mit Ornette Coleman Jazzmusik machte. Er entwickelte eine ihm eigene Art des Gitarrenspiels, die Du Dir besser von einem Gitarrenlehrer erklären lässt als von mir. Ulmer ist solo häufig auf Bluespfaden unterwegs, er interpretiert dabei den Blues stilistisch neu, indem er ihn mit Jazz und Funk kreuzt.
Leider sind die Scheiben von James Blood Ulmer in unseren Gefilden schlecht erhältlich, die gute Nachricht: Man kann alles kaufen, wo James Blood Ulmer draufsteht.
Zusätzlich interessant das etwas funkigere Bandprojekt „Odyssey“ oder für diejenigen, die es jazzig mögen, das mit dem Music Revelation Ensemble – alles gut!
Die Scheibe „Live At The Bayrischer Hof“ vermittelt einen kleinen Eindruck von der Arbeit eines James Blood Ulmer. Muss ich erwähnen, dass man zu den Konzerten hinrennen sollte?
Die Beziehung zu meiner Freundin ist, obwohl sie so vielversprechend angefangen hatte, leider bald in die Brüche gegangen. Manchmal hört man Songs, die wie für einen geschrieben erscheinen. Ich habe keine treffendere Beschreibung für meine Beziehung damals und die Gründe für ihr Scheitern gefunden als in „Talk about the Weather“ von Red Lorry Yellow Lorry.

… „I want to go out there to an open space
Those tears to cry and show your face
Oh I'm so soaked to the skin
Yes, I'm so soaked to the skin
You want to talk about the weather“…

(33. Shawn Phillips: „Collaborations", 1971)

Mancher lehnt bereits als Kind das Rauchen als Dummheit der Erwachsenen ab, um als Jugendlicher von einem auf den anderen Tag die Seiten zu wechseln. Einen besonders radikalen Seitenwechsel vollzog ein Bekannter, indem er innerhalb einer Woche mit dem Rauchen, mit Alkohol und dem Kiffen anfing – damaliger Rekord. Mir ist unbekannt, ob er sich das alles ebenso innerhalb einer Woche wieder abgewöhnte, ich habe da meine Zweifel.

Auch ich war einer dieser jugendlichen Seitenwechsler und verbrachte unter der Woche viele Nachmittage mit Freunden in verqualmten Jugendzimmern. An Wochenenden bevorzugte man den Qualm in Diskos. Man klagte sich sein Leid über dämliche Lehrer, Mitschüler und vor allem Eltern. Manchmal spielte man vielleicht eine Partie Schach, Karten oder sonst was. Und von irgendwoher dudelte immer Musik. Unter uns Freaks, das heißt eher lange Haare als Popperscheitel, eher Parka als Marco Polo und eher schmökend als saufend, waren unkonventionelle Sounds angesagt. Die sind rarer gesät und wenn einer von uns einen spektakulären Fund machte, so versuchte man diese Scheibe ebenfalls zu ergattern, zumindest aber kopierte man sie sich auf Kassette. So kam es zu manchen Insiderhits, die innerhalb unserer Clique jeder kannte, außerhalb aber kaum jemand. Seien es Mon Dyh mit ihrer „Murderer" Scheibe oder Richard Wahnfrieds „Time Actor" oder eben Shawn Phillips „Collaborations".
Der auf dem Cover abgebildete Typ, ein Hippie mit schulterlangen Haaren und Vollbart, sah aus wie Jesus – sympathisch, aber noch kein zwingendes Kaufargument.
Die Musik auf der Scheibe wirkte oberflächlich, verglichen mit Black Sabbath oder Ash Ra Tempel, so cool wie Cindy & Bert: Doch es geschah trotzdem Erstaunliches – die Scheibe wurde von allen kopiert, sogar Tape-to-Tape-Aufnahmen wurden in Kauf genommen, da es die Scheibe nirgends zu kaufen gab. Meistens brauchten die Leute nur einen Titel und eine Passage zu hören und sie wollten ebenfalls ein Tape.

Das Stück: „Moonshine“, ein Titel, der, um eine grobe Richtung anzugeben, von einem schräg aufgelegten Cat Stevens stammen könnte und der in seiner Intensität und Klasse dessen „Lady D’Arbanville“ oder „Father and Son“ in nichts nachsteht.
Die Passage: Im Titel „Armed“ hält Phillips einen Ton über eine halbe Minute. Bei uns ging damals tatsächlich die Anekdote um, es seien knapp zwei Minuten, bis jemand die Zeit exakt stoppte. Nichtsdestoweniger – wir waren beeindruckt und verwirrt. Ich glaube ja, das Atmen für Phillips während des Singens völlig überflüssig ist. Solche ungewöhnliche, eigenwillige Musik hatte man bis dahin nie gehört, sie war quasi unerhört. Was für eine Scheibe! Eine Offenbarung!
Mit den Jahren habe ich meine Kasi-Aufnahme derart oft gedüdelt, dass sie sich irgendwann vollständig in Luft auflöste. Die Musik wurde zu einer angenehmen Erinnerung, die mehr und mehr verblasste. Ich hatte Herrn Phillips fast vergessen, da entdeckte ich in einem Second-Hand-Plattenladen die „Collaborations“ und ein anderes Teil von ihm, „Rumplestiltskin’s Resolve“. Als ich mir die „Collaborations“ nun endlich in einer besseren Wiedergabequalität anhörte, fragte ich mich, ob ich bereits an Gedächtnisstörungen litt … Nein, wie heftig. Einerseits war mir die Musik vertraut, andererseits hörte ich Dinge, die mir vorher nie aufgefallen waren. Ich gebe es an dieser Stelle zu, Freunde, ich hatte Tränen in den Augen. Wer nicht mindestens einmal vor Freude und Ergriffenheit weinen muss, wenn er die Platte hört, ist ein Stein.
Die Lieder gehen im Stil eines Konzeptalbums ineinander über, hervorragende Songs, die als bloße Folknummern untercharakterisiert sind. Vielmehr existiert über dem ganzen Album ein Spannungsbogen, der, umgesetzt mit vielfältigen kompositorischen Mitteln und grandiosen Orchesterarrangements, über alle Genregrenzen hinwegfegt. Nicht nur „Moonshine“, sondern die ganze Platte sind hohe Lieder der Kunst – ohne Abstriche. Schwer begeistert darüber, zog ich mir meine andere Neuerwerbung rein.

„Rumplestiltskin’s Resolve“.
Bereits der erste Song, „Early Morning Hours“, nahm mich für die Scheibe ein. Ruhig startend wird er zu einer Tour de Force gesteigert.

„Spitefull“ kommt dann frisch als (unsingbarer, s. u.) Singalong-Song daher.
Mag jemand Jeff Buckley? „Today“!
Ich habe bei bis an die Ohren zugeratterten, harten Männern gesehen, wie die bei Sologesangstiteln von Lisa Gerrad in einem Konzert von Dead Can Dance mit den Tränen kämpften; hier geben sie auf: „Wailing Wall“.
Wer kennt „Hideaway“ von Steve Harley? Der sollte sich schnellstens das funky „Hie Away“ anhören, alle anderen beides.
Später sollte ich erfahren: Shawn Phillips und Donavan haben zusammen Titel aufgenommen – wie er es ohne Donavan macht:
„Serendipity Place“.
Manche werden gefühlig beim Hören von Lisa Gerrad, andere bei Genesis, den alten Genesis, mit Peter Gabriel. – Schon mal das Titelstück „Rumplestiltskin's Resolve“ reingezogen?
Also meine zweite Scheibe von Phillips war ebenfalls ein Reißer; ich fing an, Gefallen an dem Typen zu bekommen.

Als ich das nächste Mal eine Shoppingtour durch Plattenläden machte, suchte ich betont nur nach Shawn-Phillips-Alben. In ein paar Läden war er gänzlich unbekannt, in anderen behaupteten sie vage: „Von dem hatten wir bis letztens was“. Bisher war ich der Meinung gewesen, man könne inzwischen so gut wie jedes Machwerk über kurz oder lang kaufen. Mein Glaube wurde erschüttert. Die Suche war inzwischen wirklich wenig *kurzweilig* sie war *langwierig*. Endlich konnte ich in einem Laden zwei weitere Scheiben kaufen, „Do You Wonder“ und „Second Contribution“. Ich glaube, da war es auch, wo ein nach Ewigstudieren und Taxifahren aussehender Typ – einige würden sagen „und schmuddeliger Typ“ – meine Nachfrage nach Phillips-Platten mitbekommen hatte und daraufhin mit großer Geste referierte, er habe mal was im Rolling Stone über den gelesen: „Es steht da geschrieben, dass Shawn Phillips das bestgehütete Geheimnis der Musikbranche ist.“
Nachdem ich mir die „Do You Wonder“, die manchmal ein wenig an Steely Dan erinnert, häufiger reingezogen hatte, und die „Second Contribution“ mit dem Überstück „The Ballad of Casey Deiss“ besser

kannte, brauchte ich Nachschub von Phillips. Und das Geheimnis, welches auch immer, musste gelüftet werden.

Bestechender Logik folgend, bestellte ich nassforsch bei einem Plattenversender „Contribution“ von Shawn Phillips – es müsste zu meiner „Second“ doch eine „First“ geben. Da ich keine Bestellnummer kannte, müssten sie halt mal Einsatz zeigen beim Versender. Nach sechs Wochen und um zweiundzwanzig Taler ärmer war ich stolzer Besitzer meiner fünften Phillips-Scheibe. Man munkelt, Steve Winwood und Eric Clapton hätten auf der Platte als Gastmusiker mitgespielt. Glaubhaft, das waren keine Novizen gewesen: Titel wie „Withered Roses“ oder die Hippie-Ballade „Screamer for Phlyses“ – Hammer!

Wie viele Shawn-Phillips-Alben gab es überhaupt?

In den nächsten Monaten ging ich es systematischer an, Plattenladen für Plattenladen wurde abgegrast. In einem Geschäft beobachtete der Inhaber mich misstrauisch, wie ich zielstrebig zu dem „P - Diverse“-Regalbereich ging und drei Stück vom einzig Wahren herauszog, die seit längerem Staub angesetzt hatten. Im ersten Moment konnte der Inhaber sein Glück kaum fassen, dass ich alle drei kaufen wollte, wie ich sie dann obendrein anstandslos bezahlte, ohne um den Preis zu feilschen, kam er ins Grübeln. Als er mir beim Rausgehen hinterherschaute, überlegte er wahrscheinlich, ob er mir die Platten nicht zu billig verditscht hatte.
In einem anderen Laden fand ich eine weitere Scheibe. Außerdem waren meine Informationen über Phillips angewachsen; mittlerweile war ich mit dem Wasserläufer auf Du und Du: Wahrscheinlich mache der soundso keine Mucke mehr, der sei jetzt Rettungssanitäter. Jemand anderes war sich sicher, Shawn wäre jetzt Feuerwehrmann – hätte er hinzugefügt: „Im Kampf gegen Grisu, den kleinen Drachen“, hätte mich selbst das nicht mehr überrascht.
Die neue Ausbeute:
„Bright White“,
„Furthermore“,
„Spaced“,

„Beyond Here Be Dragons".
Gesamtstand: neun Alben.
Neun Alben, bei denen jedes aus dem üblichen Einheitsbrei heraussticht. Durch gute Songs und durch einen besonderen Sänger, der über mehrere Oktaven singen kann. Wahrscheinlich die Begründung dafür, weshalb es kaum Coverversionen von Shawns Songs gibt: Einfache Titel sind leichter nachzuspielen. Und wer nicht glaubt, wie man sich bereits an einem vermeintlich einfachen Song verheben kann, sollte sich beispielsweise Coverversionen von Simon & Garfunkels „The Boxer" anhören.
Über die Jahre sammelte ich weitere Shawn-Scheiben. Zwei Alben, „Trancendence" und „The Truth If It Kills", kaufte ich normal im Laden. „Anormal" kaufte ich einmal bei der Plattensammlungsauflösung eines Typen, der mit knapp 60 überraschend Vater geworden war. Seine kleinen Zwillingsgören erfreuten sich mittlerweile eines erstaunlichen Wachstums, das sich im systematischen Zerlegen seiner Bude bis Greifhöhe zeigte. Nach der Regalhöhe zu urteilen, waren als Nächstes der Plattenspieler und das Vinyl dran. Deshalb wollte er das Zeug lieber vorher schnell verhökern. Ich griff die beiden uralten Shawn-Scheiben ab: „I'm a loner", 1965, und „Shawn", 1966. Diese frühen Alben sind die folkigsten, der Mann und seine Gitarre, und obwohl ich solchen Folk zum Beispiel von Dylan oder Donavan nicht mag, kann ich mir den von Shawn komischerweise gut anhören.

Shawns „Faces" entdeckte ich bei einem Kumpel, der sie erst nicht rausrücken wollte, weil er angeblich nie Scheiben verkaufe und die mal ein Geschenk gewesen sei. Nachdem ich zwei Stunden auf ihn einquatscht hatte und im Tausch drei LPs locker machen musste, war sie mein.
Er verdiente sie nicht. Der Ungläubige.
Schon der erste Titel „Landscape", ist die drei Scheiben wert gewesen. Irgendwann hatte ich eine – wie sich nach weiteren sechs Wochen herausstellen sollte – brillante Idee: Jeder, der lange im Musikgeschäft ist, macht über kurz oder lang eine Livescheibe. Flugs bestellte ich bei meinem engagierten „Ich-brauch-keine-Bestellnummer"-Versender: „Shawn Phillips live oder so ähnlich".

– Respekt! Sechs Wochen später wusste ich, dass „oder so ähnlich“ in Wahrheit: „At the BBC“ heißt.
Die Informationen über meinen verehrten Helden flossen weiter und verdichteten sich zu einem klareren Bild: Laut des „Rock Lexikon“ besaß ich vier Scheiben von Shawn, die es gar nicht gab und außerdem wäre er ehemals Seemann, Rodeoreiter und Schaurennfahrer gewesen. Des Weiteren erzählte mir ein Typ bei einem Bier in der Kneipe, Shawn habe Joni Mitchell Griffe an der Gitarre beigebracht und George Harrison lange vor Ravi Shankar gezeigt, was man mit einer Sitar anfangen kann. Und die Freundin eines Kumpels von mir wiederum hatte irgendwo aufgeschnappt, Shawn sei von Amerika nach Süd Afrika ausgewandert. Sie habe sich das gemerkt, weil mein Kumpel ihr mal erzählt habe, dass ich ganz Hamburg nach Shawn-Phillips-Scheiben abgesucht hätte. Von allem, was ich bisher über ihn gehört hatte, klang das für mich am abstrusesten.

Trotz jahrelanger Recherche blieb mein Bild von Shawn Phillips ähnlich unscharf und mysteriös wie jenes, das Sherlock Holmes über lange Zeit von Professor James Moriarty hat.
Der Meisterdetektiv musste den geheimnisvollen Moriarty an seinen Taten messen und bezeichnete ihn als den Napoleon des Verbrechens. Ich messe „das bestgehütete Geheimnis“, Shawn Phillips, an seiner Musik und dann wäre man ein größerer Verbrecher, Scheiben wie „Collaborations“ für sich zu behalten.

(Ich habe leider über Shawn Phillips nicht mehr in Erfahrung bringen können. Nur etwas über seinen Onkel, David Atlee Phillips, der Spionagethriller schrieb und vorher fünfundzwanzig Jahre bei der CIA war. Na klar, sicher. Unklar, unsicher ist, ob er da auch mal Lee Harvey Oswald traf, noch vor dessen Attentat. Aber Genaues weiß man nicht.)

Epilog

Bernd hatte, als er mich zu seiner Party einlud, John Cales „Dying on the Vine“ zitiert, Ende der ersten Strophe heißt es:

> „I’d lay down my sword if you would take it
> And tell everyone back home I’m doing fine“

Bonke.

Anhang

Hinweis: Manche Schreibweise im Buch, insbesondere bei den Titeln einiger Alben, weichen von der üblichen ab. Ich beziehe mich dann auf die Originale.
Zur besseren Orientierung des Lesers ist im Folgenden jeweils die entsprechende Buchpassage vorangestellt.

Seite 7

„Today it appears that almost anyone who puts on a cowboy hat and / or has played an instrument for two or three years can be designated as a musician. All of the people who have played on my albums are musicians who have dedicated the majority of their lives to music." Shawn Phillips – Zitat von der Innenhülle der LP „Spaced", 1977.

„Music is a quality organized in sound." Robert Fripp – Aus Wikipedia: https://de.wikipedia.org/wiki/Robert_Fripp

Teil 1

Kapitel 1
Seite 12/13

Der historische Philosoph und Militärstratege aus China, Sunzi, sagt: „Wenn Du deinen Feind kennst, und dich selbst kennst, brauchst du das Ergebnis von hundert Schlachten nicht zu fürchten." – Zitiert nach: http://www.aphorismen.de/suche?f_autor=3650_Sunzi

Seite 13

Neil Young als Bob Dylan angekündigt, nach: http://www.was-war-wann.de/1900/1990/musikjahr_1999.html

Kapitel 2

Seite 25

Im CD-Player drehte eine CD von Cesaria Evora; sie beschwor – natürlich auf Kreol – gerade Sabino, von ihr zu lassen, da Cacoi gleich käme. Na, und wenn der von beiden erführe…, da wäre das Meer ihr Schicksal! – Titel 2, „Sabine Larga´M“, auf Cesaria Evora: „Cabo Verde“, 1997.

Seite 26

Nick Hornby: „High Fidelity“, München, Knaur Lemon Taschenbuch 1999, Copyright 1996 der dt. Ausgabe Kiepenheuer & Witsch, Köln.

Kapitel 3

Seite 28

Ohne mit einem verfrüht entgegenkommenden Zug kollidiert zu sein, stieg ich in Hasloh an einem Bahnhof aus, der sich prima als Kulisse für einen weiteren Teil von „Atomic Train – Zugfahrt ins Jenseits“ eignen würde. – Siehe z. B. http://de.wikipedia.org/wiki/Zugfahrt_ins_Jenseits

Seite 29

„…Erst von vierzehn Plattenfirmen abgelehnt, dann in nur acht Stunden eingespielt, Kosten sechshundert Pfund.“ – Nach: Classic Rock, 04.2014, Seite 46.

„Tony Iommi, der Gitarrist, verlor bei der Arbeit an so einer Maschine die Fingerkuppen des Ring- und Mittelfingers seiner Greifhand. Um danach überhaupt noch spielen zu können, stimmte er seine Gitarre tiefer.“ – Nach: Classic Rock, 04.2014, Seite 45

Seite 33

Cut-offs: Ausgemusterte Restbestände der Industrie, bei denen eine Ecke des Plattencovers abgeschnitten ist oder ein Loch ins Cover gestanzt wurde.

klitschnasser Clown – „Klitschnasse Clowns“, Herman van Veen, z. B. auf „Die Lieder – Zugabe“, 1978. – Textauszug:

„Da marschieren klitschnasse Clowns, doch die Leute, die den Umzug sehen, durchnässt, tragen viel bessere Masken, raffiniert und wetterfest.“

Seite 34

„Zen und die Kunst ein Motorrad zu warten“ von Robert M. Pirsig (Frankfurt am Main, S. Fischer Verlag 1976) – Der genauen Lektorin entging nicht, dass im Titel eigentlich ein Komma fehlt (Kunst, …). Mir wäre es entgangen, wie offensichtlich Herrn Pirsig bzw. seinem Übersetzer auch.

Seite 35

Warhorse: Ex-Deep-Purple ist Nick Simper mit seinen (vier) Mannen –
Ged Peck (Gitarre), Mac Poole (Drums), Ashley Holt (Gesang) und zuerst Rick Wakeman (Keyboards), der wenig später zu „Yes“ abwanderte, und durch Frank Wilson ersetzt wurde.

Kapitel 4

Seite 42

Wir fragten uns, warum Mark Griffin, der Mastermind von MC 900 FT JESUS, keine neue Scheibe machte? Die „One Step“ war jetzt auch schon fünf Jahre alt.
„Was kann es Geileres geben, als mit Musikmachen Geld zu verdienen?“ fragte ich Pete.
Der meinte nach kurzem Überlegen: „Vielleicht fliegen?“- Eine treffsichere Ahnung Petes. Drei Jahre später, 2003, gab es immer noch keine neue Platte, aber Gerüchte tauchten auf, Mark Griffin bemühe sich um eine Fluglehrerlizenz. Siehe http://www.laut.de/MC-900-Ft.-Jesus

Kapitel 5

Seite 49

Wusstest du, dass 10 000 v. Chr. nur ein paar Millionen Menschen auf der Erde lebten? Wahrscheinlich meinen die Legenden der Bibel diese Zeiten, wenn sie vom Paradies sprechen. – Die hier angegebenen Daten geben eine Größenordnung an. Tatsächlich mag es nach der „Theorie des genetischen Flaschenhalses“ sogar kurzfristig (wahrscheinlich etwas früher als hier angegeben) noch weniger Homo-Sapiens-Individuen auf der Erde gegeben haben (vor 70 – 80 000 Jahren nur 1000 bis 10 000 Individuen). Ursache hierfür waren allerdings wahrscheinlich Katastrophen (durch Eiszeit bzw. Vulkanausbruch); zumindest zeitweilig alles andere als paradiesisch. Siehe Quellen: https://de.wikipedia.org/wiki/Weltbev%C3%B6lkerung auch https://de.wikipedia.org/wiki/Toba-Katastrophentheorie und https://de.wikipedia.org/wiki/Genetischer_Flaschenhals

Kapitel 7

Seite 62

…zwar *nicht immer, aber immer öfter* und die konnten damit mehr nerven als Werbung für alkoholfreies Bier. – Anspielung auf den Werbeslogan einer großen Brauerei, der ab 1992 unter anderem im TV aufwändig beworben wurde: „Nicht immer, aber immer öfter!“

Seite 71

„Kennst du einen Tyrannen, der ein Instrument gespielt hat?“ fragte Bernd zurück.
„Ich kenn mich da nicht aus. Ich kenne keinen, ich glaub', Despoten spielen in keinem Orchester.“
„Ja, Despoten und Tyrannen spielen in keinem Orchester.“ – Am ehesten käme vielleicht Nero in Frage, da er sang und tatsächlich ein Instrument, die Leier, spielte, jedoch dieses nie mit anderen (Despoten und Tyrannen zusammen) im Orchester, es ist auch nicht bekannt, wie gut er die Leier beherrschte. Nähere Informationen: http://www.spiegel.de/spiegel/spiegelgeschichte/d63823577.htm

Seite 72

Joachim–Ernst Behrendt, „Nada Brahma Die Welt ist Klang“, rororo, Reinbek 1986 und „Das Dritte Ohr Vom Hören der Welt“, Rowohlt, Reinbek 1985.

Kapitel 8

Seite 77

„John Cale, 1984 live in der Grugahalle, Rockpalast. Höchstselbst aus ‘m Radio aufgenommen, geil was?“ – Zum Thema Rock/Popmusik-Sendungen im deutschen Fernsehen: Und wer hat´s erfunden? Das ZDF – „Michael Leckebusch, „Der Musikladen“, ab 1972 gesendet? Nein, bereits ein Jahr früher begann im ZDF „Disco“, mit Ilja Richter, aber noch früher gab es Deutschrock im Fernsehen der DDR! Von 1969 bis 1972 wurden dort neun Folgen der Sendung „Die Notenbank“ von Bernd Maywald ausgestrahlt, etwa mit den „Puhdys“. Siehe z. B.: https://www.ndr.de/fernsehen/sendungen/zapp/-Historische-Toene-Die-Notenbank-im-DDR-TV,zapp8718.html
auch https://www.youtube.com/watch?v=HM1DmaO4B8c

Seite 82

Konstantin Wecker – „Vaterland“ auf „Live“, 1979. Der Song beschreibt das Erschrecken eines Vaters, der letztlich hilflos erkennen muss, dass sein Sohn in den Faschismus abgleitet.

„Willy“ auf „Genug ist nicht genug“, 1977. – Beschreibt, hier bös' verkürzt, Willys tragischen Tod bei einer Kneipenschlägerei. Es waren faschistische Lieder gesungen worden; Willy war aufgestanden, um die Sänger zur Rede zu stellen.

Seite 86

„Oh, it looks like rain
and it feels like rain,
here comes the rain”, … – Weiterer Auszug, zum Verständnis:

„You were gone"…
„But I'll still sing you love songs, written in the letters of your name" …
Aus Grateful Deads „Looks like Rain" auf „Live at Rockpalast 1981", DVD, auch „Live at the Cow Palace, New Years Eve 1976", Box mit 3 CDs, 2007.

Seite 87/88

„Wir sammelten uns – alles okay – und zig Stadtpläne und Landkarten ein, die auf den Boden geflogen waren. Wir schoben sie wieder unter die Sitze, …" –
Ja ja, soo viele Karten waren es doch nicht, aber der lieben Dramaturgie wegen … Und bei einem VW-Bus T3 können sie *in Wirklichkeit* nicht derart unter den Sitzen hervorfliegen, – sie lagen auf dem Armaturenbrett.

Seite 88

„I've been waiting for the sun to come up
Waiting for the showers to stop
Waiting for the penny to drop
One time"
Weiterer Auszug, zum Verständnis:
„And I've been standing in a cloud of plans
Standing on the shifting sands
Hoping for an open hand
One time". Aus: „One Time", King Crimson, u.a. auf „VROOOM", 1994, (Die schönste Version, wie ich finde.)

<u>Kapitel 9</u>

Seite 96

„Wer treu ist, kennt nur die triviale Seite der Liebe." – Lord Henry in Oscar Wilde: Das Bildnis des Dorian Gray, Ungek. Sonderausgabe, Klagenfurt, Eduard Kaiser Verlag.

Seite 98

…und war guter Dinge, als der perfekt organisierte deutsche Staat zurückschlug: (Public Enemy:) „The Empire strikes back". – Okay, da habe ich was durcheinandergeworfen, eigentlich heißt der LP-Titel natürlich: „Public Enemy: 91 Apocalypse …The Enemy Strikes Black".

Seite 105

The wisdom behind your smile is cash – Keziah Jones in „Wisdom behind the smile (cash)", auf „Blufunk Is A Fact", 1992.

Kapitel 10

Seite 110

… „Weißt du, was heute Zitat des Tages in der MOPO war? Bobby Robson, ein Fußballer, sagte mal: „Wir haben unsere Gegner nicht unterschätzt. Sie waren nur besser, als wir dachten." – Das Zitat habe ich der MOPO untergeschoben, ich hoffe, sie verzeiht mir. Die Rubrik gab es.
Ich fand das Zitat im Internet:
https://www.taschenhirn.de/alles-uber-fussball/lustige-fussball-sprueche/

Seite 117

Eine Anleitung zum Unglücklichsein? – Anspielung auf Paul Watzlawick: „Anleitung zum Unglücklichsein", München, Piper, TB-Erstauflage, 1988.

Seite 120

Sizilianische-Verteidigung-Eröffnung – Genau genommen: Ausgehend von der „Englischen Eröffnung" die Variante „mit vertauschten Farben" oder auch „Englisches Vierspringerspiel".

Seite 121

Du haust Dinger raus, die holst Du doch im Leben selber nicht mehr ein. –
Original: „Du haust *hier* Dinger raus, die holst Du doch im Leben selber nicht mehr ein". Zitat von Herwig Mitteregger aus „Rudi", auf „Kein Mut – Kein Mädchen", 1983.

Seite 122

„Die Partie zog sich in die Länge und Joan Armatrading wurde zu Rate gezogen – sie bot musikalisch Kurzweiliges, verstand aber nichts von Schach." – An dieser Stelle sind die Pferde mit dem Poeten durchgegangen: Da ich sie schlecht fragen bzw. es nicht recherchieren konnte, habe ich tatsächlich keinen Schimmer, ob Joan Armatrading Schach spielt und wenn ja wie gut. Jedenfalls, so viel stimmt sicher, hat sie damals zum Thema Schach nicht gesungen!

Seite 124

„Fast, ich betone, fast, so herzerweichend wie der Lambert Franz mit seiner Heimorgel." – So reden natürlich nur die Verächter von Franz Lambert, dem Komponisten der FIFA-Hymne, und wahre Liebhaber wissen, dass er meist auf Orgeln der Marke „Wersi" spielte. Typische Heimorgeln wären eher „Farfisa" oder „Bontempi" Geräte gewesen. Siehe auch: https://de.wikipedia.org/wiki/Franz_Lambert

Seite 124

„Yo, Lemmy is' cool, der weiß wie's ist. Musste ja selbst mal Boxen schleppen für Hendrix, ehe er bei Hawkwind eingestiegen ist." – Nach: „Motörhead", „Rocks", Ausgabe 04/2015. Seite 6

Eine weitere Anmerkung: Bernds Sympathie für Lemmy mag noch einen weiteren Grund haben: Obwohl selbst am 24.12. 1945 geboren, ist dieser strikt ungläubig. Auf die Frage: „Manchmal traurig, dass sie absolut nicht an den lieben Gott glauben?", antwortete Kilmister: „Eine Jungfrau wird von einem Geist geschwängert? Come on! Piss off!" – Zitiert nach (Frage 84): http://www.sueddeutsche.de/kultur/fragen-an-ian-lemmy-kilmister-motoerhead-saenger-1.770033

Lemmy Kilmister verstarb am 28. 12. 2015.

Das Gespräch zwischen Bonke und Bernd fand bereits 1999 statt. (Anm. G. S.)

Seite 125

Er schlief und träumte, seine Pfoten zuckten im Schlaf, genauso wie die Augenlider, was man sah, wenn man ihn aus der Nähe betrachtete. Rapid-Eye-Movement, vielleicht träumte Charly von den Eindrücken des letzten Spaziergangs. – 1999 ging man noch davon aus, dass nur in der REM-Phase geträumt wird. Erst Jahre später zeigten neuere Forschungen, dass während des ganzen Schlafs geträumt wird. („Und", würde Bernd vielleicht nebenbei ergänzen, „dass Freud mit seiner Traumdeutung gänzlich schief gewickelt war.“)

Seite 125/126

„Dann läuft es vielleicht wie in einem Lied von Ludwig Hirsch, in dem ein E.T. auf der unwirtlichen, menschenleeren Erde ein Mickey-Mouse-Comic findet. E.T. guckt ihn sich an, und wie er nach Hause fliegt, denkt er: „Sie sind zwar ausgestorben, aber sie waren ein lustiges Volk, die Menschen.“ – Bearbeitung/Interpretation von Ludwig Hirschs Song „1928“ auf: „Komm großer schwarzer Vogel“, 1979. Darin schaut E.T. sich mittels eines gefundenen Filmprojektors einen Comicfilm an (natürlich hat er 220 Watt Wechselstrom dabei).

Seite 129

„Werbung, *die organisierte Erschaffung von Unzufriedenheit*“, sagte Bernd – und hätte es nicht treffender formulieren können. Allein, die (hier kursiv gesetzten) Worte stammen weder original von Bernd noch von mir. Was es eigentlich noch besser macht: Sie sind ein Zitat einer ehemaligen Leiterin des Forschungslabors von General Motors aus dem hiermit zur weiterführenden Lektüre beworbenen Buch von Robert & Edward Skidelsky, „Wie viel ist genug?“, Antje Kunstmann Verlag, München 2013. Seite 61. Ursprünglich in: Juliet Schor, „The Overworked American“, Seite 120.

Kapitel 11

Seite 135

„Aber, nichtsdestoweniger, wenn es nach mir ginge, gäbe es ein Grundrecht auf Geschirrspüler und ein Hoch auf Josephine Cochrane, die ihn schon 1886 erfand!“ – Daten nach: http://de.wikipedia.org/wiki/Geschirrspülmaschine

… dass Männer noch meinen Berge hinaufkraxeln zu müssen, wenn Frauen bereits einhundert Jahre vorher Geschirrspüler erfunden haben… – Dazu erläuternd: Reinhold Messner hat, bis einschließlich 1986, als erster Mensch alle vierzehn Achttausender ohne Flaschensauerstoff erklommen. Siehe

auch Wikipedia:
http://de.wikipedia.org/wiki/Reinhold_Messner

Zuletzt griff ich mir den Staubsauger. Eine wahre Zamboni-Maschine für Schlingfaser. – Ernesto Zamboni erfand 1949 die erste Eisflächenbearbeitungsmaschine, einen umgebauten Traktor, der die oberste Eisschicht erneuert. „Zambonis" werden auch heute noch, etwa in der NHL-Profi-Eishockeyliga, eingesetzt. Ernesto Zamboni wurde 2009 in die „Hall of Fame", der NHL aufgenommen. Siehe: http://www.spox.com/de/sport/ussport/0907/News/erfinder-frank-zamboni-in-die-hall-of-fame-aufgenommen.html
Übrigens, der Staubsauger immerhin wurde von Männern erfunden. Es brauchte aber ewig bis der anständig – und im Privathaushalt – funktionierte; (mancher schafft es bis heute nicht). Siehe: https://de.wikipedia.org/wiki/Staubsauger

Seite 136

Ich hab mal ausgerechnet, dass man zehntausendfünfhundertzwölf unterschiedliche Scheiben brauchen würde, um ein Jahr lang im Radio niemals die gleiche Musik zu spielen … – Dies bei einer Durchschnittslänge der Alben von jeweils 50 Minuten.

Seite 142

„Dying on the Vine" – Eine andere, sehr erwähnenswerte Version des Titels auf „The Close Watch" (eine „Best of") oder auch auf „Fragments Of A Rainy Season", 1992.

Kapitel 13

Seite 148

Herman van Veen, „Für stocktaube Ohren reicht ein Hundert-Watt-Verstärker nicht aus, um zu hören, dass jemand in Not ist." – Aus „Bis jemand mich hört", z. B. auf „Liederbuch", 1977.

Seite 149

„Und irgendwo habe ich gelesen, dass Günter Grass den Nobelpreis für Literatur bekam, vierzig Jahre nach der „Blechtrommel". Bisher hatte man den wohl vergessen." –

Und das Buch sogar schon verbrannt. 1965 auf einer Bücherverbrennung in Düsseldorf, organisiert durch den *Jugendbund für entschiedenes Christentum*. Weiterhin loderten „Der Fall" von Camus, „Lolita" von Nabukov und – immer gern genommen – „Herz auf Taille" von Kästner. Frei zitiert aus „Das Mordsbuch", Seite 95. Nina Schindler, Herausgeber. Erschienen bei Büchergilde Gutenberg, 1998. Original: Claassen Verlag, Hildesheim, 1997. „Immer gern genommen" inhaltlich nach http://www.verbrannte-buecher.de/?page_id=806

Seite 151

„Ich glaubte, die Band spielte eine Art Kiffer-Bluesrock und hatte nur kurz gegen Ende des Pleistozäns, also 1969, bestanden, wie der Titel der Scheibe bereits vermuten lässt. Und preislich musste mein Freund bei dem Teil ganz stark sein, es war eine der teuersten Scheiben, die wir je im Angebot hatten: 42 Mark. Dennoch schien der Typ ganz fickerig, das Ding einzusacken." – Ups, da habe ich mich beim Altpleistozän um 781 000 Jahre oder mehr, verhauen. Zeitliche Angabe laut Wikipedia „Altpleistozän". https://de.wikipedia.org/wiki/calabrium

Der Begriff „fickerig" ist norddeutsch und bedeutet: „unruhig", „zappelig".

Seite 154/155

„Da heißt es in der alten hebräischen Bibel im Dekalog, dem Vorläufer der zehn Gebote von Luther, gleich anfangs: „Ich bin Jahwe, dein Gott, der dich aus Ägypten geführt hat, aus dem Sklavenhaus." Unzweifelhaft eine Beschreibung, wer Gott ist – er hat einen Namen und war derjenige, der sie rausführte aus Ägypten und vorher zugelassen hatte, dass sie versklavt wurden. Dann geht es weiter im zweiten Gebot: „Du sollst dir kein Gottesbild machen und keine Darstellung" und so weiter. Diesen unlogischen Murks hat Luther dann ja bekanntlich entschärft und sich selbst was ausgedacht. Genauso wie seitdem die mehrmalige Erwähnung von Sklaven als Besitztum aus den Geboten verschwunden ist, das

wurde quasi runtergekratzt von den Steintafeln. – Inhaltlich nach: Wikipedia, „Zehn Gebote“.
https://de.wikipedia.org/wiki/Zehn_Gebote

Seite 155

Beispielsweise, zerstörte ein Galileo Galilei Anfang des 17. Jahrhunderts das von der katholischen Kirche heiß geliebte geozentrische Weltbild, was die Jungs aber nicht daran hinderte, seine
Schriften weitere zweihundert Jahre auf dem Index der verbotenen Bücher zu lassen und ihn erst weitere einhundert Jahre später, 1992, zu rehabilitieren. – Quelle inhaltlich: Wikipedia, „Galileo Galilei“
https://de.wikipedia.org/wiki/Galileo_Galilei

[Der] „böse Champollion. Ein schlimmer Schlamassel für die Kirche, dass dieser 1822 die altägyptischen Hieroglyphen entzifferte. Da hatte man über gesichertes Wissen verfügt – die Menschheit war um 2349 vor Christus nach der Sintflut entstanden – und dann beliebte es diesem Typen, Schriften zu entschlüsseln, die älter waren.“ – Quelle:
http://www.zdf.de/terra-x/champollion-und-die-kirche-5218758.html

Seite 157

„Es sei doch mindestens unfair, wenn die Fehlgeleiteten laut Bibel zu Tode gesteinigt werden sollen, man die Bibel aber auf Grund von Paragraph 166 Strafgesetzbuch nicht einmal öffentlich beschimpfen dürfe.“ – Siehe zum Beispiel: „(Gott befiehlt): Wenn jemand in deinem Dorf gegen Gottes Vorschriften verstößt, insbesondere wenn jemand .... anderen Göttern dient und sie anbetet, muss das untersucht werden. Wenn es stimmt, dass solcher Gräuel in Israel verübt worden ist, dann sollst du die Fehlbaren vor das Dorf führen und zu Tode steinigen.“ 5. Mose, 17, 2-5. Zitat nach:
http://bibelzitate.npage.de/kat-05.html
„Strafgesetzbuch § 166
Beschimpfung von Bekenntnissen, Religionsgesellschaften und Weltanschauungsvereinigungen

(1) Wer öffentlich oder durch Verbreiten von Schriften (§ 11) Abs. 3) den Inhalt des religiösen oder weltanschaulichen Bekenntnisses anderer in einer Weise beschimpft, die geeignet ist, den öffentlichen Frieden zu stören, wird mit Freiheitsstrafe bis zu drei Jahren oder mit Geldstrafe bestraft. (2) Ebenso wird bestraft, wer öffentlich oder durch Verbreiten von Schriften (§ 11 Abs. 3) eine im Inland bestehende Kirche oder andere Religionsgesellschaft oder Weltanschauungsvereinigung, ihre Einrichtungen oder Gebräuche in einer Weise beschimpft, die geeignet ist, den öffentlichen Frieden zu stören." Zitat nach http://dejure.org/gesetze/StGB/166.html

Kapitel 14

Seite 165

„Ein Ferengi ohne Profit ist kein Ferengi, Regel 74", zitierte Floh – Zitat nach: http://www.cologneweb.com/StarTrek/ferengi.htm

Seite 167

El Dorado (zu Deutsch: „Modelagentur") – Natürlich nicht, sondern „Das vergoldete Land".

Seite 168

Snorre schaute nun in etwa so begeistert aus der Wäsche wie Uwe Seeler bei einem Heimspiel des HSV im Bayern-Trikot, … - Was sich keiner ernsthaft zu dieser Zeit vorstellen konnte, und Bonke wahrscheinlich inspirierte, dieses Bild zu benutzen, wurde von der Realität später (fast) erreicht: 2012 trug Uwe Seeler als Zuschauer bei einem Fußball Legenden Spiel zeitweise – etwas unbedacht – eine Fanmütze des FC St. Pauli. Immerhin reichte dies zu einem kleinen Erdbeben in den Medien und einem großen in HSV-Foren, dort wurde u.a. befunden, ein Werder-Cap wäre aber schlimmer gewesen. Ein Bayern-Cap (gar Trikot) wollte und konnte sich allerdings immer noch niemand überhaupt vorstellen. Siehe z.B. https://www.welt.de/sport/fussball/bundesliga/hamburger-sv/article109123780/Nanu-Uwe-Seeler-traegt-eine-St-Pauli-Muetze.html (Anm. von G. S.)

Kapitel 15

Seite 175

Ein paar konnte ich mit Nina Hagens ehemaligem Freund hinzugewinnen. Das lief nicht schlecht. Als Hermann hinüber war – Anspielung auf den Songtext von Nina Hagen über Brood: „Hermann hieß er“, dort die letzte Songzeile: „Hermann ist hinüber“. Auf: Nina Hagen Band „Unbehagen“, 1979.

Seite 178

… als wollte sie jedem im Raum zurufen: „Wie kannst du sagen, du habest dir mit deinem Leben Mühe gegeben, wenn du nicht einmal getanzt hast!“ – Nach H. Hesse „Steppenwolf“, Lizenzausgabe von Suhrkamp, Frankfurt am Main 1972, für die Europäische Bildungsgemeinschaft Verlags GmbH „Wie kannst du sagen, du habest dir mit deinem Leben Mühe gegeben, wenn du nicht einmal tanzen willst?“

Seite180

- „The House On The Hill“ von Audience – ein Textauszug:
  „The story goes ‘bout the house on the hill
  That when it snows round the house on the hill
  The rat becomes a maiden, a soul endowed with satan
  And I would go near round the house on the hill“

Kapitel 16

Seite 184

„Genug ist nicht genug, ich lass mich nicht belügen“, – Zitat aus „Genug ist nicht genug“, Konstantin Wecker auf „Genug ist nicht genug“, 1977.

Seite 193

„Die anderen sagen
Du bist zu schön für mich,
Ich wäre gerade gut genug um Katzen zu töten!
Ich habe nie Katzen getötet –
Oder ich habe es vergessen

Oder ich habe es vergessen!" – Auszug aus „So sind hier die Leute" von Klaus Hoffman, z. B. auf: „Ich Will Gesang, Will Spiel Und Tanz", 1977, oder „Klaus Hoffmann", 1975.

Seite 195

- „Meet you on the next world and don´t be late." – Nach Jimi Hendrix, „Voodoo Chile, (Slight) Return" auf „Electric Ladyland", 1968).
  Original:
  „If I don´t meet you no more in this world then
  I´ll meet you on the next one
  And don´t be late"

Kapitel 17

Seite 197

„Prozac" – ein amerikanisches Antidepressivum; ab 1990 im deutschen Handel als „Fluctin".

Seite 205

Bernd nickte nur, um dann, mehr murmelnd, hinzuzufügen: „The Show must go on." Leo Sayer … – Warum Bernd jetzt genau diesen Spruch brachte, der zuerst so belanglos klang, werde ich wohl nie verstehen. Er wird spätestens durch den Hinweis auf Leo Sayer so mehrdeutig; wer genau ist Leo Sayer? Und wer ist in welcher und wessen Show?
Es handelt sich um ein selbstironisches, teils melancholisches, teils anarchisches Lied, mit schmissigem Banjo Rhythmus.
Ein Auszug aus dem Songtext:
„Baby although I chose this lonely life
It seems it's strangling me now
All the wild men, big cigars, gigantic cars
They're all laughing at me now

Oh, I've been used, ohh – hoo
I've been taken for a fool, oh, what a fool
I broke all the rules, ooh yeah,
But I won't let the show go on …

I've been so blind

Wasted my time, wasted so much time
Walking on the wire, yeah, high wire"…
Erhältlich auf z. B. „Leo Sayer: 20 Greatest Hits", 1996, Repertoire Records.
Songtext z. B. auf: http://www.songtexte.com/songtext/leo-sayer/the-show-must-go-on-63d62efb.html

Teil 2

Seite 207

„The leading Horse is white, the second Horse is red, the third one is a black, the last one is a green."
„The four horsemen", Aphrodite's Child, „666"
– Zitat und Schreibweise vom Textblatt des Albums.

Seite 209

„PS: Wenn es einen Nobelpreis für Musik geben würde, einige der folgenden Künstler hätten ihn verdient." – Als innoffiziellen Nobelpreis der Musik möchte die Stig-Anderson-Foundation ihren seit 1992 verliehenen „Polar Music Prize" gerne verstanden wissen. Bisher bekamen allerdings nur Pink Floyd (2008) (und gleich 1992 Paul McCartney als ehemaliges Mitglied der Beatles) aus Bernds Auswahl diese Auszeichnung.
1997 erhielt Bruce Springsteen diesen Preis, für mich denkbar, dass er Madonna ausgestochen hat.
Die 39 CLOCKS waren niemals nominiert und gingen wie immer leer aus. Siehe auch:
https://de.wikipedia.org/wiki/Polar_Music_Prize

Kapitel 1

Seite 211

[Santana] „Eine Erfolgsstory, die fulminant als eine der jungen und hungrigen Bands beim Woodstock Festival begann"… – Angeblich auf Empfehlung Bill Grahams, Konzertveranstalter im Fillmore East, Fillmore West und Winterland, kam der Gig mit dem damals noch völlig unbekannten (Carlos) Santana zustande. Zu Bill Graham siehe auch: https://de.wikipedia.org/wiki/Bill_Graham

Kapitel 2
Seite 213

Und nach Meinung von Lemmy Kilmister (Motörhead), haben sie das Prinzip *Band* überhaupt erst erfunden: „Vorher stand ein Mann vorn, hinter ihm spielten die Begleitmusiker." – Zitiert aus (Frage 37): http://www.sueddeutsche.de/kultur/fragen-an-ian-lemmy-kilmister-motoerhead-saenger-1.770033

Beatles, Single „She Loves You" (erschienen 23. August 1963 in Großbritannien)

… die ihn, als er sie hörte, zu dem Entschluss brachte, Rockstar zu werden. – Quelle: Ozzy Osborne in „God Bless Ozzy Osborne", Blu-Ray-DVD, 2011.

„Diese Single wurde von den Beatles sogar in Deutsch aufgenommen, dem eindringlichen Wunsch des deutschen Sublabels EMI Odeon entsprechend, *„um im deutschen Markt Fuß fassen zu können."* – Quelle: Wikipedia https://de.wikipedia.org/wiki/She_Loves_You

Gut, dass sich deren Auffassung nicht durchsetzte, ersparte es uns doch ein „Gelbes Unterseeboot"… – Was Bernd gnädigerweise an dieser Stelle unter den Tisch fallen lässt: Und dann kam Bill Ramsey um die Ecke, „Gelb, gelb, gelb" … usw. Siehe z. B.: http://www.golyr.de/bill-ramsey/songtext-yellow-submarine-372574.html

Seite 214

Aber es ging noch schlimmer: Capitol Records, der amerikanische Vertriebsweg für Beatles LPs, veröffentlichte zuerst gar nichts. Ab 1964 dann Platten, deren Songlistings sie nach Gutdünken zusammenwürfelten, aber immer nur höchstens zwölf Titel! Trotzdem natürlich unverzichtbar:

„Komm, gib mir deine Hand", auf „Something New". Siehe http://ultimateclassicrock.com/beatles-us-uk-album-guide/ auch https://www.discogs.com/de/artist/82730-The-Beatles

Kapitel 3

Seite 215

(*Das erste deutsche jemals gekürte „Wort des Jahres" war 1971 „aufmüpfig".*) – Siehe: http://gfds.de/aktionen/wort-des-jahres/

Nur bei den Beatles war nach der neunten bald Schluss. – Anspielung auf „Revolution 9" erschienen im November 1968, auf dem „White Album". Im April 1970 lösten sich die Beatles auf.

Seite 216

Erst fuhr Albert Hofmann wie paralysiert auf dem Bike Probe und später taten Lilly und Leary ihm das nach, zumindest metaphorisch. – Siehe z. B. Wikipedia, „LSD" https://de.wikipedia.org/wiki/LSD

Seite 217

The Monks, die nach Eigendefinition „amerikanischen Anti-Beatles", in Mönchskuten mit rasierten Tonsuren. Eine Story für sich. – Erläuterung: The Monks wollten keine „*I want to hold your hand*"-Songs singen. Die Eigendefinition der „amerikanischen Anti-Beatles" dokumentiert in und zitiert nach dem sehenswerten Film: „Monks – The Transatlantic Feedback", 2006, DVD 2009.

Über the Velvet Underground wird berichtet, sie hätten ihre ersten Konzerte demonstrativ mit dem Rücken zum Publikum gespielt. Andy Warhol, der sie auf einem Konzert gesehen hatte und diese Nonchalance cool fand, half ihnen dann bei ihrer Karriere. – Nach Wikipedia, „Velvet Underground".
https://de.wikipedia.org/wiki/The_Velvet_Underground

Er war es dann auch, der ihnen das deutsche Model Nico als Sängerin aufs Auge drückte. – Siehe z. B.: https://de.wikipedia.org/wiki/Nico_(Sängerin)

Seite 218

… und leistungsfähigere Verstärker auf den Markt. Ohne diese wäre zum Beispiel ein Woodstock Konzert unmöglich gewesen … – Der Gitarrenlehrer Gospel Schröder wies mich darauf hin, dass bei der Entwicklung der Westerngitarre die Lautstärke ebenso eine Rolle spielte, sie lassen sich lauter als Konzertgitarren spielen, wofür natürlich auch Straßen Musiker von jeher dankbar sind.

„Ich denke es ist gut, wenn ein Song mehr als nur eine Bedeutung hat. Solch ein Song kann viel mehr Leute erreichen". – Syd Barrett Zitat aus der Zeitschrift „Rock History", Nr.02, 2014, Seite 130.

Seite 219

Alle drei Alben wurden übrigens von Norman Smith produziert, dem John Lennon einst den Spitznamen Normal Smith verpasste. *(Dementsprechend heißen Smith´ Memoiren „John Lennon called me normal". „Normal" Smith arbeitete bis 1965 als Tontechniker unter anderem für die Beatles.)"* – Nach Wikipedia, „Norman Smith".
https://de.wikipedia.org/wiki/Norman_Smith

Seite 220

„… Taste of Blues aus Schweden. Die hatten es sich mit der Zeichnung des Gottes und des Teufels, die sich halb umarmen, als Cover ihrer Scheibe „Schizofrenia" bei einigen Leuten richtig verscherzt". Bernd hatte die Scheibe gesucht und erstaunlich schnell gefunden und hielt sie in meine Richtung. Wahrscheinlich hat der darüber stehende zusätzliche Spruch „You shall have no other Gods before us" es nicht besser gemacht, dachte ich mir." –
Inhaltlich nach den Liner Notes/Essay auf „Schizofrenia", CD-Edition, 2012, von Tobias Petterson & Ola Wiklander.

- Es gab sogar Aufbruchstimmung in Russland mit Wyssozki – Als Ergänzung: Einen guten Überblick der Musik dieser Ära in Indonesien verschafft der Sampler „Those Shocking Shaking Days", Now Again Records, 2010; für Nigeria empfiehlt sich: „The World Ends: Afro Rock Psychedelia in 1970's Nigeria", Doppel-CD, Sondway (Indigo), 2010.

Kapitel 4

Seite 221

… wie Michael Rother (ehemals Kraftwerk, Neu!, Harmonia) es ausdrückt:
„Ich gebe seit einigen Jahren so viele Interviews weltweit. Und wenn der Interviewer nicht von alleine darauf kommt, dann ergreife ich das Wort und sage: Wir müssen an Conny denken, uns und die Fans unserer Musik an seine entscheidenden kreativen Beiträge erinnern, uns dafür bedanken. Wenn immer nur die Band oder die Musiker genannt werden, greift das zu kurz. Wir hätten in den 70ern (nicht nur) die Neu!-Alben nicht hinbekommen ohne Conny."
– Zitiert nach: http://groenland.com/artist/conny-plank/

Seite 222

In jüngeren Jahren war er Tonmeister geworden und lebte zeitweilig zusammen mit Otto, Udo Lindenberg, Marius Müller-Westernhagen und anderen in der Villa Kunterbunt in Hamburg. Mit dem Musikestablishment und dessen kreativen Möglichkeiten unzufrieden, gründete er hier sein eigenes Plattenlabel „Kraut … – Nach Quelle:
http://www.welt.de/regionales/koeln/article115039428/Als-U2-aus-einer-kueche-in-Wolpwrath-flogen.html auch
https//de.wikipedia.org/wiki/Villa_Kunterbunt_%28Wohngemeinschaft%29
Bzw: https//de.wikipedia.org/wiki/Conny_Plank

Später bezog er ein eigenes Tonstudio in Wolperath bei Köln.
– Nach Quelle (u.a. s.o.):
https://de.wikipedia.org/wiki/Conny_Plank

Mit dem Musikestablishment und deren kreativen Möglichkeiten unzufrieden, gründete er sein eigenes

Plattenlabel „Kraut“, arbeitete aber außerdem für andere Plattenverlage wie Rhenus und Windrose-Dumont-Time-Studios. – Nach Quelle: http://www.spiegel.de/einestages/krautrock-pionier-conny-plank-a-951013.html
So entstanden unter seiner Produktion das Debütalbum der Scorpions, das legendäre „Autobahn“ Album von Kraftwerk, „Vienna“ von Ultravoxx oder Devos „Are we not men“. – Nach Quelle: https://de.wikipedia.org/wiki/Conny_Plank

Seine Qualitäten als Tonmeister grenzten an Hexerei, die Talking Heads zeigten sich schwer beeindruckt und ahmten auf ihrem Album „Remain in Light“ den Plank Sound nach. – Nach Quelle: https://de.wikipedia.org/wiki/Conny_Plank

Conny Plank hatte gut zu tun, soviel, dass er David Bowie 1974 erklärte, er habe keine Zeit für eine Zusammenarbeit. – Nach Quelle: http://www.welt.de/regionales/koeln/article115039428/Als-U2-aus-einer-Kueche-in-Wolperath-flogen.html

(Über Bono urteilte Plank Jahre später „Mit dem Sänger kann ich nicht arbeiten“ und überließ Brian Eno die Produktion des „Joshua Tree“ Albums von U2).“ – Quellen: http://www.welt.de/regionales/koeln/article115039428/Als-U2-aus-einer-Kueche-in-Wolperath-flogen.html und https://en.wikipedia.org/wiki/Conny_Plank auch http://www.spiegel.de/einestages/krautrock-pionier-conny-plank-a-951013.html

… dass er das Studio – kostenlos – einem Eroc von Grobschnitt überließ, damit dieser 1976 einen Stapel Kassetten Heimstudioaufnahmen auf 16 Spur, „mit Kopfhörer und Daumen“ synchronisierend, übertragen konnte“ … – Nach Quelle: http://www.spiegel.de/einestages/ – der Artikel ist allerdings unter dem Originallink leider nicht mehr auffindbar.

… sorgte dafür, dass die Deutsch Amerikanische Freundschaft (DAF) einen Plattenvertrag für ihr Album „Alles ist gut" bekam." – Nach Quelle: https://de.wikipedia.org/wiki/Conny_Plank

(Er verstarb bereits 1987 im Alter von 47 Jahren.) – Nach Quelle: https://de.wikipedia.org/wiki/Conny_Plank

Seite 223

Auf der Sweet-Smoke-Scheibe treiben die beiden Stücke gleichsam in einem Strom schwimmend dahin … – Als Anmerkung: Für eines der beiden, „Baby Night", mag der 1968 erschiene Song „In the world of glass teardrops" von Jeremy & The Satyrs als Inspiration gedient haben. Ähnlichkeiten sind offensichtlich. Den Hinweis hierzu fand ich in der Plattenkritik von Achim Breiling zum Sweet Smoke Album. Nachzulesen auf: http://babyblaue-seiten.de/index.php?albumId=9617&left=year&top=reviews&year=1970&content=review

Kapitel 5

Seite 226

Advice: After listening to this record your friends won't know you anymore. Warning: Only listen once a day to this record. Your brain might be destroyed! Hallelujah Records takes no responsibility. – Zu finden auf der Erstauflage von Hallelujah Records, 1970. Dieser Hinweis wurde auf späteren Auflagen gekürzt (etwa der von Bellaphon, 1971), auf der CD-Edition ist er leider ganz verschwunden. Siehe dazu: http://www.discogs.com/Brainticket-Cottonwoodhill/release/855060 bzw. https://sinistersaladmusikal.files.wordpress.com/2012/09/100_3701.jpg

Kapitel 6

Seite 227

´Ne Zeit in Schwingung zu versetzen, das ist die eigentliche Aufgabe von Musik. – Holger Czuckay, 1986, zitiert nach der WDR-Doku: „Von Kraut und Rüben“, Teil 3, 2006.

Seite 228

… andere hatten den Produzenten Rolf Ulrich Kaiser („Ohr“, „Pilz“) gemeinsam. Nachdem dieser allerdings als „kosmischer Kurier“ beim Rückflug von einem Trip die Maschine verpasste, gewann das „Brain“-Label, das ehemalige Mitarbeiter Kaisers gründeten, ab 1972 die vorherrschende Bedeutung. – Inhaltlich nach, z. B.: http://de.wikipedia.org/wiki/Rolf-Ulrich_Kaiser

Seite 229

Wir kamen alle aus musikalisch total verschiedenen Richtungen. Und diese Jungs machten so genannte Neue Musik. Jaki *(Liebezeit, Drums),* der aus dem Free Jazz kam, wollte wieder Rhythmen spielen … Irmin *(Schmidt, Keyboards)* war der Konzept-Mann, Holger *(Czuckay, Bass*) der Komponist … und ich war – glaube ich – der Einzige, der dachte, wir würden Rock Musik machen.“ – Zitat (bearbeitet) aus Can – „The Lost Tapes“, Liner Notes von Irmin Schmidt / Ian Harrison 2012.

… einmal [sagte] Ennio Morricone über Holger Czuckays Solowerke, die aus einer Vielzahl von Soundschnipseln zusammengesetzt waren und im Ergebnis die später erfundenen Geräte - Sampler - vorwegnahmen, zu ihm: „Dass sie irre sind, war mir ja bewusst, aber sie sind ja *vollkommen* irre!“ – Nach Interview von Arno Frank geführt auf SpiegelOnline.de am 2.1.2014. Link: Spiegel.de/kultur/musik/can-musiker-holger-czuckay-im-interview-a-940927.html

Kapitel 7
Seite 230

(Dafür gelang es Zappa 1986, sich den Warnhinweis bei „Jazz from Hell", einem reinen Instrumentalalbum, einzuhandeln. Nur für den Titel eines Stückes: „G -Spot Tornado".) – Auslöser für die ersten Aufkleber waren tatsächlich allerdings Madonna und Prince gewesen, erst etwas später, 1990, ab der 2 Live Crew, wurde er – neu designed – bei den Hip-Hoppern quasi zum Standard. Inhaltlich nach Wikipedia: „Parental Advisory". https://de.wikipedia.org/wiki/Parental_Advisory

Nachdem wir ein Weilchen „auf Bude" abgehangen hatten, wurde es Zeit für mich aufzubrechen. – Tatsächlich sprach man mal so. Damals konnte es passieren, dass man statt „Hast du mal Feuer?" „Haste mal 'nen Fumen auf Tasche?" gefragt wurde.

Kapitel 8
Seite 232

Erst mit 15 Jahren bekam Hendrix seine erste Gitarre und man darf davon ausgehen, dass er sie fortan nur aus der Hand legte, um eine andere zu nehmen. Als er zum Militärdienst musste, konnte man mit ihm nichts anfangen, der wollte doch nur Gitarre spielen und so entließ man ihn wieder. – Inhaltlich z. B. nach Wikipedia „Jimi Hendrix". https://de.wikipedia.org/wiki/Jimi_Hendrix

Seite 233

Voodoo Chile, (Slight) Return – Die Schreibweise dieses Songtitels ist uneinheitlich, alleine auf dem Originalalbum finden sich zwei verschiedene Versionen, auf dem Cover Voodoo Chile, auf der CD Voodoo Child; (verschiedentlich werden auch die Klammern anders gesetzt).

Die auf diesem Album enthaltene Hendrix-Version von „All along the Watchtower" aber spielte Dylan später öfter selbst." – Nach „Rocks", Ausgabe 5/2014. Seite 29. Text: Mick Wall.

Stevie Ray Vaughan sowie drei Band- beziehungsweise Crew-Mitglieder von Eric Clapton und der Pilot verstarben bei einem Hubschrauberabsturz am 27. August 1990. – Siehe z.B. Wikipedia „Stevie Ray Vaughan".
https://de.wikipedia.org/wiki/Stevie_Ray_Vaughan

Kapitel 10
Seite 239

… herausgerissenen Zettel mit einem Zitat von Johann Sebastian Bach, aus den „Vorschriften und Grundsätzen zum vierstimmigen Spielen General-Bass oder Accompagnement", 1738.

„Er heist Bassus Continuus oder nach der italienischen Endung Basso Contin(u)o, weil er continuirlich fortspielet, da mittels die andern Stimmen dann und wann pausiren…"
Und weiter ausführend:
„Der General Bass ist das vollkommste Fundament der Music welcher mit beyden Händen gespielet wird dergestalt das die lincke Hand die vorgeschriebenen Noten spielet die rechte aber Con – Dissonantien darzu greift damit diese eine wohlklingende Harmonie gebe zur Ehre Gottes und zulässiger Ergötzung des Gemüths und soll wie aller Music, also auch des General – Basses Finis und End – Ursache anders nicht, als nur Gottes Ehre und Recreation des Gemüths seyn. Wo diese nicht in Acht genommen wird, da ists keine eigentliche Music, sondern ein teuflisch Geplerr und Geleyer.")
- Nicht herausgerissen, sondern zitiert aus Wikipedia „Generalbass". https://de.wikipedia.org/wiki/Generalbass

Kapitel 11
Seite 240

Nimm Musik von Fela Anikulapo Kuti. *(Geboren 1938, gestorben 1997.)* – Daten aus Wikipedia, „Fela Kuti".
https://de.wikipedia.org/wiki/Fela_Kuti

Kapitel 12

Seite 243

Ende der siebziger Jahre steigerte sich der Bekanntheitsgrad von Bob Marley so weit, dass er der Superstar des Reggaes wurde und weltweit jedes kleine Kind sein Wissen um Liebesdinge in schwierigen Zeiten singen konnte: „No woman, no cry" – Der ursprüngliche Text soll übrigens „No woman, nu cry", gelautet haben. „Nu" (auch „nuh") in Patois (jamaikanisch-kreolisch) entspricht dem Englischen „don't". Die Übersetzung könnte also heißen: „Nein Frau, weine nicht". Zitiert nach, bzw. siehe auch:
http://www.golyr.de/bob-marley/songtext-no-woman-no-cry-414784.html
https://de.wikipedia.org/wiki/Jamaikanisch-kreolische_Sprache

(Dann mach ich's: Als Bob Marley einmal gefragt wurde, wie es dazu kommen konnte, dass er ein Haus unweit der Residenzen des Gouverneurs und des Premierministers bezog, antwortete er seelenruhig: „Sistah, I bring the ghetto uptown.") – Zitat nach:
https://afrimosaic.wordpress.com/2013/10/09/sistah-i-bring-the-ghetto-uptown-the-story-of-bob-marley/ auch:
http://wikitravel.org/de/Kingston_%28Jamaika%29 bzw. Arte.TV-Dokumentation „Marley", 2015.

Kapitel 14

Seite 248

Primus: „Jerry Was A Race Car Driver" auf „Sailing The Seas Of Cheese", 1991.

Seite 250

Ganz einfach: Kaufzwang für alle Alben! – (Man bedenke den Entstehungszeitraum des Buches Ende 1999 bis einschließlich 2000. In der Zeit, als Bonke bei guter Pflege wieder dicker wurde und alle Texte von Bernd lange geschrieben waren. Man möge also nicht unbedingt mit den Veröffentlichungen der jüngsten King-Crimson-Inkarnation (ab 2014) beginnen. Meine Meinung, sonst ebenfalls Fan, G. S.)

Kapitel 15
Seite 251

Kieran White (*gestorben 1995.)* – Nach Wikipedia: „Steamhammer“. https://de.wikipedia.org/wiki/Steamhammer

(Als Linderung könnte ich Dir dann nur noch – in einem musikalisch ähnlichen Stil, mit einem zusätzlichen Hauch von „Colosseum“ – die drei Alben von „Warm Dust“, 1970 – 72, empfehlen.) – Die Nachfolge-(„Super“-)Band „Armageddon“ mit den Ex-Steamhammern Martin Pugh (Gt.) und Louis Cennamo (Bass, auch „Rennaissance“), sowie Bobby Caldwell (Drums, u.a. vorher bei „Johnny Winter“) und Keith Relf (Gesang, vormals „Yardbirds“, „Renaissance“, auch Produzent des Steamhammer-Albums „Speech“) läge vielleicht eher auf der Hand, aber deren Musikstil ist dem von Steamhammer unähnlicher. Siehe bspw.: https://de.wikipedia.org/wiki/Armageddon_(Band)

Kapitel 16
Seite 252

Wir Schriftsteller, Maler, Bildhauer, Architekten und leidenschaftliche Liebhaber der bisher unangetasteten Schönheit von Paris protestieren im Namen des verkannten französischen Geschmacks mit aller Kraft gegen die Errichtung des unnötigen und ungeheuerlichen Eiffelturms. – Zitat gefunden in Wikipedia https://de.wikipedia.org/wiki/Eiffelturm – Ursula Muscheler: Die Nutzlosigkeit des Eiffelturms. Eine etwas andere Architekturgeschichte, Beck 2008, S. 204. ISBN 978-3-406-57623-5

Ralph J. Gleason in den Liner Notes zum Album: „Ich beabsichtige nicht viel zu erklären, denn das ist dumm, die Musik spricht für sich selbst.“ –
Nach Wikipedia https://de.wikipedia.org/wiki/Bitches_Brew

Kapitel 18

Seite 257

Die Unbeherrschbarkeit der Atomenergie bekommt einen weiteren Namen, als sei „GAU“ (größter anzunehmender Unfall) nicht ausreichend, spricht man von „Super– GAU“. – Definition siehe z. B.: https://de.wikipedia.org/wiki/Auslegungsstörfall

Seite 259

Alles englische Bands, die man unter dem Begriff „New Wave“ vermarktete, um nicht den amerikanischen Ausdruck für CBGB-Club- Bands, „Punk“ zu gebrauchen. – Der mit vollem Namen „CBGB OMFUG“-Klub in New York war ab 1973 eine Keimzelle des Punk.

Kapitel 20

Seite 264/265

(Vollständigkeitshalber sei erwähnt, dass Tuxedomoon wider Erwarten nach 1999 noch neueres Material veröffentlichten. Anm. G. S.)

Kapitel 21

Seite 266

Bei einem Konzert der Clocks in einem Flugzeughangar sollen sie derart laut gespielt haben, dass kein Zuschauer bis zum Ende blieb.“ – Inhaltlich nach Ulf Kubanke, auf Laut.de „39 clocks“.

Seite 267

Falls Du auf den Geschmack kommen solltest. Das Nachfolgealbum „Subnarcotic“ ist ebenfalls nicht falsch und glücklicherweise besser erhältlich. – Neben den angesprochenen, veröffentlichten die 39 CLOCKS zwei weitere Alben und drei Compilations. Siehe http://www.discogs.com/artist/178960-39-Clocks

Für den nach weiterem hungernden 39 Clocks Fan, sei auf die insgesamt sechs Soloalben von Jürgen Gleue als „The Phantom Payn“ bzw. „The Phantom Payn Act“ hingewiesen.

Siehe http://www.discogs.com/artist/523288-The-Phantom-Payn

Kapitel 22

Seite 272

… „Straight Edge", der den Namen für eine Bewegung prägte. In weiteren Songs beschrieb er deren Inhalte: kein Alkohol, keine Drogen, sexuelle Enthaltsamkeit…- Genauer: keine häufig wechselnden Geschlechtspartner, nach Wikipedia:
http://de.wikipedia.org/wiki/Straight_Edge

Kapitel 24

Seite 276

Da waren die wenigen Damen und vielen Herren des [Kreiswehrersatz]- Amtes … – Eine Anmerkung: Zu dieser Zeit arbeiteten Frauen nur in der zivilen Wehrverwaltung und dem Sanitätsdienst; ihr Anteil betrug ungefähr ein Drittel aller Angestellten. Der uneingeschränkte (auch militärische) Dienst von Frauen in der Bundeswehr ist erst seit dem 1. Januar 2001 möglich. Datenquelle:
https://de.wikipedia.org/wiki/Frauen_im_Milit%C3%A4r

Seite 277

… „ein unglücklicher *Felix* … - Felix lateinisch für „der Glückliche".

Seite 278

[Gong haben] „mit ihren exzellenten Musikern unter federführender Leitung des ehemaligen Soft-Machine-Gründungsmitglied Daevid Allen, auch Bert Camenbert, Captain Capricorn oder The Alien Australien genannt, ihren eigenen Klangkosmos erschaffen." (– Daevid Allen verstarb am 13. März 2015. Anm. G. S.)

Seite 279

„Incredible. All these men in black with inverted tantra symbols. Their music took the breath out of your lungs, it was upside down Wagner."... „The singer looked like a

Valkyrie and had a four-octave voice. Anyway, they were like our shadow. There was Gong, colourful, anarchic, all going in different directions, but trying to pull together. Magma where all incredible musicians, but totally disciplined, Vander would hit them with a stick, if they played a wrong note.
It was like 'Ying and Yang'"– Von John Platt, Linernotes, „Camenbert Electrique", CD 2003. Den „Hitlerteil" (s.u.) habe ich weggelassen, da er den Leser vielleicht auf eine verkehrte Fährte bringen würde. Magma hat mit Nazischeiß jedoch nichts zu tun. **Original**:
„Incredible. All these men in black with inverted tantra symbols. Their music took the breath out of your lungs, it was upside down Wagner. Christian Vander delivered imitation of Hitler speeches in the middle of drum solos and the singer looked like a Valkyrie and had a four-octave voice. Anyway, they were like our shadow. There was Gong, colourful, anarchic, all going in different directions, but trying to pull together. Magma where all incredible musicians, but totally disciplined, Vander would hit them with a stick, if they played a wrong note.
It was like 'Ying and Yang'."

Kapitel 25
Seite 280

Der Neil-Young- Gitarren-Sound ist eine jeweils penibel kalkulierte Melange aus Gitarreneffektgeräten und Verzerrern, die ihn unverwechselbar macht. Dieser Gitarrensound nahm den des Grunge vorweg und hat Bands wie Nirvana und Sonic Youth inspiriert. – Inhaltlich nach Wikipedia: Neil Young.
https://de.wikipedia.org/wiki/Neil_Young

Kapitel 26
Scitc 282

Das Umfeld schien auf ihre Band, die Rolling Stones, gewartet zu haben, „Giorgio Gomelsky war ihr Manager und ließ sie in seinem Club spielen". – Inhaltlich nach Wikipedia:

Rolling Stones.
https://de.wikipedia.org/wiki/The_Rolling_Stones

„Keith Richards, gerne auf fünfsaitiger Gitarre“ – Offene G-Stimmung, laut Wikipedia, „E-Gitarre“.
https://de.wikipedia.org/wiki/E-Gitarre

Kapitel 29
Seite 290

„Darüber hinaus schlage ich vor, alle zukünftigen Awards und Nominierungen jenen Künstlern zukommen zu lassen, die mehr Spass am Wettkampfcharakter solcher Preisverleihungen haben. Ich jedenfalls zähle nicht dazu. Ich war immer der Überzeugung, meine Musik sei einzigartig und individuell und läge jenseits des Horizonzs all jener, die die Dinge bloss vermessen und bewerten. Ich stehe mit niemanden im Wettstreit.
Die Beziehung zu meiner Muse ist selbst im günstigsten Fall ziemlich heikel, und ich bin der Meinung, dass es meine Pflicht ist, sie vor allen Einflüssen zu schützen, die ihrem fragilen Wesen Schaden zufügen könnten.“…
„Meine Muse ist kein Pferd, und ich nehme an keinem Rennen teil.“… – Zitiert mit entsprechender Schreibweise aus: „Letters of Note“ „Briefe, Die Die Welt Bedeuten“, Herausgegeben von Shaun Usher, Heyne Verlag, 2. Auflage, 2003. Brief 30, Seite 100.

Kapitel 32
Seite 296

Leider sind die Scheiben von James Blood Ulmer in unseren Gefilden schlecht erhältlich … – Meistens müssen sie aus Japan (!) exportiert werden.

Kapitel 33
Seite 297

… eher schmökend … – Schmöken, norddeutsch für Rauchen.

Seite 299

… bis an die Ohren zugeratterten, harten Männern… – „Zugerattert“, umgangssprachlich für tätowiert.

Ich glaube da war es auch, wo ein nach ewig Studieren und Taxifahren aussehender Typ – einige würden sagen „und schmuddeliger Typ“ – meine Nachfrage nach Phillips Platten mitbekommen hatte, und daraufhin mit großer Geste referierte, er habe mal was im Rolling Stone über den gelesen: „Es steht da geschrieben, dass Shawn Phillips das bestgehütete Geheimnis der Musikbranche ist. – Zitat nach Bill Grahams, „the best kept secret in the music business”, auf http://www.shawnphillips.com auch: http://drmusic.org/Shawn_Phillips.html

Seite 300

Contribution: „Man munkelt, sowohl Steve Winwood als auch Eric Clapton hätten auf der Platte mitgespielt“, …– Inhaltlich nach http://shawnphillips.wordpress.com/famous-friends/

Seite 301

Und wer nicht glaubt, wie man sich bereits an einem vermeintlich einfachen Song verheben kann, sollte sich beispielsweise Coverversionen des „Boxer“-Titels von Simon & Garfunkel anhören.“ – Zum Beispiel eher Geschmackssache:

Emmylou Harris: https://www.youtube.com/watch?v=ZNMBI9dutlM

Joan Baez: https://www.youtube.com/watch?v=R49vHoqm5wo

Seite 302

„Rock Lexikon“ – Von rororo, S. 700 f., 1998, ISBN 3 499 16353 5.

Shawn hätte Joni Mitchell Griffe an der Gitarre beigebracht und George Harrison, lange vor Ravi Shankar, gezeigt, was man mit einer Sitar anfangen kann. – Inhaltlich nach: http://www.drmusic.org/Shawn_Phillips.html

Ich habe leider über Shawn Phillips nicht mehr in Erfahrung bringen können. Nur etwas über seinen Onkel, David Atlee Phillips, der Spionagethriller schrieb und vorher fünfundzwanzig Jahre bei der CIA war. Na klar, sicher. Unklar, unsicher ist, ob er da auch mal Lee Harvey Oswald traf, noch vor dessen Attentat. Aber Genaues weiß man nicht.) – Inhaltlich nach:
http://de.wikipedia.org/wiki/David_Atlee_Phillips

Künstler und Bands Verzeichnis